错探者

无尽毒

岳勇 著

湖南文艺出版社
HUNAN LITERATURE AND ART PUBLISHING HOUSE

博集天卷
CS-BOOKY

图书在版编目（CIP）数据

错探者：无尽毒 / 岳勇著 . -- 长沙：湖南文艺出版社，2022.1
ISBN 978-7-5726-0495-9

Ⅰ.①错… Ⅱ.①岳… Ⅲ.①长篇小说—中国—当代
Ⅳ.① I247.5

中国版本图书馆 CIP 数据核字（2021）第 250228 号

上架建议：悬疑小说

CUO TANZHE: WUJIN DU
错探者：无尽毒

作　　者：	岳　勇
出 版 人：	曾赛丰
责任编辑：	刘雪琳
监　　制：	邢越超
策划编辑：	刘　筝
特约编辑：	尹　晶
营销支持：	文刀刀
版式设计：	梁秋晨
封面设计：	潘雪琴
封面插图：	AKUMAS
内文排版：	百朗文化
出　　版：	湖南文艺出版社
	（长沙市雨花区东二环一段 508 号　邮编：410014）
网　　址：	www.hnwy.net
印　　刷：	三河市百盛印装有限公司
经　　销：	新华书店
开　　本：	700mm×1000mm　1/16
字　　数：	274 千字
印　　张：	18
版　　次：	2022 年 1 月第 1 版
印　　次：	2022 年 1 月第 1 次印刷
书　　号：	ISBN 978-7-5726-0495-9
定　　价：	49.80 元

若有质量问题，请致电质量监督电话：010-59096394
团购电话：010-59320018

目录

C o n t e n t s

"他已经死了！"屋里苍蝇乱飞，年轻的派出所所长早已看出端倪，急忙把罗永昌挡在门外，自己弯腰穿上鞋套后，才小心地走进去。仰躺在竹椅上的邹大福身上穿着一件灰色短袖 T 恤和一条齐膝短裤，因为尸体膨胀得厉害，已经把衣服撑得鼓鼓的，再往脸上看，皮肤呈污绿色，眼珠突出，舌头外伸，尸臭浓烈，只怕死亡时间不止一两天了。

经过详细尸检，我们主要得出以下几点结论：第一，邹大福的死亡时间是 4 月 6 日下午 5 点至晚上 9 点，这个没变；第二，死因是乌头碱中毒，这个也没有变；第三，通过对死者胃里的容留物进行检测化验，我们发现他当晚吃过的食物在底层，而乌头碱成分在上层，所以结论是，乌头碱不是混合在饭菜里吃下去的，是在饭后至少半小时之后才吃进胃里的。

那个凶手就像一个透明人一样，进入华风小区，潜入邹大福家里，留下毒胶囊之后悄然离去，没有任何目击者，没有遗留下任何痕迹，就像一阵风，来了，又去了，了无痕迹，完全没有线索。

第四章 目击证人 042

两人又把这栋楼里的其他住户走访了一遍，仍然没什么收获，而且有些住户被警察打扰的次数多了，说话的语气已经明显不耐烦起来。

正在这时，楼梯间里忽然响起一阵噔噔噔噔的脚步声，一个十四五岁的中学生模样的少年，把两本课本抱在胸前，快步从楼上跑下来。看见走廊里的两个警察，他止住脚步犹豫了一下，最后还是朝他们走过来。

第五章 真正目的 057

"你们的手段确实高明。"严政冷声道，"先把邹大福劝退回家，好让他不要在你们的营销会上闹事，而暗地里却给他一瓶毒胶囊，结果他回家吃下去之后就死了，然后你们再趁夜潜入他家里清理现场。这一招儿杀人灭口，也是你们的预案吗？"

第六章 受人指使 073

欧阳错顿时兴奋起来，这是他第一次从目击者口中确认邹大福提着塑料袋从电影院出来之后，还遇见过别人，尽管这个人是金维他公司的工作人员，但也是一条非常重要的线索。

第七章 冒牌职员 086

"那个人不是金维他公司的员工吗？"老头奇怪地问。康佳佳说："我们调查过，那个人其实并不是金维他公司的员工，应该是凶手穿上金维他公司的制服假扮的。"江海泉"哦"了一声，有点后怕地说："哦，原来那个人竟然是杀人凶手啊！"

第八章 神秘指纹 103

"所以这个凶手，很可能就是买了他们的产品，但又没有留下身份信息的人，对吧？"

老熊点头说："就是这么个意思。"

他们的对话正好被欧阳错听到，欧阳错压低声音骂了一句粗话："所有线索都断了，这案子根本就没法往下查了。"

第九章 再出命案 113

"别别别，"邓坤一着急，又感觉到肚子里像有一把钢刀在绞动似的，痛得他几乎直不起腰来，他上前抓住老贾拿着手机的手，"老贾，你要是报警，我这下半辈子可就真的完了，临到老了还得在大牢里度过。"

第十章 锁定疑凶 125

"中毒？"欧阳错从沙发上跳了起来，"难道他也是被乌头碱毒死的？"

老金的目光从眼镜方框上边透过来，看他一眼，摇头说："不是，他不是乌头碱中毒，我们在他肝脏里检出了毒伞肽和毒肽类毒素。"

第十一章 转机出现 143

"这枚指纹提取出来放大之后，我认真看了，觉得上面的纹型看起来有点眼熟，经过重复比对，结果却发现，居然跟咱们上一个案子，就是邹大福命案，从现场找到的那个小药瓶上面凶手留下的指纹完全吻合。"

"那你觉得我隐瞒了什么？"

"如果我没有猜错的话，你父亲并没有出远门，而是被你藏在家里了，对吧？你应该早就关注过邹大福和邓坤被毒杀的消息了，你觉得凶手很可能会接着对你父亲下毒手，所以你把他藏在家里，对外却谎称他已经出远门去你姐姐家了。你是想让他避开凶手的杀机。你一定知道邹大福、邓坤还有你父亲，为什么会被同一名凶手追杀，对吧？"

"你真的告诫过他不要吸过量吗？"

"当然啊，干我们这一行的，谋财不害命，当然也不希望他吸毒吸出人命来啊，事情闹大了，对我们有什么好处？"

"凶手？"胡志平愣了一下，"这么说来，我爸真的是被人害死的了？"

"我们警方认为确是如此。不过要想找出凶手，我们还需要你的帮助。"

"需要我做什么，你们尽管说吧。"

欧阳错上下打量他一眼，忽然朝他伸出一只手："我们需要你把你从你爸屋里拿走的东西交出来。"

正在这时，她手机忽然响了，一看来电显示，正是胡志平的电话号码，她以为是丈夫回电话给自己，按下接听键后说："老公，你在哪儿呢？这都大中午了，怎么还不回……"

话未说完，电话那端传来了一个声音。康佳佳离她比较近，听到电话里说话的是一个男人的声音，虽然听不清他说了些什么，但可以肯定，对方并不是她丈夫胡志平。

第二十章 杀人游戏 *266*

"游戏名字嘛，我也不太清楚，总之就是一个专门教你怎么去杀人的游戏啦，在游戏里面，你可以在电脑的指导下，用警察也调查不出来的办法，去杀死你想杀的任何人。"

第一章

诡异尸臭

"哎，罗主任，你快闻闻，这是什么味儿？"

手里提着一把太极剑、正要出门晨练的罗永昌，在楼道里突然被隔壁邻居凤姑叫住。凤姑正弯着腰，抽着鼻子，像猎狗一样，沿着墙根嗅来嗅去。"我怎么老觉着咱们楼道里有一股臭味儿呢！"她皱起眉头说。

罗永昌用手在鼻子前扇一下，说："确实有一股臭味儿，我早几天就闻到了，这两天好像味道越来越浓了。是不是谁家垃圾放在楼道里忘记提下去了呀？"

两人眯着眼睛，在楼道里搜寻起来。

长方形的楼道只有两米多宽，十多米长，住着两两相对的四户人家。楼梯在走廊东头，楼梯边有个窗户，走廊另一头也开着一扇窗，晨光从窗户里照进来，虽然没有开灯，楼道里的光线也不算太暗。两个人在走廊里来回走了两趟，也没看见哪个犄角旮旯里放着未经处理的垃圾。

终究是女人的鼻子灵敏一些，最后凤姑在508室门口停下来，对着罗永昌招招手："臭气好像就是从这屋里传出来的，罗主任，不信你过来闻闻！"508室正好与罗永昌家对门，住的是独居老汉邹大福。

"还真是！"罗永昌凑到508室大门前嗅了嗅，然后把脖子往后一缩，使劲儿擤一把鼻涕，好像要把吸进去的臭味儿都擤出来一样。"这个老邹，怎么搞的，听说他家下水管道开裂了，莫不是厕所里的粪便溢出来了吧？"他伸手敲敲门，屋里没有人应门。好像他的敲门声搅动了屋里的空气，更加浓烈的腐臭味儿从门缝里钻了出来。

"我去,这味道有点不对劲儿啊!"不知什么时候,住在邹大福旁边506室的小鲁也出门了。他站在508室门前,一脸难受的样子,好像恶心得要吐出来。"这不是一般的腐臭,倒是有点像……"

"像什么?"凤姑和罗永昌两个老人一齐扭头看着这个年轻人。小鲁摸摸鼻子:"有点像尸臭!"

"呀,"凤姑的脸一下就白了,"罗、罗主任,咱们赶紧报警吧!"

这个华风小区,是原国营华风电风扇厂的家属大院,虽然厂子早就倒闭了,但小区里住着的,仍然大多是厂子里的老员工和家属。罗永昌原来在电风扇厂做过车间主任,虽然工厂不在了,但小区邻居仍然尊称他一声"罗主任",这使罗永昌心里十分受用。

他又用力敲了几下508室的门,大声叫:"老邹,老邹……"屋里还是没有人答应。

他抓住大门把手往下一扭,门是锁上的,根本打不开。"这几天你们见过老邹吗?"他问凤姑和小鲁,两人同时摇头。凤姑一拍大腿说:"你别说,我还真有个把星期没看见他下楼了。"

罗永昌这位曾经的车间主任这才觉出事情的严重性,赶紧掏出手机,拨打了110报警电话。

华风小区处在工字桥附近,属于工字桥派出所管辖。接到110指挥中心转来的警情,几分钟之后,辖区派出所年轻的肖所长就带着两名民警赶了过来。

还没爬上五楼,肖所长就已经闻到那股奇怪的臭味儿了。在报警人罗永昌的带领下,他来到五楼508室门前,在门缝处嗅一下,基本可以确认腐臭味儿确实就是从这间屋子里传出来的。身后一名年长的警员抽抽鼻子说:"肖所,这个确实是尸臭。"肖所长知道他曾经干过刑警,接触过不少尸体,他的判断应该不会错。

肖所长谨慎地掏出一双白色手套戴上,然后握住大门把手转动一下,房门确实锁上了,无法打开。

"这屋里都住着什么人？"他扭头问罗永昌。

"老邹，邹大福，"罗永昌想了一下，又补充道，"他儿子女儿都在外地，这屋里就他一个人住。"

"多大年纪了？"

"他比我还大，应该六十好几了吧，而且身体也不好，一直在吃药，所以我才担心……"

肖所长"嗯"了一声，觉得他的担心不无道理。肖所长退后一步，看看508室的大门，是一扇铁皮门，看上去蛮坚固的，估计硬踹也不容易踹开，只好打电话叫了个开锁师傅过来。

老师傅连门锁都没碰，只把两根带弯钩的铁丝伸进锁孔里鼓捣几下，大门就开了。一股恶臭像挡不住的洪水，汹涌而出，开锁的老师傅来不及捂住鼻子，跑到一边使劲儿呕吐起来。

大门打开后，是一个客厅，客厅靠窗的位置摆着一张竹躺椅，椅子上躺着一个人。

罗永昌虽然眼有些老花，但还认得这正是他的对门邻居邹大福。"老邹，你……"他叫了一声，正要抬腿往屋里闯，却被肖所长拦住。

"他已经死了！"屋里苍蝇乱飞，年轻的派出所所长早已看出端倪，急忙把罗永昌挡在门外，自己弯腰穿上鞋套后，才小心地走进去。仰躺在竹椅上的邹大福身上穿着一件灰色短袖T恤和一条齐膝短裤，因为尸体膨胀得厉害，已经把衣服撑得鼓鼓的，再往脸上看，皮肤呈污绿色，眼珠突出，舌头外伸，尸臭浓烈，只怕死亡时间不止一两天了。

民警老刘跟着走进来，看看尸体，一副见惯不惊的样子："又是一起'空巢老人病死家中数日无人知晓，臭气弥漫楼道才被邻居发现'的新闻事件啊，报社社会版的记者又有故事可写了。"

肖所长回头看他一眼："你怎么知道他是因病死亡的？"

老刘朝屋里看看，说："我看这屋里挺整洁的，而且刚才报警人也说了，这老头身上有病啊。"

肖所长不置可否地"嗯"了一声,凑过去仔细看了看尸体,考虑了一下才说:"不要这么快下结论,还是请刑警大队的人过来看看吧。"他从屋里走出来,一边指挥两名警员在外面拉起警戒线,阻止无关人员进屋破坏现场,一边掏出手机,给市局打电话汇报案情。

没过多久,楼下响起警笛声,刑警大队重案中队的中队长严政带着欧阳错、康佳佳、熊甲申及法医老金等人,很快赶到了现场。

两名痕检员率先进屋,快速开辟出一条可供警方人员活动又不会破坏案发现场的安全通道。后面的刑侦、技侦和法医等人,才沿着安全通道,进入命案现场。

肖所长把这个案子的情况简单跟严政说了一下。严政点头说:"肖所,辛苦你们了,现场就交给我们吧。"

进入客厅后,她先看了看尸体。死者为男性,年纪六十至七十岁,中等身材,仰躺在竹椅上,面目已经肿胀得有些模糊,眼球突出,脸上有许多蝇蛆在蠕动,口腔及鼻孔处都有腐败液体溢出,从短裤下面露出的小腿上,已经冒出腐败水泡,整个屋子里都充斥着令人作呕的尸臭味儿。她在心里估算一下,死亡时间至少也有五天以上了吧。不过具体情况,还得看老金的尸检结果。

正是 4 月的天气,气温有点偏高,屋里很是闷热,警员们在现场没忙活几下,就已经个个满头大汗了。

严政从屋里走出来,摘下口罩透了口气。这时五楼有人离奇死亡的消息已经传了出去,楼道里突然挤上来许多看热闹的群众。

两名派出所民警分别挡在走廊两头,被围上来的群众推搡来推搡去,很是狼狈。

"肖所,报案人在吗?"她问派出所的肖所长。

肖所长正靠在墙边抽烟,像是要用烟味儿来冲淡钻进自己鼻腔里的尸臭味儿。听见严政叫他,顺手把烟头摁灭在警戒线外的墙壁上,然后说:"在的,就是对面507 房的邻居,我知道你们到现场后可能会找他,所以我叫他留在家里了。"

他招招手,把正站在自家门口的罗永昌叫到严政面前。不待严政发问,罗永昌就自己先开口了，把一大早在楼道里闻到异味儿，本着对楼内邻居认真负责的精神，果断打电话报警，最后在警方的配合下，发现对门邻居邹大福尸体的前后经过，详细说了一遍。

严政很耐心地听他说完，然后才开始提问："您刚才说，您今天已经不是第一天在楼道里闻到异味儿了，对吧？"

罗永昌点头说："是啊，应该已经有好几天了吧，开始只有一点点气味儿，我还以为是墙角里的垃圾臭味儿呢，后来味道越来越重，到今天早上已经臭得不行了，所以我才……"

"您是从什么时候开始闻到异味儿的，能说个准确的时间吗？"

"这个……有点难说。"罗永昌往自己头上抓了一下，"对面屋里具体是从哪天开始有味道传出来的，我也说不准，有四五天了吧……"

"死者名叫邹大福对吧？"见他点头，严政又问，"您跟他熟吗？"

罗永昌说："他在我对门住了十来年了，都是邻居，抬头不见低头见，哪有不熟的。"

他告诉严政说，邹大福今年六十五岁，老婆十几年前就死了，家里有两个儿子一个女儿，大儿子中专毕业后就在华风电风扇厂工作。这套两居室的房子，原本是他儿子的。大约十年前吧，电风扇厂倒闭了，他儿子儿媳去广东打工，把正在上小学的两个孩子留在家里让老邹照看。老邹就从老家搬到这里跟孙子孙女一起住了。两三年前，孙子孙女相继考上大学去外地读书，这屋里就只剩下邹大福一个人住了。

严政问："他儿子和女儿没有回来过吗？"

罗永昌摇摇头："女儿嫁到外省去了，两个儿子都在打工的地方买了房子，过年过节的时候，就把老邹接过去住几天。至于这个老屋嘛，好像有好多年没看见他们回来过了。老邹嘛，应该就是电视新闻里常说的那种'空巢老人'了！"

"那您能帮我们联系到他儿子，或者其他亲属吗？"

"这个……我也没有他儿子的电话号码呢。"罗永昌两手一摊，脸上露出为难的表情。

严政想了一下，又问："刚才您说邹大福身体不好，是吧？"

罗永昌往对面邻居屋里望一眼，说："是的，他有冠心病、心绞痛，一直在吃药的。"

严政点点头，又问了他几个问题，然后记下他的手机号码，说："多谢您了，稍后可能还会有我们的警员找您核实一些情况，到时还请您配合一下。"罗永昌连连点头："好的好的，配合警察同志开展工作，也是市民应尽的义务嘛，我保证随叫随到。"

"严队！"后面有人叫了一声。严政转身，只见法医老金一边摘下手套，一边从屋里走出来。

她迎上去问："怎么样？"

"首先说死亡时间，"老金喘口气说，"应该是一个星期之前了。"

严政掏出手机看看日期："今天是 4 月 13 日，那死亡时间，就是 4 月 6 日了？"

老金点头："是的，我初步判断，他应该是死于当日下午至晚上这个时间段，但这几天气温较高，尸体腐败得厉害，在进行详细尸检之前，我没有办法给出更具体的死亡时间。"

严政点点头，表示理解，然后又问："死亡原因呢？"

老金说："尸体表面没有明显伤痕，基本可以排除外力致死的可能性。具体死因，估计还得解剖完尸体后才能确定。"

"刚才我问过报案人，他是死者的邻居，据他所言，死者邹大福生前患有冠心病，经常心绞痛，有没有可能是这个原因致其死亡的呢？"

老金望了一眼躺在竹椅上的尸体，点头说："很有可能。"

上午 9 点多的时候，死者邹大福的尸体被法医车拉到法医中心，准备做进一步尸检。尸体被拉走之后，屋子里弥漫着的那股令人作呕的腐臭味儿才稍微淡下来一点点。几名在现场进行勘查的年轻警员实在憋不住了，这才拉下口罩喘口大气。

严政先是在外面楼道里看了一下，并无可疑情况，然后又走进现场，在屋子里转了一圈。

案发现场是一个两居室的小套间，尸体是在客厅里发现的。客厅不大，二十多平方米的样子，正面墙壁边的电视柜上摆放着一台旧电视机，旁边墙角里有一张折叠起来的小餐桌，距离电视机屏幕约两米远的地方，是一张被磨得锃亮的老式竹躺椅，尸体被拉走前，就是仰躺在这张竹椅上。躺椅旁边有一张玻璃茶几，茶几上放着一个黑色的磁化杯，杯子里尚有少许茶水。看得出死者生前的生活过得比较简朴，整个客厅没有一样多余的摆设。

客厅左边是一间卧室，房门是打开的，里面光线很暗，揿亮电灯看一下，床上的被子是叠好的，并无凌乱的迹象。客厅右边是厨房和厕所。厨房比较脏，灶台下的垃圾桶里倒着一些剩饭剩菜，因为已经超过一个星期没有人清理，已经发出难闻的馊臭味儿了。

厨房旁边是一间小屋，屋门是虚掩着的，推门进去看，发现这里应该是死者的孙子在家念书时住的地方，小书柜里摆满了高考复习资料，一米宽的单人床的床板已经被拆掉，只剩下一个床架。靠窗的书桌上摆放着一些药品，随手拿起来一看，多是一些治疗冠心病和缓解心绞痛的药物，还有一些名字取得花里胡哨的保健品。

书桌下边还摆着两个类似电脑主机一样的东西，严政以为是孩子留下的旧电脑，弯下腰仔细一看，才发现并不是电脑主机，上面落了厚厚一层灰，到底是个什么东西，一时间竟看不出来。

这时正好欧阳错进来找她汇报情况，一见她盯着那两样东西看，就笑笑说："这个应该是理疗仪之类的东西吧。"

严政将信将疑，用戴着手套的手轻轻抹掉那个机器标识牌上的灰尘，上面果然写着某某牌纳米波电子理疗仪。

欧阳错说："这玩意号称包治百病，连癌症都能治好，根本就是骗人的，完全没有任何治病效果。"

"你怎么知道？"严政轻轻拍掉手套上的灰尘，问他，"难道你用过？"

欧阳错不由得笑了："我用这玩意干吗呀？我有一个表姨父用过，根本没治好他的病，还差点把病情给耽误了。再说这玩意要真有宣传单上写的那么神，这个邹大福就不会病死在自己家里一个星期都没有人知道了。"

"你怎么知道邹大福是病死的？"

严政蓦地抬头看他。

欧阳错说："第一，我问过老金，他说经过初步尸检，没有在死者身上发现明显外伤，基本排除外力致死的可能；第二，经过走访同楼层邻居得知，死者生前患有冠心病，且伴有心绞痛，这可是随时都有可能要命的病；第三，从现场情况来看，屋内相对比较干净整齐，并没有搏斗过的痕迹；第四，客厅地板上没有发现任何脚印，大门锁把上面只检测出了对面邻居的指纹，这位邻居自言曾在早上报警前扭动过门锁想进屋查看，但门是锁上的，他打不开，除此之外，大门上面并没有发现第二个人的指纹，从现场勘查的结果来看，并没有发现任何外人闯入的蛛丝马迹。"

严政背着手，从小房间里走出来："我觉得吧，没有蛛丝马迹，就是最大的蛛丝马迹。"

"为什么这么说？"

"很明显啊，这是死者的家，大门上居然没有他的指纹，这个说不过去吧？"

"不光大门上没死者的指纹，就连他的脚印也只出现在卧室和厨房里，客厅里居然没有任何足迹。"

严政皱眉道："这就更不对劲儿了吧？按常理来说，这里是死者的生活空间，不可能不留下任何痕迹啊。"

"您都说了，您这是按常理来推测的，可是世界上有很多事情，它往往就是不按常理出牌的。"欧阳错做了一个很夸张的手势，否定了队长的"常理推测"。"我问过死者邻居凤姑，据凤姑说，死者邹大福每天晚饭后，都会在家里搞一下卫生，拖拖地、擦擦门窗什么的，然后再把一天的垃圾打包送到楼下。"

严政朝厨房方向努努嘴："可是我看过厨房垃圾桶，当天的垃圾都还在，这说明他并没有拖地擦门扔垃圾吧？"

"事无绝对，"欧阳错看着放在厨房角落里的拖把说，"很可能是他拖完地收拾完客厅，正准备送垃圾下楼的时候，心绞痛犯了，就赶紧躺在竹椅上休息，结果这一躺下，就再没起来。因为刚刚才拖过地抹过门窗，大门上没他的指纹，客厅地板上没他的脚印，那也很正常吧。"

"照你这么说，那这就是一起简单的因病自然死亡事件了？"

"是的，"欧阳错晃着自己有点发酸的脖子，"严队，我觉得咱们可以收工了，这里没咱们重案中队什么事，把现场移交给辖区派出所吧。"

严政没有点头，也没有摇头，脸上带着不置可否的表情，又在客厅里仔细查看了一下。这时现场勘查工作已经基本结束，从大家汇报的情况来看，确实没有发现什么可疑的线索。欧阳错刚才的推理虽然有些武断，却也是目前最合情合理的推测了。一个六十五岁的独居老人，身患疾病，确实随时都有可能在家里发生意外。虽说并不能完全排除其他死因，但就目前情况而言，并没有任何证据支撑。

她想了一下，说："既然这样，大家先收工吧，后面的工作，还是先等老金那边的尸检结果出来再说。如果没有什么疑点，就把案子移交给辖区派出所肖所长他们，如果有不能确定的情况，那咱们再跟进调查。"

提着刑事勘查箱下楼的时候，康佳佳突然一个回肘，撞在欧阳错的肚子上。欧阳错夸张地张大嘴巴，痛苦地弯下腰："哎哟，康佳彩电，你干吗打人啊？"康佳佳回头看看严队及其他队友，在他耳朵边压低声音说："你那点小花招儿，别以为本小姐不知道！"

欧阳错有点愕然："我有什么小花招儿啊？"

"听说你又回你们那个什么呼啦圈摇滚乐队了是吧？今天上午有你回归乐队后的首场排练吧？"康佳佳瞥他一眼，"你这么急着催严队收工，就是想早点去乐队吧？"

"你小点声！"欧阳错急忙朝她"嘘"了一声，生怕被严队听见，"你真是我肚子里的蛔虫啊，连这点小秘密都瞒不过你。俗话说，不想做乐手的歌星不是好警察，我这不是看警队生活太严肃谨慎了，想办法丰富一下自己的业余生活嘛。"

康佳佳正色道："你最好别太过分了，要是耽误了正事，我一定会向严队汇报的。"

欧阳错笑嘻嘻地说："不会不会，我都是利用业余时间去参加乐队的活动，或者是在咱们队里没有案子的时候偷偷溜出去。如果严队问起来，你就帮我掩护一下，谁叫咱俩是好搭档呢。"

康佳佳白了他一眼："真是狗改不了吃屎，你什么时候能改一改这吊儿郎当的样子啊？"

欧阳错朝她挤眉弄眼："我怕我改了之后，你会爱上我呢！"

"滚，本小姐心里早已有人了。"

"我知道，就是那个林易锋嘛。"欧阳错的语气有点酸，"可惜啊，人家大明星根本就不知道还有你这号粉丝呢。"

"要你管！"

康佳佳抡起拳头作势要打他，欧阳错一个箭步，早已跳上警车。

回到市局已经是上午 10 点多，离下班时间还早，欧阳错跟队长请了一会儿假，提前下班，跑回宿舍洗了个澡，就开着自己那辆破丰田出门去了。

康佳佳说得没错，他到底还是放不下要拯救中国摇滚音乐的远大理想，又重新加入了呼啦圈乐队，今天上午 10 点是他回归乐队后的第一场排练时间。可是因为案子的事，耽误了好久，好在现在也不算太晚，他把小车开得飞快，直往与乐队成员约好的排练地点赶去。

刚刚走到半路，手机响了。

他以为是乐队队长虾仁打电话过来催他了，低头瞄一眼手机屏幕，上面显示打来电话的，竟然是他前女友秦惠。他不由得有些意外，急忙放慢车速，用手按一下耳朵上的蓝牙耳机，接通了电话。

"喂，是我，秦惠。"

对方在电话里的声音显得有些低沉。

"我、我知道，我知道是你……"不知道为什么，欧阳错接到这个电话，竟感到有些手忙脚乱。

"谢谢你还没有把我从你的电话通讯录里删除。"

"找我有事吗？"

"你有空吗？我想请你吃个饭。"

"吃饭？"正好前面十字路口的红灯亮了，欧阳错一脚急刹，把车停在路上，"又跟那个网络主播秦朝美男子一起吗？"

他想起了上次吃的那顿分手饭，那种尴尬和痛苦交织在一起，像仓鼠噬咬着自己那颗受伤的心的感觉，让他记忆犹新，心有余悸。分手之后，秦惠就屏蔽了他的电话，他费了好大的劲儿，才渐渐从失恋的痛苦中挣扎着走出来。

"不，没有秦朝，只有我一个人，是我自己请你。"

欧阳错感觉到她的语气似乎有点不对劲儿，疑惑地问："你……有事吗？"

"见面再说好吗？"秦惠的声调在电话里竟然变得有些哽咽，"我、我现在在华府酒家等你，你能过来一趟吗？"

欧阳错犹豫了一下，说："好的，你在那儿等我，我现在过去。"挂断电话后，他又给乐队老大虾仁打了个电话，说："哥们儿，对不起，我这都已经在半路上了，可临时有点事，今天的排练我参加不了了，下次一定到。"虾仁在电话里呵呵一笑："行，下次你请吃饭。"

欧阳错赶到华府酒家时已经是上午11点多了，正是饭点，酒店里进进出出的人很多。

他停好车，快步走进酒家，一抬头，就看见秦惠正坐在距离大门不远的一张桌子上等着他。他特意在酒家里多看了两眼，确认没有看到那个娘娘腔主播秦朝，这才走过去，在她对面坐了下来。

"怎么，你男朋友没有跟你一起吗？"欧阳错对于上次见面，仍然心怀芥蒂。

秦惠一面给他倒茶，一面黯然摇头："他没来，我们已经分手了！"

"分手了？"

欧阳错有点吃惊。

秦惠端着茶杯的手忽然颤抖起来："我现在才发现，他……他根本就是一个渣男……他除了我，在外面还有好几个女朋友，而且……而且他还经常跟那些女粉丝出去开房……"

欧阳错倒也没感到有多意外，"嗯"了一声，说："上次他牵扯进了那桩连环命案，我们奉命去他家里蹲点保护他的时候，就撞见过他在家里睡女粉丝，只不过我一直没有机会跟你说，而且估计当时我就算告诉你了你也不会相信。"

"嗯，是我做得太绝情了，拉黑了你的微信，屏蔽了你的电话，你想找我也找不到的。现在我才知道，这个世界上，真正对我好的人，只有你！"秦惠把手从桌子上伸过来，轻轻握住他的手，"欧阳，我们还能重新开始吗？"

欧阳错的心悸动了一下，并没有立即把手缩回来，他望着自己面前的茶杯，过了好一会儿，才字斟句酌地说："跟你分手的那段日子，我确实很难过，直到最近，才渐渐从失恋的阴影里走出来，而且……"

"而且什么？"

"而且我觉得，我可能喜欢上其他人了。"

"哦，"秦惠的手明显颤抖了一下，"可以告诉我她是谁吗？"

"还是不要说了吧。"欧阳错把手抽了回来，握住面前的茶杯，苦笑一声，"因为我也不太确定，我感觉她喜欢的人好像不是我，而是……林易锋！"

第二章

毒发身亡

严政接到法医老金打来的电话，已经是邹大福尸体被发现后的第三天了。老金在电话里的声音显得有些凝重："严队，看来你们又有活儿干了！"严政心里已然明白："是邹大福的死因可疑吗？"

老金说："是的，我们对邹大福的尸体进行解剖，并且进行了法医毒理学分析，发现其致死原因并不是自身所患疾病，而是中毒身亡。"

严政问："中的什么毒？"

"乌头碱。"老金在电话里重复了一遍，"他是乌头碱中毒身亡。"

严政愣了一下，她当然知道乌头碱，据说其毒性比砒霜还强，只需要几毫克就能置人于死地。

老金接着说："乌头碱中毒的人，通常会出现严重心律失常、呼吸衰竭、休克等情况，最后直至死亡，其死亡症状与冠心病死亡症状有点相似，所以我们在现场对尸体进行初检时，并没有发现这个情况。"

"那死亡时间呢？"

"应该是在其尸体被发现的一个星期前，即4月6日下午5点至晚上9点。"

严政握着电话问："还有其他情况吗？"

老金说："目前尸检还在进行中，暂时只有这些线索，等解剖完成之后，我会再给你出一份详细的尸检报告。"

挂断电话后，严政立即把这个情况跟重案中队的几名队员说了。大家都感到有些意外。现场勘查结束之后，虽然没有得出明确的结论，但大家在心里都比较认同欧阳错做出的推断，觉得邹大福因病致死的可能性极大。想不到现在尸检结果出来，邹大福的死居然跟他本身所患疾病没有关系，而是中毒身亡，中的还是比较罕见的乌头碱毒。大家心里的第一反应就是，会不会是法医那边搞错了？但很快又否定了自己的想法，老金干了二三十年法医，绝不可能犯这么低级的错误。

康佳佳朝欧阳错眨眨眼："看来咱们错警官这次的推理，又搞错了方向啊。"欧阳错梗着脖子说："谁说我搞错了方向？我在案发现场推断出邹大福并非死于他杀，这个大方向还是对的嘛，只是死因有点出入。"

"并非死于他杀？"严政挑起眉头望着他，"这话怎么说？"

欧阳错说："关于乌头碱中毒的案子，咱们也不是没有处理过，大多是因为误食了用含有乌头碱成分的中草药泡制的药酒而中毒的，甚至还有人因此神经受损成了植物人一直躺在医院没醒过来。"

康佳佳问："所以你觉得这个邹大福，也是因为误食而中毒的？"

欧阳错用力点了一下头："我觉得这是目前唯一合理的解释。因为从现场勘查的结果来看，我们并没有发现有外人闯入的痕迹，人为投毒基本可以排除。所以归根结底，他的死亡，应该是个意外，不可能是他杀。"

"关于乌头碱中毒的案子，咱们也确实遇上过，经过调查，最后的结果都是因误食而中毒，并没有发生过人为投毒的情况。不过具体到邹大福这个案子，咱们还是得认真调查一下，才能最后下结论。"严政扫了大家一眼，目光最后落在了欧阳错和康佳佳身上，"先这样吧，欧阳和佳佳，你们俩再去死者家里看一下，看看能否找到用乌头碱泡制的药酒或含有乌头碱成分的中药。另外，辖区派出所那边已经联系上了死者家属，我再给他们肖所长打个电话，看能不能找家属问一下具体情况。"

欧阳错和康佳佳同时点头："好的，我们再去现场看一下。"两人驱车来到工字桥华风小区，在死者所居住的东1栋五楼案发现场的走廊里仍然拉着警戒线，大门是锁上的。康佳佳拿出上次现场勘查时从邹大福家里找到的大门钥匙，把大门打开。

虽然尸体已经被拉走了两三天时间，可屋里还是弥漫着一股难闻的气味儿。欧阳错看见康佳佳皱着鼻子，就掏出一个口罩递了过去。康佳佳接过口罩问："你自己怎么不戴？"

欧阳错说："我口味儿重，这点味道熏不死我，再说我口袋里只有这一个口罩，只能女生优先了。"康佳佳笑一笑，心安理得地接受了这个优待，一边戴上口罩一边说："你要是早对女生这么细心体贴，也不至于到现在还找不到女朋友。"

"我怎么就找不到女朋友了？"

欧阳错明显有点不乐意了。

"哦，对了，我把秦惠给忘了。"康佳佳挥挥手，"不过那也只能算是你前女友啊。"

"这可说不定。"欧阳错犹豫了一下，还是把前两天秦惠跟那个网络主播秦朝分手后来找他，想跟他再续前缘的事情说了。

康佳佳听后把头摇得像拨浪鼓似的："那可不行，咱可不是破铜烂铁，想扔掉就扔掉，想回收就回收。"

欧阳错笑笑说："那确实，所以我也没有答应她。"

"那就好，这才像个有志气的男人嘛。"康佳佳拍拍他的胳膊，"好马不吃回头草，大丈夫何患无妻，等忙完手上的案子，我给你介绍一个。我那些闺密里面，随便挑出一个，都比她强一万倍。"欧阳错看着她嘿嘿一笑，没有接她的话茬。

两人先是在厨房里认真找了一下，并没有发现什么用中草药泡制过的药酒，然后又分头在客厅和房间里搜查一遍，不要说药酒，就连酒瓶都没有看到。两人有些不甘心，又重新把屋里所有的角角落落都寻找了一遍，既没有看见药酒，也没有看见疑似中草药之类的东西。

康佳佳喘口气说："这倒是有点奇怪了，如果邹大福真的是误食乌头碱中毒，不可能不在屋里留下乌头碱的痕迹啊。"

欧阳错敲着自己的脑袋说："会不会是酒瓶里刚好只剩下了最后一点药酒，

邹大福喝完之后，就把瓶子或酒壶扔了，所以咱们什么都找不到。"

"你觉得有可能吗？"

"这个……确实可能性不大。"欧阳错朝厨房的方向看看，"当天的垃圾都还堆在垃圾桶里没来得及扔呢，如果真是这样，那他应该会把空酒瓶放在垃圾桶里才对。"

康佳佳点头说："是的，他不可能为了单独扔一个空酒瓶而专门从五楼跑下去一趟。"

欧阳错闭着眼睛，在原地转了一圈，思索着说："既然他没有泡制过药酒，那肯定就是吃了中草药中毒的。他不是有病吗，自己煎几服中药吃，这也说得过去吧？"

"这个也说不过去。"康佳佳立即摇头否定了他的推断，"第一，煎服中药，肯定会留下药渣，但咱们在垃圾桶和屋子里都没有找到一点药渣；第二，厨房里设备简陋，并没有煎熬中药的器具；第三，煎熬中药，一般都有很重的味道，可是我问过邻居，同楼层的人并没有在案发当日闻到有中药味儿从邹大福家里传出来。"

"既不是自己泡制药酒，又不是在家里熬制中药，那这乌头碱的毒，到底是怎么来的呢？"欧阳错抱着胳膊，捏着自己的下巴，做沉思状。就在这时，他们忽然听到大门门锁被扭动的声音。两人都吃了一惊，一齐回头，只见一个戴着鸭舌帽、缩着肩膀的男人开门走了进来。看见屋里有人，他"哦"了一声，突然掉头就跑。

"别跑，站住！"

欧阳错和康佳佳都愣了一下，然后同时追出门去。

"鸭舌帽"跑得还挺快，闯过警戒线后，很快就跑到走廊尽头，眼看就要跑下楼去了。

欧阳错一低头，看见楼道的墙脚边不知道是谁扔了一口掉了底的烂铁锅。他弯腰抄起铁锅往对方背上扔去。"哐当"一声，铁锅正打在对方膝弯里。"鸭舌帽"双膝往前一跪，"扑通"一下，摔倒在楼梯口。欧阳错和康佳佳大步追上来，将其按在地上。

"鸭舌帽"一边挣扎，一边奋力仰起头来，扯着破嗓门儿大叫："快来人啊，救命啊……"

欧阳错用力摁住他，喝止道："别叫了，我们是警察！"康佳佳掏出警官证，在他面前晃了一下。

"鸭舌帽"睁大眼睛看看，吐出一口泥水说："喀，你们早说嘛，我还以为遇上入室盗窃的强盗了呢。"他很快停止挣扎。

欧阳错听出了端倪，把他从地上拉起来："你是谁？为什么看见警察就跑？"

"鸭舌帽"推开他的手，靠在墙边喘口气说："我怎么知道你们是警察？还以为是小偷进了我家呢。"

欧阳错低头往自己身上看看，这才想起，今天自己和康佳佳都是身着便装，并没有穿警服。

"这是你家？"康佳佳看看身后508室的门牌号，然后问"鸭舌帽"，"你到底是谁？"

"鸭舌帽"说："我叫邹全，邹大福是我爸。"

"你是邹大福的儿子？"欧阳错将信将疑，仍然揪着他的衣襟，将他抵在墙壁上。

当这个"鸭舌帽"掉头逃走的那一刹，他还以为此人肯定跟邹大福之死有密切关系，此时听他道明身份，心里未免有点失望。

"鸭舌帽"见他不相信自己，只好哆哆嗦嗦地掏出钱包，然后从钱包里抽出身份证，康佳佳接过他的证件认真看了一下，此人确实名叫邹全，身份证上登记的住址，就是华风小区东1栋508室。

她朝欧阳错使个眼色，欧阳错这才放开邹全："说说，到底是怎么回事？"

邹全看看他，又看看康佳佳，说："我是前天，也就是我爸尸体被发现的那天中午，接到咱们工字桥派出所的电话的。派出所的人说我爸在家里出事了，死了一个星期，尸体都发臭了才被邻居发现。警察叫我赶紧回家处理我爸的后事。当时我店里生意正忙着，一时走不开——对了，我跟我老婆在广东佛山火车站附近开饭店，我是店主兼大厨，最近生意正是旺季，我离开一天店里至少损失一两千块钱。我想让我弟回家来办这事，他在深圳打工，结果他说厂里不给假，我又给我妹打电话，她嫁到了江西，开了一家淘宝店，说这几天正在参加电商大会，也走不开。我没有办法，昨天给店里请了个厨师，晚上搭火车，今天才赶回丁州。"

邹全还告诉他们，他下了火车后，先去了一趟派出所，了解了一下他父亲死亡的大致情况，然后才回的家。本来想先回家看一下，再去公安局认领父亲的遗体，没想到一开门，就看见屋里站着两个陌生人。他以为是强盗上门，所以立马撒腿就跑。

他疑惑地说："我听派出所肖所长说，现场勘查不是早就结束了吗，你们怎么还在这里？"

欧阳错说："因为我们觉得你爸的死因还有可疑之处，所以重回现场看看。"

"还有可疑？"邹全有点意外，"他不是因为冠心病发作引起严重心律失常，导致猝死家中的吗？我听肖所长这样说的。"

康佳佳说："我们原本是这么以为的，但是法医尸检之后才发现你爸的死跟他本身所患疾病没多大关系。他是中毒身亡。"

"中毒？"邹全睁大了眼睛，"中什么毒？"

"乌头碱。"

"乌头碱？"邹全一脸茫然，"是什么毒药？"

康佳佳跟他解释说："乌头碱主要存在于川乌、草乌、附子等一些中草药中，其毒性据说比砒霜还厉害，致死量只有几毫克。我们以前也处理过乌头碱中毒的案子，不过都是因为事主自己用含有乌头碱成分的中草药泡制药酒，不小心误食而中毒的。"

"这样啊，"邹全摸摸自己的后脖颈说，"不过我爸自从被检查出患有严重的冠心病之后，就彻底戒酒了，他绝不会喝什么药酒的。"

"那会不会是他为了给自己治病，听信了什么民间偏方，自己煎了含有乌头碱的中药吃，结果中毒了？"

"这个更没可能。我妈当年得病，就是因为自己乱吃中草药吃死的，从那以后，我爸就不再相信偏方和中草药了。他病了这么久，从来没有看过中医，更不会吃什么民间偏方。"

欧阳错和康佳佳不由得相互看了一眼，如果真是这样，那这个案子就比较棘手了。从目前的情况来看，邹大福应该不会用乌头碱自杀，再排除误食的可能性之后，那剩下的，就只有他杀这一种可能性了。

邹全见两个警察表情严肃、沉默不语，不由得犹豫了一下，指指自家大门说："那个……警察同志，我可以去家里边看看吗？"

"不行，"欧阳错一口回绝，"现场现在还处在封锁之中，除了警方人员，其他人不能随便进入。"

"哦！"邹全略有些失望。康佳佳想了想，说："要不这样吧，我们陪你进去，不过你要穿上鞋套，以免破坏现场，而且里面的东西只能看，不能碰。"邹全立即点头说："好的好的。"

欧阳错拿出一双鞋套让他穿上，然后跟康佳佳一起，陪着他走进了508室。在屋里转了一圈之后，康佳佳说："你仔细看看，这屋里可有什么不对劲儿的地方。"

邹全四下里瞧瞧，一脸茫然，说："十年前我们华风电风扇厂倒闭之后，我带着老婆离开这个家出去打拼，后来就很少有时间回到这里了。最近一次回家，还是我儿子三年前考大学，我回来陪他参加高考。家里的情况到底怎么样，其实我也不是很清楚，你问我这屋里有什么东西被别人动过，我、我还真看不出来。"

从屋里走出来后，邹全走到走廊尽头，一屁股坐在楼梯台阶上，掏出一根烟，闷头抽起来。

直到耐心地等他抽完一根烟后，康佳佳才说："能跟我们说一下你父亲的情况吗？"

邹全点点头，一边把烟头摁灭在地上，一边说道："我父亲今年六十五岁，生日是在农历二月，但具体是二月哪一天，我不太记得了。我们老家在农村，我父亲就是一边种田一边开一家小卖部，把我们兄妹三人养大的。十二三年前吧，我母亲去世了，父亲就显得有些孤独。后来我们电风扇厂因为经营不善倒闭了，我就跟老婆一起出去打工，一儿一女两个孩子留在家里没有人照顾，我就让我父亲把老家的房子卖掉，搬到我这里来住，顺便帮我照看两个孩子。你们看到的那个小房间，就是我女儿住的，我儿子当时跟我爸住在那间大一点的卧室里。三年前我儿子上大学离开了这里，两年前我女儿也去昆明念大学了，这个家里就只剩下我父亲一个人住了。"

欧阳错问："你们兄妹三个，就没有想过把你爸接过去住吗？"

"我打电话跟我爸商量过这件事，但是他不同意，说是在家里习惯了，到外面住得难受，所以我们也没有强求，只是每逢过年过节，都会让他老人家到我们兄妹三人家里轮流住上几天。"

"你爸有冠心病的事，你们知道吧？"

"知道的。他得这病应该有七八年时间了吧，那时他老觉得自己胸口不舒服，还晕倒过两次，我就让我弟弟回家带他去看医生，最后确诊是冠心病。医生告诉我们说，这个病比较麻烦，这是一种慢性病，一旦确诊就很难治好，只能靠平时服药进行控制。从那以后，我就跟我父亲说了，让他不要干什么重活儿，除了每月的生活费，我们三兄妹还每人每月给他一千元医疗费，让他拿去看病买药。你们也看到了，屋里不是放着许多药品、保健品和理疗仪之类的东西吗？那都是我们给他钱买的。"

邹全说完之后，摘下帽子，使劲儿在头上抓了几下，似乎是有点懊恼父亲在世的时候，没有把他照料好。欧阳错这才明白他为什么一直戴着一顶鸭舌帽，原来他是一个癞痢头。

康佳佳忽然朝邹全问了一句："你觉得你父亲有可能用乌头碱自杀吗？"

邹全愣了一下，但很快就摇头说："这个不可能。第一，我爸没读过多少书，他应该不知道乌头碱是个什么东西；第二，我爸出事前几天，我还给他打过电话，他说想他的孙子孙女了，我跟他约好等五一劳动节放假的时候，让我儿子和女儿回来看他。他很高兴，还说要提前多准备些好吃的招待两个孩子。

我两个孩子都是他一手带大的，对这个爷爷，比对我还亲呢。"

"如果排除了自杀和误食中毒这两种情况，那他杀的可能性就很大了。"欧阳错皱起眉头说，"你爸平时有得罪过什么人，或者说，跟什么人结下过仇怨吗？"

邹全叹口气说："我爸这个人吧，性格有点古板，脾气有点执拗，平时跟人闹出点什么不愉快的事，我觉得还是有可能的。但说到结下过什么能给自己带来杀身之祸的仇家，我觉得可能性不大。"

康佳佳道："你刚才都说自己已经离家十年，很少回来陪你爸，也就是说，其实家里有很多情况，你也并不太了解，是吧？"

邹全"嗯"了一声，表示自己对她的话无法反驳。

"那咱们还是去邻居那里问问情况吧，"康佳佳瞧他一眼，"毕竟远亲不如近邻嘛。"

邹全知道她这话是说给自己听的，不由得脸上一热，一时说不出话来。欧阳错拍拍他的肩膀，从楼梯台阶上站起身："你爸的尸体现在还在法医中心，你先过去看看，这个案子疑点颇多，我们还得继续调查。"

"好的。"邹全往楼梯下走了两步，然后又想起什么，回身把自己的手机号码告诉他们，说以后如果还想了解什么情况，可以随时电话联系他。

等邹全下楼后，康佳佳掏出手机给严队打了个电话，把自己这边的调查情况跟她做了汇报。

严政在电话里听到康佳佳说已经基本排除邹大福服毒自杀和误食乌头碱中毒的可能性，并没有感到意外，也许她早就有预感，这个案子绝不会像欧阳错在现场推断的那么简单。

康佳佳在电话里请示说，自己和欧阳错想留在华风小区里走访死者的邻居，继续调查这个案子，看能不能找到什么有用的线索。严政说："行，有什么情况随时向我汇报。"

给队长打完电话后，康佳佳和欧阳错正想转身走回楼道，去敲被害人邻居家的门，忽然听到楼梯下面传来一阵拖沓的脚步声，两人以为是邹全去而复返，在楼上等了一阵，却看见从下面慢慢走上来的是一个头发花白的老年妇女，她手里提着一个鼓鼓囊囊的帆布购物袋，爬起楼梯来显得有些吃力。两人记得当初曾在邹大福命案现场看到过她，她好像叫凤姑，是住在邹大福家斜对门的邻居。

凤姑的记性似乎比他们要好，虽然他们没有穿警服，却还是一眼就认出他们是警察，热情地跟他们打招呼："警察同志，你们又是为了老邹的事来的吧？"

见两人点头，她又说："我刚才还在楼下见到老邹的儿子来着。他儿子是回来给老邹办后事的吧？唉，这年头啊，有什么别有病，你看老邹，得了冠心病这么久都没事，可一旦出事，那可就是要了命的大事……"

见她一开口就絮絮叨叨说个没完，欧阳错眉头微皱，打断她的话说："凤姑，其实邹大福的死，跟他本身所患疾病没多大关系。他是中毒死亡，中的是乌头碱的毒。"

"中毒？"凤姑吃了一惊，"是、是服毒自杀吗？"

康佳佳摇头说："目前还不能确定，不过我们警方更倾向于他杀，他很可能是被人为投毒杀害的。"凤姑不由得打了个寒战："投毒杀人啊？这、这也太吓人了！"

欧阳错问："凤姑，您跟死者是同住一层楼的老邻居，对他的情况您应该比较了解吧？您知道他平时得罪过什么人，或者说，跟什么人结过仇吗？"

凤姑认真想了一下，摇头说："还真没有听说过老邹有什么仇人呢，再说这都到了投毒杀人的地步，如果不是不共戴天的深仇大恨，也做不出这样的事啊。"

康佳佳换了个角度问："4月6日，也就是邹大福出事的那天，您见到他家里来过什么人，或者说传出过什么异常的动静吗？"

凤姑把提着的购物袋从右手换到左手，迟疑了一下，说："这个嘛……好像也没有呢……"

"凤姑，这就是你的不对了，向警察同志隐瞒线索，误导他们办案，可是要负法律责任的。"身后忽然传来一个老头说话的声音。欧阳错和康佳佳转头一看，却是住在邹大福家对门的邻居罗永昌，不知什么时候，他已经站在了楼道里。凤姑听到罗永昌的话，不由得低下头去。

欧阳错知道其中必有隐情，就问："罗大爷，您是不是知道什么线索？"

"刚才我正要出门，你们说的话我都听到了。"罗永昌一脸严肃地说，"如果老邹真是4月6日那天中毒身亡的，那他屋里还真发生了一件不寻常的事。"

康佳佳走近他道："那您赶紧给我们说说。"

罗永昌朝案发的508室望了一眼，说："前段时间吧，老邹家厕所里的下水管道坏了，厕所里的污水漏到楼下408室去了。408室的邱艳丽上楼跟他说了几次，叫他尽快把下水管道修好，可老邹不当回事，说反正臭水没往我家里流，所以不关我的事，要修你自己花钱雇人来修。邱艳丽是个老实人，被他气哭了，也拿他没有办法。但是4月6日那天，邱艳丽的老公朱达回来了。朱达是个卡车司机，经常在外面跑长途，难得回家一次。他这个人性情有点暴躁，身上有股子匪气，以前还因为故意伤害罪坐过牢。他回家听老婆说了这个事，立即抄起一块砖头噔噔噔跑上楼，要找邹大福拼命。当时是傍晚吧，邹大福正在家里吃晚饭，朱达上来后，两人交涉无果，就在屋里吵了起来。当时动静闹得挺大的，这栋楼里有好些人都听到声音跑上来看热闹。最后还是我带着几个人，把吵架的朱达和老邹两个人分开的。"

好像是为了在警察面前弥补自己刚才没有说出实情的过失，一旁的凤姑又补充说："当时朱达对老邹说，你不修好下水道，信不信老子弄死你？这句话他指着老邹的鼻子连说了三遍，在场的很多人都听见了，是吧罗主任？"

罗永昌点头说："是的，当时朱达情绪激动，确实这样说过。"

"那您是怀疑朱达被您劝离之后，又悄悄返回五楼给邹大福下毒？"

"这个嘛，我不敢说，他下楼之后好像并没有再上来。"罗永昌犹豫了一下，还是说出了自己心里的怀疑，"如果他真要给邹大福投毒，只能是在吵架的时候，悄悄把毒药撒进老邹的饭菜里。当时老邹正在客厅里一边看电视一边吃饭，饭菜都是摆在桌子上的，他如果在饭菜里撒点毒药上去，估计谁也不会注意到。"

"是是是，我也觉得是这么回事。"凤姑在旁边点头附和，"朱达这个人很不好惹，我刚才不是怕惹祸上身嘛，所以你们问起来的时候，我也不敢说。"

康佳佳在笔记本上将这个情况记录下来，然后点头向两人道谢，说："您二位提供的线索太重要了，如果再想起别的什么线索，可以随时来找我们。"等两个老人离开之后，欧阳错一边翻看着康佳佳的笔记本，一边说："这确实是一条很重要的线索。我看邹大福厨房垃圾桶里还倒着剩饭剩菜，如果真的是朱达在他晚饭里下毒，估计还能从这些剩饭剩菜里化验出来。"

"有道理。"康佳佳一面下楼，一面打电话向严队汇报情况。严政说："非常好，辛苦你们了，我马上叫老熊带人去把那些剩饭剩菜及厨房里的碗筷都拿回来化验。你们现在去楼下找那个朱达，如果证实其确有可疑，就先将他控制起来，带回市局做进一步调查。"康佳佳说："好的。"

两人走到四楼，找到408室，远远就听见屋里传来孩子的哭叫声，正好大门敞开着，两人走近一瞧，只见屋里有个皮肤黧黑的矮壮汉子，正手持扫帚，在追打一个十来岁的小男孩。小男孩赤着两只脚，被追打得哇哇大哭、满屋乱跑。一个女人正在旁边劝说男人"不要打了，不要打了"。

欧阳错敲敲门框，屋里太过嘈杂，根本没人听到他的声音，他心头有气，大声"喂"了一声，屋里人听到声音，一齐转过头来，看见门口站着两个陌生人，这才安静下来。矮壮汉子把眼一瞪，用扫帚指着他俩问："你们是什么人？想干什么？"

欧阳错亮了一下证件："我们是警察，想找一下朱达。"

矮壮汉子像突然泄了气的皮球，丢下手里的扫帚说："我就是朱达。"康佳佳问："知道我们为什么找你吗？"朱达瓮声瓮气地说："知道，不就是为了邹大福的事嘛……老实说，本来前几天我就该出车了，知道你们一定会来找我，所以一直在家里等着。"

欧阳错感到有点意外，没想到他这么痛快就承认自己跟邹大福被毒杀一事有关。"把手伸出来！"欧阳错说。

朱达愣了一下，犹豫着伸出两只手，欧阳错正要给他上铐子，却被康佳佳用眼神制止住。两人将朱达带下楼，直到确认屋里的孩子已经看不到之后，才把朱达铐在警车上。

回到重案中队，严政立即对朱达展开了讯问。朱达用戴着手铐的手敲着自己的脑袋，懊悔地说："警察同志，你们不知道邹大福那个糟老头子有多可恨，自家厕所下水管道开裂，屎尿粪水都流到我家里来了，我们让他找人修一下，他根本就不理会……当时我也只是想吓唬吓唬他，没想到他那么受不起惊吓，一下子就……"

严政沉着脸道："你说得也太轻巧了吧，往人家正在吃着的饭菜里投毒，有你这样吓唬别人的吗？"

"什、什么，投毒？"朱达忽然怔愣地看看她，又看看坐在她旁边的欧阳错，一脸茫然，"什么投毒？"

"你都已经被'请'到公安局来了，就别在我们面前装蒜了。"欧阳错提高声音说，"我们法医已经检验出来，邹大福根本不是死于冠心病病发，而是被人下毒毒死的。"

"毒、毒、毒死的？"朱达好像从背后挨了一棍子，身体向前一个趔趄，差点从凳子上摔下来，"这、这是真的吗？"

欧阳错点头说："当然是真的。他是乌头碱中毒死亡。现在我们怀疑是有人把毒药放进了他的晚饭里，最终导致其中毒身亡。而这个投毒杀人的凶手不是别人，就是你。"

"不不不，"朱达两只手一齐摆动，"凶手怎么会是我呢？"

严政身子前倾，直盯着他说："当天傍晚你上楼找邹大福时，他正在家里吃晚饭，对吧？在整个吵架过程中，除了他自己，就只有你靠近过他的餐桌，对吧？如果真是有人在他饭菜里下毒，那唯一可能的凶手，就只能是你了，对吧？"

她言辞犀利，每诘问一个"对吧"，朱达就不由自主地点一下头，直到她抛出最后一个问题，朱达才醒悟过来，急忙摇头说："不不不，我上楼找他的时候，他确实是在吃饭，我也确实到过他饭桌边，可是我没有给他下毒啊，我根本连什么叫乌头碱都不知道。"

"你现在翻供已经迟了。"欧阳错憋了一肚子火，"刚才在你家里，我问你的时候，你可是亲口承认了的，要不然我也不会把你铐到公安局来。"

"哎，错了错了，你们搞错了！"朱达急得满头大汗，高声辩解道，"我、我误会了你们的意思，你们也误会了我的意思，咱们把事情搞岔了。我一直以为邹大福是冠心病发作身亡，而且是因为跟我吵架之后情绪太过激动才会发病的，所以事后冷静下来一想，我心里还是有些懊悔，觉得虽然不是我直接害死他的，但也不能说他的死跟我完全没有关系。这几天车队里叫我回去上班，我也请假没有去，一直在家里等着警察上门来找我处理这件事。下午你们到我家里找我，我以为就是为了这事，所以我都没有细问，就老老实实跟着你们到公安局来了。我本以为把这个事情说清楚就行了，毕竟也不是我亲手杀死他的，我跟他吵架的事最多也只是他发病死亡的一个诱因，真正的死亡原因还是在他自己身上，对吧？可是我刚刚听你们说，他竟然不是发病而死，而是被人下毒毒死的，这个就跟我完全没有关系了。要是早知道他是这么死的，那我打死也不会承认跟他的死有关系了。"

"这事是你不承认就能解决的吗？"欧阳错一拍桌子，站了起来。"坐下！"严政扭头瞪他一眼，脸色已经沉了下来，显然是在责怪他在传讯朱达之前，没有跟他把原因说清楚，最后居然闹出这么大个乌龙。

"不是，严队，你别听他狡辩，"欧阳错急赤白脸地说，"在他家里的时候，他确实亲口承认了自己跟邹大福之死有关系，当时康佳佳也在，不信你去问问她。"

"我没有狡辩，我说的都是实话。"朱达的情绪有些激动，"第一，我是个粗人，根本就不知道你们说的那个乌头碱是个什么东西；第二，我跟五楼的邹大福，也就是下水道漏水这么一点小矛盾，我拿砖头上去找他，只是想吓唬一下他，让他赶紧把下水管道修好，你说我怎么可能真的为了这点小事去要他的命呢？"

"但他吃饭的时候，只有你靠近过他的饭桌，也就是说，只有你有机会往他饭菜里下毒，这个你怎么解释？"欧阳错瞪着他质问道。

朱达急得直跺脚："这事我没法解释啊。我只知道我没给他下毒，他不是我毒死的。至于他是被谁毒死的，应该是你们警察要管的事，总不能指望我来告诉你们凶手是谁吧？"

"你……"

欧阳错被他反问得哑口无言，恨不得冲上去掐住他的脖子，逼他承认自己就是杀人凶手。

这时，严政的手机响了，她看了一下来电显示，走到外面接听电话。几分钟后，她返回讯问室，朝欧阳错努努嘴："先让他回家吧，这事应该跟他没什么关系。"

"严队，咱们可不能就这么轻易地放虎归山啊！"欧阳错有点急了，"肯定是他把毒放在饭菜里，把邹大福毒死的，咱们不用跟他客气，直接把他押上审讯台，我就不信审不出个结果来。"

"我说了，先把他放了再说，这是命令！"严政瞪他一眼，一字一句地说。欧阳错有点无奈，只好起身给朱达解开手铐，让他回去。等朱达离开讯问室之后，严政才说："刚才老熊给我打电话了，他们化验过邹大福家里的剩饭剩菜，还有碗碟餐具等，都没有发现投毒痕迹。"

欧阳错还是心有不甘："这也并不能说明邹大福吃过的饭菜里没有毒啊，也许被下毒的那样菜或那碗饭恰巧被他吃光了，碗也洗干净了，自然就找不到痕迹了。"

严政摇头说："我刚才观察过朱达，觉得他性格比较粗暴，性情比较直爽，如果他真想报复邹大福，直接一板砖砸在邹大福头上就行了，不可能采取暗中投毒这么迂回的方式。他上次坐牢，就是因为一言不合暴起伤人，动手把人家耳膜给打穿孔了。"

"对呀，上次就是因为他太粗暴太直接，结果把自己给送进牢里去了，所以这一次他学乖了，采取了一种更隐蔽的作案方式。"欧阳错还在极力为自己的推理寻找依据，这时房门被人敲了一下，康佳佳探头进来："严队，老金找你，已经在咱们中队办公室等着了。"

严政应了一声，和欧阳错一起回到中队办公室，老金递给她一份法医检验报告，说："我先拣重点说一下，经过详细尸检，我们主要得出以下几点结论：第一，邹大福的死亡时间是 4 月 6 日下午 5 点至晚上 9 点，这个没变；第二，死因是乌头碱中毒，这个也没有变；第三，通过对死者胃里的容留物进行检测化验，我们发现他当晚吃过的食物在底层，而乌头碱成分在上层，所以结论是，乌头碱不是混合在饭菜里吃下去的，是在饭后至少半小时之后才吃进胃里的。最后一点，也是最重要的一点，我们在死者胃里检出了胶囊用明胶成分，我们认为，乌头碱应该是放在胶囊里被他吃进肚子的。另外还有一些细节，我都写在报告里了，你自己慢慢看吧。"

送走老金后，严政又快速地把法医报告看了一遍，然后又递给办公室的欧阳错等人看了，最后问大家有什么想法。

欧阳错低下头，说："如果真是这样，那朱达应该真的跟这事没有多大关系，因为毒药并不是投放在饭菜里的。"

"是的，老金刚才也说了，乌头碱是装在胶囊里被邹大福吃下去的……"严政说到这里，忽然站起身来。欧阳错、康佳佳和其他几名警员听她说到"胶囊"二字，也同时站起身。

"难道问题出在那些药上面？"他们同时想到了邹大福家里琳琅满目的药品。

第三章

药品调包

严政带着欧阳错等人重返命案现场时已经是傍晚了,华风小区两扇生锈的大铁门形同虚设,一天到晚都是敞开着的。铁门旁边有个小小的门卫室,门卫老孙头正在里面跟一个棋友埋着头下象棋。门卫室外边拴着一条黑色的大狼狗,看见严政他们进来,立即狂吠不止,把一条两三米长的粗铁链绷扯得哗哗作响。

老孙头听见狗叫声,这才跑出来,一见是警察上门,立即将狼狗喝止住,赔着笑脸说:"不好意思,警察同志,这狗东西一见到陌生人就叫。"欧阳错瞧他一眼,见他手里还攥着一枚棋子,不禁有些好笑,说:"老孙头,这条狗可比你这门卫称职多了。"

严政他们来到东1栋,上到五楼,康佳佳已经提前给死者的儿子邹全打了电话,这时邹全已经赶过来,正在门口等着。

严政他们进入508室,厨房旁边的那个小房间里,书桌上摆放的那些药品都还在。上次勘查现场的时候,这些药品并没有引起严政他们的重视,所以并没有把这些药拿走做进一步检查。现在看来,邹大福的致死原因,很可能就在这些药品上。好在这些药品都按原样摆放着,并没有被人动过。

严政认真看了一下,摆放在书桌上的,有二十多种药,有药片、药丸、药粉,也有胶囊之类的,一半是治疗冠心病或心绞痛的常用药,另一半则都是一些号称能包治百病的保健药品,有的甚至是连生产厂家都没有标注的三无产品。

"这老头，我们三兄妹给他的钱，原来都花在这些没用的东西上了。"邹全在旁边看了，忍不住嘟囔了一句。

严政他们又在其他房间里看了一下，并没有发现别的药物或胶囊之类的东西，于是在邹全的见证下，严政叫人将书桌上所有的药品，还有那些保健品，全都打包带走，拿回去化验。

第二天，欧阳错和康佳佳、熊甲申和马瑞再次来到华风小区，兵分两路，分头走访小区居民，调查邹大福的人际关系及其他一切可疑线索，但是并没有什么收获。也许是年纪大的原因吧，邹大福的性情比较固执，甚至还有些孤僻，在小区里住了这么久，跟其他住户并不怎么亲近，大多数邻居都认识他，但跟他并无深交，所以对他的情况也不是特别了解。但有一点是可以肯定的，在这个小区里，除了住在408室的朱达，他并没有跟其他人闹过什么大矛盾，更没有人听说他还有什么致命的仇家。

后来严政他们又把调查范围扩大到小区以外的地方，凡是跟邹大福有关系的亲戚朋友熟人，都走访了一遍。有许多熟人并不知道他已经死了，听到这个消息，都有点吃惊，再听警方说，他很可能是被人投毒杀死的，就更觉得不可思议了。

这时物证检测中心那边对那些药品的化验结果也出来了，事实证明警方先前的推断完全正确，这些药品中确实就隐藏着致命杀机。

在被警方带回来的药物中，有一瓶名叫倍他乐克的胶囊药，主要是用于治疗心梗、心绞痛和高血压，药瓶里还剩下七颗蓝色胶囊，经过化验，这七颗胶囊里装着的，全都是足以致命的乌头碱粉末。除此之外，警方再没有在其他物品里检测到有毒物质。基本可以确定，邹大福就是在晚饭后服下这个药中毒身亡的。

这一瓶倍他乐克应该是邹大福自行在药店购买的，药瓶外面还贴着药店的标签，上面写有药店名称及价格。标签纸上的字迹虽然有点模糊，但经过仔细辨认，还是能勉强看得清楚，上面写的是"大健康药房"几个字。康佳佳打开手机地图搜索一下，这家药店就开在工字桥边，与邹大福所居住的华风小区仅一街之隔。

按照严队的指示，欧阳错和康佳佳拿着透明的物证袋装着这个小药瓶，找到了这家"大健康药房"。虽然名字前面有个"大"字，但这家药店只有一片小小的门面，前台的玻璃柜里摆放着一些常用药，后面还有一个小柜子，摆卖的都是处方药，药柜上贴着一张字条，上面写着"所有处方药，须凭医生处方购买"等字样。但是很明显，这样的温馨提示形同虚设，两人只在店里站了一小会儿，就有两三个人拿着钱直接买走了几种处方药。留着短发、在店里忙碌着的女店主根本就没向顾客索要处方。

这家药店虽小，但生意好像还不错，女店主应付完好几拨顾客之后，才注意到站在柜台前边的欧阳错和康佳佳。

"你们要买什么药？"女店主问。欧阳错举起物证袋问："这个药，是你们店里出售的吗？"女店主立即警惕起来，上下打量他们一眼，不答反问："你们是什么人？"

"我们是公安局的。"康佳佳把证件朝她一亮，女店主顿时脸色发白，有点不知所措。

康佳佳知道她害怕什么，笑了一下说："你放心，我们在侦办一个案子，只是想找你打听一点情况，并不是跟食药监局还有市场监督管理局进行联合检查行动。"

女店主往两人身后瞅一眼，确实没有看到别的执法人员，这才略略放心。她从欧阳错手里接过物证袋看了一下，点头说："这个倍他乐克胶囊药确实是从我们店里销售出去的，上面有我们店的标签呢。怎么了，出什么事了？"

"有一个叫邹大福的人，就住在这附近的华风小区，你认识吗？"欧阳错正想把邹大福的照片拿出来给她看，她却已经点头说："认识啊，他有冠心病，还伴有心绞痛，经常到我这里买药，算得上是我们店的常客了。"

"他死了！"康佳佳说。

"死了？"

女店主吃了一惊。

"据我们警方调查，他很可能就是吃了你们店里这个药之后死亡的。"

女店主恍然大悟，这才明白警察找上门来的真正目的。她的第一反应就是赶紧推卸责任："不对吧，他已经不止一次到我们店里来买这个药了，怎么以前吃了都没事，这一回却……这个药副作用挺大的，他肯定是没有按照说明书上的药量服药，擅自加大了剂量，这只能怪他自己，跟我们药店可扯不上任何关系。"

欧阳错敲着柜台上的玻璃说："跟你们店有没有关系，这事不由你说了算，得我们警方经过调查之后，才能得出结论。你现在要做的，就是老老实实配合我们调查。"

毕竟人命关天，一听说闹出了人命，女店主也有点六神无主，急忙点头说："行行行，你们调查吧，我保证配合。只是我们这药真的是从正规渠道进的货，不但邹大福买过，其他人也买过，怎么别人都没出事，偏偏他就……"

欧阳错晃晃手里的小药瓶，几颗毒胶囊在里面哗啦作响。他说："这个药瓶里，现在还剩下七颗胶囊，我们一一化验过，所有胶囊里装的都是乌头碱粉末。"女店主开药店的时间也不短了，自然知道乌头碱是什么，吓得连连摆手："这、这不可能啊，好好的倍他乐克胶囊，怎么就变成了乌头碱毒药呢?"她指着物证袋里的小药瓶，"能打开瓶盖，让我看看里面的药吗?"

"可以。"康佳佳戴上手套，把小药瓶从透明袋子里拿出来，拧开瓶盖，将里面的胶囊倒出三四颗在自己的掌心里。

女店主凑近去仔细瞧瞧，忽然摇头说："不对不对，这个不是倍他乐克胶囊，原装的倍他乐克胶囊不是这个颜色。"

"是吗?"

欧阳错抬起眼睛，狐疑地看着她。

女店主转身从后面玻璃柜里拿出一瓶新的倍他乐克，拧开瓶盖打开封口膜，倒出些胶囊来，跟康佳佳手心里的药一比，虽然两种胶囊无论是大小形状还是颜色都差不多，但如果仔细辨别一下，还是能看出来，康佳佳手里的毒胶囊颜色较深，是深蓝色的，而女店主倒出来的真正的倍他乐克胶囊是海水蓝，颜色略浅。

"邹大福吃的根本不是倍他乐克，"女店主十分肯定地说，"他的药应该是被人调包了！"

她语气里透着一丝轻松，如果真是这样，那就说明她店里售出的药并没有问题，邹大福的死跟她的药店没有任何关系。

欧阳错和康佳佳相互看了一眼，两人心里都明白，这个女店主说得没错，从现在的情况来看，邹大福从这家药店买回去的倍他乐克本身是毒药的可能性几乎为零，唯一合理的解释是，他把药买回家后，在服药过程中，被凶手用含有乌头碱的毒胶囊给调包了。两种胶囊外观十分相似，若非药店店主这样的专业人士，是很难发现其中的细微差别的。

欧阳错向女店主买了一瓶倍他乐克之后转身离开了药店。回到警车里，康佳佳给严政打电话，跟她说了自己这边调查到的情况。

"你们可以确认药瓶里的药是真的被调包过吗？"严政在电话里向康佳佳确认道。康佳佳点头说："可以确认。"严政想了一下，说："那你们先回来再说吧。"

欧阳错和康佳佳拿着新买的那瓶倍他乐克回到重案中队，严政立即把大家叫到中队办公室，召开案情分析会。

欧阳错先是把刚才在药店调查到的线索详细说了一遍，然后把两种胶囊都从药瓶里倒出来，摆在桌子上给大家看。大家都凑近来仔细看了，两种胶囊十分相似，如果不是放在一起比对，颜色深浅上的那一点点区别，根本就无法用肉眼观察出来。

老熊看着这两种不同的胶囊说："既然邹大福已经多次去药店购买这个药，那就证明他服用这个药，原本是没有问题的，只因为被人把这治病的药调包，换成了要命的毒药，所以他才会中毒身亡。而这个把胶囊药调包的人，无疑就是凶手。可惜咱们在邹大福家里的小药瓶上只找到了邹大福自己的手指印，并没有找到凶手留下的指纹，估计凶手作案的时候戴了手套，所以并没有留下什么痕迹。"

康佳佳点点头，表示赞同他的话："我刚才看了一下这个药的说明书，这个药每一瓶共有二十四颗胶囊，用量是每天一颗，凶手应该是在邹大福吃完十六颗药，小药瓶里还剩下八颗胶囊的时候，偷偷溜进他家里，把瓶子里剩下的药倒出来，然后再把八颗几乎一模一样的毒胶囊装进去的。其中一颗毒胶囊已经在 4 月 6 日傍晚被邹大福吃掉，所以现在小药瓶里还剩下七颗胶囊。"

欧阳错反驳道："也不一定是一下子全部调包吧，也有可能是凶手在这个小药瓶里还剩下一些药的时候，偷偷加了八颗毒胶囊进去，只是邹大福之前一直没有吃到有毒的胶囊，所以一直没有出事。"

"这种可能性不大。因为这两种胶囊虽然十分相似，但如果放在一起比对，还是有可能被分辨出来的。尤其像邹大福这种经常服用这个药的老病号，如果小药瓶里同时存在两种胶囊，我想他完全能够看出端倪来。"康佳佳用坚定的语气说，"所以我还是认为凶手应该是完全调包了小药瓶里剩下的胶囊，这样邹大福没有能够拿来做对比的参照物，自然就瞧不出异样来。"

"嗯，佳佳说得有道理。"严政在听取了大家的意见之后开口说道，"这样一来，凶手作案的时间，就缩小到最小范围了。这个药每天都要吃一次，而邹大福习惯晚饭后服用，4 月 5 日他服药后没事，而 4 月 6 日服药就中毒了，这说明了什么？"

欧阳错抢着答道："这说明胶囊是在他 4 月 5 日傍晚服药之后，至 4 月 6 日傍晚服药之前，这个时间段内被人替换掉的。"

"答对了。"严政用力敲一下桌子，"所以我们现在要做的，就是去调查在这个时间段，有什么陌生人进入过华风小区，有什么可疑人员进出过邹大福家里。"

欧阳错不由得面露难色："邹大福所居住的华风小区是个老旧小区，位置又有点偏，小区内外都没有安装监控摄像头，现在要去寻找一个十多天前进入过小区的嫌疑人的痕迹，估计比较困难吧。"

"照你这么说，那以后凡是现场没有监控的案子，咱们都不用办了，是吧？"严政瞪他一眼。

欧阳错讪笑道："我不是这个意思。我只是说这个案子有点难办，但没说不能办，他们那里不是还有个门卫嘛，咱们去问问门卫就知道了。"

"你还算说了一句靠谱的话。"严政脸上的表情这才缓和下来，"现在咱们兵分多路，你和佳佳去找华风小区的门卫老头了解一下情况，问问他在那个时间段有没有注意到有什么陌生人进出过小区。老熊和马瑞负责走访小区里的住户，尤其是与死者住在同一栋楼、同一层楼的邻居。另外，我再派几个人到华风小区周边调查一下，看能不能找到什么线索。"

"是。"

大家接到任务后，就分头忙开了。

欧阳错和康佳佳来到华风小区，还没进入大门，就听见门卫室里传来"啪啪啪"的象棋敲击棋盘的声音，估计老孙头又在跟别人下棋呢。两人透过门卫室的玻璃小窗往里面一瞧，屋里却只有老孙头一个人，并没有别人。两人瞧了好一会儿才看明白，原来老孙头是在跟自己下棋，左手执红右手执黑，就像老顽童周伯通一样左右互搏，杀得不可开交。康佳佳不由得吐一下舌头，这老头的棋瘾得有多大啊！

正想敲门的时候，旁边的大狼狗发现了他们，立即对着他俩狂声吠叫起来。老孙头听见狗叫声，这才从左右互搏中回过神来，出门一看，认得是两个警察，立即将狗喝止住。"警察同志，你们可真辛苦啊，这小区你们都已经跑了无数趟了吧。"他一把勒住狗链，朝他们挥挥手，"你们赶紧进去吧！"

欧阳错说："我们不进去了，我们是来找你的。"

"找我？"老孙头愣了一下，"找我干什么？我可只是一个小看门的，跟邹大福没红过脸没吵过架，他的死可是跟我一点关系都没有。"

康佳佳解释道："大爷，您不用紧张，我们找你，并不是说您涉案了，我们只是想向您了解一下情况。"

老孙头脸上的表情这才缓和下来："哦，原来是这样，那你们想了解什么尽管问，我保证知无不言，言无不尽。"

欧阳错说："对于邹大福的案子，我们警方现已查明，他是被人投毒害死的。凶手用毒药替换了他经常吃的一种药，结果就导致他在 4 月 6 日晚上中毒身亡。我们判断凶手应该是在他死前二十四小时内，也就是 4 月 5 日傍晚至 4 月 6 日傍晚这个时间段内，进入小区，潜入他家里，把他常吃的那个药调包成毒药的。我们这次来，就是想问一下您，在 4 月 5 日和 6 日这两天，您有没有看见什么陌生人，或者是其他可疑人员进入过小区？"

"这个嘛……"老孙头想也没想，很快就摇头说，"没有，肯定没有。"

康佳佳说："您别着急，先好好想一想，再回答我们。"

"这个不用想啊，没有就是没有。"老孙头见她怀疑自己的话，有点不乐意了，"我们这是个老旧小区，里面多是在这里住了十几年的老住户，可以说上上下下没有我不熟悉的人，平时进进出出的，都是小区里的居民，很少有外人或陌生人进来。"

欧阳错往门卫室望了一眼："有没有可能是别人进来的时候，你老人家正在全神贯注跟棋友下棋，没有注意到门口的动静？"

"你是说我棋瘾大，可能有人趁我下棋的时候偷偷溜进来，对吧？"老孙头翻着白眼说，"告诉你们，我就算在屋里下棋，那也是耳听八方，外面一有动静，我就会出来查看。再说，就算我没有注意到，我家大黑——这条狼狗，它可不是吃素的，只要有不是我们小区的人进来，它就会大叫。它一叫，我就会出门查看。可以说它就是一个二十四小时开着的监控摄像头，绝不会放一个坏人进入小区。平时我们这里本来就很少有外人光顾，虽然你问的是十几天前的事，但如果真有可疑人员进入，我肯定会记得的。"

欧阳错和康佳佳见他说得如此笃定，也不好再问，只好把他提供的情况在笔记本上记录下来。离开门卫室的时候，正好看见老熊和马瑞两人从小区里面的东 1 栋走出来。他俩迎上去问有没有什么收获。

老熊和马瑞同时摇头。他们两人先是去问了跟被害人一起同住五楼的三个邻居，邻居们都说这段时间并没有看见有什么人进入过邹大福家里，也没有听见他屋里闹出过什么奇怪的动静；又问了这栋楼里的其他住户，也没有什么线索。

"不过，"马瑞最后说，"平时大家就算在家，也是大门紧闭，互不关心，就算真的有人进入过邹大福家里，估计也很难有目击者。尤其是在凶手有所预谋的情况下，作案的时候肯定会刻意避开别人的注意，所以找不到目击证人也很正常。"大家都点头称是。

因为没有找到任何有用的线索，几个人感觉好像是白忙了一场，垂头丧气地回到队里，把情况跟严队说了。然后见大家都默不作声，欧阳错忽然咳嗽了一声，说："那个……对于凶手投毒的事，其实我心里一直有个疑问。"

严政以为他又要抛出什么故作惊人之语的谬论，连眼睛也没抬一下："你有什么疑问？"

谁知欧阳错居然还一本正经地坐直了身子："从现在的情况来看，凶手对于这次投毒，肯定是有计划、有预谋的，对吧？"他扫了大家一眼，见有人点头，才接着往下说，"如果我是凶手，想要在邹大福吃的倍他乐克里下毒，完全可以去药店买一瓶同样的药，把胶囊里的药粉用乌头碱替换掉，这样的话，每颗毒胶囊跟真药看起来岂不就是一模一样的了？凶手心思如此缜密，不可能想不到这一点，却为什么要用另一种颜色略有不同的胶囊皮制作毒胶囊呢？虽然两种胶囊十分相似，但毕竟颜色上还是有所不同，万一被细心的邹大福发现了怎么办呢？"

"嗯，这倒确实是个疑点。"严政十分难得地点头同意了他的看法。但是康佳佳却提出了自己的异议："会不会凶手当时根本就没有想得这么细致，随便用别的药的胶囊皮制作了几颗毒胶囊，然后潜入邹大福家里，正好看到倍他乐克与自己制作好的毒胶囊比较相似，所以就投放了进去？"

严政眉头微皱，把两人的意见都考虑了一下，但一时之间，却很难给出合理的回答。她把身子往椅背上一靠："总之在没有找到凶手之时，所有的疑点都不可能有答案。现在咱们要做的，就是根据咱们手上已有的线索，尽快找到那个投毒者。"

在这之后的两天时间里，几路人马又围绕"4月5日傍晚至4月6日傍晚进入过邹大福家的陌生人"这条线索展开了一系列的走访调查，但案情仍然没有任何进展。那个凶手就像一个透明人一样，进入华风小区，潜入邹大福家里，留下毒胶囊之后悄然离去，没有任何目击者，没有遗留下任何痕迹，就像一阵风，来了，又去了，了无痕迹，完全没有线索。一时间，专案组的人都有些气馁。

中午一边在食堂吃饭，一边讨论案情的时候，康佳佳说："我觉得咱们不能再这样被动地调查下去了。如果揪住这条没有任何进展的线索不放，一直查下去，最后只会陷入死胡同，白白浪费时间。"

欧阳错一边往嘴里扒饭，一边点头："你说得太对了，这个案子吧，在没有新的重大线索出现之时，只能是一个死案，所以咱们还是别浪费时间了，都洗洗睡吧。"

康佳佳在桌子底下踢了他一脚："你这人怎么这样啊，遇到点困难就想打退堂鼓，咱们重案中队经手的案子哪一个不是经过九转十八弯之后才破的案？我刚才说那话的意思是，既然这条路已经证实走不通，那咱们就应该及时调整侦查方向，换条路往前走。"

"行，你想走哪条路都行，只是千万别拉着我。"欧阳错举手做投降状，"我这段时间可是忙得连去乐队练歌的时间都没有了。"

"咱们是搭档，我不管走哪条路，当然都得拉着你啊。"

"我可真是被你害惨了！"欧阳错把筷子咬在嘴里，一脸悲催的表情。

康佳佳伸手一把夺过他手里的筷子："你吃完了没有？吃完了咱们去个地方。"

"什么地方？"

"大健康药房。"

"去那儿干吗？你要买药？"

"从目前的情况来看，凶手的毒药应该是用其他胶囊药的胶囊皮，装上乌头碱做成的，对吧？"

"是的。"欧阳错已经明白过来，"你是想去找那个药店店主问一下，那个毒药用的是哪一种药的胶囊皮，对吧？"

康佳佳一边拉着他往食堂外走，一边说："是的，她是开药店的，对这些常用药品应该比较熟悉，咱们先去问问她，如果问不出结果，再去医院药房问一下里面的药剂师。我就不信问不出一条线索来。"

两人再次来到位于工字桥旁边的大健康药房，店里有几个顾客正在买药，短头发的女店主见到他俩，立即主动跟他们打招呼："警察同志，邹大福的案子，凶手还没抓到吗？"

康佳佳摇摇头："还没呢，这不正在调查吗?!"

女店主从柜台里边走出来，问："你们找我有事？"

"是的，我们有点事，想向你请教一下。"康佳佳从物证袋中的小药瓶里拿出两三颗毒胶囊，放在自己手心里，说，"这个就是毒死邹大福的毒胶囊，据我们分析，凶手应该是先把胶囊里原本装着的药粉倒掉，再灌进乌头碱制作成毒胶囊的。我们这次来，就是想问一下你，这种胶囊皮你认识吗？知不知道这个是什么药品的胶囊皮？"

女店主从她手里捡起一颗毒胶囊认真看了看，从外表来看，这是一种很普通的蓝色药用胶囊，上面既没有文字，也没有字母，更没有商标，完全看不出任何标识。

她摇摇头说："不好意思，这个我完全看不出来，只是能感觉到这应该是一种很普通的药用胶囊。"

欧阳错和康佳佳不免有些失望，收起胶囊正准备走出药店的时候，忽然有个声音说："等一下，警察同志，能让我看看吗？"两人转头一瞧，说话的是旁边买药的一个头发花白的老太太。康佳佳犹豫了一下，还是点头说："可以的。"又把胶囊放在掌心里，把手掌伸到老太太面前。

老太太眯着眼睛看了一阵，然后捡起一颗胶囊放在鼻子前闻一下，点点头，又拿起另一颗胶囊闻一下，像是证实了自己心中的某种想法一样，再次点头："嗯，这个肯定是金维他胶囊。"

"金维他胶囊？"不要说欧阳错和康佳佳，就连旁边专门卖药的女店主也愣住了，"这是什么药？"

老太太呵呵一笑："这个金维他啊，不是药，是一种保健品，我这包里就带着一瓶呢。"她低头从自己的提包里掏出一个做工非常精致的瓷质小药瓶递给康佳佳。

康佳佳接过一看，小药瓶上写着"金维他胶囊"几个蓝色大字，下面用密密麻麻的小字写着这种胶囊的功效——可以调节免疫力、促进机体代谢、抑制肿瘤、抵抗辐射、降低血糖、促进造血功能、调节血脂、预防心血管系统疾病等等。再看生产厂家，写的是金维他国际生物科技有限公司，但并没有标明公司地址、联系电话等内容。

康佳佳拧开瓶盖往里一看，里面装着十来颗深蓝色胶囊，倒出来与自己手里的毒胶囊比对一下，无论大小形状还是外观颜色，果然是一模一样的。但欧阳错还是有些疑虑，问那老太太："您是怎么知道就是这种胶囊的？我看这上面没有任何标识啊。"

"我不是看出来的，我是闻出来的。"老太太性格很开朗，笑呵呵道，"这个金维他胶囊，我已经吃了十几瓶了，对它的味道自然十分熟悉。你们刚才拿出来的这个胶囊，我看着像是金维他，也许里面装的药粉被换掉了，但我还是能闻出它的气味儿来。相信我，错不了的。"

欧阳错不由得对这位老太太刮目相看，他问："大妈，您这药是在哪里买的？"

老太太仰起头说："这个是限量品，一般药店哪儿能买到呀，我是在电影院买的。"

欧阳错和康佳佳一时间没有反应过来："怎么电影院现在也开始卖药了吗？"

旁边的女店主好像明白过来了，告诉他们说："老太太说的应该是南华路那个等待拆迁的老电影院吧。那个电影院样式老旧，位置又偏，现在已经基本没有人去那里看电影了。三年多前，政府在市中心新建了一个多功能影院，这个旧电影院就彻底废弃了。后来也不知怎的，一些保健品营销团队看中了这个地方，经常在城里散发小广告，把一些老头老太太召集到那里去开什么健康养生讲座，实际上就是向这些老人推销他们的保健品。这些卖保健品的，大多是外地来的，流动性大，基本是打一枪换一个地方，工商部门想查也查不到。"

"对对对，就是那个电影院。"老太太说，"前段时间吧，我在菜市场买菜的时候，有人给我发了一张广告纸，说是有一家叫金维他的公司在老电影院搞健康讲座，凡是去听讲座的人，都发一斤鸡蛋，我就跟着去了。在听讲座的过程中，台上的专家向我们推荐了金维他胶囊这种保健药品，说是只要坚持吃几个疗程，什么糖尿病、高血压、心血管疾病啊，都能完全根治。我当时听了就有些心动，我这不是一直血压高嘛，一听这个药能治高血压，就买了几瓶回家吃。这个药很金贵的，每一瓶只有十颗胶囊，售价 280 元，每天吃三次，每次吃三颗。我吃了一阵，感觉效果不是很明显，血压不降反升，专家说我吃得太少，像我这种情况，至少得吃八个疗程，每个疗程是五瓶药。所以我一口气又买了好几个疗程的药，拿回家慢慢吃。"

康佳佳又拿起那瓶金维他认真看了一下，说："大妈，这个药能借给我们拿回去用一下吗？您留个联系电话给我，我用完之后就还给您。"

老太太很爽快地说："行啊，没问题，配合警方的工作是咱们市民应尽的义务嘛。"

第四章
目击证人

　　经过化验，欧阳错他们带回来的金维他胶囊与毒死邹大福的乌头碱毒胶囊，胶囊外壳的化学成分完全相同，可以肯定，毒胶囊就是借用了金维他胶囊的外壳。凶手用金维他胶囊的胶囊皮，装入乌头碱，制作出了致命的毒胶囊，然后用毒胶囊调包了邹大福正在吃的药，最后导致他中毒死亡。

　　向警方提供线索的那个老太太也说了，这个金维他在其他药店和医院是买不到的，只有在老电影院的健康养生专家讲座上才能买到。也就是说，凶手应该参加过电影院的讲座，并且在产品推介会上购买了金维他，然后才能借用这个胶囊外壳制作毒药。看来只有找到这家金维他公司，才有可能寻找到与凶手有关的线索。

　　欧阳错和康佳佳又立即驱车赶到老电影院。老电影院的位置在南华路旁边，按照市政规划，南华路一带将会建成一个商业新区，电影院周围的房子差不多都拆光了，只有这个老旧的电影院还像个怪物一样突兀地耸立在那里。欧阳错不禁生出些感慨来。这个电影院，曾经是城区里唯一能看电影的地方，他上小学和初中的时候，学校经常组织学生到这里来看电影。那时候这里还十分热闹，想不到一转眼，这里就几乎成了一片荒凉之地。

　　电影院的两扇大门紧闭着，四周看不到一个人。距离入场口二十多米远的墙边，有一扇铁皮小门，门上挂着管理处的牌子，但铁皮门也是关着的。康佳佳上前敲敲管理处的门，无人应门。欧阳错看看手表，时间已是下午3点多。他抬头看看天上热辣辣的太阳说："这破电影院，肯定没有管理员上班，咱们还是先回去吧。"

康佳佳看看管理处门口的台阶，台阶上很干净，明显有被人打扫过的痕迹。她说："这里肯定有人上班，咱们再等等吧。"欧阳错只好一边揩着额头上的汗珠，一边陪她坐在台阶上等着。

一直等到下午4点，才看见有一个趿拉着拖鞋、手拎茶杯的中年妇女，一边喝着茶，一边走过来。

当她掏出钥匙打开管理处的门，走进屋的时候，欧阳错和康佳佳也拍拍屁股上的灰尘，跟着走了进去。

女管理员打开屋里的电风扇，在办公桌后面坐下之后，才懒懒地抬起眼皮，看他们一眼问："你们有什么事？是想租场地吗？一天八百，租十天以上九折优惠。"

欧阳错亮出工作证说："我们是警察，想找你了解一点情况。"

女管理员并没有因为他是警察就多看他一眼，仍旧吸溜吸溜地喝着茶，问："什么情况？"

康佳佳说："我们想问一下，是不是有一家叫金维他的公司，在你们这里搞过营销活动？"

"嗯。"

"现在还在搞吗？"

"没搞了，人都已经走了。"

"什么时候走的？"

"不太记得了，他们租期没到就提前走了。"女管理员像是没吃饱饭似的，有气无力地回答着。

"没到期就走了？"欧阳错的目光闪了一下，"能跟我们说一下具体时间吗？"

"具体时间啊，这个我得看一下登记簿。"管理员从抽屉里拿出一个本子，一页一页地慢慢翻看着。她以为这两个警察是来调查她利用职权违规出租场地的事，拉着脸向他们诉苦说，"我们电影放映服务中心已经好几年发不出工资了，既然有人想租这个地方搞活动，我肯定是同意的啦，如果不收点租金，我家里都快揭不开锅了。"

康佳佳知道她误会了他们的来意，就说："你私下出租场地的事，不归我们警察管。我们手里边正在办的一个案子，涉及最近在你们这里租赁场地搞营销活动的金维他公司，所以我们过来调查一下。"

管理员的眉头轻轻往上挑了一下："哦，原来是这样，那我再好好查一下登记簿。"她翻看登记资料的速度明显快了许多。

欧阳错看见她本子上记录的内容还不少，就问："来这里租场地的人很多吗？"

"不算多吧，但每个月都有一两家公司来我们这里搞活动，大多是推销保健品之类的，偶尔也有卖床垫、家电产品的。有的公司广告做得比较好，每场都有几百个人来参加活动，应该赚了不少钱吧。"管理员一边说话，一边用手指在登记簿上快速地滑动着，很快就找到了跟金维他有关的登记资料，"金维他公司是 4 月 1 日开始租下我们电影院搞活动的，一开始说是要租十二天，租金都已经全部交齐了，但是才到一半时间，也就是 4 月 7 日那天一早，就突然撤场走了，也没有要我退租金。有好多听讲座的人都不知道，直到来到这里，才发现人已经走了。"

"本来要租到 12 日，但在 7 日就提前撤场了？"欧阳错皱眉道，"他们没有说提前离开的原因吗？"

管理员合上登记簿，摇摇头："没有，等我知道的时候，他们已经把所有东西都搬上车，只跟我打了个招呼，就走了。"

这倒是有点奇怪。康佳佳把这个情况在调查笔录上记录下来，然后问："他们在这里搞的营销活动，来参加的人多吗？"

管理员想了一下说："还行吧，他们搞活动的时候，我进去随便看了一下，好像是在推销一种叫金维他的保健品吧，刚开始两天只有几十个人来，后来他们到处派发广告纸，还提出凡是来参加活动的人，都可以领回一斤鸡蛋，结果从第三天开始，就每天都有两三百个人拥进来。那个年轻的总经理一边推销这种保健品，一边跪在讲台上对着现场的老头老太太大喊爸爸妈妈，把下面那些老人家感动得不行。我觉得他们这个产品应该还是卖得不错的。所以我才会感到奇怪，他们刚把声势造起来，正是赚大钱的时候，怎么就突然不做了呢？"

"他们到你这里租场地的时候，需要办什么手续，或者说要提交什么凭证吗？"

"我们这破地方，还要什么手续哦，有人来租就算不错了。"管理员苦笑一声，"一般象征性地交个经营许可证的复印件给我们管理处，然后租金到位就行了。"

"可以让我们看一下这个金维他公司的经营许可证复印件吗？"

"可以的。"管理员又低头从抽屉里拿出一张复印的经营许可证递给他们。

康佳佳看了一下，上面写的企业名称是金维他国际生物科技有限公司，法人代表叫金健强，发证机关是南方某市食品药品监督管理局。她用手机拍了张照片，传回市局请同事帮忙查了一下，果然不出所料，这张经营许可证是伪造的。

她问："除了这个，他们还留下什么别的东西了吗？"

管理员喝了口茶，说："没有了，他们撤场的时候，把所有东西都带走了，连一个空包装纸箱都没有留下来，不过……"

"不过什么？"

管理员往电影院大门方向一指："他们在大门后面的走廊里贴了两张宣传海报，估计是走得匆忙，忘记撕下来了，恰好他们走后这段时间没有新公司来租场地搞活动，所以这两张海报还没有被覆盖，你们要不要看一下？"

"好的，"康佳佳点点头，"那就麻烦你带我们去看看吧。"

管理员领着他们来到电影院大门口，掏出钥匙打开大门，大门后面是一条十多米长的走廊。管理员往走廊两边的墙壁上一指："就是这两张海报。"

欧阳错和康佳佳抬头看看，只见走廊左右两边的白色墙壁上各贴着一张海报，天蓝色的背景下，印着金维他胶囊的大幅彩照。旁边站着一个身穿印有金维他 Logo（商标）制服的年轻女销售员，正微笑着把一瓶金维他胶囊递到一个老人手里，老人咧着嘴笑着。最下面有几行文字，密密麻麻写着金维他胶囊的几十种功效。从总体上看，还挺有视觉冲击力的。

康佳佳从上到下把这海报看了两遍，并没有看出什么线索来。她扭头问管理员："我们可以带走一张海报吗？"管理员说："可以啊，反正贴在这里也没有用。"

康佳佳就跟欧阳错一起，小心地撕下一张海报，卷起来拿在手里。

离开电影院，开车回市局的路上，康佳佳问欧阳错有什么想法。欧阳错握着方向盘想了一下，说："我觉得这个金维他公司吧，其实挺可疑的，明明说好要租十二天的场地，而且全部租金都已经交了，正准备在这里大赚一笔，结果营销活动半途而废，做到一半就急急忙忙撤场，这也太不正常了。"

康佳佳点头说："是啊，而且邹大福死亡的时间是 4 月 6 日晚上，而这个金维他公司第二天也就是 4 月 7 日一早就悄无声息地跑了，从时间上看，这也太过巧合了些吧。"

欧阳错"嗯"了一声："确实如此。"

已是傍晚时分，夕阳斜照进车窗，晃得人有点眼花。欧阳错把车窗升上去，车厢里忽然就安静下来。两人都在想着这个奇怪而又神秘的金维他公司，一时无话。

警车即将开到市局门口时，康佳佳的手机响了，一接听，原来是今天中午在大健康药房给他们提供金维他胶囊这条线索的那个老太太打来的。

康佳佳记得她说过自己姓于，就问："于大妈，您是不是还想起什么别的线索了？"

于大妈在电话里大着嗓门儿说："不是的，警察同志，我是想问问你，你中午从我这里拿走的那瓶金维他胶囊用完没有？如果用完了，能不能还给我？我那药挺金贵的呢，我怕你们给我弄丢了……"

康佳佳很快就听明白了她的意思，忙说："好的好的，那瓶胶囊我们已经用完，可以还给您了。您住哪儿，我这就给您送过去。"于大妈说："我就住在工字桥附近，离大健康药房不远，要不我还是在那个药房门口等着吧，省得你们到处找我。"

康佳佳说："行。"挂断电话后，她立即回重案中队，取了于大妈那瓶金维他胶囊，然后掉转车头，往工字桥那边开过去。

来到大健康药房门口，果然看见于大妈手里拿着一把蒲扇，正坐在旁边花坛台阶上，一边乘凉一边等着他们。康佳佳下车把那瓶金维他胶囊送还给她，还说了不少感谢的话。就在于大妈拿着金维他转身要离去的时候，欧阳错像是忽然想到了什么，赶上两步，叫住她说："于大妈，我们还想向您打听点事。"

于大妈回头说："行啊，你们想打听什么事？"

欧阳错问："您认识邹大福吗？"

"周大福？卖黄金首饰的那个吗？"于大妈显然蒙了一下。欧阳错说："不是，是这个'邹'字。"他在手心里把"邹"字写给她看。

于大妈看明白之后，很快就摇头说："哦，原来是邹大福，不是周大福啊，我不认识呢。"

欧阳错还是有点不甘心，又拿出手机，找出翻拍的邹大福的照片给她看："就是这个人。"

于大妈凑到手机屏幕前看了一眼："哎，原来你说的是他啊，这个人我倒是见过，但我不知道他原来叫邹大福呢。"

康佳佳跟在后面，很快就明白欧阳错的用意。她拉住于大妈进一步问："您是在哪里见过他的？是在电影院金维他的健康讲座上吗？"

"对呀，你们怎么知道的？"于大妈疑惑地看他们一眼，没待他们回答，她就已经快言快语地说起来，"我确实是在那个健康讲座上见到他的，当时现场有几百个人，我为什么记住了他呢，这是有原因的。"

"什么原因？"

"是这样的，那天金总——金维他公司的老总，反正大家都叫他金总，具体名字叫金什么，也没有人知道——正在台上给我们做健康养生讲座并且宣传金维他胶囊时，就是这个老头，突然站起来，用很大的声音骂他们是骗子，还说这个药是骗人的，他吃了好几天，根本一点效果都没有。他还说要去工商局告他们卖假药。当时金总在台上一点也没有生气，反而还和颜悦色地问他这个药他具体吃了多长时间。这个老头说已经吃了四五天了。金总就说，四五天嘛，这个时间有点短，还看不出什么疗效来，我们这个药有一个特点，就是起效慢，所以才要大家一定要吃够八个疗程，只有这样，才能达到根治疾病的目的。当时这个老头还在台下吵吵嚷嚷的，后来金总就和他的助理一起下台，把他请到旁边一个小房间里，说是要跟他详谈一下。"

"再后来呢？"

"再后来抢购活动开始了，大家生怕自己买不上，都争先恐后地往前台工作人员那里挤，我也是好不容易才挤进去，买了十瓶胶囊，还想多买两瓶，却已经卖光了。那个老头的事，也没有人再去关注了，我也不知道他后来怎么样了，不知道他跟金总之间的矛盾到底解决了没有。"

"原来是这样。"康佳佳"哦"了一声，又问，"那您还记得这是哪一天发生的事情吗？"

于大妈想了一下，说："应该是4月6日那天下午发生的事吧，后来第二天，我再去电影院的时候，金总他们已经走了，送鸡蛋的活动也没有了，我本来想再买几瓶这个胶囊呢，也买不到了。"她一边说一边摇头叹息，很惋惜的样子。

欧阳错说："就是这个叫邹大福的老头，就在当天，也就是4月6日晚上被人毒死了，这事您知道吗？"

于大妈点点头，但很快又摇头："我倒是听说这附近小区里有个老头中毒死了，警察正在到处寻找凶手，但我没有想到这个被毒死的人就是那个老头。"

"我们确实是在寻找凶手，只是案情一直没有什么进展，不过我们觉得您提供给我们的金维他公司这条线索，应该会对我们寻找凶手有所帮助。"康佳佳一边做着问询笔录，一边说，"您能跟我们说一下，您对那个金总，还有这家公司的印象吗？"

"印象啊，"因为天气有点闷热，于大妈手里的蒲扇一直在使劲儿扇着，这时听到康佳佳的问话，却不知不觉把扇子停了下来，她偏着头想了一下，"那个金总嘛，三十多岁的年纪，梳着大背头，戴着眼镜，身形微胖，为人热情，平易近人，无论对谁都是满面笑容，说话做事非常亲切，对每一位老人都嘘寒问暖，照顾得非常周到，而且他还是个养生专家，懂得特别多的健康生活知识，无论谁向他提问咨询，他都能耐心回答，是一个特别热心而又贴心的人。我觉得吧他对我们这些老人的关心，可能远远胜过我们的亲生孩子。这也是最让我感动的地方。至于这家公司嘛，说实话我也是第一次听说，他们这个胶囊产品我也吃了一段时间了，并没有什么明显的效果。可是这并不重要，金总也说了，不是效果不好，而是疗程不够，就算真的没有什么效果，但至少对身体也没有什么坏处，对吧？"

"那倒也是。"康佳佳自然能从她的话里听出来，这个所谓的金总，其实是在这些老人面前大打感情牌，为了能感动老人，让老人买他们的产品，哪怕跪下来喊爹叫妈都行。这正是这类骗子公司惯用的伎俩。但她并没有在于大妈面前拆穿金总的把戏，只是附和着点点头："我们想找到这个金总，或者是这家公司，您有这方面的线索吗？"

于大妈一脸茫然："没有呢，他们走得挺突然的，我也不知道他们去了哪里。"

"好的，谢谢您了。"康佳佳看看时间，已经是晚上 8 点多了，就合上笔记本，说，"那我们就不再打扰您了，如果您还想起什么其他线索，只要是跟这个金总或这家公司有关的，都可以打电话告诉我们。"

送走于大妈后，欧阳错和康佳佳也各自回去休息。第二天上班后，两人到队长办公室，把情况向严队做了汇报。

严政听完后，又认真翻看了他们做的调查笔录，合上笔记本思考许久，却并没有发表自己的看法，只是抬头望着坐在对面沙发上的两名下属，说："说说看，你们有什么想法？"

欧阳错看了自己的搭档一眼，说："一开始吧，我们都觉得可能是凶手与死者邹大福一样，都参加过金维他公司的健康讲座，并且购买了金维他胶囊，然后凶手利用这个胶囊的外壳制作了毒药，把邹大福毒死了。金维他胶囊只是凶手作案的工具，整件事跟金维他公司并没有直接干系。"

康佳佳跟他搭档这么久，早已心意相通，知道彼此心里的想法。她接着他的话往下说："但是随着我们调查的深入，发现这家金维他公司越来越可疑了，现在我们怀疑凶手不是别人，就是这家神秘的金维他公司，或者更直接一点说，就是他们金总。"

严政自然明白他们的意思："你们是说，因为邹大福在营销现场质疑金维他的疗效，骂他们是骗子，破坏了他们的发财大计，最重要的是，这个性格执拗的老头还威胁他们说，要去有关部门举报他们，所以金总他们对他心生忌惮，或者说怀恨在心，于是给了他一瓶毒胶囊，让他回去吃。结果晚饭后，邹大福按时吃药，吃下的却是他们的毒胶囊，最后被毒死在自己家里。"

"严队，真是英雄所见略同，我也是这么想的。"欧阳错一拍沙发扶手，有点兴奋地说，"这家金维他公司连经营许可证都是假的，基本可以断定它就是一家打着推销保健药品旗号，向老百姓兜售假药的骗子公司。如果真的被邹大福举报，不但会断了他们的财路，更要命的是，像金总这些骗子公司的头头脑脑，一旦被查，肯定难逃坐牢的下场。所以这个金总干脆一不做二不休，用一瓶毒胶囊，就让邹大福永远闭上了嘴。而这家金维他公司，在邹大福死后第二天一早就匆匆忙忙撤场走了，至今没有人知道他们去了哪里，这就是对咱们这番推理最好的印证。他们杀人灭口之后，知道纸包不住火，警察迟早会查到他们头上，所以干脆脚底抹油，提前溜了。"

"但是这其中还有一个地方说不通啊。"康佳佳思索着说，"如果咱们刚才的推理是正确的，金总给了邹大福一瓶毒胶囊，让他回家吃。邹大福晚饭后像平时一样服下三颗金维他胶囊，结果中毒身亡。按理说剩下的毒胶囊应该还在金维他的瓶子里，现场也应该会留下金维他才对啊。可是咱们在现场不但找不到任何金维他的痕迹，就连剩下的毒胶囊，居然也给装进了另一种名叫倍他乐克的药瓶里，这个又怎么解释呢？"

"这个嘛……"

欧阳错挠挠额头，抬头看看队长，严政正好也在看他，两人都沉默了一下，但很快就想到了答案。

严政身子前倾，两手撑在办公桌上，语速很快地说："唯一的可能性就是，在邹大福死后，金维他公司的人进入过邹大福家，拿走了屋里所有跟金维他有关的东西，并且把剩下的毒胶囊装进别的药瓶里，想把邹大福之死，嫁祸给别的药。"

"而且，"欧阳错做出补充推理，"金维他的人在离开之前，打扫了房间，抹去了自己的脚印和指纹，所以咱们在现场根本找不到任何外人入侵的痕迹。"

严政脸上的表情渐渐变得严肃起来。她站起身，把两只手背在身后，围着自己的办公桌踱了两圈，把这个案子及金维他的情况都在自己脑海里详细过了一遍。最后她抬头看着两名属下："从现在开始，专案组所有成员，放下手头一切工作，咱们现在要做的只有两件事：第一，深入调查，看看这家金维他公司的人到底有没有在4月6日晚上去过邹大福家里；第二，想尽一切办法，找到这家金维他公司，找到他们的金总。"

康佳佳立即站起身，点头说："好的，我们马上再去一趟华风小区，查一查案发当天晚上，到底有没有人去过邹大福家里。"

"行，这个任务就交给你们俩了。"严政说，"那家金维他公司的下落，我让老熊他们去查。"

从队长办公室走出来后，欧阳错瞪了康佳佳一眼，苦着脸说："你在队长面前抢任务争表现之前，能不能先问一下我的意见？"

"怎么了？我主动申请去调查邹大福家里有没有外人进入，这个任务其实比查找那个神秘的金总的下落要轻松多了吧。"康佳佳碰碰他的胳膊，"我知道你干活儿拈轻怕重，正是为你着想，我才会抢先在严队面前领下这个任务的啊。"

欧阳错翻翻眼睛说："谢谢你老人家的好意。可是咱们早就已经调查过了，案发当日，根本就没有人进入过邹大福家啊。"

"你搞错了，我们上次调查的是在邹大福死亡之前，也就是4月5日傍晚至4月6日傍晚有没有人去过他家里，那时我们是怀疑是不是在他中毒死亡之前，有人调包了他吃的药。但是这次不同，这次我们怀疑的是，有人在他死后进入过他家里，拿走了他家里的金维他胶囊，抹掉了作案痕迹。据调查，当天邹大福是在晚饭时与楼下邻居朱达吵架的，当时的时间大约是傍晚6点，而从金维他胶囊说明书上标明的时间来看，这个药须在饭后半小时服用，所以我们可以大致推断出邹大福服下毒胶囊死亡的时间，是在傍晚6点半左右。如果金维他公司真有人到死者家里清理过现场，那只能是当晚6点半之后了。"

"不对不对！"欧阳错突然敲着自己的额头叫起来。

"怎么不对了？"康佳佳一脸奇怪的表情。

欧阳错说："我不是说你刚才的推理不对，我是说你在领受任务的时候，犯了个大错，咱们应该让严队派咱们去查那家金维他公司。你想啊，只要找到那家公司，就能找到那个什么金总。只要抓到金总，咱们就抓到了这个案子的真凶，那可是头功一件。"

"可是如果这个金总真是毒杀邹大福的真凶，我并不觉得以你错警官的智商，能抓到这么狡猾的凶手。"

康佳佳懒得再看他一眼，转身大步下楼。

"哎，你这话是什么意思啊？什么叫错警官？上次美容院那个少女甄珠跳楼的案子，那么复杂，最后还不是叫我给破了？"欧阳错快走几步，在楼道里追上她说，"你知道警队里的人现在都是怎么称呼我的吗？他们都叫我欧阳神探呢！"

"欧阳神探？"下到一楼，康佳佳从楼道里走出来，止住脚步意味深长地看着他，"你那两把刷子我还不知道吗？上次破案，真的是凭你自己的真本事吗？"正好这时，一个戴着破草帽的花匠在走廊下的花坛边修剪花木，看见康佳佳，立即举手跟她打招呼："美女警官，早上好！"

欧阳错一看，这个家伙正是于木人。他有点奇怪，不知道康佳佳什么时候竟和这老头处得这么熟了。他听出她刚才似乎话里有话，难道是已经让她知道他上次破案全靠于木人这个"扫地僧"这秘密了？他不敢再跟她辩论，默默地跟在她屁股后面，往警车停放的方向走去。

两人再次来到华风小区，这一次门卫老孙头仍然在门卫室里跟别人下棋，不过他听到警车的引擎声，看见他们从警车上下来，就立即推开棋盘，从门卫室跑出来，紧紧勒住自己的大狼狗，不让它发出吓人的吠叫声。"两位警官，又来办案了？"他笑着跟两人打招呼。

欧阳错走进小区大门，点头说："是啊，今天我们过来是想调查一下，邹大福死的那天，也就是 4 月 6 日晚上，有没有什么可疑人员进入过小区，到过邹大福家里。"

"晚上啊？"老孙头歪着头看着自己的狼狗，好像这条狗能告诉他答案一样。

他想了一下，答案仍然跟上次一样："这个真没有，咱们小区人不多，如果真有外人进入，我肯定记得的。"

欧阳错和康佳佳又走进东 1 栋住宿楼，上到顶层的五楼，正好除了邹大福的几个住户都在家。欧阳错他们又详细询问了罗永昌、凤姑和小鲁，他们都说当天晚上他们确实没有看见有什么人进入过邹大福家。

不过罗永昌后来又补充说："一般来说，一到晚上，我们这里家家户户都关上了大门，要么早早睡觉，要么在家里看电视，如果外面楼道里偶尔有人走过，我们也不一定都能看见。"

两人又把这栋楼里的其他住户走访了一遍，仍然没什么收获，而且有些住户被警察打扰的次数多了，说话的语气已经明显不耐烦起来。两人垂着头从楼道里走下来，站在一楼走廊边的台阶上，正犹豫着接下来要不要再把全小区的住户都走访一遍，虽然明知希望不大，很可能又是白忙一场，但如果不去做，心里又不踏实。

正在这时，楼梯间里忽然响起一阵噔噔噔的脚步声，一个十四五岁的中学生模样的少年，把两本课本抱在胸前，快步从楼上跑下来。看见走廊里的两个警察，他止住脚步犹豫了一下，最后还是朝他们走过来。

少年有点腼腆地说："两位警官，我叫郑昕，住在这里四楼 406 室，就是朱达的隔壁，我是一名初三学生，今天上学把两本课本落在家里了，所以跑回来拿一下。"

欧阳错和康佳佳都愣了一下，不太明白这孩子突然跑来跟自己说这个是什么意思。

少年见他们直盯着自己，不由得脸都红了，用很轻的声音说："是、是这样的，我刚才回家的时候，听我妈说你们在打听 4 月 6 日晚上，我们这栋楼里有没有来过什么陌生人，是吧？"

欧阳错和康佳佳这才明白这孩子来找他们的意图，忙点头说："是的是的，我们确实是在调查这个事。你是不是有什么线索？"

男孩点头说："是的，4 月 6 日晚上，我上完晚自习回家，确实在楼道里看见了三个陌生人，他们走在我前面，手里还提着礼品袋之类的东西，上到五楼去了。"

"你确实看见他们上了五楼吗？"

"我没有亲眼看见。不过我住在四楼，我在楼道里拐上四楼的时候，他们还在继续往上走，我们这栋楼顶层就是五楼，所以他们肯定是上五楼去了。"

欧阳错和康佳佳不由得交换了一记眼色，这孩子心思细密，他说的话应该是可信的。他们已经问过五楼罗永昌等三个住户，4 月 6 日晚上，并没有人上楼找他们，所以如果真的有人上到五楼，那只可能是去找邹大福的。

郑昕见他们沉默着没有说话，以为他们不相信自己说的话，急忙又解释说："当时天有点晚了，楼道里没有别人，估计只有我看见了这三个人，所以我也找不到旁证。"

康佳佳看着他认真地道："不，不需要旁证，我们相信你说的话。"

欧阳错问："你看清他们三个人的样貌了吗？"

"没有，"郑昕摇头说，"他们一直走在我前面，所以我没有办法看清他们的相貌，我只知道是两男一女三个人，他们身上都穿着相同款式的蓝色衣服，看上去有点像统一的制服，在楼道里拐弯的时候，那个女人侧了一下身，我看见她衣服左胸前好像还印着什么 Logo 之类的图案。"

康佳佳心中一动，立即从手机里打开她拍下的那张金维他公司产品宣传海报图片，指着海报上那个穿着蓝色工作服的女销售员问："是这样的衣服吗？"郑昕低头一看："对，就是这个衣服，也正是这个 Logo。"

"你确定你没有看错？"欧阳错向他确认道。郑昕用力点点头："我视力5.2，不会看错的。"

"那你还记得，当时大概是晚上什么时候吗？"

"准确地说，应该是4月6日夜里9点45分左右吧。我是晚上9点半下的晚自习，从学校走回家大约十五分钟，所以虽然当时没有看表，但我估计一下，应该就是晚上9点45分左右。"

欧阳错看他一眼，又问："4月6日发生的事，到今天已经过去快半个月了，你怎么记得这么清楚？"

郑昕摸摸自己的头，笑了一下说："哦，是这样的，那天晚上我们班进行了中考一模考试，我考了个全班第一名，所以对这个日期记得特别清楚。"

"那你后来有看见他们下楼吗？"问话的是康佳佳。郑昕立即摇头："这个倒是没有。当时我对这三个人也并没有多加留意，回到家洗完澡就睡了，至于后来这几个人是什么时候下楼离开的，我完全不知道。"他看了下手表，"我下节课快要迟到了，如果没有其他事，我先走了。"

"好的。"

看着这孩子跑着离开的背影，欧阳错用力挥一下拳头，有些兴奋地说："总算找到一个目击证人了！"

"是啊，"康佳佳也略略松下一口气，"老金已经证实邹大福的死亡时间是在晚上9点之前，也就是说，金维他公司的这三个人来到的时候，邹大福已经被毒死在家里了。正常情况下，他们发现有人死亡，应该马上报警才对，但是他们没有，就凭这一点，已足以证明他们跟邹大福之死脱不了干系。"

有了这条线索，两人心里就有底了，但还是想看看小区里还有没有其他目击证人，于是又在小区里问了一圈，可惜当时已经有点晚了，大部分人都在家里待着，并没有其他人看见那三个穿制服的金维他公司的人。虽然郑昕提供的是孤证，但两人还是相信他没有看错，这是目前唯一能把金维他公司的人跟邹大福之死联系上的最直接的证据。

"但是我心里还是有一个疑问。"走到小区门口的时候，康佳佳说，"你说这三个人，大晚上的，是怎么躲过门卫老孙头的眼睛，进入到小区里面来的呢？"

欧阳错往门卫室的方向瞄了一眼,屋里传出啪啪的声响,正是象棋砸在棋盘上的声音,估计老孙头又在全神贯注地跟人下棋。他撇撇嘴说:"老孙头嘛,他那眼睛还用躲吗?整天待在门卫室盯着个棋盘,你就是开辆卡车进来,他也不一定能发现。"

"那倒也是,可是门口不是还有一条大狼狗吗?那个大黑见到生人就叫,你又不是没有领教过。"

"你还真信了老孙头的话,以为那条狗一天二十四小时替他看着门,比监控摄像头还管用啊?我觉得吧,哪怕是条狗,也会有打盹的时候,对吧?"

康佳佳想了一下,觉得他这话还真是叫人没办法反驳。但她还是在笔记本上写下"金维他公司的人是如何进入小区的"这行字之后,在后面打了一个大大的问号。

这时时已过午,单位食堂估计早已关门,两人在外面找了家小店吃过午饭才回到市局。严政正在办公室等着他们。他们把调查到的线索跟她说了,严政把身体往后一靠:"很好,这样一来,咱们的证据链就基本能连上了。"她还告诉两人说,老熊他们也已经查到那个金总及金维他公司的行踪了,他们正在邻近的吉阳市继续搞营销卖产品。

欧阳错愤愤不平地道:"这帮骗子真是太可恶了,都这个时候了,居然还在卖他们那骗人的胶囊。"

康佳佳说:"估计是他们觉得这个案子做得天衣无缝,把毒胶囊调包进倍他乐克的瓶子里之后,咱们警方就绝无可能再查到他们头上,所以又开始换一个地方捞钱去了。"

严政说:"是的,毕竟对这帮人来说,赚钱是他们的头等大事,在卖假药这件事情上,他们是绝不可能就此收手的。我已经让吉阳警方控制住金总那些人,老熊已经带人赶赴吉阳市,很快就能把这几名犯罪嫌疑人带回咱们丁州了。"

真正目的

  老熊他们带着三名嫌犯从吉阳开车赶回来的时候，已经是夜里8点多了。老熊说他们抵达吉阳后，接到队里的通知，知道目前所能确认的涉案人员共有三名，于是就在金维他公司简单调查了一下，知道案发当晚到过邹大福家的是这家公司的负责人，也就是那个被人称为"金总"的金一兆，还有他的助理余瑶，以及他手下的业务员小岑，于是就一并把他们带回了丁州市。

  两男一女三名嫌疑人被带下警车时，身上都还穿着胸前印有他们公司Logo的蓝色工作服。老熊指着前面那个虽然戴着手铐，但走起路来仍然昂首挺胸、头上的发胶抹得跟狗舔过一样的中年男人说："他就是金总，全名叫金一兆，经营许可证上写的法人代表金健强，是他用的假名。"

  他又指指金一兆身边的那个长头发的年轻女人："她叫余瑶，是金一兆的助理。后面那个我还没来得及问他的姓名，只知道他叫小岑，是金一兆手下的业务员。"

  严政拍拍他的肩膀说："辛苦了，你们先下去休息，剩下的事情就交给我们来处理吧。"

  老熊甩着自己那条肩周炎正在发作的胳膊说："行，今天差不多饿了一天了，我先下去吃个饭，有什么需要随时叫我。"

  等他走后，严政立即叫人把三名嫌疑人分别关进三间不同的审讯室，准备连夜对他们进行分头审讯。

"佳佳，你准备一下，咱们一起去会一会这个'金总'，看看他到底是何方神圣。"严政叫了康佳佳一声，康佳佳点头道："好。"

两人走进审讯室时，坐在审讯椅上的金一兆正朝自己手心里吐口水，然后往头上抹了抹，见两人突然走进来，他尴尬一笑："我、我头发有点乱了。"

严政对他的滑稽举动并没有多加理会，一脸严肃地在审讯桌前坐下："姓名？"

"金总"半仰着头："金一兆。"

"年龄？"

"三十五岁。"

"籍贯？"

"江西景德镇。"

"知道我们丁州警方为什么把你请过来吗？"

"知道，在来的路上那位熊警官已经跟我们简单说了一下，是为了邹大福的案子。听说你们怀疑邹大福是我杀的？"

严政点点头："邹大福4月6日被人毒死在自己家里，其尸体直到一个星期后，因为腐烂发臭，才被邻居发现。经过我们警方调查，置其于死地的正是你们的金维他胶囊。他曾在你们的营销大会上站出来公开质疑金维他胶囊的疗效，说这个是假药，骂你们是骗子，还威胁说要去相关部门举报你们。很显然，他的行为影响到了你们的发财大计，所以你们就对他动了杀机。最重要的是，我们有目击证人可以证实，案发当晚你们去过邹大福家里。离开的时候，你们清理了案发现场，并且拿走了所有邹大福在你们那里购买的金维他产品。所以我们警方有理由相信，邹大福的命案跟你、跟你们金维他公司都脱不了干系。"

金一兆一脸淡定，微微一笑，说："警察同志，我很佩服你们超人的想象能力，你说得很对，邹大福确实在营销会上说过我们是骗子，他也确实是在吃了我们的胶囊之后死掉的，我们也确实在那天晚上去过他家里。但是你只说对了一半，这事嘛，说来话长，总之事情不是你们警方想象的那样，邹大福也不是我们杀死的。"

"好吧，既然这样，那就请你给我们说说，这到底是怎么回事。"严政把两只手肘撑在审讯桌上，做出一副洗耳恭听的样子。

金一兆挪动一下屁股，好让自己在审讯椅上坐得更舒服一些："那个邹大福，的确曾在营销大会上公开质疑过我们产品的疗效，并且还说要去告我们，其实这并不是第一次有人跟我们捣乱，对于这种意料之外的情况，我们公司早就做足了预案。所以我们一点也不慌张，只要按照事先拟定好的处理流程去做就行了。"

"你们的处理流程是怎样的？"

"第一，不要让他继续在人群中散播对我们不利的言论，立即把他请到小办公室，跟他私下协商处理此事；第二，向他强调我们的产品并不是神药，治疗任何疾病都需要一个过程，我们这个胶囊也不例外，不可能在几天时间里就治好各种疑难杂症，想要治好自己身上的病，一定得严格按照我们产品说明书上规定的时间和剂量来服用，而且至少得吃够八个疗程。"

康佳佳忍不住冷笑起来："这一招儿拖延计还真高明啊，你向来是打一枪换一个地方，等人家吃完八个疗程发觉自己上当受骗之后，你们早已消失得无影无踪了。"

金一兆假装没有听出她话语中的讥讽之意，呵呵一笑，接着说："除此之外，为了表达我们的诚意，我们还会免费赠送对方四个疗程的产品，让对方回去试用。从我们以往的经验来看，这些人没有一个是不贪小便宜的，这一套流程走下来，对方大多不好意思再闹。这个邹大福也一样，听说我们有免费的胶囊送给他，火气立马就消了一大半，拿着我们赠送的礼品一句多余的话没说就离开了。"

"你们的手段确实高明。"严政冷声道，"先把邹大福劝退回家，好让他不要在你们的营销会上闹事，而暗地里却给他一瓶毒胶囊，结果他回家吃下去之后就死了，然后你们再趁夜潜入他家里清理现场。这一招儿杀人灭口，也是你们的预案吗？"

"不、不是……"

"既然不是预案里的程序，那就是你临时起意了？"

"不不，警官，你误会我的意思了。"金一兆急忙摇头道，"我是说我们根本没有给过他什么毒胶囊，我们去找他的时候，也根本不知道他已经死了。我原本是想晚上去他家里，再跟他签一份书面协议，让他放弃一切追责的权利，以免日后再拿这个事来讹诈我们。"

康佳佳说："就算真是这样，找一个老头签份协议，也不需要三个人上门吧？"

金一兆解释说："这事我原本是安排余助理跟我一起去的，邹大福参加我们的讲座时登记过住址，可是他住的那个华风小区位置有点偏僻，我找了一圈没找到，正好我手下一个叫小岑的业务员是专门负责在那个片区上门发放小广告的，对这一带的情况比较熟悉，所以我又打电话叫他过来给我们带路。结果还真的多亏有他在，那个华风小区，门口拴着一条大狼狗，外人根本进不去，小岑经常在这一带发广告传单，已经有了经验，随身带着狗粮，给这条大狼狗扔了一把狗粮，它就立即对着我们摇起尾巴来，我们这才得以顺利进入小区。"

金一兆告诉严政他们，他们去找邹大福的时候，手里还提着一点小礼物，因为时间有点晚了，他们在小区里并没有碰见其他人。上到五楼找到邹大福的家后，先是敲了敲门，屋里并没有人答应，他们以为邹大福没在家，不由得有些失望，正准备转身离去的时候，小岑随手扭动了一下门把手，却发现门并没有上锁，一推就开了。他们犹豫一下，一边叫着"邹大爷，邹大爷"，一边推开大门走了进去。

屋里亮着灯，电视机里有个穿着超短裙的女歌星在唱歌，邹大福却一动不动地歪躺在茶几旁边的地板上。三人都吃了一惊，以为这老头是心绞痛病犯了，立即上前，想把他扶起来。可是把他的身体翻过来一看，才知道他居然已经死了，身体都开始发凉了。当时他手里还攥着一个金维他胶囊的瓶子，有几颗蓝色的金维他胶囊散落在旁边的地板上。

　　三个人都吓得往旁边闪了一下，余瑶掏出手机想要报警，却被金一兆拦住。金一兆瞪了她一眼："你想害死我们啊？"余瑶一时没反应过来，问："怎么了金总？"金一兆怒声道："他临死的时候手里都还拿着咱们金维他胶囊的瓶子，肯定是刚刚才吃过咱们的药，要是警察来了，一定会以为他是吃咱们的药吃死的，咱们一个也跑不了，警察肯定会抓咱们去坐牢的。"小岑有点手足无措地问："咱、咱们的药，怎么会吃死人呢？"金一兆说："这个谁知道呢，每个人的身体状况不一样，吃药后的反应也不同，哪怕是一些正规的药，副作用里面也有百分之零点零零几的致死率，估计是他太倒霉了，不幸成了那个百分之零点零零几。"

　　余瑶从来没有见过这种场面，颤声问金总，不能报警，那还能怎么办？金一兆毕竟见过些风浪，很快就镇定下来，说："无论如何，咱们不能让警方把他的死跟咱们金维他联系起来。咱们得在他家里布置一下，尽量撇清他跟咱们的关系。"余瑶和小岑还没太明白他的意图，他就已经把邹大福的尸体从地上拖起来，对小岑说："你还愣着干什么，赶紧帮忙啊！"他跟小岑合力，把邹大福的尸体抬到旁边的竹躺椅上平放好，让他看上去像是躺在椅子上去世的。然后又把邹大福手里的金维他胶囊瓶子拿下来，仔细数了下瓶子里的胶囊，加上掉落在地上的，总共还剩下七颗。一瓶金维他胶囊共有十颗，估计邹大福晚上已经吃了三颗。金一兆原本想把这瓶金维他带走，可是后来一想，又觉得不妥，警察可不是那么好骗的，他们发现邹大福的尸体后，肯定会进行尸检，知道他是因为吃了什么药才死亡，却又在屋里找不到致其死亡的药，一定会起疑心。

　　金一兆到里面房间看了下，正好看见小房间的书桌上摆着许多治冠心病和心绞痛的药，找了一下，发现有一瓶叫倍他乐克的胶囊药看起来几乎跟他们的金维他胶囊一模一样。他顿时有了主意，就把这瓶倍他乐克里面的药倒出来，把邹大福吃剩下的七颗金维他胶囊装进去，反正胶囊上面没有任何标识，别人也不会知道这个是他们的产品。经过这一番操作，药杀邹大福的罪名就被他轻而易举地嫁祸给了倍他乐克。然后他又在屋里搜索一遍，把邹大福买的所有金维他产品都打包带走，如此一来，无论警方如何仔细勘查现场，都不会把邹大福之死跟金维他扯上半点关系。收拾好一切之后，他们三个又把整个客厅打扫了一遍，两个房间有可能留下脚印和指纹的地方也都抹拭过，又把门把手擦了遍，确认没有在现场留下任何痕迹之后，这才关灯关电视，锁门离开。

但是毕竟做贼心虚，第二天一大早，金一兆就带着公司一帮人，提前撤场离开了电影院。但实际上他并没有走远，而是在城区一家小宾馆里躲了起来，静观其变，结果四五天时间过去，邹大福之死并没有闹出多大的动静，他也就放下心来，以为自己计谋得逞，于是决定继续他卖假药赚大钱的"事业"，只不过丁州肯定是不能再待了，他又拉着公司的人马转战吉阳市，在那里租了个场地，继续忽悠老年人买他们的产品。谁知正当他在吉阳市赚得盆满钵满、准备转战下一个城市的时候，丁州警方忽然找到了他。他这才知道自己这回是真的遇上大麻烦了。

在被警车带回丁州市的路上，金一兆把这件事从头到尾想了一遍，心里总觉得这事似乎有点蹊跷，刚才听严政那么一说，心中更是疑窦丛生。他看着两个警察说："警察同志，我必须向你们澄清两件事，第一，刚才你们说我们的产品是毒胶囊，这个我不同意。明人不说暗话，既然都已经到这里来了，我也没什么好隐瞒你们的，我们这个金维他胶囊，其实就是用淀粉加白糖做成的，虽然不一定有什么疗效，但绝对不会吃死人。第二，就算邹大福真的是吃了我们的产品之后死亡的，那也是他本身疾病发作的原因，而不是我们的产品有问题。他本身就患有严重的冠心病，这最多只能算是个意外，你们一口咬定是我有意要毒死他，这个故意杀人的罪名我可不背。"

严政听完他的供述，思索后问道："你的意思是说，在 4 月 6 日晚上，你们去到邹大福家之前，并不知道他在家里出事了，对吧？"

"是呀，我们在去他家之前，根本就不知道他已经死了，要是早知道这样，我们哪儿还敢去啊？"金一兆身体前倾，表情急切地道，"我们去找他，只是想找他签个协议，第一叫他以后不要再因为这个事纠缠我们，第二这个协议里也有保密条款，就是他在我们活动结束离开丁州之前，不能把这个事泄露出去，要不然人人都像他这样来讹诈我们一番，我们也受不了。你们也说了，有目击者看见我们穿着制服提着礼物去找邹大福，其实这个恰好证明我们不是故意杀人。你想啊，要是我们真是报复杀人，明知道这个时候邹大福吃下我们的产品已经死了，我们还穿着公司制服大摇大摆去他家里清理现场，这不等于是告诉别人杀人者是金维他公司的人吗？我们有这么蠢吗？"

严政沉吟着看向身旁的康佳佳，康佳佳略一点头，说："他说得好像也有些道理，他们三个人没理由穿着这么明显的制服去小区里作案吧？"

"但是有一点，你们金维他是脱不了干系的。"严政目光冷峻地盯着金一兆，"那就是邹大福吃下的金维他胶囊里，装的并不是什么淀粉加白糖，而是乌头碱。"

"什么？乌头碱？"金一兆自然知道乌头碱是什么，不由得吓了一跳，"这、这是剧毒药啊，我们的产品里怎么会有这个？这绝不可能，绝不可能……"

"怎么，难道你以为我们警方是在讹诈你吗？"康佳佳说，"我们有法医报告，你要不要看一下？"

"不不不，警察同志，我、我不是怀疑你们搞错了，我是说……"金一兆被带到审讯室之后，一直都故作镇定，表现得十分淡定，一副见过大风大浪的模样，这时听说在他们公司的产品里检查出含有乌头碱，这才有点慌了神，"我只是觉得这也太不可思议了，我们的金维他胶囊里怎么可能会有剧毒药呢？"

"你就别再在我们面前演戏了，那瓶胶囊是你们公司的产品，也是你们交给邹大福的，怎么会变成毒药，这其中的原因，只有你们自己才知道吧？"严政把两只手抄在胸前，一直对他冷眼相待。

"我又不是演员，在你们面前演什么戏？我是真不知道这是怎么回事。"金一兆见警察不相信自己的话，顿时急躁起来，两手使劲儿挠着自己的头发，刚刚被他用唾沫梳理过的大背头，很快就被他抓得像鸡窝似的。他说："那个邹大福不就是怀疑我们卖的是假冒伪劣产品吗？这样的事我们又不是头一次遇上，哪一次不是被我悄无声息地摆平了？我堂堂一个大公司的老总，犯得着为这点小事去下毒杀人吗？你们要是不相信我的话，可以去问问我的助理余瑶，还有那个业务员小岑。"

"这个不用你提醒，我们一定会去找他们核实的。你还有什么要说的吗？"

"没有了，我要说的都已经跟你说了，归根结底就是一句话，警察同志，你们真的搞错了，我没有杀人，邹大福真不是我们毒死的。"金一兆好像意识到了自己的失态，很快又坐正身子，大声道，"对了，我警告你们，你们丁州市委唐副书记是我的老朋友，如果你们不秉公办事，随便冤枉好人，我只要打个电话，唐书记就……"

"好了，今天就到此为止，我们警察不会放过一个坏人，但也不会冤枉一个好人，你自己好好想想，我们既然已经把你请到这里来了，自然是掌握了你的犯罪证据，所以你最好不要抱有侥幸心理，企图蒙混过关。"严政从审讯桌前站起来，"咱们明天再接着聊。"

她拎着自己的茶杯，从审讯室走出来，这时马瑞和欧阳错都已经在外面走廊里等着她了。他们兵分三路，对三名犯罪嫌疑人同时进行了突击审讯，马瑞和另一个搭档审的是余瑶，而欧阳错则跟另一名老警察负责审讯小岑。两人向严政汇报了各自的审讯情况，案发当晚的事情经过与金一兆交代的基本一致，并没有太大的出入。

这时已快夜里 10 点了，公安局大院里已经安静下来，走廊外的灯光显得有点模糊。

严政抬头看着昏暗的夜空，好像要从那里寻找到最亮的那颗星星。她沉思片刻，忽然发问："你们觉得他们三个人有串供的可能吗？"

"这个完全有可能啊。"康佳佳点头说，"案发时间已经过去这么久了，三个人完全有机会和时间联合起来订立攻守同盟，用统一的口供来对抗咱们警方的审讯。"

严政点点头，又摇摇头，说："你说得有道理，但是我想来想去，总觉得这个案子里面，至少有两个关键点说不过去啊。"

这时欧阳错已经低头看完了金一兆的审讯记录，他抬起头来说："严队，我好像已经明白你有哪两个地方觉得不对劲儿了。"

"哦？"严政回头看着他，"那你说说看。"

"第一是杀人动机，似乎过于牵强了些。仅仅是因为邹大福说金一兆他们卖的是假药，扬言要去告他们，他们就对他动了杀机，如此煞费心机地给他下毒，事后还冒着这大风险去他家里清理现场，这样的杀人动机，虽说勉强能够成立，但实际上是经不起推敲的，对吧？"看见队长冲着自己点头，欧阳错又接着往下说，"这第二点嘛，犯罪嫌疑人自己也说了，如果他们真的是投毒杀人之后再潜入邹大福的住处清理现场，那就得悄悄地来，然后再悄悄地离开，没有理由还穿着自己公司那醒目的制服去清理现场啊，整得好像生怕别人不知道他们是金维他公司的人一样。这个完全说不过去啊。"

"是的，你说得很对，"严政叹了口气，脸上带着犹疑的表情，"我在审讯金一兆的时候，就已经意识到了这两个问题，但是从咱们现在所掌握的线索来看，邹大福之死，似乎确实又跟这家金维他公司有着千丝万缕的联系。如果杀人凶手不是金一兆，那我实在想不出还会是谁了。"

大家也都没再说话，好像都在思考着她提出的这个问题。如果凶手不是金一兆，那会不会还有别的怀疑对象呢？答案是没有，因为就目前来看，警方掌握的所有线索确实都指向了金维他公司，指向了金一兆。

严政看看时间，已经很晚了，正想让大家回去休息，欧阳错忽然在后边犹豫着说："严队，其实我刚才在审讯那个小岑的过程中，发现了一些相反的证据，也许能够证明这个案子不是金一兆他们干的。可是我又怕自己的想法不对，说出来你们又要骂我是'错警官'了。"

"哈哈，"严政不由得笑了，"平时你都是口无遮拦，想到哪儿说到哪儿，今天怎么突然变得这么谦虚谨慎了？说吧，你发现了什么疑点，说出来大家讨论一下。"

欧阳错得到队长的鼓励之后，清清嗓子说："这个小岑吧，他全名叫岑辉，今年二十五岁，是咱们丁州市人。他其实是金一兆4月初来到咱们丁州卖假药时才招进公司的业务员，进公司的时间并不长，而且只是一个普通业务员，根本跟金一兆扯不上什么关系。所以我在想，如果金一兆真是蓄谋杀人，怎么会带这样一个刚进公司不久、并不是自己心腹的本地人去做帮手呢？就算他真的需要帮手，那也应该找像他助理余瑶这样的'自己人'啊。"

"嗯，这确实是个反证。"严政点点头，"还有吗？"

欧阳错说："还有最后一点，也是我认为最重要的一点，据小岑交代，4月6日那天下午，在电影院里的营销大会上，邹大福当众质疑金维他的疗效之后，立即就被金一兆叫进了小办公室，经过一番交涉，双方很快达成和解，金维他公司免费向邹大福赠送四个疗程的产品，而邹大福则不再追究此事。赠送给邹大福的那四个疗程的金维他胶囊，就是小岑拿给邹大福的。现在，重点来了，据小岑回忆说，当时金一兆并没有特别授意他拿哪几瓶药给邹大福，他只是从码得像座小山一样的产品里随手取了四个疗程的药递给邹大福。邹大福拿了药之后，好像生怕公司方面会反悔一样，很快就心满意足地离开了。"

严政马上明白了他的意思："如果小岑给邹大福拿胶囊时，并没有经过金一兆的授意，而是从一大堆产品里随机抽取的，那就说明金维他方面并没有刻意送给邹大福一瓶有毒的胶囊，对吧？"

"是的，"欧阳错最后总结道，"既然如此，那咱们说金维他公司，或者是金一兆蓄意投毒杀人，就不能成立了。"

康佳佳想了一下说："会不会是无差别杀人呢？就是有人在一堆保健品里混进了一瓶毒胶囊，其目的是要杀人，但并没有特定的目标说是一定要杀死某人，总之哪个吃到哪个倒霉。"

马瑞开口道："你的意思是说，邹大福其实并不是凶手的目标，凶手的目的只是要杀人，不管最后死的是哪一个，他的目的都达到了，是吧？"

"不，"康佳佳摇摇头，"我觉得杀人只是手段，凶手这么做的真正目的是想给金维他公司制造麻烦，你们想一想，如果金维他公司的产品吃死人了，以后还会有谁敢买他们的金维他胶囊？很显然，搞臭金维他公司，甚至是搞垮金维他公司才是凶手的终极目的。"

"嗯，这倒也是一条破案的思路。"严政挥一下手说，"我看今天就到此为止吧，大家先回去休息，咱们明天再接着调查。"

第二天早上上班后，严政立即带着欧阳错一起，再次对金一兆进行了提审。金一兆显然一个晚上没有睡好，眼圈发黑，头发乱得像一蓬荒草，他怕是再也没有心情用唾沫来梳理了。

看见严政，他立即急切地问："警官，你们什么时候能放我出去？公司里还有一大堆事情等着我回去处理呢。"

严政说："你放心，等我们把事情调查清楚，如果证实的确跟你无关，我们自然会放你回去的。"

"那还要怎样调查啊？"金一兆不由得提高了声音，不满地道，"昨晚我不是已经老老实实跟你们交代过了吗？这事真的跟我没什么关系。"

严政"嗯"了一声，说："对于你昨天的口供，我们已经仔细研究和核实过了，觉得你所说的那些话，可信度还是比较高的。"

金一兆连连点头："就是就是，我说的本来就是实话嘛。"严政忽然话锋一转："但是从我们了解到的情况来看，邹大福之死还是跟你们金维他公司脱不了干系。"

金一兆顿时苦下脸来："怎么又跟我们公司扯上关系了呢？"

欧阳错说："经过我们调查，你所交代的情况基本属实，邹大福并不是你们蓄意投毒杀死的，但是归根结底他还是吃了你们的金维他胶囊之后才毒发身亡的，这个事实你不能否认吧？"

金一兆一时怔住，这个他确实没有办法否认。但如果点头承认是他们公司的产品出了问题，致使邹大福服用后中毒身亡，那他这个公司负责人又岂能脱得了干系？一时间，他陷入了两难的境地。

严政端坐在审讯桌前，一边认真观察着他脸上的表情变化，一边说道："从我们调查到的情况来看，你因邹大福质疑你们公司产品的疗效而对他心怀杀意，蓄意下毒杀人的可能性不大，但他确实是因为吃了你们公司的产品而中毒死亡。我们已经核实过，邹大福所吃的金维他胶囊，是你们的业务员小岑从一堆产品中随机拿出来交给他的，所以我们现在怀疑是有人早就把这瓶毒胶囊混在了你们的产品里，其目的就是想制造出'金维他吃死人'的新闻，把你们公司的名声搞臭，让你们的产品卖不出去，最后达到搞垮你们公司的目的。"

"我去，居然还有这样居心叵测的家伙！"金一兆的情绪突然激动起来，"这人是谁啊？你告诉我，我非灭了他不可！"

"这也正是我们需要你配合的地方。"严政说，"只有你好好配合警方，我们才有可能找到幕后真凶，要不然这个黑锅就真的只能由你和你们公司来背了。"

金一兆急忙点头道："好的好的，你说要我怎么配合你们？我一定全力配合！"

严政说："我们现在亟须搞清楚两个问题：第一，凶手是怎么把这瓶毒胶囊混进你们的产品里去的；第二，凶手这么做的目的到底是什么。"

金一兆一脸茫然："这我哪儿知道啊。我们这个金维他胶囊吧，虽然现在还只是一个名不见经传的小产品，但我们是有远大志向的，我们的目标就是要把金维他做成中国保健品行业的龙头企业，为了实现这个目标，我们全公司上下……"

"废话就不要说了，"严政皱起眉头，敲了下桌子，"拣重点说！"

"好的，我说这么多的意思是想告诉你们，我们的金维他虽然是个小品牌，虽然不能保证确有疗效，但至少要绝对保证吃不死人啊。正是基于这个企业理念，所以我们公司的整个生产、仓储和运输环节，都是严格按照公司的规章制度执行的。产品从无菌车间生产出来之后，立即打包装箱贴上封条送进仓库，运输过程也有专人监督，可以说无论是生产、储存还是运输环节，都是在我的严密监管之下完成的。我们的每一箱产品都贴有特别的防伪封条，只有到了营销现场才会由专人拆封。如果有人想把毒胶囊放进去，就必须得拆开我们的封条，一旦封条被拆坏，就再也无法复原，我们的人一眼就能看出异常来。

我们在丁州电影院这边进行产品销售的时候，并没有发现有哪一箱产品的封条被拆开过。所以你说有人在我们的产品里混进了一瓶毒胶囊，我也觉得不可思议呢。"

欧阳错问："那第二个问题呢，对于凶手这么做的动机，你有什么想法？"

金一兆把嘴一撇："这还用问吗，肯定是同行在背后使坏啊，现在干我们这行的竞争也非常激烈，你看你们丁州市的这个电影院，每个月都有好几家我们这样的公司来租场地搞推销卖产品，我觉得吧，肯定是有竞争对手想在背后黑我们金维他，想把我们公司搞垮。我们公司一年有上千万的营业额，在业界也算小有名气吧，这分明是有人眼红我们公司的业绩啊……"

他说到这里，忽然意识到自己似乎说漏了嘴，卖假药一年赚上千万，要是被人查下来，他肯定要吃不了兜着走。好在严政他们并没有把注意力放在这个上面，只是在想着要不要启动对他们同行业竞争对手的调查程序，如果真是这样，那工作量就非常大了。

金一兆见他们沉着脸不说话，急忙岔开话题说："警察同志，这个事吧，我自己也觉得十分蹊跷，从邹大福家找到的那些毒胶囊还在你们这里吧？能不能拿给我看一下？"

欧阳错说："你在现场的时候，不是已经看过了吗？那些毒胶囊还是你装进倍他乐克瓶子里去的呢，害得我们为了查明这个胶囊的真实身份绕了好多弯路。"

金一兆说："邹大福屋里光线有点暗，而且事发突然，当时我也有点慌乱，根本就没来得及在现场细看。你们现在能不能拿过来再给我看一下。"

欧阳错扭头看向队长，严政朝他点了下头，他立即下去，从物证室把那七颗毒胶囊拿了过来，装在透明的物证袋里，递给金一兆看。金一兆隔着物证袋看了一眼，问："怎么每个胶囊屁股后面都有一个用针扎出的小洞啊？"严政说："那是我们警方技术人员从胶囊里提取药粉进行化验时留下的针眼，这个你忽略就行了。当然，你也可以帮我们再次确认一下，这个到底是不是你们的金维他胶囊。"

金一兆又把胶囊拿在手里仔细看了一下，点头说："没错，这个确实就是我们的金维他胶囊，至少外壳的，只是里面装的东西还是不是我们的金维他，那我就不得而知了。"他手里拿着那几颗胶囊，忽然皱起眉头，"哎，好像有点不对劲儿啊！"

欧阳错忙问："哪里不对劲儿？"金一兆没有说话，又对着胶囊翻来覆去看了一阵，才说："能让我把胶囊拿出来看看吗？隔着一个塑料袋，总感觉看不太真切。"

严政点头说："行。"

欧阳错拿出一副白手套先给金一兆戴上，这才允许他用手指把物证袋里的胶囊拿出来。

金一兆把七颗胶囊全部倒在手心里，一颗一颗地拿起来仔细检查一遍，然后问严政："你们做化验的时候，打开过胶囊吗？"严政问："你所说的打开，指的是什么？"

金一兆用两个手指头捏着一颗胶囊举到眼前说："你看，这每一颗胶囊都是由左右两半胶囊皮黏合起来的，我就是问你们，有没有把这两半胶囊皮打开过？"

严政摇摇头："没有，我刚才已经说过，我们只是在胶囊一端打了个小针眼，提取里面的药粉进行化验，其他地方都没有动过。"

"这就奇怪了，这胶囊皮明显被人打开过，绝对不是原装的了。你看这封口处连胶水都还遗留在外面呢。"

"会不会是生产过程中留下的痕迹？"

"不会，这样的产品在我们质检员眼里是肯定过不了关的。"金一兆抬起头看着两个警察，很认真地说出了自己的怀疑，"我觉得这个胶囊是出产之后，再被人打开，清空了里面的药粉，然后再填上乌头碱粉末重新黏合上去的。警察同志，我敢保证，胶囊在我们手里的时候，不可能发生这样的事。我严重怀疑，这个胶囊是我们给到邹大福手里之后，才被人装进乌头碱做成毒胶囊的。"

严政问："你确定吗？"

金一兆挺起胸脯说："我当然可以确定，我们公司的产品线肯定不会生产出这么劣质的胶囊。"

严政沉吟着没有说话，目光落到金一兆脸上，好像是在揣摩他说的话到底有几分可信度。

欧阳错想了一下说："严队，我倒是觉得他说的话好像有些道理。从目前的情况来看，那瓶金维他胶囊在邹大福手里被调包的可能性确实比较大。"

严政轻叹一声，终于把目光从金一兆身上移开："这样一来，咱们辛辛苦苦调查一圈，岂不是又回到了原点？归根结底，咱们还是要搞清楚到底是什么人潜入邹大福家里，把他吃的药给调包成了致命毒药。"

金一兆说："其实吧，我觉得这瓶金维他胶囊被调包的地点，很可能不是在邹大福家里。"

"为什么这么说？"欧阳错抬起眼皮看着他。

金一兆说："原因很简单，4月6日那天下午邹大福在电影院参加我们的营销活动时曾说过，他吃完了家里买的几瓶金维他胶囊都没有效果，这说明他家里已经没有我们的产品了，对吧？"见到两个警察同时点头，他又接着往下说，"所以后来我们在他家里发现的所有的金维他胶囊，应该都是他在这天下午带回去的，对吧？当天我们在活动上免费赠送他四个疗程的药，我记得他拿着这些药离开的时候应该是下午4点左右。我们这个产品是要求饭后服用的，记得你们说过他当天傍晚还跟楼下邻居吵过架，吃晚饭的时间大约是傍晚6点，服药时间应该是傍晚6点过后了。从这几个时间点来推测，他把金维他胶囊拿回去放在家里的时间其实并不长，最多不会超过两小时，而且他回家之后就要开始做晚饭，然后又跟楼下邻居吵架，这说明这个时间段，他一直是在家里的。这么短的时间，而且邹大福又在家里，凶手想要潜入他家悄悄给他下毒而不被发现，我觉得可能性不大。"

严政很快明白了他的意思："你是说邹大福应该是在离开电影院、回到家里的这段路程中，被凶手把胶囊调包了，对吧？"

金一兆朝她竖起大拇指："你真聪明，我就是这个意思。"欧阳错说："老电影院在南华路那边，从那里走到工字桥华风小区邹大福家里，只怕有十几公里的距离吧。"

金一兆说："他是坐公交车回家的。"

严政问："你怎么知道的？"

"是小岑告诉我的。小岑是本地人，而且又是负责工字桥那个片区的业务，对那一带客户的情况比较了解。邹大福每次来参加健康讲座，都是他接待的。我对业务员的要求是，要把每个客户当成亲爹亲妈一样对待。4月6日晚上的事情发生之后，小岑跟我说过这老头的一些情况。"

欧阳错点了一下头说："嗯，我记得确实有一趟公共汽车经过老电影院门口，不过具体是哪一路车我就不太了解了。"严政起身道："走，咱们去查一查那趟公共汽车的情况。"

就在即将走出审讯室时，严政像是想到了什么，忽然回头看着金一兆："你们搞营销活动的时候，电影院里有监控吗？"

金一兆摇头说："没有。"

"那你们有没有拍摄过现场活动的视频？"

"也没有，甚至连照片都没拍过。"

严政眉头一皱，正想问为什么，却见他脸上闪过一丝讪笑，心里忽然明白过来，无论这位"金总"嘴上说得多么冠冕堂皇，但卖假保健品忽悠老年人，毕竟是违法行为，像他这么精明的生意人，自然不会租用有监控探头的场地，更不会拍下任何有可能会在日后成为自己罪证的视频和图片资料。

第六章

受人指使

　　严政带着欧阳错和康佳佳两人驱车来到老电影院，在电影院门口四下观察了一下，从大门出来，原本是一个院前广场，但因为荒废已久无人打理，早已长满杂草。穿过几百米宽的院前广场，就是南华路。南华路是一条双向六车道的大马路，但路上来往的车辆并不多，显得有点冷清。马路边就有一个公共汽车站台，但并没有什么人在站台上等车。

　　严政到站台上看了一下，根据上面站牌显示，经过这里的只有805路这唯一一趟车。正好这时，听到一阵喇叭鸣响，一辆805路公交车缓缓驶过来，停在站台边。

　　欧阳错跟康佳佳一起，一边跳上车一边对严政道："严队，我跟佳佳坐坐这趟车了解一下情况，你先回队里等我们吧。"没待严政回话，公交车已经驶出站台。

　　公交车上只有稀稀拉拉几个乘客，欧阳错和康佳佳找了两个座位坐下来，抬眼一看，头上共有两个车载摄像头，一个对准司机位置，一个对着车厢，应该能把车厢的所有位置都拍下来。几分钟后，公交车拐出了南华路，往主城区方向驶去，一路走走停停，经过了十几个公交站，大约二十分钟后，来到了工字桥站。

　　两人下了车，发现这个公交站距离华风小区也就三百来米距离，邹大福如果坐公交车往返电影院去参加金维他公司的讲座，倒也还方便。欧阳错给严政打了个电话，先是说了公交车上的情况，然后又说："从电影院到工字桥，有二十多分钟车程，下车后还要走几百米才能到邹大福所居住的华风小区。不过这段路是一条大街，街上人来车往，凶手要想在这条街上悄悄调包邹大福手里的胶囊只怕有点困难。所以剩下的唯一可能，就是凶手在公交车上动手换掉了邹大福的胶囊。"

严政问："公交车上有监控吗？"

欧阳错说："有的，一共有两个，一个对着司机驾驶区，另一个对着乘客区。我问过司机，这条路上的所有公交车车载监控都是这个配置。"

严政想了一下，说："那你们先不用回队里了，直接去公交公司吧，我先给他们打个电话，你们去那里把当天下午经过电影院的805路公交车的监控调出来看一下，一定要看仔细了，千万别放过任何一个可疑的地方，咱们能否找到真凶，就在此一举了。"

欧阳错点头道："好的。"挂断电话后，他立即拦下一辆出租车，跟康佳佳一起赶往公交公司。

因为严政事先已经打过电话，并把相关调查手续传了过来，公交公司这边一个姓林的副主任接待了他们。欧阳错问林主任，公交车上的监控视频终端在哪里？

林主任说："在调度室，我们公司所有公交车的车载视频都是与调度室的大屏幕联网的，所有视频文件都统一保存在调度室的服务器上，正常情况下，所有车辆的视频资料可以保存一个月，超过一个月就会被自动覆盖。"

欧阳错在心里算了一下，从邹大福死亡到现在也才半个多月，当天下午的视频应该还在。

他对林主任说："我们想看一下4月6日下午4点前后，所有经过老电影院站的805路车上的监控视频，可以吗？"

林主任说："没问题。"就把他们两人带到了调度中心。调度中心的墙壁上有好几块超大液晶屏幕，屏幕被分隔成一小块一小块，每一小块都代表着一个公交车车载视频的实时监控画面。林主任跟一个正坐在电脑屏幕前敲击着键盘的年轻技术员说了一下，技术员点点头，快速地按几下键盘，很快就在电脑里调出了一些资料，说："根据我们的大数据筛选，您说的这个时间段，共有两辆 805 路公交车经过老电影院站，一辆是在 4 月 6 日下午 3 点 52 分，另一辆是下午 4 点 10 分。理论上讲，我们 805 路公交车的间隔时间是十五分钟一趟，但实际操作过程中会略有出入，比如这两辆车，就间隔了十八分钟。你们需要查看哪一辆车的视频？"

康佳佳说："先看第一辆车的视频吧。"

"好的。"

技术员熟练地操作电脑，很快就调出当日下午 3 点 52 分这辆车的车载监控，根据右上角的时间显示，这辆车是在当日 3 点 52 分 15 秒停靠在老电影院站台的，有一个学生模样的年轻乘客从后门下了车，但是并没有乘客从前门上车。几十秒之后，公交车关紧后门，驶离了站台。

"再看看第二辆吧。"欧阳错拍拍技术员的肩膀。技术员有点不习惯地回头看他一眼，但并没有说话，很快又在电脑里打开了 4 点 10 分经过老电影院的那辆公交车的监控视频，从车窗外快速移动的景物可以看出，这辆车当时的车速还挺快的，车上仅有三名乘客，因为没有人下车，站台也没有人等车，所以车辆经过站台时只是略微减了一下速，连车门都没有打开，就越过站台往前走了。

下午 4 点前后的这两辆经过老电影院的公交车上都没有看见邹大福的身影，欧阳错不由得有些失望。难道金一兆给出的时间点有误，还是说当天邹大福根本就不是乘坐公交车回家的？康佳佳想了一下说："咱们再看看下一辆车吧。"

"好的。"技术员倒是很配合，立即又调出下一辆车的视频。这辆车经过老电影院的时间是下午 4 点 26 分，这一次公交车只打开了前门，在站台边停下来后，有一个稍微有点驼背的老年男子上了车。上车时，可以明显看到他手里用塑料袋提着一大包东西。

欧阳错顿时眼前一亮，急忙叫道："停！"技术员立即按下播放器暂停键。欧阳错请他把视频画面截图之后，再放大一倍，他和康佳佳两人都睁大眼睛凑到电脑屏幕前仔细看了，没错，这个上车的老头就是他们要找的邹大福。他手里提着的，应该就是金维他公司免费赠送的四个疗程的金维他胶囊了。邹大福上车的时候，车厢里空荡荡的，没有一个乘客。他在司机后面就近找了个座位坐下，顺手把手里的袋子放在旁边靠窗的空座位上。欧阳错和康佳佳交换了一记眼色，在这样的情况下，如果凶手想调包他袋子里的东西，那就非常容易了。

两人接着往下看视频，公交车到达下一站的时候，又上来了几名乘客，不过并没有在邹大福身边停留，直接走到了车厢中间位置。公交车一路走走停停，乘客上上下下，大约二十三分钟后，到达了工字桥站。这时车上有十多名乘客，因为车上不算拥挤，邹大福旁边放塑料袋的空位始终没有人坐过，更没有人靠近过。到站后，邹大福扶着座椅靠背缓缓站起身，朝着车门走去。快下车时，才想起自己的药还落在车上呢，又赶紧回头去拿。拿好那个塑料袋之后，才慢慢下车走了。

欧阳错以为自己看漏了某个画面，又把这段视频回放着认真看了遍，仍然没有任何发现。从邹大福上车到下车，其间二十多分钟时间里，根本就没有任何人跟他搭过话，他的药一直放在旁边的座位上，也没有任何人动过。除非凶手有隔空取物的本领，要不然就绝没有可能在这样的情况下，把他袋子里的药换成毒胶囊。

从公交公司出来后，欧阳错打电话向严政汇报了这边的情况。

严政不禁感到有些意外："难道是凶手知道公交车上有监控，所以没有在公交车上动手？"

欧阳错也是一脸迷茫："如果凶手不是在公交车上动手，那又是在什么地方把邹大福的药调包的呢？"

"有没有可能是在他下公交车之后走回小区的这段路上？"

"这个咱们已经讨论过了，可能性比较小。首先，如果凶手想等他下了公交车之后再动手，那就得跟他同坐一趟公交车，并且一路尾随他下车，才有动手的机会，但是无论是他在电影院上车，还是在工字桥下车，都是一个人，并没有任何乘客跟在他后面。当然，凶手也有可能自己驾车，或是坐出租车跟在公交车后面。但公交车里的监控能拍到车窗外的一些情况，目前并没有发现有可疑之人跟踪他。另外，邹大福下车之后，距离他家就只有几百米远了，街道两边都是他熟悉的店铺，路上行人也多，这对凶手来讲，绝对不是一个最佳动手的地方，因为稍有不慎就会留下线索被人目击到。"

严政道："照你这么说，凶手在车上没有机会动手，在路上没有机会动手，等邹大福到了更加没有机会动手，那凶手究竟是什么时候把他的药调包的呢？"

欧阳错脑子快速转动起来："难道是在邹大福走出电影院，到他搭上公交车之间的这段路上？"他一拍大腿，"肯定是了，邹大福是下午4点左右离开电影院的，但实际上直到4点26分他才搭乘公交车。从电影院大门走出来，只需要穿过院前广场就可以在公路边搭车，最多也就二三百米远的距离，他没有理由要走上二十多分钟啊。中途耽误这么长时间，我觉得肯定是遇上了什么事，或者碰见了什么人，而凶手调包他的药，肯定也是这段时间里完成的。"

严政的反应毕竟没有年轻人快，在电话里顿了一下，才明白他的意思："这个倒是很有可能，毕竟他下午4点离开电影院，差不多半小时后才上公交车，这就是一个很大的疑点。"

"可惜呀，"欧阳错刚有点兴奋劲儿，很快又泄气了，"可惜电影院外面没有监控探头，现在也没有办法查到邹大福走出来后，到底遇上了什么状况。"

"我早就说过，咱们警察办案并不是必须得依靠监控设备，难道没有监控咱们就不能破案了吗？"严政的语气明显有点不高兴，"你长着眼睛和嘴巴，是干什么用的？没有线索，就用嘴去问，用眼睛去寻找，犯罪嫌疑人是不会坐在家里等你去抓的。"

欧阳错挨了批评，一时说不出话来。

严政缓和了一下语气说："这样吧，邹大福下公交车回家这段路，我让老熊带人去查，你和佳佳两个负责调查他上车之前的情况。"欧阳错张张嘴，刚想说什么，严政却已经挂断了电话。

康佳佳看见自己的搭档打完电话后，苦着脸站在那里好半天没有说话，不由得有点奇怪，问他怎么了。

欧阳错说："我跟严队说邹大福手里的药，很可能是在他走出电影院但还没有上公交车的这个时间段里被人调包的，严队也比较认同这个说法，她让咱们照着这个方向去查一下。"

"你自己提出来的侦查方向，严队让你自己去查，这个没有毛病啊。"

"你是假傻还是真傻？"欧阳错白了她一眼，没好气地说，"咱们不是早就已经去电影院看过了吗，那里由内到外都没有安装一个监控探头，谁知道那天下午邹大福从电影院出来后遇见过什么人、碰上过什么事？这都已经过去半个多月了，还叫咱们去查，你说咱们从哪里查起呢？"

康佳佳说："就算没有监控摄像头，咱们也可以去寻找目击证人啊。"

"那个电影院早就已经荒废了，平时压根儿就没有什么人去，咱们上哪儿找目击证人去？"

"但是那天下午还有其他人也在电影院听金一兆他们的讲座，买他们的产品啊。"康佳佳说，"只不过咱们也不知道当天到底有哪些人参加过电影院的讲座，现在要调查起来，只怕也比较困难。"

欧阳错好像被她触动了一下，忽然"哈哈"一笑："不困难不困难，你说得不错，我有办法了！"

康佳佳问："什么办法？"

欧阳错伸手拦下一辆出租车："咱们先回队里，我路上再跟你说。"上车之后，他对司机说："送我们去公安局。"

康佳佳见他说完这句之后就再也不开腔，不由得急道："到底是什么办法，你倒是快说啊！"

欧阳错说："办法你刚才已经说了啊，就是从那些到电影院买过保健品的老头老太太中间寻找目击证人。"

"咱们哪里知道到底有哪些老头老太太去那里买过金维他公司的产品啊？"

"咱们确实不知道，但是有别人知道啊。"

"谁？那个金总吗？"

"对。"

"你觉得他会记得每一个到他那里买金维他的人吗？"康佳佳一脸鄙夷的表情，"他眼里只有钱，根本就没有人。"

"非也非也，"欧阳错摇头晃脑地说，"你忘了他说过每一个到他们那里参加健康养生讲座的人，第一次去的时候都要做登记吗？这些登记项目里肯定包括姓名和住址电话这些内容吧。"

康佳佳"哦"了一声，这才记起她和严队第一次审讯金一兆的时候，确实听他说过邹大福参加他们讲座时曾登记过住址，所以他们才能找得到邹大福的家。这个细节自己已经完全不记得了，但欧阳错只看过审讯记录，就记得这么清楚，倒真是有点出乎她的意料。她扭头看着他，眼睛里露出钦佩的目光，忽然觉得这个平时看起来吊儿郎当不着边际的搭档，其实关键时刻还是挺靠谱的。

两人回到队里，先跟严队请示了一下，得到严政许可之后，两人立即去羁押室找金一兆，问他对客户进行身份信息登记的事。

金一兆点头说确有此事，凡是第一次参加他们讲座的人，都要登记姓名、身份证号码和住址电话，只有做过登记的人，才可以领取他们免费发放的一斤鸡蛋。

康佳佳说："不就是买个保健品吗，为什么还要登记这些？"

金一兆笑笑说："三个目的，第一，这样显得比较正规，你看现在开个什么会，进场的时候不都是要登记与会者的身份信息吗？第二嘛，就是多收集一些客户信息，为以后我们公司建立客户大数据库做准备。"

"那第三呢？"

金一兆眼里闪过一丝狡黠之色："第三，其实把这些信息卖给网上那些信息公司，也是我的一条生财之道。"

康佳佳一听这话就心头有气："难怪总有些不法分子在网上兜售公民个人信息，原来都是你们这类人在背后助纣为虐。"

金一兆不当回事地笑了："就算我不卖信息，也会有别人来干这事，哪怕你们是警察，也没有办法全面禁止这样的事情发生。"

欧阳错懒得跟他做口舌之争，直接问他："你登记的那些客户信息，在什么地方？"

金一兆说："都已经输入电脑，制作成电子文档，储存在我随身携带的一个U盘里。不过我的随身物品在进来之前，都已经被你们拿去保管了。"

欧阳错翻翻眼睛："那你早说嘛。"

他跟康佳佳一起，从保管室拿到金一兆的U盘，插进电脑里看了一下，里面果然有一份名为"丁州客户资料登记表"的文件。点开一看，里面果然登记了有近三百名在电影院参加过他们讲座的客户的身份信息。两人把这些信息打印出来后，看着十多页密密麻麻的文字，头都有点大了。

康佳佳摸摸鼻子，问："现在怎么办？"

欧阳错把这些资料一分为二，递给她一半："还能怎么办，挨个打电话问呗，这里共有二百九十六个名单，咱们一人负责一半，把里面所有的人都调查一遍，我就不信查不出一点有用的信息来。"

康佳佳"哦"了一声，并不伸手接他递过来的打印纸，只是睁大眼睛望着他。欧阳错有点莫名其妙，往自己脸上摸了下："怎么了，我脸上有灰吗？干吗用这种眼神看我？"

康佳佳说："我怎么突然觉得你一点都不像我认识的那个你了呢，以前你要是遇上这么麻烦的工作，早就撂挑子不干了。"

"那当然啊，"欧阳错哈哈一笑，"自从上次我干净利落地破了几个大案之后，我就不再是'错警官'了，现在外面的人都叫我欧阳神探，我如果再不认真查案，怎么对得起我头上这'神探'二字呢？"

康佳佳撇撇嘴，做出恶心欲吐的样子："还欧阳神探呢，我看是自封的吧？"

"自封的又怎么样？"欧阳错拍拍手里的打印纸，"等我破了手上这个案子，'欧阳神探'这四个字就实至名归了。"

他拿起桌上的电话，照着登记表上的第一个电话号码打过去。电话很快就接通了，他客气地对人家说："大妈您好，我们是公安局的……"对方一听"公安局"这三个字，就"啪"的一下挂断了电话。

他不由得一脸错愕："怎么，现在的大妈都这么牛了吗，连公安局的电话也敢挂？"

"是不是你说话太凶，吓着人家了？我来试试。"康佳佳抄起另一部电话，再次拨通了那个号码，"喂，请问您是李英娘李大妈吗？我们这边是丁州市公安局，我们……"

"骗子，你们胆子可真大，还敢冒充公安局的，电视里早就说了，凡是公检法打来电话，一律都是骗子。你们要是敢再骚扰我，我可就要报警了！"大妈火气很大，又"啪"的一下挂断了电话。康佳佳这才明白过来，原来人家把他们当成电信诈骗人员了。

两人又给名单上的其他几个人打了电话，别说，这些老头老太太警惕性还挺高，一听到"公安局""警察"等词语，立马挂断电话，根本不给他们进一步说明的机会。

欧阳错不由得叫起苦来："这可怎么办？个个都把咱们当成骗子了，难道真要咱们照着名单上的地址，一个一个上门去找他们调查吗？将近三百号人，这一大圈走下来，咱们还不得累成狗啊？早知道是这么个情况，咱们就不从严队手里接这个任务了。"

康佳佳手里拿着那份名单，皱着眉头围着电话机转了一圈，忽然双眉一展："哈，我有办法了！"

她抄起电话机，照着名单上的一个号码打过去。"喂，谁呀？"电话很快就接通了，对方在电话里问。

康佳佳立即清清嗓子，柔声道："您好，请问您是——"她看看表格上登记的姓名，"您是杨炳成杨大爷吗？哦，杨大爷，我是金维他公司的客服人员。"

电话那头的杨炳成一听是金维他公司的人，顿时放松了警惕，很高兴地说："原来是金维他公司啊，好的好的，你有事吗？"

康佳佳已经把电话开了免提，欧阳错站在旁边也能听见两人说话的内容，一见此计得逞，他悄悄朝她竖了一下大拇指。康佳佳接着说："杨大爷，您最近身体还好吧？这两天气温有点高，您可要多注意休息啊……哦，是这样的，我们公司想给老客户做一个回访，有几个问题想请您回答一下，请问您有时间吗？"

她这几句关心的话语让杨大爷心生感动，杨大爷忙说："有的有的，我有的是时间，闺女，有什么问题，你就问吧。"

"好的。4月6日那天下午，我们公司在老电影院举办的健康养生讲座，请问您去参加了吗？"

"去了呀，你们公司的活动，我每天都去的。4月6日那天下午去了之后，我第二天再去，你们公司就已经撤场走了，也不发个通知，害得我们白跑一趟。"

康佳佳赶紧道歉说："真是不好意思，那天我们公司遇上了一点紧急情况，所以后面的活动就临时取消了，给您带来不便，非常抱歉。我想问一下您，您认识邹大福吗？他也去参加过当天的活动。"

"邹大福？"杨大爷有点发愣，"不认识啊。"

康佳佳提醒道："他就是那天下午站出来说我们卖的是假药，我们公司是骗子公司的那个老人。"

"哦，那个人啊，我记得他，只是不知道他叫邹大福。"杨大爷说，"当时他站出来公然说你们是骗子，我们听了都很气愤，这么好的公司，怎么可能是骗子公司呢，对吧？"

"当时发生这件事，他离开电影院之后，您还在电影院外面见过他吗？"

杨大爷说："这个倒没有呢。我记得他当时是被你们公司的金总请进了小办公室，后来我看见他手里提着一大袋你们的金维他胶囊走出来，估计是被你们说服之后，又买了许多你们的产品吧？他从办公室走出来后，很快就从大门口走出去了。那个时候，我们正在抢购金维他胶囊，要是迟一点，怕是就没货了，所以根本就没多留意他。他走出去之后，我就再没见过他。怎么了，是不是他又给你们捣乱了？"

康佳佳这位"客服"说："那倒没有，我们也就是做个售后调查而已，没什么别的意思，谢谢您了，杨大爷。"

"不用谢，"杨大爷在电话里满怀希望地说，"闺女，我回答了你们这么多问题，有没有什么礼品送啊？"

康佳佳愣了一下，看见欧阳错忍住笑朝她做了一个 OK 的手势，就说："这个啊，有的有的，回答完问题之后，您就是咱们的 VIP 客户了，我这边登记一下，我们公司很快就会再到丁州这边搞活动，到时我们再电话通知您到活动现场领取我们的礼品。"挂断电话后，她不由得长舒了一口气，看来这客服也不是那么好当的啊。

欧阳错哈哈一笑："你这个主意太高明了，咱们就这么办吧。"

于是两人拿着各自的名单，以金维他公司客服的身份，分头给名单上的人打电话。那些被询问的对象，一听他们是金维他公司的人，都很耐心地回答了他们提出的问题，只是大家的答案跟刚才那个杨大爷大同小异，基本没有人知道邹大福是谁，但一说到那个公然站出来诋毁金维他公司信誉的驼背老头，大家就都有印象了。邹大福离开电影院的时候，其他人都在抢购金维他公司的产品，注意到他的人不多。一问到在他走出电影院之后，还有没有见过他，得到的回答都是"没有"。这也难怪，当时现场一片忙乱，只有邹大福一个人提前走出来，谁会对他多加留意呢？

大半天时间过去，眼见名单上的人员就快要被问完了，还是没有一点收获，欧阳错和康佳佳都有点着急。看着 A4 打印纸上列出的最后十来个号码，却不敢拨打过去，万一所有电话打完，仍然没有一点线索，那可就真是白忙一场了。

康佳佳见欧阳错有点泄气，给他倒了杯茶说："先喝口水，润润嗓子，无论如何咱们也得把剩下的电话打完，万一线索就藏在最后这几个电话里呢。"

"嗯。"欧阳错点点头，勉强对她笑笑，往下一看，名单上的下一个人叫作江海泉，从身份证号码中间那几个数字来看，他应该是一位六十岁的老人。欧阳错喝了口茶，休息片刻之后，就拿起电话拨通了这个叫江海泉老人的号码。这是一个家庭座机号，接电话的是一个年轻女人，欧阳错跟她说了找江海泉，女人立即大喊："爸，你的电话。"

江海泉接电话后，前面的回答跟其他人大同小异，但听欧阳错问到后来有没有在电影院外面见过邹大福时，他想了一下，然后说："见过的，当时还有一个人跟他在一起。"

欧阳错以为自己听错了，把相同的问题连问了两遍，得到的都是相同的答案。

据这位江大爷回忆说，那天下午正在抢购胶囊的时候，他突然尿急，他患有前列腺炎，不能憋尿，所以当时就去了厕所。厕所在电影院侧门旁边，他从侧门走出去的时候，正好看见那个曾在台下公开质疑过金维他疗效的驼背老头——邹大福——正站在侧门边的一棵大树后，在他对面还站着一个男人，身上穿着蓝色制服，应该是金维他公司的业务员，两人正在小声说话。等江海泉从厕所里出来的时候，那两个人还在树后，身穿蓝色制服的工作人员拿过邹大福手里提着的塑料袋，一边跟他说着什么，一边在袋子里翻动着。江海泉因为赶着回去参与抢购，所以并没有多停留，很快又从侧门回到电影院里。

欧阳错顿时兴奋起来，这是他第一次从目击者口中确认邹大福提着塑料袋从电影院出来之后，还遇见过别人，尽管这个人是金维他公司的工作人员，但也是一条非常重要的线索。

欧阳错又向江海泉详细询问了一下当时的情况，并把与他的通话内容都录下音来。剩下的十来个电话很快就打完了，可惜的是除了这个江老头，再也没有其他人在电影院侧门外见过邹大福。

欧阳错和康佳佳立即把这个情况向严队做了汇报，并且把电话录音也播放给她听了。

严政听后，脸上的表情显得有点平淡："邹大福在电影院外面遇见金维他的员工，这个应该很正常吧。他还遇见过什么别的人吗？"

"严队，话可不能这么说。"欧阳错有些着急，"这个穿制服的金维他公司员工，是咱们目前已知的，跟邹大福在电影院外面有过接触的，唯一的一个人。我觉得这是一条重要线索啊！"

严政扭头看向他："你的意思是说，把邹大福塑料袋里的胶囊调包成毒药的，就是这个男员工？"

"这是明摆着的啊，这个男员工在邹大福走出电影院后，从后面追上他，把他叫到一边，借故查看他塑料袋里装着的金维他胶囊，然后趁他不注意的时候，悄悄拿出一瓶来，再放一瓶新的进去。当然，他换进去的肯定就是那瓶置邹大福于死地的毒胶囊了。"

严政问："可是这名金维他的员工为什么要这么做呢？"

"这个还用问吗，一个小员工哪儿有这个胆，肯定是受人指使啊。"

"说来说去，你还是怀疑是金一兆暗中指使员工调包了邹大福的药，对吧？"

欧阳错点头说："我确实就是这么想的，而且就目前来说，这也是最合理的解释了。金一兆想杀邹大福灭口，先是免费送药安抚邹大福，然后指使手下员工悄悄塞给他一瓶毒胶囊，邹大福回家吃下后立即死亡，金一兆等到晚上再带人上门处置现场，抹去一切跟金维他有关的痕迹。"

"不对啊，你这个推理有一个地方说不通啊。"康佳佳歪着头道，"当时邹大福的塑料袋里有好多瓶金维他胶囊，就算塞一瓶毒胶囊进去，但谁也不能保证邹大福晚上在家里吃下的，一定就是这瓶毒药啊。金一兆他们是怎么确定他当晚一定会死，并且还带人上门清理现场的呢？"

"会不会是这个业务员特意叮嘱邹大福，今晚回家一定要先吃这一瓶药。"欧阳错说完之后，自己也摇了摇头，觉得这个说法很难成立。放一瓶毒胶囊进塑料袋而不让邹大福起疑，已经很难了，如果再这样叮嘱他，邹大福肯定会觉得奇怪，甚至会起疑心，那金一兆的杀人计划就会失败。

"不过，严队，"他心有不甘地道，"我总觉得这事说来说去，还是跟金一兆脱不了干系。要不咱们再提审他一次吧。"

严政看他一眼，在心里考虑一下，最后还是点头同意了："行吧，他拘留时间还不够二十四小时，暂时还没送去看守所，还在羁押室里羁押着。咱们再去问问他，看看他怎么说。"

第七章

冒牌职员

提审金一兆的时候，播放了电话录音，看见审讯的两个警察正虎视眈眈地盯着自己，金一兆心里已然明白他们还是在怀疑自己，不由得大声喊起冤来："警察同志，这事你们一定要调查清楚，这个锅我可不背。我们公司一共才三名男业务员，其他的都是女员工，那天下午，一名男员工帮我提包，一直跟在我身边，另一名男员工和小岑一起给客户分发产品，有几名女员工负责收钱，当时排队购买产品的人那么多，小岑和这名男员工中的任何一个人只要擅自脱岗一分钟，后面就会有许多交了钱拿不到货的客户排队骂娘。所以他们绝不会在这么关键的时候脱岗，不信你们可以去问问小岑，看看当时他们两个是不是一直都在岗。"

欧阳错立即跑去问了小岑，小岑的回答确实如此。回到审讯室后，他接着问金一兆："既然你们三个男员工都在岗，那外面那个跟邹大福接触的男员工又会是谁呢？"

"这我哪里知道啊，你问我，我还想问你们呢，这难道不正是你们警方应该去调查的事吗？"金一兆想了一下，又说，"我估计啊，肯定是有人偷偷做了一件跟我们工服一模一样的衣服，冒充我们的工作人员去找邹大福的。警察同志，你们可一定要查个水落石出，还我们一个清白啊。"

严政说："你放心，这个案子我们已经有了些眉目，只要不是你做的，我们绝不会为难你，一旦排除你身上的作案嫌疑之后，立即就会放你回去。"

审讯结束后，严政把欧阳错和康佳佳叫到一边说："如果金一兆说的是真话，那么邹大福在电影院侧门外遇见的那个冒牌工作人员就非常可疑了。他事先准备好金维他公司的工作服，显然是有预谋的。他冒充金维他公司的人，就是为了容易接近邹大福，然后在对方毫不起疑的情况下，把毒胶囊放到他的塑料袋里。这个冒牌工作人员身上的嫌疑很大，极有可能他就是投毒杀人的凶手，无论如何咱们也得把他找出来。"

"怎么找呢？"康佳佳为难地说，"关于这个人的真实身份，咱们手里边可是一点线索也没有。"

严政站在走廊边想了下，忽然回头问："那个登记表上，有这位江海泉老人的地址，是不是？"欧阳错点头说："是的。"

严政问："他住哪里？"

欧阳错挠挠头道："这个倒没有注意看，刚才打电话的时候，光顾着看他的电话号码去了。"

严政挥挥手说："你们赶紧回去看看他的住址，然后上他家当面走访一下，问问他还记不记得那个男业务员的相貌特征，如果再见到此人，认不认得出来。另外，一定要做好调查笔录。"欧阳错和康佳佳同时点头："好的，我们马上就去。"

两人回到办公室，认真看了那份名单，上面登记的资料显示，这位名叫江海泉的老人住在东门市场后面一个叫碧翠园的小区里。

欧阳错记下地址后立即开着警车，带着康佳佳出了市局大院，一打方向盘，正要往东门市场方向拐去，突然旁边有一辆蓝色男装摩托车贴着警车车身蹿出来，两辆车差点碰到一起。

欧阳错一脚急刹，猛地停住警车。摩托车上戴着头盔的骑手一只脚撑在地上，回头看了他一眼，并没有说什么，就骑着摩托车一溜烟走了。

康佳佳坐在副驾驶位上说："错哥，麻烦你开车留点神好不好？可别咱们手里的命案还没破，你这里又新添一件交通肇事案。"欧阳错侧头瞪她一眼："你就不能盼着我点好吗？再说刚才明明是他突然蹿出来的，就算发生车祸，好像责任也不在我吧？"

康佳佳喘口大气，闭上嘴巴，一副"你专心开你的车，我闭上嘴巴还不行吗？"的表情。

警车很快就驶上城区主干道，这时已经是下午5点多，正是下班晚高峰，路上车多人多，欧阳错只好放慢车速，半个多小时后，才开到东门市场。沿着市场旁边一条单行道拐进去，往前不远，就到了碧翠园小区。按着门牌号找到江海泉的家后，摁一下门铃，出来开门的是一个三十岁左右的年轻女子。"你们是……"她奇怪地看着门口的两个不速之客。听声音，她应该就是欧阳错打电话时，最先接听电话的那个女人。

康佳佳朝她亮了一下证件说："我们是刑警大队的警察，想找一下江海泉。"

"刑警？"女人下意识地往后退一步，"我爸怎么了？"

欧阳错忙说："你别误会，他没什么事，我们就是想找他了解一些情况。"

女人这才松口气："我爸不在家，到前面的东门公园跟人家打纸牌去了。"

欧阳错"哦"了一声，东门公园的位置他知道，就在东门市场后面。他说："你能跟我们去一趟公园吗？我们不认识你爸，怕找不到他。你放心，不会耽误你多少时间的。"女人似乎正在家里做饭，回屋关了厨房里的煤气炉，就跟着他们下楼了。

三人出了小区，往前走几百米，就到了东门公园。太阳刚刚落山，晚风吹过来，公园里显得比别处凉快些，一些市民三个五个地聚在一起，有的在下棋，有的在聊天，有的在遛狗，有的在打太极，很是热闹。

女人领着他们穿过花坛，来到一个大理石圆桌边，那里正有四个老头老太太围在一起打纸牌，各人面前都放着一些一元五元的零钱。女人叫了一声"爸"，一个老头扭过身来看她："小霞，怎么这么早就叫我回家吃饭了？我这才刚玩几把呢。"

女人说："爸，公安局的人找你。"

老头吓了一跳，以为自己打个纸牌就惊动了警察，急忙扔下手里的扑克牌站起身。女人招手把他叫到一边，对欧阳错他们说："这个就是我爸，你们慢慢聊，我先回家做饭了。"

等女人走后，欧阳错拉着江海泉在旁边石头长凳上坐下，说："江大爷，您别紧张，咱们下午通过电话的。"

江海泉愣了一下，这才觉出他的声音有点耳熟："你就是那个……金维他公司的客服？"

欧阳错笑笑说："是的……哦，不，其实我的真实身份是市公安局的刑警。"老头挪了下屁股，坐在距离他稍远的地方："你们找我有事？"欧阳错先是向他解释了自己下午为什么冒充金维他公司客服给他打电话的事，然后说："其实事情是这样的，可能您还不知道，我们在电话里跟您提过的那个叫邹大福的老人，这个月6日那天，被人投毒杀死了。我们现在怀疑给他下毒的，就是您在电影院侧门外看到的那个站在大树后跟他说话的人。"

"那个人不是金维他公司的员工吗？"老头奇怪地问。康佳佳说："我们调查过，那个人其实并不是金维他公司的员工，应该是凶手穿上金维他公司的制服假扮的。"江海泉"哦"了一声，有点后怕地说："哦，原来那个人竟然是杀人凶手啊！"

"是的，"欧阳错把谈话引入正题，"我们来找您，就是想问一下您，除了跟我们在电话里说过的那些情况，您还有没有其他跟这个事情有关的线索，要告诉我们的？"

老头很认真地皱眉想了下，果断摇头："没有了，我知道的都已经在电话里跟你们说了。"

"那您还记得那个冒牌业务员的体貌特征吗？"

老头犹豫了一下："体貌特征嘛，大致还有点印象，那人长得应该不高不矮吧。"

"那就是中等身材了。"康佳佳立即在笔记本上记录下来。老头沉吟着说："体形嘛，应该是不胖不瘦，头发不长不短……"他这番话说了等于没说，康佳佳手里拿着笔，一时呆住，不知道要不要把原话记录下来。欧阳错大致明白了老头的意思，总之就是说那个人中等身材，不胖不瘦，外表普通，看起来没有任何能让人特别记得住的与众不同之处。

"如果现在见到他，您还认得出他吗？"

欧阳错怀着最后的希望问。

"这个嘛……"老头迟疑了一下，忽然用手朝前面一指，"他……"

欧阳错抬眼一看，只见前面不远处一个景观灯柱后面，一名年轻男子正拿着手机悄悄对着他们这边拍摄着。

欧阳错顿时警惕起来，喝问道："你干什么？"年轻男子一见偷拍被发现，立即把手机揣进口袋，从灯柱后面走出来，背着两只手，佯装成路人的样子，东瞧瞧西看看。

欧阳错觉得事有蹊跷，起身朝他走过去，正想叫住他盘问一番，谁知那人一见他靠近，竟然掉头就跑。

"站住！"欧阳错顿时疑心大起，快步追上去。康佳佳担心他有危险，也跟在后面。年轻男子跑出公园后，跨上停在路边的一辆蓝色摩托车要驾车离去。

欧阳错飞身赶上，从后面抓住他的肩膀，往后一带，将他从已经启动的摩托车上拽了下来。对方奋力想要挣脱，欧阳错扛起他一条胳膊，给他来了一个背摔。年轻男子"哐"的一声被摔倒在地，待要挣扎着爬起，却已经被欧阳错死死按在地上，啃了一嘴的土。

康佳佳从后面追上来问："怎么样？"欧阳错朝旁边的摩托车努努嘴："刚刚在市局门口，差点跟咱们撞在一起的，就是这辆摩托车。这小子不是偶然出现的，他一直在跟踪咱们办案。"

欧阳错从年轻男子口袋里掏出手机，打开刚刚拍摄的视频，正是他们跟江海泉说话的场景。他心里越发起疑：莫非这小子就是那个冒牌业务员？年轻男子吐出一口混着泥土的口水，大叫："放开我，放开我！"

欧阳错把他从地上拎起来，用力抵在公园角落里的一棵大树上，说："你是谁？为什么要窥探警方办案？偷拍视频的目的是什么？邹大福是不是你杀死的？"

"我、我不是……喀……喀……"年轻男子被他抵住胸口，一时喘不过气来。康佳佳急忙拉开欧阳错的手臂，年轻男子早已脸色苍白，弯下腰大口喘气。"宋易，怎么是你？"等他再次抬起头来时，康佳佳不由得一呆。对方擦擦嘴角的泥土，尴尬一笑："康佳佳，好久不见！"

"你们认识？"欧阳错看看那人，又看看自己的搭档，大感意外。康佳佳说："他叫宋易，是我高中同学。高中毕业之后，已经好多年没见，我都快认不出他来了。"

欧阳错仍然用怀疑的目光看着宋易："你为什么要跟踪我们？可不要告诉我是为了见你这位美女同学。"听到他最后一句，康佳佳的脸竟微微红了一下，也对宋易说："是啊，你怎么会在这里呢？"

宋易看了她一眼，拍拍身上的灰尘，一屁股坐在旁边的花坛边说："这个事说起来，跟我现在从事的职业有关。"

"你的职业？"康佳佳看着他道，"我记得你念中学的时候就喜欢鼓捣电脑，后来听别的同学说你在 IT 公司上班，是吧？"宋易摇头说："你们搞错了，我上学时对着电脑是在上网看网络小说，高中毕业后我念了个大专，哪有什么资格去 IT 公司上班，我念大专的时候就一边上学一边写网络小说，现在是一名职业网络小说作家。"

"真的呀！你真是出息了，居然成了作家！"康佳佳也在他旁边坐下来，由衷地为这位多年未见的老同学高兴。

宋易进一步解释说："我是写悬疑推理小说的，最近感觉灵感有点枯竭，正不知道下一本书要写什么内容呢，忽然听说工字桥这边的那个小区里出了一桩离奇命案，一个留守老人被人毒死在家里，一个星期后尸体都发臭了，才被人发现。我觉得这应该是一个很好的写作素材，所以就一直在关注这个案子。后来又听一个跑法制线的记者朋友说，这个案子是刑警大队重案中队的警察在办，警方已经调查出死者邹大福是因为吃了被凶手调包后的保健品金维他胶囊才中毒身亡的，正好以前金维他公司在老电影院卖假药忽悠老年人时，我也关注过一阵子，觉得如果把这个元素加进小说里，那小说就更精彩了。但是具体案情我还不是太了解，于是就想着能不能跟在专案组的警察后面，跟他们一起去调查这个案子，看看能不能挖点猛料出来。我早就听说你大学毕业后当了警察，却没想到你竟是这个案子的专案组成员，所以刚才在公安局门口看见你坐在警车里，我一走神，差点撞上了你们的警车。"

"哦，原来是这样。"

康佳佳回头瞪了欧阳错一眼，好像是在责怪他刚才差点把自己的同学当成嫌犯了。

欧阳错却一直在打量着她这个名叫宋易的同学，总觉得这家伙的脸看上去有点熟悉，好像在什么地方见过，心中有种不踏实的感觉。他招手把江海泉叫过来："江大爷，您仔细瞧瞧，上次您在电影院侧门外见到的那个跟邹大福在一起的人，像不像他？"他生怕江海泉看不清楚，扬扬手，让宋易从花坛边站起身。

江大爷眯着眼睛看了，摇头说："不像，肯定不是他，我看见的那个人没有他这么高，也没有他这么瘦，身子更没有他这么单薄。"欧阳错有点泄气，问："如果您再见到那个人，能认出他来吗？"

老头摇头说："认不出了，我当时也只是远远地望了两眼，根本就没有看清那个人的样貌，对那个人只是有一个大概印象，就算他现在站在我面前，我也不敢保证自己一定能把他认出来。"

欧阳错见从他这里打探不出什么线索，只好向他道了谢，让他回家吃饭去了。

宋易从花坛边站起身的时候，才发现自己右腿裤子膝盖处竟蹭破了一个洞，里面的膝盖也磕破了皮肉，流出血来。他向前一步，竟疼得一个趔趄，差点摔倒在地。康佳佳急忙扶住他："呀，你受伤了？是刚才倒地时弄伤的吗？出了这么多血，我送你去医院包扎一下吧。"宋易摇头一笑："不用，只是一点皮外伤。"

"皮外伤也是伤，如果不处理好，万一感染那就麻烦了。"康佳佳回头对自己的搭档说："天都快黑了，今天也该下班了，你先回去把情况跟严队说一下，我带他去看下医生。"

没等欧阳错回话，她就已经锁好宋易的摩托车，然后扶着他钻进了一辆出租车。

欧阳错看着出租车一溜烟走了，不由得大摇其头：这丫头，今天这是怎么了，平时也没见她对我这么关心过呀！欧阳错回到碧翠园小区门口，开着警车一个人回到队里，把情况跟严队说了，然后独自下班。

回宿舍的路上，他看见于木人正在生活区里打扫落叶，就跟他打了个招呼。于木人见到他，扔下手里的扫帚，朝他跑过来。于木人的一个膝盖曾因冻伤落下病根，屈伸不利，这跑动起来样子就有点滑稽。他凑到欧阳错跟前说："听说你们那个投毒案，有进展了？"

欧阳错说："于大爷，你消息可真灵通啊。"于木人搓着手嘿嘿一笑："那当然，你大爷就是你大爷嘛，这公安局大院里，我认识的人多了去了，打探个消息可能比你还方便。"

欧阳错今天情绪有点低落，本不想跟他多说废话，但忽然想到这个老头深藏不露，以前也曾帮自己破过几起大案，说不定这次也能帮上什么忙呢，于是就把他请到旁边小凉亭里坐下，又到走廊拐角处的自动售卖机前买了两罐凉茶，递给他一罐，自己留下一罐，一边喝着凉茶，一边把这个案子的大致情形跟他说了。介绍完进展后，欧阳错说："目前这个案子，查到那个神秘的冒牌业务员那里，就彻底断了线索。我和严队都怀疑，这个案子十有八九就是那个冒牌业务员做的。可是现在见过他的，只有一个姓江的老头，我刚刚去问过他，他只记得这个人的大致轮廓，并没有记清相貌，所以现在根本就没有办法落地查人。"

"这个倒是有点特别啊！"于木人一边喝着凉茶，一边沉吟着说。

"是啊，这个凶手确实有点特别。"

于木人摇摇头："我不是说凶手，我是说他的作案手法。"

"那也是，凶手的作案手法确实很高明，咱们以前从没遇见过。"欧阳错看他一眼，"不知道您老人家有没有什么破案之法？"

于木人瞪他一眼，没好气地道："我又不是破案机器人，你以为按程序输入案情，我就能立即给出答案啊？"

　　欧阳错跟他开玩笑道:"您还别说,您老人家走路的时候膝盖都不打弯,看起来还真有点像机器人。"

　　于木人没理会他的玩笑,皱眉道:"这事,我得先调查调查。"欧阳错说:"你去调查?你又不是警察,怎么调查?""你们警察有你们的调查方法,我老头子有我老头子的调查方法,这个你就不用管了。"于木人哈哈一笑,起身捡起地上的扫帚,又去扫地去了。欧阳错无奈地摇摇头,喝完手里的凉茶就上楼回了自己的宿舍。

　　洗完澡后,已经是晚上8点。他总觉得心中有事未了,想给康佳佳打个电话,问问她陪她那个同学看完医生没有,现在在哪里,回家没有?但拿起手机,却没有把电话拨打出去。叹口气,扔下手机,躺在床上,他竟然有种心烦意乱的感觉,细细一想,并不是为了案子的事,但到底是为了什么,他也说不上来。

　　随手打开电视,手里拿着遥控器,百无聊赖地按着换台键,突然,电视屏幕上跳出一个男明星在舞台上唱歌的镜头,让他心里一动。因为按得太快,等他停手的时候,那个频道已经一闪而过。他急忙向后退了两个台,回到现场直播某场演唱会的那个综艺频道。男明星在台上唱着一首他并不熟悉的歌,但他总感觉这个明星十分熟悉,等到镜头切换到明星的脸部特写时,他才醒悟过来,原来是林易锋,就是被康佳佳狂热追星、立志非他不嫁的那个林易锋。

　　看到林易锋那张年轻英俊的脸在屏幕上晃来晃去,他心里猛地一跳,终于明白自己为什么调台时看到林易锋会有异样的感觉了,自从见过康佳佳的那个叫宋易的同学之后,就觉得他有点眼熟,好像曾在哪儿见过,原来是在电视里见过——那个宋易,跟林易锋长得实在是太像了。

　　林易锋唱完一首歌,很快谢幕下台,但欧阳错心里却想到了另一件事,也许在康佳佳眼里,并不是宋易长得像林易锋,而是林易锋长得像宋易吧。按时间推算,康佳佳进入高中认识宋易,应该是差不多十年前的事了,而那个时候林易锋尚未成名,所以当时康佳佳应该只知道宋易,而不知道林易锋。后来她成为林易锋的狂热粉丝,甚至立志要嫁给自己的偶像,是不是就是因为林易锋长得像她高中时期的同学宋易呢？如果真是这样，那她高中时代跟宋易之间肯定有过什么特别的故事，所以后来看到与宋易长得相像的林易锋，才会粉他粉得这么痴狂吧？

他被自己脑子里这个毫无根据的推测搅得心神不宁，犹豫好久，最后还是拿起手机，给康佳佳打了个电话。电话响了许久，却没有人接听。他有些悻悻然，把手机扔出好远，躺在床上，用被子紧紧蒙住自己的脸，好像要把自己捂窒息一样。

第二天早上，他醒来的时候，看见手机里有一个未接电话，心里一跳，以为是康佳佳回过来的电话，谁知打开一看，居然是秦惠，来电时间是昨天半夜里。他因为睡着了，没有听到电话声响。

他懒得理会，穿衣下床，洗漱完毕，在冰箱里拿了两块面包当早餐，一边吃着，一边赶去上班。

走进办公室的时候，康佳佳已经到了，正坐在办公桌边看着邹大福命案的卷宗。他咳嗽一声，康佳佳并没有抬头。他只好凑过去，在她桌子对面坐下："昨天你那个同学宋易，膝盖怎么样了？我当时以为他就是那个冒牌业务员，所以出手重了点。"康佳佳摇头说："他没事，只是一点皮外伤，去医院擦点药就行了。"

欧阳错犹豫了一下，说："昨晚我给你打电话你没接。"

"哦，昨晚啊，"康佳佳放下手里的卷宗说，"从医院出来的时候，宋易见我没吃晚饭，所以请我去吃饭了，当时餐厅里有点吵，我没有听到手机声音。怎么，那么晚找我有事啊？"

"也没什么事，就是当时在看电视，正好看到林易锋在唱歌，忽然觉得你那个同学，长得真像林易锋呢。"

"是吗？我怎么没觉得呢？"康佳佳淡淡地应了一句，又低下头去看着手里的卷宗。

欧阳错一时找不到话说，脸上的表情显得有点尴尬。

这时严政快步走了进来，两人同时站起："严队，有下一步的侦查计划了吗？"

严政看了他们俩一眼，摇摇头说："目前还没有太好的侦查计划。我看还是这样吧，咱们扩大查找目击者的范围，在电影院周边走访一下，看看还有没有其他人见过那个冒牌业务员。"

康佳佳说："严队，老电影院那边其实挺偏僻的，尤其是现在搞拆迁之后，周围基本没什么人居住，如果不是金一兆他们在那里搞活动卖产品，估计平时也不会有什么人去，所以我觉得除了参加金一兆他们活动的那些老头老太太，只怕很难找到其他目击证人。"

欧阳错也点头同意她的话，说："严队，我觉得吧，咱们想要寻找其他目击证人，还是很困难的，不过可以想想办法，找找其他突破口。"

"其他什么突破口？"严政看着他问。欧阳错一边在办公室走动着，一边说："比如犯罪嫌疑人的指纹之类的。"

"你这话说了等于没说啊。"康佳佳反驳道，"犯罪嫌疑人根本就没到过死者家里，当然也就不可能在案发现场留下任何指纹。而且现场已经被金一兆清理过，就算真有什么痕迹留下来，咱们也没办法找到了。"

"非也非也，"欧阳错说，"我不是说在邹大福家里找犯罪嫌疑人的指纹，我是说那个装毒胶囊的小药瓶。你们想啊，那个冒牌业务员在电影院侧门外把那瓶毒胶囊放进邹大福的塑料袋的时候，不可能戴着手套吧？如果戴着手套，肯定会引起邹大福的猜疑，对不对？既然他当时没戴手套，就极有可能在药瓶上留下指纹。所以说，咱们如果能找到这个药瓶，也许就能在上面提取到凶手的指纹。"

严政听罢不由得眉头一展："你说得对，如果咱们能找到凶手的指纹，说不定就能把他从指纹数据库里比对出来。"

"这么好的点子，你为什么不早说？"康佳佳斜着眼睛看欧阳错，好像在责怪他故意卖关子似的。欧阳错一脸无辜地说："我也是刚刚才想起来啊。"

严政说："你们赶紧去看守所找金一兆，问问他，那个药瓶在哪里。咱们不能羁押他们超过二十四小时，所以昨天他们三人已经被移交到看守所去了。"

"行，我们去看守所找他。"欧阳错和康佳佳拿着手续，很快就来到看守所。在审讯室里，当金一兆见到他们之后，立即就向他们诉起苦来："警察同志，我在这里是吃不香睡不好，一进来就瘦了十几斤。你们到底什么时候能抓到真凶，洗脱我身上的嫌疑啊？"

康佳佳一脸严肃地说："我们这次来找你，就是要你提供线索的。只有你提供可靠线索，让我们早日抓到真凶，你们才能早日洗脱嫌疑，离开这个地方。"

"我能提供的线索都已经向你们提供了啊。"金一兆两手一摊，一脸委屈。欧阳错说："我们这次来，就是想问你，那个装毒胶囊的瓶子，在哪里？"

"瓶子？"

"对，你不是说 4 月 6 日晚上你们进入邹大福家里的时候，发现他已经倒在地板上死了，当时他手里还拿着一个金维他胶囊的瓶子吗？凶手就是把毒胶囊装在这个瓶子里交给邹大福的，瓶子上很可能会留有凶手的指纹。如果能找到凶手的指纹，那对我们警方破案就很有帮助了。"

"这个啊……"金一兆脸上的表情黯淡下去，"那个瓶子早就被我扔掉了。"

"扔在哪儿了？"

"这个……不知道呢……"金一兆支吾着说。康佳佳敲敲桌子："你自己扔掉的，怎么会不知道？"

金一兆憋了半天才说："其实那个瓶子并不是我自己亲手扔掉的。当时我以为是我们的金维他胶囊吃死人了，想要毁灭罪证，于是就把那个药瓶拿起来用一个塑料袋装好交给了我的助理余瑶，让她去把那个瓶子处理掉。后来我问她，她说已经丢进路边垃圾桶了。时间都已经过去这么久了，哪里还找得到呢。"

欧阳错和康佳佳不由得大失所望，但谨慎起见，两人还是接着提审了金一兆的助理余瑶。

余瑶的回答果然和金一兆一样，金一兆把那个装过毒胶囊的药瓶用塑料袋包好交给她后，在离开现场不久，她就悄悄把它扔在他们住的宾馆楼下的一个垃圾桶里了。

见坐在自己面前的两个警察沉着脸不说话，余瑶小心地问："警官，这个药瓶很重要吗？"

康佳佳点头说："是的，这上面很可能有凶手留下的指纹。"

"如果能找到指纹，是不是就可以证明金总没事了？"

欧阳错说："是的，如果上面真能找到凶手留下的指纹，就可以证明在邹大福命案中，你们三个人是清白的。"

余瑶"哦"了一声，眼帘垂下，没有再说话。

就在欧阳错和康佳佳起身准备离开审讯室时，她忽然抬起头，叫住他们："警察同志，对不起，我刚才说谎了……"

"说谎？"欧阳错和康佳佳同时回头看着她，似乎没听明白她的意思。余瑶说："其实那个药瓶……我并没有扔掉，我一直把它保存着。"

"你一直保存着？"欧阳错和康佳佳闻言，立即又坐了下来，"说说，到底是怎么回事？"

余瑶看着他们，忽然又变得犹豫起来，低头沉默片刻，才道："当时金一兆确实叫我把药瓶拿去丢掉，后来我也确确实实告诉他说，那个药瓶已经被我丢在了距离现场很远的一个垃圾桶里，他听后也就没再问过这个事。但事实上，那个药瓶我并没有扔掉，而是把它小心地保存了下来。"

"你为什么要这样做？"

康佳佳感到有点意外。

余瑶叹了口气，扭头看向窗外。审讯室的窗户开得很高，而且很小，从室内望出去，只能看见一小块高远的天空。她望着窗户外面的天空，不知道是在放空，还是在整理自己的思绪。欧阳错有点不耐烦了，正要出言催促，却被康佳佳用眼神制止。

过了半晌，余瑶才收回目光，用很低的声音说："这事说来话长。"

原来余瑶是新安县人，从小生长在一个单亲家庭，由妈妈一个人含辛茹苦把她养大，还送她去上大学。一年多前，她妈妈得了肝病，因为听了金一兆的健康养生讲座，以为金维他胶囊真的能治好妈妈的病，就一直买他们公司的产品吃。因为错过了最佳治疗时间，最后送到医院时，医生已经无力回天，她只能眼睁睁地看着母亲在病床上痛苦死去。

余瑶在悲痛之余，决心找到证据，向有关部门举报这家公司，一定要让金一兆为自己的行为付出代价。她从大学休学一年，应聘到金维他公司，先是做业务员，后来因为工作出色，长得又漂亮，被金一兆看中，让她做了自己的助理。她一直在暗中收集金一兆贩卖假药损害消费者权益的证据，但是金一兆为人精明，行事谨慎，她很难拿到什么有力证据。正着急的时候，4月6日那天，金一兆带她去上门拜访客户邹大福，却发现邹大福已经死在自己家里。一开始，她和金一兆一样，也以为邹大福是因为吃了金维他胶囊产生毒副作用而身亡，所以当金一兆要她扔掉药瓶毁灭证据的时候，她就多留了一个心眼，把那个瓶子悄悄保存了下来。

后来，她和金一兆、小岑一起被带到丁州市公安局，渐渐知道邹大福是因为吃了被别人调包后的毒胶囊而中毒身亡，这件事很可能跟金一兆没有关系，她不由得有些失望，这样一来，她想借"金维他胶囊毒死人"这件事来搞垮金一兆和他的公司，就很难成功了。刚才警方问起她药瓶的事，她忽然想到，如果不交出来，那金一兆就不能洗脱身上的罪名，说不定最后还有可能会被警方认定有罪，所以就撒谎说药瓶已经被她丢掉了。

"那你为什么最后又想起要把真相告诉我们呢？"康佳佳听了她的话，一边点头一边问。

"我也不知道，"余瑶用手捋一下垂到额前的头发，"也许只是单纯地觉得，我那样做有点不妥吧，毕竟人命关天，我如果继续隐瞒下去，你们很可能就会找不到真正的杀人凶手。"

"那个药瓶现在在哪里呢？"欧阳错问。

余瑶说："一直被我藏在随身携带的提包里，不过后来我的提包被你们拿走了。"

康佳佳纠正道："那不叫'拿走'，这是你的随身物品，我们只是代为保管，等你离开的时候，自然会交还给你。你既然已经被转到看守所，那随身物品应该也已经移交到这里来了。"

康佳佳立即找看守所拿到余瑶的提包，当着她的面打开之后，果然从最里面的一个小口袋里找到了一个用白色塑料袋包起来的金维他胶囊瓶。余瑶看过之后，点头说："就是这个药瓶了。"

康佳佳说："谢谢你给我们提供这么重要的线索，我们会立即拿去检查，看看上面有没有可疑的指纹。"

从看守所回到重案中队后，康佳佳立即去向严政汇报情况，欧阳错则拿着那个药瓶直接到痕检科去化验上面的指纹。

午饭过后，痕检科的化验结果出来了，药瓶上一共提取到了三枚较为清晰的指纹，一枚是死者邹大福本人的，另一枚是金一兆留下的，剩下的一枚指纹则找不到来源，按照警方先前的推测，极有可能是凶手留下来的。

欧阳错把这枚可疑的指纹输入警方的指纹库进行识别，但并没有比对出结果。也就是说，留下指纹的人，并没有前科，所以没在警方的指纹库里留下任何指纹信息。这样一来，由指纹这条线索找到具体作案人的希望又落空了。欧阳错和康佳佳带着满脸失望的表情，一屁股坐在凳子上，半天说不出话来。

严政见他俩有些闷闷不乐，就说："你们不要一副垂头丧气的样子，其实你们找到的这枚指纹，对咱们查找凶手，并非没有帮助。"

"能有什么帮助？"康佳佳问。

严政说："金维他胶囊在外面是买不到的，只有在金一兆他们那里才能购买，对吧？"

欧阳错忽然明白过来："严队的意思是，凶手所使用的这瓶金维他胶囊，很可能也是在金一兆他们那里购买的，对吧？只是他买回来之后，自行拆开胶囊，用乌头碱替换掉了里面的药粉，所以这胶囊就成了足以置人于死地的毒胶囊。"

康佳佳的反应虽然慢半拍，但听到这里，也基本弄懂了他俩的思路："你们的意思是说，如果这个凶手去金一兆那里买过胶囊的话，肯定就会在他们那里留下登记信息，对吧？也就是说，凶手极有可能就在金一兆给咱们的那份客户名单里，可是名单里的人，基本都是一些老头老太太啊。"

严政"嗯"了一声："当然也不能排除是凶手从这些老头老太太手里购买金维他胶囊进行作案的可能，所以接下来咱们有两件事要做：第一件是逐一找到名单上的那些人，拿到他们的指纹，跟这枚可疑的指纹进行比对；第二就是要调查清楚，他们之中有没有人把自己手里的胶囊转手卖给别人，或者送给其他人，又或者曾无缘无故丢失过一瓶胶囊。"

"那个名单上面，差不多有三百号人呢，"欧阳错摸着自己的下巴，面露难色，"而且大都是老头老太太。现在咱们已知凶手是个男人，而且应该是个中青年男人，年纪不会太大，所以那些明显不符合条件的排查对象，就可以先筛选掉了吧？"

"这个的确可以预先筛选掉，但还是得逐一询问他们，有没有其他什么人从他们手里拿到过胶囊。"严政抬头看着自己的两名属下，两人脸上都有了些倦容。她说："二三百号人，走访起来工作量确实挺大，你们这几天一直在马不停蹄地查这个案子，也确实有些累了。这样吧，我给你们俩放半天假，你们好好休息一下，走访调查的事我让专案组其他同事去跟进。"

欧阳错以为自己听错了："严队，你什么时候变得这么大方了？以前我跟你要半天假，你老人家可是死活不肯的。"

"哪儿那么多废话！"严政瞪了他一眼，脸上却暗暗憋着一丝笑意，"既然你不想休息，那半天假期就取消吧，都赶紧给我查案去。"

"别别别，难得领导给半天假，"欧阳错笑嘻嘻地说，"这可比中了彩票还让人稀罕呢，哪儿有不休之理？我休，我休，我马上就休！"

康佳佳还想说什么，欧阳错连连朝她使眼色，好像生怕队长反悔似的，拉着她从办公室跑了出来。下楼的时候，康佳佳问："你朝我使眼色是什么意思啊？"

欧阳错说："就是想借一步说话的意思。"

康佳佳一头雾水，直到走出了重案中队的办公大楼，欧阳错才搓着手说：

"其实嘛，是这样的，我也没有别的意思，就是想……你那个偶像林易锋主演的一部电影不是今天首演吗？正好难得老大今天放咱们半天假，干脆我请你去看电影吧。"

"看电影啊？"康佳佳抱歉一笑，"你早点说嘛，我已经约了别人。"

"这么快？"欧阳错有点不相信，"严队不是刚刚才给咱们放假吗，怎么可能你就已经……"

"刚刚有人发微信问我有空没，想约我出去玩，正好这时严队说要给我们放假，我立即就回答人家说有空了。"

"约你的人是谁啊？"

"你认识的人。"

欧阳错明白过来："宋易？"

康佳佳笑着点头，正好这时公安局大院门口响起两声喇叭声，一辆蓝色摩托车已经停在门口。宋易像个从天而降的骑士，戴着头盔，斜跨在摩托车上。康佳佳朝欧阳错摆摆手："他来了，我不跟你说了，拜拜！"

她一路小跑，来到摩托车前，宋易递给她一个头盔，她戴上后，在摩托车后座上坐下，问："你想带我去哪儿啊？"宋易发动摩托车，说："先不告诉你，去了你就知道了。"

第八章

神秘指纹

　　下午的太阳变得有些慵懒，害羞一般躲进了云层里，天气渐渐凉爽起来。大街上行人和车辆都不多，宋易把摩托车开得飞快。坐在后面的康佳佳不得不靠紧他，用手臂环抱住他的腰。凉风从耳畔呼呼吹过，传达给她的是一种从未有过的惬意感觉。

　　二十来分钟后，摩托车穿街过巷，来到了丁水河边，沿着河堤前行不远，宋易停下车说："到了。"

　　康佳佳掀起头盔上的护目镜一看，才知道他已经带着自己来到了丁州二中门口。二中是他们的母校，多年前他俩就是从这里高中毕业的。毕业之后，康佳佳除了建校五十周年校庆时回来过一次，就再没回学校了。

　　看着熟悉的校门和陌生的保安，她不禁有些忐忑，小声问："咱们可以进去看看吗？"

　　宋易说："没问题啊。"他好像经常回母校，跟门口的保安已经混得很熟，停好摩托车，上前跟两名保安打了个招呼，保安就笑着朝他们做了一个放行的手势。

　　两人一起走进校园，因为正是上课时间，学校里显得十分安静，偶尔有一两个老师夹着课本匆匆走过，也没多看他们一眼。两人离开学校已经有六七年时间，学校里的人事变动还是很大的，遇上的几个老师都是跟他们年纪相仿的年轻教师。

　　学校的最前面，是呈"回"字形建设的 ABCD 四栋教学楼，中间围起来一个大操场，操场四周种着一圈桂花树，虽然还没到桂花开放的季节，但整个操场上仍然隐隐约约飘荡着一种柔和的桂花香气。穿过操场往后面走，就是一个处在教学区和宿舍区之间的小湖，名字叫静水湖，湖边垂柳依依，绿草如茵。离湖岸不远的地方，有一个凉亭，叫静水微澜亭。

走到这个亭子边，康佳佳不由得放慢了脚步，看着亭子里那经年未变的风景，她竟然有些神思恍惚，悄悄看一眼身边的宋易，他也正出神地看着静水微澜亭，只是不知道他心里想的，是不是跟她是同一件事。

是的，许多年前的那一天，她就是在这个静水微澜亭，把自己人生中写下的第一封也是最后一封情书，交给宋易的。

她跟宋易是高中同班同学。当时的宋易在班上是被老师视为骄傲的学霸型人物，各科成绩都非常棒，而且父母都是政府官员，家庭条件优越。他个子瘦高，长相帅气，在同学间人气很高。而康佳佳虽然拼了老命学习，成绩也只是中等的样子，每次班级排名，都与宋易相差一大截。她唯一拿得出手的特长是普通话说得标准，还参加过全市普通话比赛。在高二之前，两人的生活并没有什么交集。

高二下学期的时候，康佳佳被选拔为学校广播员，负责学校广播室的工作。广播室有一台用来工作的电脑经常出毛病，康佳佳对电脑一窍不通，刚好这时宋易已经有了自己的手提电脑，对电脑的软硬件都比较熟悉，所以宋易就常常被康佳佳请到广播室来处理一些电脑方面的故障。一来二去，康佳佳就春心萌动，止不住对这位阳光帅气、说话声音非常好听的男生有了好感。

她花了三个晚自习的时间，写了人生中的第一封情书，又拿着情书犹豫了三天，最后才下定决心，在一个下了晚自习的夜晚，把宋易约到静水微澜亭，当面把这封情书连同一个十七岁少女的初恋，交给了他。看着他接过情书后的错愕表情，她一句话没说就红着脸跑开了。

情书送出去之后，她每天都在等待宋易的回复，但是一天两天、一个星期两个星期过去了，那封情书就像石沉大海，没有激起任何她所期待的美丽浪花，甚至坐在教室前排的宋易都没有回过头多看她一眼。她的心也跟着那封情书一起，沉到了海底。

在这之后没过多久，宋易突然像变了个人似的，整个人都沉沦下来，学习成绩一落千丈，性格也变得孤僻起来。康佳佳以为是自己那封冒冒失失送出的情书影响了他，心里万分愧疚，在之后的时间里，就更是再也不敢亲近他了。后来宋易还因违规把自己的手提电脑带到宿舍，被宿管老师发现后，背了一个处分。

高考结束后，同学们各奔东西，康佳佳考上了一个二本学校，毕业后通过公务员考试当上了警察。而宋易呢，她只是从其他同学口中零星得知他的消息，听说他高考分数太低，最后只勉强上了一个专科学校，学的是计算机信息技术，同学们都说他那么喜欢鼓捣电脑，这回也算是如愿以偿了。大家都揣测他毕业后可能成了一个"IT男"，却没想到他当年把电脑带回宿舍只是为了看网络小说，而且今天的宋易，居然成了一个网络小说作家。

正当康佳佳对着这个空无一人的凉亭用发呆的形式怀念自己那逝去的青春时，胳膊忽然被人碰了一下，宋易说："我带你来这里，可不是让你故地重游，感怀美好青春时光的。"

康佳佳歪着头问："那你带我来做什么呢？"

宋易的声音忽然低下来："我听说卢老师病了，所以特意带你一起来看看他。"

康佳佳"哦"了一声，一听他提到卢老师，脑海里立即跳出一个叼着香烟、留着小胡子、一脸笑呵呵表情的中年胖子的生动形象来。

卢老师是他们的历史老师。

当时的卢老师在全校所有老师中绝对是最特别的存在。他好抽烟，嗜读书，极懒散。大家都知道，做老师是要备课的，不但上课用得着，学校领导也定期检查。但据说卢老师是全校唯一的例外——他是从不备课的，可他的课，却是全校老师中讲得最精彩的。

历史课上，他总是夹着教鞭、叼着香烟、趿拉着一双踩塌了后跟的皮鞋，施施然从走廊那一头走来。最让人佩服的是，他总是能赶在上课铃声响起前的最后一分钟，把手里那支烟吸完，然后丢掉烟头，咳嗽一声，等同学们都安静下来，才不紧不慢地走进教室。说来也怪，一个像他这么懒散的人，只要一站到讲台上，立即就变得精神抖擞、神采奕奕了。他从不备课，也不带教材进教室，拿他自己的话说，一本教材翻来覆去教了十几年，连里面的标点符号都背得了，还用得着带书？他每堂课的开场白都是："请同学们把历史书翻到××页，今天我们要讲×章×节……"同学们照着他的话，把书翻到那一页，果然如他所言，那一页就是×章×节的开始，从来没有错过。

尽管卢老师从不布置作业，也从不出卷考试，但在全市统考和毕业考试中，他所教的班历史平均成绩却一直名列前茅，这主要缘于卢老师有一项很特殊的本事——会估题和押题。往往在考试前一两个星期，他就会在课堂上跟学生说，×章×节后面的那道关于××人的历史功过评价的课后练习题，你们要重点记熟，今年是××人诞辰××周年，这道题肯定会出的，而且是大题，分数在十分以上……只要同学们按照他点出的重点，临时抱上一阵佛脚，那一场考试分数绝对在八十分以上。当然，这些临阵磨枪、考前抢记的知识，不会在脑海里储存太久，考过就忘了。但卢老师用这种方法，使学生们从题山卷海中解放出来，康佳佳因此节省出不少时间，在高中时还能偷偷看几本福尔摩斯小说，为日后当一名人民警察打下了基础，这都得益于这位卢老师的懒散与宽容。卢老师也成为她整个高中学生时期最喜欢的老师。

"卢老师他怎么了？"康佳佳问。

宋易叹了口气说："听说是肺癌，晚期。"康佳佳心里一沉，半晌无言，她记得卢老师是个老烟民。

在教师住宿楼里，康佳佳和宋易见到卢老师时，卢老师并不是她想象中那种被病痛折磨得容颜惨淡生不如死的模样，除了比当年瘦了许多，头发掉光了，精神状态一如平常，正躺在走廊里的一把躺椅上，用手机看着一部电视剧，看到高兴处，还哈哈大笑。康佳佳见了，这才略略放心。见老师兴致这么好，也不敢在老师面前提及他生病的事，只说自己和宋易正好路过学校，顺道来看看老师。好在宋易事先已经买了两份礼物，两人将礼物放下，陪老师说了一会儿话，师母下班回家，留他们吃晚饭。两人不敢过多打扰，急忙起身告辞。

卢老师一边咳嗽，一边起身送他们下楼。走到楼梯口的时候，卢老师扶着墙壁目送他们下楼。他们走下几级台阶后，卢老师忽然看着他们的背影说："其实我知道你们在上学的时候关系就非常好。佳佳，你给宋易写情书的事，有同学看见，举报到了班主任那里，班主任杨老师本来是要在全班通报批评严厉惩处的，但是同任课老师商量的时候，我提出了反对意见，后来杨老师才没有声张，只是表示这事先按下不表，以观后效，如果再发现什么不好的苗头，就……幸好后来你们并没有再发生什么事，处分的事才作罢。现在你们都毕业成年了，再来牵手，其实也挺好的！"

康佳佳心里震惊了一下，原来自己当年写情书的事，居然被老师知道了，幸好卢老师帮她在班主任面前说情，要不然真不知道会有什么样的后果。当年班主任杨老师号称灭绝师太，重罚之下寸草不生。只是不知道后来宋易的变化，是不是跟这个事有关？难道后来班主任找他谈过话，给他施加了压力？她又看了宋易一眼，宋易脸上的表情却有点尴尬，显然是卢老师最后一句说毕业之后再牵手的话，让他感到有点不好意思。

从学校大门走出来的时候是傍晚时分，学校已经下课，操场上开始热闹起来。宋易说："我请你吃饭吧。"康佳佳说："行啊，咱们去 100 分吧。"宋易愣了一下才明白过来，她说的 100 分是一家餐厅的名字，就开在二中旁边，据说去那里吃过饭的学生，考试都能打一百分。每当学生吃腻了学校食堂的饭菜，都会去那里打打牙祭，所以这家餐厅当时在二中学生中人气很高，用今天的话说，就是网红店了。

两人沿着学校围墙边的小路走过去，没走多远，就看见了那家小店，只不过招牌上的"100 分"已经改成了"顺意美食店"，店里也看不到一个学生。问了柜台里面那个胖胖的老板娘，老板娘说这个地方以前确实叫 100 分，来这里吃饭的也都是旁边二中的学生，但是从几年前开始，二中实行全封闭式管理，学生上学期间不能走出校门，"100 分"生意锐减，最后关门大吉。后来老板娘把这家店盘下来，改了个寻常名字，平时也不再有学生到店里来吃饭了。

康佳佳不免有些失望，但是已经来了，也只好坐下。吃饭的时候，宋易看她一眼，说："佳佳，当年我没有给你回信，你是不是一直在心里记恨着我？"康佳佳洒脱一笑："还好吧，当时确实记恨了一阵子，不过我也知道自己身为学渣，入不了你这学霸的法眼，所以后来也就释怀了。"

宋易摇摇头："事情不是你想象的这样。还记得你们广播站的那台电脑吗？"

"记得啊，那台电脑经常出故障，所以我才老是麻烦你去帮我修理它。"

"其实那台电脑在当时来说，配置还是很高的，按理说，不会那么频繁地出现故障。"

"那为什么……"

"是我第一次被你叫去排除故障的时候，在程序里留下了一个 Bug（漏洞），所以这台电脑每隔几天，就会习惯性地闹点小毛病。"

康佳佳忽然明白过来："你这么做，就是为了让我经常叫你去修电脑？"

宋易狡黠一笑："准确地说，是为了有机会能跟你单独相处。平时看见你，不论是在教室，还是在操场，我都只能远远地瞧着你的身影，只有在广播室的时候，才能跟你单独在一起，近距离说说话……"

"是吗？"康佳佳不由得呆了一下，忽然听到"当"的一声轻响，才知道自己手里的筷子没有拿稳，掉到了桌子上。

宋易帮她捡起筷子，递到她手里，接着说："所以当我收到你写给我的信时，我内心的惊喜，你是可以想见的。我用了三天时间给你写了一封长信，可是就在我犹豫着要用什么样的方式把这封信交到你手里时，我家里出事了。"

康佳佳陡然一惊："出什么事了？"

宋易低下头去，但很快又把头抬起来："是我爸，我爸因为经济问题被双规了，然后没过多久，我妈也被隔离审查。后来我妈虽然被放了回来，但已经被免去公职，而我爸则被判刑。我们这个家，一下子就被彻底击垮了。"

康佳佳不由得心生怜悯："难怪后来你像是突然换了个人似的，不但无心学习，性格也变得越来越孤僻，还把自己一个人封闭起来，不再跟任何人来往，原来是这样。"

宋易声音低沉，表情悲痛，好像又重新回到了那段痛苦黑暗的日子里。他说："后来，我把写给你的那封信撕了个粉碎，然后埋在了静水微澜亭旁边的草地上，我当时对自己说，我的青春，我的爱情，我过往的幸福，就此埋葬，从今往后，我就是一个贪官的儿子，我已经失去喜欢任何人的资格，往后余生，我只能做一个卑微，甚至是卑贱的人……"

康佳佳的眼睛渐渐湿润，可以想见，当时的他是多么孤独无助啊，而自己还误会了他，以为他是故意不理会自己，故意不给自己回信。她忍不住把手从桌子上伸过去，轻轻握住他的一只手："发生了这么大的事情，当时你为什么不告诉我呢？"

宋易眼睛里泛着泪光："告诉你又能怎么样呢？故事的结局已经写在开头，谁也不能改变，我能做的，就是忍辱负重，独自承受。经此变故，我妈的身体也垮了，在我大专毕业后不久，她就病逝了，而我爸现在还在监狱里服刑呢……"

"对不起，我不是故意要让你聊起这个伤心的话题。"康佳佳一脸歉意地递过一张纸巾。

宋易接过纸巾擦了下眼睛："没事，这么多年我都挺过来了，早已经习惯了。只是昨天看见你，又感觉内心的某种东西，好像又复活了。"康佳佳已经隐约明白他的意思，从桌子上缩回手来，并没有接他的话。

宋易很快就换了一个话题："想看我写的小说吗？"

"好啊。"康佳佳立即拍手叫好。

宋易拿起手机，在微信里发了个链接给她："这是我刚在网上连载完的一部悬疑推理小说，点击量还是蛮高的，只是篇幅有点长，你先收藏着，等有空的时候再慢慢看吧。"

康佳佳说："好的。"点开他发过来的网址看了下，那是一篇名为《死亡之唇》的网络小说，作者名字叫"宋小易哥哥"。康佳佳不由得笑起来："看你这笔名，应该迷倒了不少少女粉丝吧？"宋易哈哈一笑："其实我写的是男频，读者以男性居多。"

"那你下一部小说想写什么内容？"康佳佳一边在手机上翻看他这篇小说，一边问。

"下一篇嘛，故事还没想好，但主要人物已经有了。"

"是吗？"康佳佳忽然来了兴趣，"说说看，这回你想写一个什么样的主要人物？"

宋易朝她眨眨眼睛："我想写一个女福尔摩斯，我心里已经有人物原型了。"

"原型是谁？"

"远在天边，近在眼前。"

康佳佳指着自己："你是说我吗？"

宋易点点头。康佳佳摆手大笑："不行不行，我就一普通刑警，平时办案还经常犯迷糊，哪敢称女福尔摩斯。"

宋易自信满满地说："我是作者，我说行就行，不行也得行。"

"那好吧，"康佳佳不好意思地笑了，"如果你真要写，一定要把我写得漂亮一点，最好是又酷又漂亮，然后还有点高冷范儿的那种女警察。"

宋易忍住笑，说："Yes Madam！其实我是想以你现在手头侦办的这个案子为原型，塑造一个年轻漂亮、潇洒干练、情路坎坷、探案如神的女警形象。"

"嗯嗯，这几个形容词用在我身上都很贴切，基本上我这就是本色演出了。"

"而且你们现在办的这个案子也有一定的警示意义，独居老人被害后一星期尸体发臭才被邻居发现，保健品公司毫无下限忽悠老人，这些可都是当下的社会热点问题，如果写进小说里，肯定能引发读者关注。只不过……"

"不过什么？"

宋易皱眉道："只不过眼下有一个难题，就是我对这个案子并不是特别熟悉，所有信息都来自报纸和网络，以及道听途说，手里边掌握的材料并不多，还不能够撑起一部小说。"

"这个容易，"康佳佳拍着胸脯说，"写作素材的事，包在我身上，你想知道什么，尽管问我，我保证知无不言，言无不尽，本小姐为了当一回你笔下的女福尔摩斯，也是豁出去了。"

"那就太好了。"宋易立即掏出笔记本，做出采访状，"能跟我详细说一下这个案子的案发经过吗？"

康佳佳一怔："这么快啊？"

"这不是趁你今天放假有空吗？平时你都忙得团团转，想找你出来聊个天都难。"

康佳佳说："那倒也是，不过你最好准备一支录音笔，这个案子说来话长，案情之曲折，侦查难度之大，绝对超乎你想象。"

宋易按一下自己钢笔上的一个黑色键说："还真被你说中了，我这支就是录音笔。"

"好吧，你这看起来还是蛮专业的。"康佳佳吃完饭后，一边喝着饮料，一边把邹大福命案从警方出现场开始，至目前的侦查情况，都详细跟他说了一遍……

等到他们从餐厅走出来的时候，天上已经挂满星星，康佳佳坐在摩托车后座上，轻轻环抱住宋易的腰，虽然晚饭时并没有喝酒，她却似乎感觉到了些许醉意。

第二天早上上班，康佳佳因为起床晚了，回到队里，已经迟到了一小会儿。她走进办公室，就发现气氛有点不对，她的搭档欧阳错正对着一片空白的电脑屏幕假装忙碌着，严政沉着脸坐在队办公室大门边的沙发上，其他人都是一脸沮丧的表情，闷头不语。

她轻轻叫了欧阳错一声，欧阳错没有搭理她，她只好把上厕所回来的老熊拉到一边，悄声问情况。

老熊说："昨天下午和晚上，咱们专案组所有人都出动了，按照严队昨天布置的侦查思路调查了一下，但并没有找到任何线索。那份名单里没有发现可疑人员，也没有人把自己的金维他胶囊拿给其他人。"

"怎么会这样？"康佳佳问，"那凶手手里的金维他胶囊到底是怎么来的呢？"

老熊说："我们昨晚去看守所问过金一兆，据他所言，其实并不是每一个去听讲座买产品的人，他们都有登记。他说刚开始做登记的时候，每个人都不愿意，主要是嫌麻烦，为了吸引那帮老头老太太主动登记信息资料，他们想出了个主意，说是凡登记过的，才能领取一斤鸡蛋，没有登记就不给。这样，主动找他们登记的人才多起来。但也有一些人不贪这点小便宜，或者不愿意泄露个人隐私，也就没有填写信息登记表。电影院里每天进进出出几百号人买过他们的产品，没有登记在册的人应该也有一些。"

"所以这个凶手，很可能就是买了他们的产品，但又没有留下身份信息的人，对吧？"

老熊点头说："就是这么个意思。"

他们的对话正好被欧阳错听到，欧阳错压低声音骂了一句粗话："所有线索都断了，这案子根本就没法往下查了。"

第九章

再出命案

　　禾坪坝村的天是突然黑下来的。禾坪坝是一个城中村，四周林立的高楼像一群身形庞大的怪兽，对着低矮老旧的村庄虎视眈眈，好像随时会扑过来，一口将整个村了吞噬。每当傍晚来临，太阳落到高楼背后，别处还是夕阳斜照、满天霞光的时候，这里已经见不到任何阳光，所以禾坪坝村的天总是比别处黑得早些。

　　今天的太阳刚刚被西边的大楼挡住，邓瘸子就跑进厨房，开始烧菜做饭。如果是在平时，他总是要在太阳落下后，再等上两小时，直到看完《新闻联播》，才开始准备晚饭。反正他一个人独居，自己吃饱全家不饿，也没有必要为了这一口饭去赶时间。不过今天嘛，情况有点特殊，所以他提前进了厨房，炒了两个小菜，一个是蘑菇炒肉，一个是清炒青菜，就着中午剩下的一碗饭，草草吃罢晚饭，把没吃完的菜放进冰箱，碗也懒得洗，扔在了厨房洗碗池里。

　　他走进浴室，用最快的速度洗了个澡，换上一件花短袖衬衣，然后往身上喷了点带香味儿的花露水，照照镜子，确认浑身上下收拾妥帖之后，才满意地吹起了口哨。他看看表，正是傍晚6点，时间好像有点早，他百无聊赖地在屋里转了一圈，最后搬来一把凳子，坐在自家大门口，对着外面的大路看着。一会儿看看表，一会儿看看路，急切的表情已经写在脸上。是的，他在等人，在等一个叫葛芸的女人。

　　邓瘸子本名叫邓坤，"邓瘸子"是他的外号，他年轻的时候，曾到山西挖煤，后来在矿上出了事故，左腿受了点伤，走路的时候稍微有点瘸，但如果不仔细看，也看不出什么大的毛病。可是村里人嘴毒，就一直叫他邓瘸子。他今年已经五十八岁，是一个老鳏夫。他平时没什么特别的爱好，就喜欢往村头的小公园跑，那里经常聚集着一帮跳广场舞的中老年女人。他心里揣着一个小秘密，就是希望能在那些女人中找一个老婆，陪伴自己共度余生。你别说，还真让他逮着了机会。

一个多月前，当他又觍着脸往广场舞大妈中间凑的时候，有一个个子高挑的女人主动跟他搭话。后来两人又坐在公园长凳上聊过几次，邓坤才知道这个女人姓葛，叫葛芸，今年四十八岁，正好比自己小十岁。葛芸跟她丈夫老贾住在附近的嘉和苑小区，女儿在外省工作。从她说话间无意中透露出的信息来看，她跟她老公关系并不好，她似乎有离婚再找一个男人的打算。邓坤觉得自己有机可乘，于是就在她面前跑动得更殷勤了。

有一天晚上，邓坤看见葛芸来到公园跳舞的时候，眼圈有些红肿，额角处还有一块青紫的痕迹，就问她怎么了。她一开始背过身不肯说，邓坤再三追问下，她才告诉他是被她老公打了。葛芸说他们家老贾脾气暴躁，长期对她有家暴行为，今天吃晚饭的时候，嫌她把菜烧咸了，不但掀桌子砸碗，还打了她几巴掌。邓坤赶紧跑到附近的小药店买来红药水，心疼地帮她擦拭伤处。擦着擦着，葛芸突然抑制不住自己的感情，一把抱住他，哽咽道："老邓，这日子我没法过了，我一定要跟他离婚。假如我离婚了，你、你会娶我吗？"

邓坤听到这话，心里一激动，手里的红药水就掉落下来，染红了脚下一小片水泥地。他赶紧抱紧葛芸说："会的会的，只要你跟老贾离婚，咱们立马就去办结婚手续！能娶到你这么好的女人，那是我的福气哩！""真的吗？"葛芸脸上带着泪花，仰头看着他。邓坤马上举起一只手做对天发誓状："我说的每一句都是真心话，如果我有半句假话，叫我天打雷……"后面半句话还没说完，葛芸突然把嘴巴伸过来，用自己的双唇堵住了他的嘴。邓坤先是一愣，很快醒悟过来，立即将她搂在怀里，就在公园大树后面热烈亲吻起来。

从这以后，两人就正式确立了恋爱关系，每天晚上都趁着跳广场舞的机会在公园黑暗处幽会。邓坤心里总是升腾着欲望的火苗，搂抱过葛芸，也亲吻过她，但一旦想要有更进一步的行动时，那双不老实的手总是会被葛芸挡开。葛芸总是娇羞地说："别这么猴急嘛，等咱们结了婚，我整个人都是你的，你也不希望我是一个这么随便的女人吧？"邓坤在心里越发敬重起这个女人来。

功夫不负有心人，就在昨天晚上，葛芸告诉他："老贾明天要出差，如果你方便的话，我想在明天晚饭后，到你家里去看看。我女儿过段时间会回家一趟，到时我和她商量好，就去跟老贾把离婚证办了。"邓坤知道她这是要来看看他家庭情况的意思，马上点头说："好好好，明天晚上我哪儿也不去，就在家里等你，咱们不见不散。"生怕她找错地方，邓坤还反复告诉她，自己家住在禾坪坝91号，是一幢平房，门口有一棵长得很茂盛的李子树。

早早吃罢晚饭，一直坐在家门口等待着的邓坤已经记不清自己是第几次看墙壁挂钟里的时间了，他在心里暗暗下定决心，无论如何今天也要借这个送上门的机会，把自己跟葛芸的关系往前更推进一步。

他焦灼地等待好久，也没看见葛芸到来，心里不禁忐忑起来，难道是她遇上了什么变故，不能准时赴约？又看看表，时间才6点半，距离两人约定的晚饭后7点，还有半小时呢。他只得一面在裤子上擦着手心里沁出的热汗，一面耐心地继续等待。但不知道为什么，随着约会时间越来越临近，他的心也跟着越跳越快，整颗心好像就要从喉咙里蹦出来一样。他知道是自己太过紧张，急忙起身走动一下，喝了几口温水，这才略略放松下来。

晚上7点的时候，一辆红色出租车缓缓停在邓坤家的平房前。车门打开，从里面走下来一个身穿黑色V领连衣裙、露出半个雪白胸脯的漂亮女人。女人踩着高跟鞋，径直走到邓坤跟前。

邓坤站起身，奇怪地问："请问你找谁？""我就找你呀，傻瓜！"女人朝他抛了个媚眼。直到听见她的声音，邓坤才认出来，这个女人就是他苦苦等待的葛芸。葛芸今天换了一条新裙子，化着淡妆，显得年轻了十多岁，他居然没认出她来。

"快进来，快进来！"邓坤真是喜出望外，按捺住怦怦直跳的心，急忙把她让进屋来，"我给你倒杯水！"他手忙脚乱地去拿杯子，结果手一滑，杯子掉在桌上，幸好没有摔碎。

"傻帽儿！"葛芸用手轻点一下他的额头，"还是我自己来吧。"她倒也不见外，从他手里拿过杯子，自己给自己倒了杯水，一边喝水，一边打量着他住的这座平房。房子面积不大，两房一厅的格局，样子看上去显得有些老旧，应该有些年头了。看得出他刚刚在屋里精心收拾过，里里外外倒也还干净。她抬起眼皮问："这就是你家啊？"

邓坤以为她是嫌自己的房子旧，忙说："是的是的，我一直住在这里，不过你可别看这房子老旧，咱们禾坪坝马上就要拆迁了，这房子的拆迁安置预付款我都已经收了，以后还会有新房子分给我们，只要你嫁过来，咱们就有新房子住了。"

葛芸温言道："我倒不在乎新房旧房，只要住得舒服就行，最重要的是你对我好，不要像那个老贾，动不动就对我发脾气，一言不合就动手打人。"

"你放心吧，我只会对你好，怎么会舍得打你呢？"邓坤看着她婀娜的背影，用力吞下一口口水，忽然上前从后面一把抱住她。葛芸没有挣扎，任由他抱着。这无疑是对他最大的鼓励，他立即胆大起来，喘着粗气，把她推倒在旁边的沙发上。

"哎哟，你想干吗呀？"葛芸嗔怪地说着，在沙发上翻转身，面对着他。这时邓坤已经快速脱掉自己身上的衣服，赤裸着身子把她压在沙发上："芸，对不起，我爱你，我受不了了，我一定会娶你的，今晚你就依了我吧，我会一辈子对你好的……"

"不，老邓你放开我，你不能这样……"葛芸挣扎着想要推开他，但邓坤把她压得死死的，哪里推得开？邓坤一像猪拱食一样亲着她的脸，一边把手伸进她裙底，扯住里面的内裤。

"不要……"葛芸想要挡开他的手，却已经迟了，只听"刺啦"的一声，内裤已经被他撕破，从裙子里扯出来。

邓坤欲火焚身，正要掀起她的裙子有进一步行动时，突然"砰"的一声，大门被人踹开，一个身材高大的秃头汉子一只手拿着网球拍，另一只手拿着手机，猛地冲进屋来，只听得咔嚓几声响，手机已经对着他们拍下好几张照片。

邓坤吓得一哆嗦，正想问他是谁，葛芸却急忙推开邓坤站起身："老、老贾，你不是出差了吗？怎么……"

邓坤脑袋"嗡"地一响，这才知道这个来者不善的家伙竟然是葛芸的丈夫老贾，顿时庙门上长草——慌（荒）了神："老、老贾是吧？你听我说，咱们有事好商量……"

"商量个屁啊，我早就怀疑你们背着我搞破鞋，只是一直抓不到证据，这才假装出差引你们上钩，终于让你们这对狗男女露出马脚！"老贾怒目圆睁，呼哧呼哧地喘着粗气，像一头愤怒的狮子，指着赤身裸体的邓坤和衣衫不整的葛芸破口大骂，"狗男女，今天终于叫我捉奸在床了吧，看我怎么收拾你们！"老贾抡起手里的球拍就要打人。

葛芸立即闪到一边，一边慌里慌张地整理着自己的衣服和头发，一边带着哭腔道："老公，你、你误会了，我、我跟这个男人没有半点关系，只是在跳广场舞的时候跟他说过几句话，他说他有一贴特效膏药，可以治好我的风湿病，叫我今晚过来拿，谁知我一到他家里，他就把我推倒在沙发上，对我动手动脚，想要强奸我。如果不是你及时赶到，还不知道会发生什么事情呢……"说完她便掩面而泣，一副羞于见人的模样。

"芸，你、你怎么能这么说呢？咱们不是两情相悦，你主动提出要到我家里来的吗？"邓坤急忙辩解道。

葛芸立即变了脸色，朝他啐了一口："呸，你也不撒泡尿照照自己，又瘫又老，老娘怎么可能会看上你呢？"

"你……"邓坤气得脸上一阵青一阵白，肚子上好像被人打了一记重拳，突然感到一阵剧痛。他弯下腰，捂着肚子，一时说不出话来。

"那倒也是。"老贾往邓坤手里边瞧了瞧，很快就点点头，相信了自己老婆的话。邓坤这才意识到自己手里还攥着葛芸那条被撕破的内裤，不由得暗暗叫苦，葛芸的内裤都被他扯烂了，这不是强奸是什么？他心知不妙，自己这回可真是跳进黄河也洗不清了。

老贾用网球拍指着他的鼻子："你强奸我老婆，那可是要判刑十年的重罪。说吧，你是想公了，还是私了？"

邓坤问："公了怎么说？私了又怎么说？"

"公了嘛，就是咱们去警察那里说，反正我刚才都已经拍下来了，我进来的时候你正光着身子趴在我老婆身上，有照片为证，你想赖也赖不掉，强奸罪名一旦成立，你就洗干净屁股等着在监狱里养老吧，就算是强奸未遂，那也还是得坐牢，只是少坐几年而已。"

"私了呢？"

老贾说："私了嘛，你赔点钱，我们就不跟你计较这事了。"

"要、要赔多少钱？"

老贾手拿网球拍，在屋里走了几步："这事给我老婆带来了巨大的身心伤害，就算你赔给她一个亿，也弥补不了她身体和精神方面受到的双重损害。我看这样吧，你拿十万块出来，咱们今天这事就算了了。"

"十万块？"邓坤吓得一缩脖子，"我哪儿有那么多钱？"

"怎么没有？"葛芸道，"你刚才还说拿了十几万块拆迁安置预付款呢。"

邓坤看了她一眼，真恨不得抽自己几个耳光，早知道这个女人如此无情无义，翻脸比翻书还快，当初就不该在她面前炫富。他苦着脸说："那些钱都已经存进银行了。"

"存进银行，也可以取出来啊。"

"可是这钱是我留着养老的，怎么能给你们……"邓坤的话还没说完，老贾就挥动球拍，在他身上连打了三四下，邓坤痛得连声惨叫。老贾骂道："老畜生，不想赔钱是吧？那行，你也不用自己存钱养老了，我直接送你去监狱养老吧。我这就打电话报警，派出所程所长是我朋友，我保证他五分钟之内就能开着警车过来把你铐走。"

"别别别，"邓坤一着急，又感觉到肚子里像一把钢刀在绞动似的，痛得他几乎直不起腰来，他上前抓住老贾拿着手机的手，"老贾，你要是报警，我这下半辈子可就真的完了，临到老了还得在大牢里度过。"

"既然你不想坐牢，那就赶紧把存折拿出来，把密码告诉我们！"

"存折我可以给你们，但是密码我忘了。"

"去你妈的，你耍老子是吧？"老贾果然是个脾气火暴的人，一言不合就动起粗来，猛地一脚踹在邓坤的肚子上。邓坤"哎哟"一声，倒在地上，后脑勺磕在实木茶几角上，发出"咚"的一声响。他嘴里不知道呻吟了一句什么，就弓着腰、捂着肚子不再动弹了。

"怎么，都到这个时候了，还想靠躺在地上装死来蒙混过关啊？"老贾冷笑一声，用手里的网球拍戳了他两下，邓坤完全没有反应。老贾又踢他一脚，仍然连哼也不哼一声。

葛芸蹲下去推推邓坤的头，却在他脑袋后面摸到一手的鲜血。"啊！"她跳了起来，退后一步，差点一跤跌倒在地。

老贾这才觉出不对劲儿，伸手探探邓坤的鼻息，居然已经没有了呼吸，再摸摸他胸口，连心跳也没有了。他猛地从地上跳起来："不会真的死了吧？"老贾看看葛芸，葛芸也在看他，两人眼睛里都露出惊慌之色。

"哎呀，不好了，打死人了，邓瘸子被人打死了！不好了，打死人了……"突然间从大门外的墙壁边跳出一个年轻人，一边大叫着，一边跑开了。

葛芸瞪了老贾一眼，责怪道："钱都没到手，你怎么把人给踹死了？"老贾低头看着自己的脚："我刚刚也没怎么用力啊，这老头也太不经踹了吧。"葛芸问："那你说现在该怎么办？"老贾探头朝门外看一眼："还能怎么办，赶紧溜啊！"

两人也顾不了许多，赶紧从邓坤屋里跑出来。外面路灯昏暗，两人正想借着夜色的掩护离开现场，却看见刚才跑开的那个小伙子已经领着一帮村民往这边跑过来。两人脸色一变，四下里瞧瞧，看见从邓坤家走过去两户人家，旁边有一条窄巷，也不知道通往何处，来不及细想，匆匆忙忙一头钻了进去。

后面那个年轻小伙子倒是机灵，立即兵分两路，让一些人到屋里去查看邓坤的情况，自己则带着三个壮汉追进小巷。刚开始还能看见前面黑暗中跑动的两个人影，追出数百米远后，小巷直通向外面的街道，大街上灯火通明，人流如织，早已不知那两个人去向何方。

小伙子回到村里，事情早已在村子里闹开了，邓坤家门口已经围了不少人，村治保主任刘样也闻讯赶到，进屋查看一下邓坤的情况，确认其已经死亡之后，立即意识到这很可能是一起严重的刑事案件，在警察到来之前，他最主要的任务就是保护好现场。于是他一边挥手让门口围观的群众都退开去，一边拿起手机打电话报警。

辖区派出所民警率先出警，随后刑警大队重案中队的严政也带人赶到现场。法医老金先检查了死者尸体的情况，发现其后脑处有明显的凹痕，且有鲜血流出，旁边茶几角上有被磕碰过的新鲜印痕，并沾有少许带血的毛发，初步判断是因为被害人倒地时，后脑撞击到茶几，导致颅底骨折，引发脑损伤，在极短时间内引起呼吸和心搏骤停。其他警员陆续进场，现场勘查工作随即展开。

严政先是问了一下治保主任刘样，刘样对事发经过也说不出个所以然来，只说案情是被村里一个叫何小球的年轻人发现的，他当时在村里大喊大叫说有人把邓坤打死了，惊动了其他人。等到他这个治保主任赶到的时候，邓坤已经死了，而且当时屋里只有邓坤一个人，并没有看见凶手。

"这个叫何小球的人，现在在哪里？"

"就在这里，我知道你们会找他，所以一直让他在现场等着。"治保主任向着人群招招手，把最先发现案情的那个年轻小伙子叫了过来。

小伙子走到严政面前，举起手朝她敬了个并不标准的军礼，笑嘻嘻地说："警官好！"

严政点点头，上下打量他一眼，说："是你最先发现邓坤死亡的吗？跟我们说说吧，到底是怎么回事？"

何小球说："事情是这样的，今天晚上吃完晚饭，我闲着没事，就到村里闲逛，结果走到这里的时候，忽然看见一辆出租车停在邓瘸子家门口，从车上走下来一个穿着打扮十分性感的四十来岁的女人，邓坤出门迎住她，两人看起来好像很亲密。我当时就觉得有点奇怪，难道邓瘸子这么一个糟老头子，也会有艳遇？正想仔细看看，邓瘸子却把那个女人拉进屋，关上了大门……"

何小球说，邓瘸子关上门后，他心里痒痒，越发觉得这对男女今晚肯定有好戏上演，就起了窥视之心，先是趴在大门上朝里看，结果那门关得太严实，连条缝隙也没有，什么也看不到。不过这也难不倒他，他记得邓瘸子家客厅旁边有一扇小窗户，于是沿着墙根转过去，正好那扇窗户打开着一条缝，他趴在窗户外面朝里张望，正好能看清屋内情形。

"你看到了什么？"严政道，"拣重点说。"

何小球笑了笑，一脸促狭的表情："我猜得果然没错，邓坤和这个女人关系果然不一般呢，两人见面之后，邓瘸子就开始从后面搂抱她，还把自己脱了个精光，把那个女人压在沙发上。我正看得入神的时候，突然'砰'的一声，一个秃顶男人从外面踹开大门闯了进来，这人身形比较魁梧，手里还提着一个网球拍，我听那个女人叫他老贾，看剧情，好像是这个女人的丈夫，他是特意来捉奸的。结果那个女人应变神速，马上就翻脸不认人了，跟自己的丈夫哭诉是邓瘸子把她骗到了家里，想要强奸她。那个老贾就更恼火了，说邓坤强奸自己的老婆，要立即报警抓他去坐牢。邓瘸子怕了，赶紧服软求饶。老贾让他赔十万块钱私了。邓瘸子的小气和吝啬在村里是出了名的，他怎么可能会同意赔这么多钱呢？当然是一口拒绝。那个老贾彻底被他激怒了，先是用网球拍打了他几下，后来又一脚把他踹倒在地。万万没想到的是，邓瘸子在倒地的时候，脑袋好像撞到茶几上了，这一倒下，就再也没有站起来。那个老贾以为他装死，还特意上前查看了一番，然后跟自己的老婆说，这个人真的已经死了。我这才觉出不对劲儿，好戏没看成，却刚巧目睹了一桩人命案。本来我想跳进去把这两个凶手抓起来扭送派出所的，可是那个老贾身形高大，看起来很凶的样子，我怕自己以一敌二不是对手，所以干脆就一边跑一边在村里叫人。等我叫到几个人转回头时，那一男一女已经钻进旁边的巷子跑了。我带人去追了一下，没追上。后来，村治保主任来了，警察也来了……"

严政点头"嗯"了一声，意思是说，警察来了之后的事情，你就不用说了。她问："那对男女夫妻，你以前见过吗？"

"没见过，也不认识。"

严政扭头看看围观的村民:"也就是说,这么多人中,其实只有你一个人在邓坤家里见过那对男女,其他人都没有目击到凶手,是吧?"

"是的,他们都没有看见,只有我看见了,他们来到的时候,凶手早就跑了。"

"既然你并不认识那两个人,看来咱们想查找他们的身份和下落,还真有点难度了。"

何小球忽然嘿嘿笑了两声:"其实吧也不算太困难,因为我已经把他们都拍下来了。"

"你拍下来了?"

何小球挠挠后脑勺,脸红了一下:"是的,我原本以为今天会有一场既刺激又香艳的好戏看,所以就趴在窗户上用手机朝屋里拍下了视频,谁知最后拍到的,竟然是杀人场景。"

严政问:"能把你拍摄的视频发给我吗?"

何小球点头说"好",很快就把自己拍的视频发到了这个女警官手机里。

严政打开视频看了下,虽然是从窗户处偷拍的,但何小球的手机像素较高,视频画面还算清晰。从视频内容来看,情况与何小球口头叙述的基本相符。视频有几个地方刚好拍到了那对男女夫妻的正面,她把两人正脸截图保存下来,然后把图片拿给周围群众看,问他们认不认识照片里的这两个人。大家看了之后,有几个上了年纪的女人说:"男的没见过,不认识,但这个女的是认识的,她最近常到村头小公园来跟我们一起跳广场舞。"

严政问:"她叫什么名字?既然能到这里跳广场舞,就算不是村里人,那也应该住得不远吧?"

一个大婶说:"她叫葛芸,听她自己说,她就住在这附近的嘉和苑小区,还说她女儿在外省工作,家里只有她和她丈夫两个人。"

严政把情况打听清楚后,立即招手把欧阳错和康佳佳叫过来,先是把葛芸和她丈夫老贾的照片发给他们两个看了,然后又将刚才查到的线索跟他们说了。

欧阳错听完后,立即就知道队长要给他们分配什么任务了,马上说:"严队，我们这就去嘉和苑小区找这两个人。"

两人又找人问了一下嘉和苑小区的具体位置，就在村口街道对面。两人开着警车绕过村中小公园，从村口出去，就是宽阔的白云大道。街道两边矗立着一排排十几二十层高的大楼，大街上灯火通明，人来车往，非常热闹，与城中村的昏暗和冷清相比，仿佛是另一个世界。穿过白云大道，对面是被蓝色玻璃幕墙包裹着的电子大厦。他们要找的嘉和苑小区，就藏在电子大厦背后。

嘉和苑小区是一个老旧居民区，低矮的围墙围着几栋六七层高的旧式居民楼，楼与楼之间牵扯着许多私拉乱搭的电线、电话线和网线，乍一看，就像到了一个巨大的蜘蛛网里。小区门口的两个中年保安正坐在一起抽烟，看见有一辆警车开过来，都有些吃惊，立即扔掉手里的烟屁股站起身。

欧阳错和康佳佳先向保安表明身份，然后又把那对男女的照片拿给他们看，问他们这两个人住在小区哪一栋楼里。两个保安看后，很果断地同时摇头："我们小区没这两个人。"

欧阳错有点意外："为什么这么肯定？"

两个保安看起来都有四十多岁了，个子高一点的那个说："我俩都在这里当了二十多年保安了，这小区又不大，每一个住户我们都混熟了，哪怕是他们家里的猫猫狗狗，我们也不会认错。这两个人我们都不认得，确实不是我们小区的居民。不信你们可以再去调查。"

欧阳错犹豫了下，还是找到物管处，调查了一下，根据物管处电脑里登记的信息来看，这个小区共有成年居民两百多人。两人把这些人的资料和照片一个一个在电脑里看了一遍，确实没有找到那个葛芸和老贾。看来那两个保安说得没错，警方要找的这两个人，确实不是他们小区的居民。

欧阳错和康佳佳沉默着走出小区，两人心里都已经预感到情况有些不妙。如果那两个人真的住在嘉和苑小区，这桩案子是因为情感纠纷而引发的意外杀伤人命事件的可能性就比较大，杀人行为纯属凶手临时起意，或者完全是个意外，作案人考虑得不会那么周到，所以案子也就不难侦破。但是如果他们不是这个小区里的人，他们一个月前告诉别人的身份信息都是假的，这说明他们至少在一个月之前就已经计划好今天的事了，所以这很可能就是一桩预谋杀人案。作案之后如何逃走，如何躲避警方追查，想必凶手也早有准备。这样一来，警方想要找到他们，把这个案子破了，那可就要费些心思了。上个月华风小区邹大福被人毒杀的案子还悬在那里没破呢，金一兆等三名嫌疑人也因排除了作案的可能性后，被放了出来，凶手是谁还一点着落也没有，这里再添一件离奇命案，那就真够他们重案中队的人忙一阵了。

离开嘉和苑小区后，康佳佳给队长打电话，说："那个葛芸透露给别人的住址信息是假的，嘉和苑小区根本就没有这两个人，我怀疑他们告诉别人的名字也是假的，那个女人肯定不会真的叫葛芸，那个男的也应该不姓贾。"严政听后，好像也没觉得意外，只是在电话里说："好的，我知道了，那你们先回来吧。"

就在两人回现场的路上，严政的电话又打过来了："现在，你们赶紧去长途汽车站。"

原来严政刚才又打开何小球拍的视频看了一下，觉得老贾突然现身捉奸这件事，应该是早有预谋的，但对于邓坤的死，很可能是个意外事件，毕竟根据当时情况来看，老贾只是图钱，对邓坤并没有真正的杀意。闹出人命之后，这两个人很有可能会立即离开丁州，逃往外地，所以她在欧阳错他们去嘉和苑调查的时候，就已经把那两个人的头像同时发给了火车站和长途汽车站，请车站派出所协查。现在已经是晚上 8 点多了，这个时间乘坐长途汽车出行的人并不多，所以车站派出所虽然不知道这两个人的真实姓名，但把两人照片拿给售票员看过后，售票员很清楚地记得这两个人在不久前买过两张去省城的长途大巴票，这趟车还有几分钟就要开走了。车站派出所民警立即跑到候车大厅，把拿着车票正准备通过检票口检票上车的两个人给拦了下来。

严政在电话里说："你俩马上去汽车站，把人给我带过来。"

欧阳错和康佳佳知道这个情况后都松了一口气，觉得还是队长虑事周全，如果叫这两个凶手上车跑了，再想在茫茫人海中找到他们，那就非常困难了。两人立即掉头，往车站方向赶去。

第十章

锁定疑凶

来到长途汽车站，在车站派出所里，欧阳错和康佳佳见到了他们要找的那两个人，这时正被铐在派出所靠墙边的一根水管上。派出所民警告诉两人，已经查过他们的身份证，这女的并不叫葛芸，而是叫陈芸，这男的也不姓贾，而是叫陈立山，且都不是本地人。

欧阳错拍拍民警的肩膀感谢道："多谢兄弟帮忙，连他们的身份都给我们查明了，可真省了我们不少事。"

两人把葛芸和老贾，也就是陈芸和陈立山押上警车，带到禾坪坝村，下车之后，严政把两名嫌犯带到死者邓坤的家门口，朝屋里指一指："这个地方你们应该不陌生吧？"

两名嫌犯相互看一眼，低头不语。

欧阳错在后面推了他们一把："好好看看，地上躺着的这个人，是不是你们杀的？"

那个叫陈芸的女人最先从惊慌中清醒过来，指着自己的同伴说："是、是他杀的，不关我的事！"

"不不，"那个叫陈立山的秃顶男人也赶紧摇头否认，"不是我杀的……"

严政瞧着两人道："你们的意思是说，这个人的死，跟你们无关是吧？"

"也……也不能这么说，"陈立山仍然摇头，想了一下说，"应该这么说吧，他的死确实跟我们有点关系，但是关系不大，他确实是因为我们而死，不过我真不是故意的，只是轻轻踹他一脚，他就倒了下去，而且倒地的时候，脑袋正好撞在茶几上，他连哼也没有哼一声，就死了。我真不是故意杀人，这纯属是个意外。"

"那你为什么要踹他？"欧阳错问。

陈立山看了身边的女人一眼，气愤地说："因为这个糟老头要强奸我老婆，正好被我撞见，我一怒之下，就踹了他一脚。没想到他身子板儿太差，我只轻轻一脚，就把他给踹倒了，而且他在倒地的时候，脑袋正好撞到茶几上，然后就再也没有起来了。"

"你真的觉得这纯属意外吗？"欧阳错逼近一步，盯着他道，"我们警方可不这么认为。我们觉得这是一场蓄意谋杀。你们早在一个月之前，就已经改名换姓，冒充附近嘉和苑的住户接近邓坤，在慢慢取得他的信任之后，再一步一步将他引入你们早就设计好的圈套。邓坤的死看起来确实是一场意外，只不过这是一场你们精心设计、精心伪装出来的意外。归根结底，他还是死于你们的谋杀！"

陈芸一听警方将邓坤的死定性为蓄意谋杀，情绪忽然激动起来，上前扯住欧阳错的衣服说："警察同志，你们搞错了，我们真的没有想过要杀他，我们接近他的目的，只是想从他身上弄点钱……"

她刚说到这里，旁边的陈立山突然咳嗽一声，她这才意识到自己说漏了嘴，赶紧闭上嘴巴。

严政早已听出端倪，朝她走近两步，逼视着她，问："你们想怎么从他身上弄到钱？"

"我们……"陈芸嗫嚅着，扭头看看身边的男人，见陈立山正狠狠瞪着她，她脸上露出惊惧的表情，只好又闭上嘴巴。但犹豫片刻之后，她像是下定决心似的，忽然抬起头，道："都到这个时候了，再不说实话，咱们就真的要被人家当成杀人犯了。"

陈立山目光一暗，缓缓低下头去，叹了一口气，不再说话。

陈芸这才告诉警方说，他们俩其实并不是夫妻，而是一对兄妹，这个男人是她哥哥，兄妹俩是四川人，几年前都下岗了，找不到工作，只好靠骗人为生。他们所使用的套路一般是，先由陈芸扮成一个被丈夫家暴婚姻不幸急于离婚的女人，去接近那些上了年纪的没有老婆的单身男人，以自己离婚之后就立即跟他们结婚为由与他们交往。等到时机成熟，就主动去男方家里约会，就在那些男人经不住诱惑把她抱上床的时候，她哥哥陈立山就突然出现，冒充她丈夫，要告那些男人强奸自己的老婆，等到那些男人服软求饶的时候，他再提出赔钱私了。那些男人为了不因犯下强奸罪而坐牢，一个一个都只好忍气吞声地选择赔钱私了，破财消灾。所赔钱款数目，少则几千，多则几万，兄妹俩这些年就靠着这个骗局，挣了不少钱。

一个多月前，这对骗子兄妹来到丁州寻找作案目标，几经观察，他们很快就盯上了这个外号叫"邓瘸子"的鳏夫。邓坤天天围着那帮跳广场舞的大妈转，想要找个女人过日子的意图已经很明显，而且他们也打听过，这个老头平时非常节俭，应该存了些钱，而且最近刚拿到一笔不菲的拆迁安置预付款，正是他们理想的下手对象。所以从一个月前开始，陈芸就化身为葛芸，开始主动接近邓坤。

经过一段时间的试探，他们觉得时机已经成熟，今晚就可以对邓坤下手了，于是陈芸主动约定到邓坤家里来与他幽会。她来到之后，果然不出所料，邓坤立即猴急地抱住她，要强行跟她发生关系。她向随后赶到的哥哥陈立山发出信号，陈立山立即以她丈夫老贾的身份，气势汹汹地闯进屋来捉奸。两人原本是打算在邓坤身上敲诈一大笔钱的，却没想到就因为陈立山那一脚，不但没拿到一分钱，反而还闹出人命。两人逃离现场后越想越害怕，最后决定不管怎样，先离开丁州再说，可是如果坐火车的话，要凭身份证买票，两人怕留下痕迹暴露行踪，只好选择坐长途汽车离开，因为买汽车票时对身份证的检查并不严格，没有身份证照样可以在汽车站买到票。但是让他们万万没有想到的是，眼看着就要上车离开丁州了，却在最后关头，被警察拦截下来。

"如此说来，你们在此之前，其实并不认识邓坤，对吧？"严政听她说完之后，才开始提问。

陈芸点头说："是的，我们以前根本就不认识他，可以说与他扯不上任何关系。"

陈立山在旁边补充说："以前我们根本就没有来过丁州。"

"除了在我们丁州，你们还在其他什么地方作过案？"

"我们……"陈芸抬头看严政一眼，但很快又低下头去，嗫嚅着不敢回答。陈立山反倒痛快起来，说："我们两个月前，曾在邻近的新安县富华新村骗过一个姓马的老头，之前还在湖南长沙、岳阳，广东江门等几个地方用相同的方法敲诈过别人的钱财……"

严政说："你们一共敲诈过多少人，时间地点，对方姓名，都具体说一下。"陈立山说"好的"，就把自己伙同妹妹欺骗和敲诈别人的经历详细说了，康佳佳拿出笔记本把他供述的情况一一记录下来。等两名嫌疑人被带下去之后，严政问两名属下："你们觉得这两个人说的是真话吗？"

欧阳错看着两名嫌犯的背影点头说："他们刚才的口供，与咱们从现场勘查到的线索基本一致，再说又有何小球拍下的视频为证，我觉得他们说的都是实情。这两个人就是一伙骗子，想从邓坤身上骗点钱，结果一不小心，却闹出了人命。唉，也算是邓坤自己倒霉吧！"

康佳佳表示赞同他的话："我也觉得他们的口供没有问题，与咱们在现场找到的其他证据，以及何小球的视频证据，能相互印证。"

严政听后认真想了下，点头说："好，这事咱们就先当成过失致人死亡案来处理吧，只不过有些线索咱们还得认真调查核实一下。第一，两名犯罪嫌疑人是否真的在此之前与邓坤没有任何交集？第二，从他们供述的信息来看，在此之前他们已经在其他县市作案十余起，咱们立即给相关地方的警方发一份协查函，看看他们说的是不是实情。"

欧阳错和康佳佳立即点头说："好的，我们马上去办。"

因为案情比较简单，现场勘查工作也很快就结束了。邓坤的尸体被法医车拉走做进一步尸检。从现场撤出来的时候，严政发现走在最后面的法医老金面色有点凝重，就停住脚步问他怎么了。

老金把她拉到一边说："其实对被害人的死因，我还是有些心存疑虑。"严政不由得有些意外，老金是个老法医了，平时很少看到他脸上会有这种拿不定主意的表情。

严政问："你有什么疑虑？"老金对着拉走尸体的法医车看了一阵，犹豫着说："从尸体表面情况来看，说他是被踹倒在地过程中碰到坚硬物，导致颅底骨折，引发脑损伤，在极短时间内死亡，确实也说得过去。只是我仔细检查过他的后脑，伤情并不算太严重，流出的血迹也不很多，说这个就是其致死原因，又好像有点过了。"

严政说："这个也很难说，你是老法医了，应该知道头上的伤往往不能以外部损伤和出血量来判断其严重程度。咱们经手过的一些案子，也有人受到磕碰撞击后，头部并无明显外伤，却已造成极其严重的颅内损伤，甚至是致命伤。"

老金叹了一口气，说："也对，我也只是有点不太确定。现在也只能做出初步判断，最后的结论，还得以咱们的尸检结果为准。"严政拍拍他的肩膀说："辛苦了，我相信你做出的任何判断！"

第二天，警方很快就调查到，两名犯罪嫌疑人与死者邓坤此前并不相识，没有任何交往，更谈不上有什么深仇大恨，而且正如陈立山所言，他们以前甚至都没有到过丁州。

又过了一天，他们向其他相关地市公安局发出的协查函也陆续有消息反馈回来，证实两名嫌犯确实曾在外地以相同的作案手法敲诈十数名中老年单身男子，他们确实是一伙惯犯。两人一心求财，主动杀人的可能性不大。

就在严政准备以过失致人死亡的罪名结案、移交检察院审查起诉时，法医老金忽然给她打了个电话。

在电话里，老金的声音显得有些低沉："严队，有时间到法医中心这边来一下吗？关于邓坤的死因，我有一些新发现。"

严政心头一跳，立即放下准备在结案报告上签字的钢笔，叫上欧阳错和康佳佳，赶到法医中心。老金在自己的办公室对他们说："我们解剖了邓坤的尸体，尸检报告刚刚出来，他不是死于颅内损伤，他是中毒身亡。"

"中毒？"欧阳错从沙发上跳了起来，"难道他也是被乌头碱毒死的？"

老金的目光从眼镜方框上边透过来，看他一眼，摇头说："不是，他不是乌头碱中毒，我们在他肝脏里检出了毒伞肽和毒肽类毒素。"

"毒伞肽和毒肽类毒素？"欧阳错和康佳佳一脸莫名其妙，"这是什么毒？"

严政毕竟警龄比他们长，经验比他们丰富一些："这两种都是毒蘑菇里的毒。"

老金点头说："是的，我们在邓坤的胃里提取到了毒蘑菇的残留物，应该是他在晚饭时吃下肚的，但具体是哪一种毒蘑菇中毒，还需要做进一步化验才能确定。因为这个结果跟咱们在现场做出的判断完全不同，所以我才这么急着叫你们过来，把情况跟你们通报一下。具体尸检报告，我稍后会发给你们。"

从法医中心走出来的时候，欧阳错忽然一拍大腿："我想起来了，在现场勘查的时候，我打开邓坤家的冰箱看过，里面确实有一盘剩菜，就是蘑菇炒肉。"

严政停住脚步："你们赶紧去他家一趟，把这道菜的样本拿回来，咱们再做进一步化验。"

欧阳错和康佳佳接到命令后，立即赶到禾坪坝邓坤家里。为了保护现场，他家周围的警戒线仍然没有撤掉。

两人进屋后，先是在冰箱里找到了那盘吃剩的蘑菇炒肉，仔细看了一下，从表面来看，并没有什么异常。他们将这盘蘑菇炒肉装进物证袋后，为谨慎起见，又把冰箱里的另一盘清炒青菜也取样带走了。随后两人又到厨房里看了一下，灶台下的垃圾篓里，扔着一些用过的塑料袋和厨余垃圾，他们翻找了下，发现有一个白色塑料袋里残留着一些蘑菇碎屑，估计是用来装蘑菇的，于是也装进物证袋，一并带回队里。

下午的时候，检验结果出来了，那一盘青菜并无异常，而那道蘑菇炒肉，里面的蘑菇，大部分是人们平常食用的平菇，但其中还夹杂有少量的白帽菌。白帽菌又称白毒伞，是一种剧毒菌种，内含毒伞肽和毒肽类毒素，一旦误食，对人体肝、肾、血管内壁细胞及中枢神经系统的损害极为严重，可在短时间内使人体内各器官功能衰竭而死亡，死亡率高达 95% 以上。

另外，从邓坤家厨房垃圾篓里找到的那个白色塑料袋里，同样检出了平菇和白毒伞两种菌类的碎屑，基本可以断定，邓坤在菜市场买菜后，就是用这个塑料袋把蘑菇提回家的。

老金那边也很快有了确切消息，通过尸体解剖，从死者胃里提取到的胃容物中，检测出了白毒伞成分。因此可以推断出，邓坤就是在晚餐时食用过白毒伞而最终导致中毒身亡的。只是在他毒发死亡时，恰逢老贾——陈立山一脚将他踹倒在地，他后脑撞击茶几导致颅底骨折，所以一开始才会让人误以为他是因颅脑损伤而死亡。

那么问题来了，是有人故意在邓坤食用的蘑菇里混进白毒伞，想要毒死他，还是蘑菇在采摘、运输和售卖过程中被无意混入了颜色和形状都与平菇有几分相似的白毒伞，最终导致邓坤误食中毒身亡？如果是有人故意投毒，凶手会是陈芸和陈立山吗？

严政他们立即到看守所提审两名嫌犯，陈芸和陈立山都对毒蘑菇的事表示不知情。严政也觉得两人目的是通过色诱邓坤来敲诈他的钱财，如此处心积虑用毒蘑菇来杀人的可能性极小。接下来的案情分析会上，大家也觉得用毒蘑菇杀人不符合两名嫌犯一贯的作案手法，而且他们与邓坤之间并无交集，缺乏杀人动机，最后大家一致排除了陈芸和陈立山身上的杀人嫌疑。但如果凶手不是他们，那又会是谁呢？

很显然，邓坤的命案远比警方起初想象的复杂。严政综合了一下大家的意见，最后决定兵分两路，让欧阳错和康佳佳去调查毒蘑菇的来源，而熊甲申则带着马瑞等人，去走访调查邓坤的人际关系。

欧阳错和康佳佳先是到村子里问了一下左右邻居，有人告诉他们说，在 5 月 10 日，也就是邓坤死亡的那天上午，10 点钟左右，看见邓坤从外面买菜回来，手里提着一袋青菜和一袋蘑菇，因为使用的都是白色透明塑料袋，所以看得很清楚。康佳佳又问邓坤一般去什么地方买菜，邻居摇头说这个就不知道了，他这个人平时买菜都是独来独往，很少跟左右邻居结伴走在一起。不过禾坪坝附近，只有两个菜市场，一个叫青禾小菜场，就在村子东边的青禾街道旁边，另一个叫城西肉菜综合市场，两个市场与禾坪坝的距离都差不多，只是方向不同而已，一个在东边，一个在西面。禾坪坝的村民去这两个地方买菜的人都有，因为当时也没有问邓坤，所以这个邻居也不知道他到底是从哪个菜市场买菜回来的。

欧阳错和康佳佳商量了一下，看来只有直接去这两个菜市场调查了。两人先来到青禾街的青禾小菜场，这家菜场规模不大，卖菜和买菜的人都不太多，有些摊主正聚在一起打扑克，有的坐在菜摊后面打着盹。

两人拿着塑料袋问了一下，差不多所有卖菜的摊主使用的，都是这种既普通又便宜的袋子，并无特别之处，根本不可能问出塑料袋的具体出处。再一打听，整个市场里只有最里面的一个小摊位有新鲜蘑菇木耳之类的菌类菜出售，但是这个摊位却是空着的。问了一下邻近的摊主，说这个摊主的岳父一个星期前病故，摊主带着老婆回老家奔丧去了，他的菜摊也已经停开了一个星期。而邓坤的死亡时间是两天前，正是这个菜摊停业期间，所以邓坤不可能是从这里买到的蘑菇。欧阳错他们又拿出邓坤的照片，逐一问了市场里的摊主，大家都摇头说，根本没有见到过这老头到这里来买过菜。看来邓坤经常买菜的地方，并不是这里。

两人又马不停蹄赶到城西肉菜综合市场，这个菜市场要大得多，即使现在已经是下午，前来买菜的街坊仍然络绎不绝。两人走访了一下，这里售卖新鲜蘑菇的摊位共有四个，但具体问到 5 月 10 日的情况，有两个摊主说因为最近一直干旱，蘑菇减产，那天他们没有进到货，所以摊位上没有卖蘑菇，另两个摊主当天倒是进到货了，不过进货时间是中午，所以不可能有顾客在早上或上午从他们这里买到蘑菇。经过仔细查访，这四个摊主的证词基本属实，并无可疑。再把邓坤的照片拿出来给卖菜的摊主们看，大家也都摇头说，从来没有看见这个人来这里买过菜。

欧阳错和康佳佳两人都有点蒙了。从地理位置上看，禾坪坝附近，只有这两个菜市场，但在案发当日早晨和上午，都没有新鲜蘑菇售卖，而且最让人觉得不可思议的是，他们几乎走访了这两个菜市场的所有摊主，居然都说从来没有见过邓坤来这里买菜。邓坤是禾坪坝村的老住户，平时买菜的次数绝不会少，如果到过这两家菜市场买菜，多少会有几个摊主记得他。但从现在调查的情况来看，怎么好像他从来没有来过这两个菜市场一样呢？这倒真是一件怪事了！

5月10日那天上午，如果他不是在菜市场买的菜，那他手里提着的蘑菇又是从哪里来的呢？难道是在路上，有熟人送给他的？如此一来，案情就更加复杂了，送给他蘑菇的人，分明就是想置他于死地啊。

康佳佳思索着说："我觉得咱们的侦查方向，还是应该回到邓坤的人际关系上来，看看到底是什么人跟他有如此深仇大恨，居然要用这么歹毒的法子来杀害他。"

欧阳错点点头，但很快又补充说："其实从目前调查的情况来看，仍然不能排除误食的可能性吧？也许送给他蘑菇的那个人也并不知道蘑菇里面混进了白毒伞。"

两人回到队里，已经是晚上了。老熊他们也已经把邓坤的身份信息和基本的人际关系搞清楚了。

邓坤今年五十八岁，土生土长的禾坪坝人，父母在他年轻的时候就已经亡故，他无兄弟姐妹，二十来岁的时候跟别人一起到山西当矿工挖煤，辗转多个矿区，干了十几年挖煤工，后来矿上出了安全生产事故，他左腿受伤，落下残疾，这才回到丁州老家。回来的时候，他身边还跟着一个女人，说是他在矿上找的老婆，还有一个十三四岁的小姑娘，是他女儿。但是没过两年，他老婆就带着女儿跟别人跑了。后来才渐渐有消息传出来，原来这个女人并不是邓坤的老婆，那女孩也不是他女儿，而是他不知道使用什么手段从矿区诱拐来的别的矿工的妻女，后来这个矿工竟然找上门来，把自己的妻女给寻回去了。因为邓坤左腿有点残疾，而且家里经济条件又不是很好，所以此后的十八年里，他一直没找到适合的女人结婚，就这样熬成了一个老光棍。

老熊说："我们问过周围人对邓坤的看法，在别人对他的评价中提到最多的词就是：节俭！说这个老头平时生活非常节省，甚至可以用小气和吝啬来形容。别人问他，他就半开玩笑半认真地说是要存钱娶老婆。至于他与周围人的人际关系，好像也没有什么特别值得让人怀疑的地方，他这个人喜欢待在自己家里看电视，与别人少有交往，更没有听说他跟谁吵过架，结过仇。"

第二天早上，欧阳错和康佳佳还是来到禾坪坝村，调查邓坤提回家的那袋蘑菇的来源。村民们听说那袋蘑菇并不是在这附近两家菜市场买的，甚至据那里的摊主说，邓坤一直都不曾去过这两家菜市场买菜，也都觉得有些不可思议。有细心的村民很快就想起来了，说："我们平时上街买菜，要么结伴同行图个热闹，要么也会在菜市场相互撞见打个招呼，可是听两个警察同志这么一说，我倒还真想起来了，我好像还从没在菜市场里遇见过邓坤呢。"此言一出，其他村民也都点头附和。

康佳佳想了一下，又问村民："那你们知不知道平时有没有什么亲戚啊朋友啊，给他送过菜之类的？"村民摇头："他在这里好像也没什么亲戚。"欧阳错和康佳佳听罢，不由得有些失望。

这时，一位姓马的大婶忽然朝他们招招手，把他们叫到一边说："警察同志，我跟你们说，那个邓坤平时买菜，根本就不去附近这两家菜市场，而是去大东方农贸市场。"

"大东方农贸市场？"欧阳错和康佳佳都有点意外。

这个农贸市场的位置他们是知道的，距离禾坪坝的路程，至少是邓坤去附近两家菜市场的两倍。从刚才走访的情况来看，村子里的人极少去那么远的地方买菜。

"是的，就是大东方农贸市场。"马大婶点点头，"而且那个邓瘸子去那里，也不单单是为了买菜，而是为了捡菜。"

"捡菜？"

"你们也知道，邓瘸子这个人一向都很节省的嘛，平时买菜也舍不得多掏钱，最多只买二两最便宜的肉，或是一点小鱼小虾什么的，平时吃的菜，都是在菜市场里捡来的。那些摆摊卖菜的，不是经常要丢掉一些烂菜叶，或者剔除掉一些品相不好的小菜吗？邓瘸子就一直在市场里面转悠，看见谁扔掉点瓜果菜叶，就立即上前捡起来，回家煮了吃。不过他这个人好面子，不好意思在附近这两家菜市场捡菜，怕被村中熟人瞧见了笑话，所以每天宁愿多走半小时的路，远远地去到大东方农贸市场那边捡拾烂菜叶。"

"竟然有这样的事？"康佳佳似乎有点不相信，"你是怎么知道的？"

"我也是碰巧遇上他的。我不是有个亲家在大东方农贸市场摆档做生意嘛，有一次我去他档口拿点东西，正好看见邓坤在那里捡别人扔掉的烂苹果。我问了我亲家，我亲家告诉我说这个老头几乎天天都来捡拾烂菜叶烂水果，看着怪可怜的。我这才知道这个事，但是我这人嘴巴很紧的，从来没有跟别人说过这个事，我估计村子里知道这个情况的人也不多，所以你问村民们邓坤平时在哪里买菜，他们也都不晓得的。"

欧阳错和康佳佳同时点头，如果真是这样，那邓坤每天提菜回家，却从来没有在附近两个菜市场出现过，就说得通了。但是5月10日那天他提回家的那袋混杂着白毒伞的蘑菇，到底又是怎么来的呢？是在农贸市场自己掏钱买的，还是被那些档主当垃圾扔掉后被他捡回家的呢？

两人谢过马大婶之后，立即驱车赶到大东方农贸市场。这个农贸市场比前面两个菜市场加起来都还要大，但卫生条件却远不如那两个菜市场，一走进去，就能看见地上横流的污水，鱼档老板杀鱼之后取出的鱼内脏扔得满地都是，引来苍蝇无数。明明已经很窄的通道里，还不时强行挤进来一两辆小车，一直响着刺耳的喇叭声，让人心生厌烦。

两人拿着用手机翻拍的邓坤的照片，问了几个摆摊的档主，他们都点头说认识这个老头，就是走路有点拐的那个老头子嘛，他几乎每天都要到这里来，先是到肉档上称二两猪肉提在手里，然后就在市场里到处转悠，看见有档主扔掉什么烂菜叶烂瓜果之类的，他就立即上前捡着。两人这才放下心来，这一回总算找对地方了。

他们在市场里转了小半圈，很快就找到了几个摆卖新鲜蘑菇和其他菌类的档位，问档主们认不认识邓坤。几个档主凑拢过来看了照片后都点头说认识，说这老头经常在他们这里捡东西。

欧阳错问："他有没有捡过你们扔掉的蘑菇？"几个档主都摇头说："这个倒没有，蘑菇不比一般青菜，我们的蘑菇一天卖不完，拿回去低温冷藏，保存一个星期都没有问题，所以很少有变质腐烂扔掉的。"

欧阳错再三确认："也就是说，在 5 月 10 日那天，你们并没有扔掉蘑菇让邓坤捡到，对吧？"几个档主都点头确认，并相互做证。

康佳佳说："既然不是档主扔掉的，难道是邓坤掏钱在你们摊位上买的？"几个档主都笑了，说："这老头一向小气，哪会掏钱到我们摊位上来买菜。"欧阳错不由得皱起了眉头。

有个档主见这两个警察表情凝重，觉得有点奇怪，就试探着问："这个瘸老头，他怎么了？"

欧阳错看他一眼，犹豫一下，还是把情况跟他们说了。几个档主一听，更是立即摇头说："这就更不可能是我们干的了。我们专门做这行生意的，对毒蘑菇的辨别能力还是有的，绝不可能把白毒伞混在平菇里卖，那可是要出人命的。也许在你们看来平菇跟白毒伞有些相似，容易搞混，但对我们来说，这是两种完全不同的菌类，一眼就能分辨出来。"

康佳佳抱着手肘道："那倒是怪了，既然邓坤不是从你们这里买的蘑菇，又不是你们扔掉之后被他捡到的，那他手里那包蘑菇到底是怎么来的呢？"一个脖子上挂着花围裙的男档主想了一下，忽然一拍大腿："哎，你们说，该不会是小光头那小子干的吧？"他这话是说给旁边几个档主听的。

欧阳错忙问："小光头是谁？"

另一个档主谨慎地往四下里瞧瞧，用很低的声音告诉他们说："小光头是我们这个农贸市场里的一个惯偷，几乎每天都要在这里偷顾客的钱，虽然我们这里每个档主都认识他，却对他敢怒不敢言，怕万一把他搞恼火了，他会到档口捣乱，影响生意。"

康佳佳问："这个小光头，是未成年人吗？""花围裙"摇头说："那倒不是，是个年轻人，只不过因为他长得又瘦又矮，而且多次被刑拘，头发早就被警察给剃光了，所以这里每个人都叫他小光头，至于他真名实姓叫什么，那就没有人知道了。"

"他难道跟邓坤有什么过节儿吗？"

"花围裙"看看其他档主，脸上露出犹豫的表情，似乎不敢开口道明原委。旁边一个档主说："嘻，都这个时候了，警察同志已经找上门来，要是再不说，咱们这帮卖蘑菇的可能就要成为杀人嫌犯了，还有什么不敢说的？"就把小光头和邓坤的事说了出来。

大概半个月前吧，小光头在农贸市场里偷了一个中年女人的钱包，中年女人发现后，就跟自己的同伴一起去追他。小光头为了毁灭证据，在逃跑过程中，把偷窃来的钱包悄悄扔进了路边的垃圾桶。后来中年女人追上他，却从他身上找不到自己的钱包，没有他偷窃的证据，也拿他没有办法。

小光头扔钱包时恰好被当时在垃圾桶边捡菜叶的邓坤看见，他很快就从垃圾桶里把钱包翻出来，揣进了自己的口袋。等小光头摆脱那个中年妇女，回到垃圾桶边找寻钱包时，才发现钱包已经被这个老瘸子拿走了。他想找邓坤要回钱包，邓坤自然不肯。小光头就追着他不放，邓坤说："要不然咱们报警吧，让警察来处理这个事。"

小光头自然不敢报警，只好悻悻地作罢，离开的时候，还狠狠地瞪了邓坤一眼，咬牙说："死瘸子，敢坏你光头爷的好事，你等着，老子迟早要弄死你个龟孙！"

欧阳错很快就明白了这位档主的意思："你是说，有可能是这个小光头报复杀人，毒杀了邓坤，对吧？"

那个档主说："如果仅凭小光头这一句狠话，那也就算了。可是我记得很清楚，5月10日那天早上，小光头曾到我的档口买了两斤蘑菇。要知道这小子平时都是靠偷窃为生，自己从不做饭，饿了就到外面的大排档解决。一个从不做饭的人，怎么会突然到农贸市场买菜呢？当时我还奇怪了一下，现在想来……"

康佳佳顺着他的意思往下说："现在想来，他在你这里买的蘑菇，很可能被他用作了杀人工具,对吧?"

档主点点头:"我就是这么猜想的。"

欧阳错在菜摊前来回走了两步,思索着道:"这倒是很有可能。邓坤曾抢走小光头偷窃来的钱包,小光头决心报复他,小光头知道这个老瘸子有在农贸市场里捡拾烂菜的习惯,于是就在 5 月 10 日这天买了一袋蘑菇,然后在里面混入一些自己从野外寻找来的白毒伞,悄悄扔到邓坤面前。邓坤不知是计,捡到一大包蘑菇自然非常高兴,立即拿回家,并且在晚饭时做了一道蘑菇炒肉,吃下后没多久就中毒身亡了。小光头自认作案手法隐蔽,觉得就算警察调查,也不可能怀疑到他头上。"

康佳佳问几个档主:"这个小光头,住在什么地方?"档主们都摇头说这个就不清楚了,那小子狡兔三窟,是不会轻易让别人知道他的老巢的。挂围裙的档主很快又补充说:"不过他每天上午和下午都会来这里'干活儿',可以说比上班还准时。"他看看表,"按他以往的习惯,应该很快就会来'上班'了。"

欧阳错和康佳佳闻言,只好站在菜摊前耐心等待。没多大一会儿,就听一个档主悄声说:"快看,那就是小光头!"

两人顺着他手指的方向看去,果然看见早上前来买菜的熙熙攘攘的人流中混杂着一个瘦个子的光头,极其显眼。这小子两只眼睛滴溜溜转着,好像一只随时能发现周围潜伏着的危险的老鼠。康佳佳正要冲过去,欧阳错一把拉住她道:"先等等,不要着急!"

原来这个时候,小光头正跟前面一个老太太贴得很近,目光一会儿四下观察周围情况,一会儿盯着老太太的裤子口袋,一看就知道正准备朝这老太太下手。

欧阳错朝康佳佳做了一个分头行动的手势,两人挤进人群,一前一后朝小光头靠了过去。

就在小光头把两根手指伸进老太太口袋里,将一只黑色小钱包夹出来的那一瞬间,欧阳错猛地冲上去,一把钳住他拿着钱包的手,同时抬腿一脚踹在他膝弯里。

小光头毫无防备，"扑通"一声跪在地上，偷钱的手瞬间被反扭到背后。"哎哟我去，谁呀？你们想干什么？"他吃痛大叫起来。

康佳佳朝他亮出证件："我们是警察！"

小光头抬头看看他们："咦，怎么这边派出所的警察换人了？"看来他早已跟辖区派出所的民警都混熟了，对社区警察都已经认识了。

欧阳错把他推到墙角，抵在墙壁上："我们是刑警大队的，你最好给我放老实点！"

小光头倒也并不惊慌："刑警就了不起啊？不就拿了人家一个钱包吗？你们能关我多久？"

欧阳错在他头上拍了下："你偷几个小钱，确实关不了你多久，不过如果牵涉进了人命案，那可就没这么轻松了，说不定还得挨枪了儿。"

小光头脸上的表情变了一下："我又没有杀人，怎么会牵涉进人命案？"

康佳佳盯着他道："5月10日那天晚上，邓坤被人毒杀在自己家里，你不会不知道吧？"

"邓坤是谁？"小光头一脸莫名其妙。康佳佳把邓坤的照片递到他眼前让他看了，小光头一愣："这不就是那个捡烂鱼臭肉垃圾菜叶的瘌老头吗？他就是你们说的邓坤啊？"

欧阳错点头说："是的，他曾抢了你偷来的钱包，你也曾扬言要弄死他，这个没错吧？"

小光头点头说："确实有这个事，不过我那是一时气话，不可能真的为这点小事去杀人啊。他的死跟我半毛钱关系也没有，你们警察不可能仅凭一句气话就给我定罪吧？"

康佳佳说："邓坤是在这个农贸市场里捡到一包混有白毒伞的蘑菇，拿回家做菜吃了之后才中毒死亡的。而恰好在那天早上，从来不买菜做饭的你，居然在这里买了一袋蘑菇，你觉得这仅仅是一个巧合吗？"

"我去！"小光头朝地上狠狠地吐出一口唾沫，"原来你们就是因为这袋蘑菇才怀疑到我头上来的啊？你们说得没错，这他妈就是一个巧合啊！"

"真的是巧合吗？只怕不是这么简单吧。你又不做饭，平白无故买一袋蘑菇回去干什么？"欧阳错一拳打在他耳畔的墙壁上，"快说，是不是你买了蘑菇之后在里面混入毒蘑菇，然后故意扔到地上，让邓坤捡回家吃的？"

小光头这才有点慌神，赶紧摇头："警官，事情真不是你们想象的这样。那些蘑菇真的是我买回去自己做菜吃了。"

"你当我们是傻子吗？你长期在外面吃大排档，可是从来不在家做饭的。"

小光头不由得笑起来："你们连这个都知道了，调查得还挺仔细的嘛。"

康佳佳把眼一瞪："少跟我们嬉皮笑脸的，说，邓坤到底是不是你杀的？"

小光头收起脸上的笑容："真的不关我的事。我那天买菜，确实是回家自己煮了吃了。你们说得没错，我平时从不在家里做饭，一般都是在外面随便找家小店解决。但是5月10日那天，我在老家的女朋友过来找我玩，我本来是想带她到外面吃饭，可是她说在外面吃饭太浪费钱，而且还不卫生，不如买点菜回来自己做饭吃。所以我就到农贸市场买了些菜，因为我女朋友喜欢喝蘑菇汤，我就顺便买了一些蘑菇回来。"

"你女朋友现在在哪里？"

"还在我出租屋里啊。她在她打工的厂子里请了一个星期的假，现在还没有回去呢。"

欧阳错将他双手反扭到背后，给他上了铐子，然后推着他道："走，带我们去见见你女朋友，你说的这些情况，我们必须得核实清楚。"

小光头虽然有些无奈，但也只好按照他的话去做，被他铐着双手，带着他们往自己的出租屋走去。他租住的房子其实距离农贸市场并不远，横穿过两条街道，再走几十米远就到了。

来到楼下的时候，小光头支吾着对两个警察说："警官，能不能请你们先把我手铐解了，我保证不给你们添麻烦。"欧阳错正想拒绝，康佳佳却点头说："行！"掏出钥匙解开了他的手铐。

欧阳错道："要是这小子跑了怎么办？"康佳佳说："有咱们俩在这里，他跑不了。他女朋友应该并不知道他在外面做什么勾当，他是不想让她看见自己被警察逮捕的场面。"

小光头租住的是一间一居室的出租民房，面积不大，但收拾得很整齐，估计都是他女朋友的功劳。欧阳错他们跟着小光头走进去的时候，屋里有一个长发女孩正坐在窗户边看书，看见男朋友领了两个陌生人进来，女孩不由得急忙放下书站起身，显得有些手足无措。

"他们……"小光头站在门口，一时间不知道该怎么向女朋友介绍这两个警察。

康佳佳朝女孩走过去，说："我们是警察，正在办一个案子，你男朋友是知情者，我们想向他核实一些情况，同时也需要你回答我们几个问题。"女孩看看自己的男朋友，又看看她，似懂非懂地点点头。

康佳佳问她叫什么名字，女孩小声说："我叫吴佳，你叫我小佳就行了。"康佳佳说："巧了，我名字里也有两个佳字呢，我叫康佳佳。"女孩笑了一下，稍微放松下来。

康佳佳问："你是什么时候到这里来的？"

吴佳说："我是 5 月 9 日晚上从老家坐火车过来的，到达丁州的时候，已经是 10 日凌晨 4 点多，我男朋友去火车站接的我。"

"5 月 10 日那天，你们去哪里吃的饭？"

"我们没有出去吃饭啊。我男朋友要出去吃，我说太浪费了，而且外面的东西也没什么营养，倒不如趁我这几天在这里，我们买点菜回来自己煮饭吃，然后我男朋友就去外面买了菜回来，我就在家里做饭吃了。"

"当天中午，你们吃的什么菜？"

吴佳不由得愣了一下，好像是没有想到警察连这个也要问，想了一下说："吃了一个清蒸鱼，一个炖排骨，一个炒黄瓜。"

欧阳错问："没有其他的了吗？"

吴佳摇头说："没有了。"小光头赶紧说："怎么没有了？你再好好想想？"欧阳错瞪他一眼，意思是叫他不要说话，否则就有串供的嫌疑。

吴佳马上就想起来了，补充说："哦，对了，还有一个蘑菇汤。我男朋友从来没有做过饭，所以买菜的时候也不知道斤两，我本来只叫他买几朵蘑菇回来做汤就行，结果他买了一大包回来，我们吃了几天还没吃完，还剩下一些放在冰箱里呢。"

欧阳错打开厨房门口的一个小冰箱，看到里面果然放着一些蘑菇，从新鲜程度来看，应该已经在冰箱里冷藏有几天时间了。欧阳错朝自己的搭档看一眼，康佳佳也冲着他微一点头，两人都看得出这女孩看上去老实可靠，说的应该是真话。

两人又问了吴佳几句，然后点头离开。小光头赶紧站在屋里点头哈腰地说："两位警官慢走，我就不送了。"欧阳错神情冷峻地盯他一眼："你最好还是送一送！"小光头这才带着一脸无奈的表情，跟在他们后面走出来。

康佳佳关上出租屋的门后当着小光头的面给辖区派出所打了电话，请他们派两个人过来处理小光头刚刚犯的偷窃案。她对小光头说："我已经跟派出所的民警说好了，你先好好把你女朋友送走，然后再跟他们一起去派出所接受调查。邓坤的死应该跟你没关系，但你偷窃这个事是跑不了的。好好配合派出所的调查，争取早日了结此事。你女朋友很不错，以后出来找份正经工作，别辜负人家！"

小光头的眼眶有点发红，回头望一眼，什么也没有说，忽然朝着两个警察深深鞠了一躬。

康佳佳笑笑，一直等到派出所民警过来，才跟欧阳错一起离开。

第十一章

转机出现

邓坤的案子出现转机，是在这之后的第三天，即 5 月 16 日这天。这时欧阳错和康佳佳已经在大东方农贸市场连续调查了三四天时间，把市场里所有摆档做生意的档主都问了个遍。档主们对这个瘸老头都有印象，也都知道他经常在这里捡拾别人扔掉的烂菜叶烂水果，但具体说到 5 月 10 日的情形，则大多回答记不清了，更没有人留意到他当天在市场里都捡了些什么菜。又问了一些经常到这里买菜的街坊，也没有人注意到案发当日上午邓坤在市场内的举动。这也正常，农贸市场本就是个人流密集之所，像邓坤这样毫不起眼的一个普通老头子，又有谁会多看一眼呢？就在两人的调查陷入绝境的时候，有一个自称王德成的男人，特意跑到农贸市场来找他们。

在农贸市场的最中间，有一条南北走向的通道，有两米多宽，几百米长，原本是一条专供小货车进出卸货的走廊。通道的南端对着淮南路，北端对着淮北路，正常情况下如果开车从淮南路转入淮北路，中间要经过三个红绿灯，至少要走七八分钟，但是如果从这个通道抄近路，则只需要花费三分钟左右的时间。所以平时有很多车主贪图方便，经常把车开进农贸市场，从这里抄近路往返淮南淮北两条路。而这个王德成，10 日那天上午，就正好开车从这里经过。

据王德成说，当时他是赶时间去办事，正值早高峰，淮南路的红绿灯前车辆大排长龙，所以他就耍小聪明，抄近路从农贸市场里穿了过去。事情办完后，他把车停在家里就去外地出差了。昨天出差回来，因为有事所以查看了一下 10 日那天的行车记录，无意中从行车记录仪拍下的视频里看到，当小车经过农贸市场时，有人往地上扔了一袋垃圾，正好被一个瘸老头捡到的画面。他当时也没有在意。今天早上他老婆到农贸市场买菜回家，跟他说了有两个警察正在市场里调查那个瘸老头被杀的事，还说这个瘸老头是在市场里捡到一包菜，回家煮了，吃完后就中毒死了，警方正在查找那个扔下这包菜的凶手。王德成忽然想起自己行车记录仪拍到的场景，觉得很可能就跟这个案子有关，所以立马就跑到农贸市场来找警察了。

这倒是一条意外的线索。欧阳错问他："你的车在哪里？我们要看过视频后才能确定是否跟此案有关。"王德成说："车就停在马路对面，不过那个视频我已经拷贝进手机里带过来了。"他拿出自己的手机，打开一个视频文件，播放给他们看。

欧阳错和康佳佳凑上前看了，这是高清行车记录仪拍摄的视频，画面清晰度非常高，根据屏幕右下角显示的时间来看，视频是在 5 月 10 日早上 9 点左右拍摄。视频的画面从王德成驾车从淮南路拐进农贸市场的中间通道开始，市场里人来人往，司机一路狂按喇叭，但行车速度仍然快不起来。

"快了快了，你们认真看，那个瘸老头很快就要出现了。"王德成生怕两个警察错过什么，在旁边提醒他们说。

果不其然，在小车往前行驶一百多米远之后，旁边一根大立柱后面，出现了一个小垃圾堆，看起来像是附近档主把垃圾都扔在了这里，等待清洁工来统一清扫。一个走路稍微有点瘸的老头子，从旁边走过来，蹲在垃圾堆边，捡拾起一些看起来勉强还能食用的烂菜叶。

欧阳错和康佳佳认真辨认了下，没错，这个瘸老头就是邓坤。正当邓坤低头扒拉菜叶的时候，忽然从旁边走过来一个男人，手里拎着一个白色塑料袋，他先是看了一眼邓坤，然后装作很随意的样子，将手中的塑料袋扔在邓坤脚边。邓坤立即把袋子拾起，打开后先是往袋子里看了一下，然后又伸进手去，把袋子里装着的东西拿出来仔细瞧瞧，放大视频画面后可以很清楚地看出来，那袋子里装着的，就是新鲜蘑菇。邓坤很高兴，像是捡到了宝一样，立即把袋子重新系上，拎在自己手里。他回头看看，好像生怕别人会把这袋蘑菇要回去一样。而这个时候，那个扔下塑料袋的人早已经转身走进人流中，看不见了。

整个过程只有数十秒钟，小车很快就越过立柱的位置，往前开去。自这之后，一直到小车开出这条走廊，邓坤和那个扔垃圾的人，都没有再出现在视频画面中。

"警察同志，这个对你们有用吗？"王德成见他们看完了视频，就搓着手问。康佳佳点头说："谢谢你了，这个对我们非常有用。你能把这个视频发给我们吗？"

王德成说："可以的。"就加了康佳佳的微信，把视频文件传给她。欧阳错又让他留下手机号码，并且请他把原始视频文件保存好，必要的时候，警方可能会找他调取原始视频文件。王德成很认真地说："行，没问题，有需要我协助的地方，你们可以随时打电话给我。"

等王德成离开之后，欧阳错和康佳佳又放慢镜头，把视频一帧一帧地看了一遍。经过观察，那个扔下蘑菇的人，是一名年纪在三十至三十五岁的男性，身高在一米六八左右，体形偏胖。当把视频播放到第三遍的时候，他们终于从屏幕上捕捉到这个男人听到汽车喇叭声后，下意识地侧头看向小车的镜头，这时视频正好拍到他大半个侧脸。

欧阳错立即把画面截图保存下来，放大之后可以看到，这个男人留着中分头，面庞宽大，整张脸看上去并没有特别显眼特别能让人记住的地方，属于那种走在大街上谁也不会多看一眼的平常男人。很显然，就是这个中分头男人把蘑菇扔下后被邓坤捡到，直接导致邓坤回家用蘑菇炒肉吃完之后，就中毒身亡了。从视频里至少可以看出两个疑点：第一，袋子里的蘑菇还比较新鲜，不像是因为变质烂掉之后才被扔掉的，应该是此人故意把好蘑菇当成垃圾丢弃的；第二，这人正好把塑料袋扔在邓坤脚边，看似随意，实则是故意丢在他身旁让他捡到的。这样一来，就基本可以排除该名男子是因为乱丢垃圾而导致误伤人命的可能性了，故意杀人的意图已经十分明显。那么这个中分头男人，又是谁呢？

两人拿着照片，又分头在农贸市场里走访一遍，问了所有档主，都摇头说不认得这个人，肯定不是这里开档的档主。既然不是档主，那就应该是市场外面的人了。他扔掉的蘑菇又是从哪里来的呢？会是在这里买完，然后混进早就准备好的白毒伞，再扔给邓坤的吗？欧阳错他们又问了那几个售卖新鲜蘑菇的档主，几个档主也拿不准此人是否在他们档口买过蘑菇，一个是因为时间过去太久，已经记不清了，另一个原因是平时前来买菜的人实在太多，如非特别熟识的人，或者其他特殊情况，档主是很难清楚地记得每一个人的。

这一整天，欧阳错和康佳佳都拿着那个中分头男子的照片，在市场内部及周边走访调查，但并没有一个人认得他。而且这里是个老农贸市场，整个市场只有管理处门口安装了一个监控摄像头，镜头对着管理处的大门，很难拍到市场里的情况。

晚上回队里向严政汇报调查进展情况的时候，欧阳错和康佳佳都有点不甘心，好不容易知道了凶手的样子，却查不到其身份信息，没有办法让案子的侦查工作往前再推进一步。

严政安慰他们道："能拿到凶手的面部照片，已经是很大的进展了。我把嫌疑人照片发给图侦中队看一下，看能不能在咱们的资料库里把这个人的头像比对出来。你们辛苦了，先回去休息吧。"

康佳佳和欧阳错点点头，就分头下班了。

回宿舍的路上，欧阳错正低头看着手机，却在走廊拐弯处差点跟一个人撞个满怀。抬头一看，原来是于木人。于木人手里拿着棋盘，一脸开心的样子，一看就知道是刚才赢棋了。这老头什么都好，就是棋瘾太大，而且对输赢特别看重，跟欧阳错下棋的时候，常常为了一个子跟他争论半天。

"走路都抱着手机看，看什么呢？是不是女朋友给你发视频了？哦，我忘了，你那个女朋友早就跟你吹了，看你这不着调的样子，估计想再找个女朋友也困难了。"于木人笑着挖苦他。

欧阳错看的正是王德成提供的那段视频，他是怕自己遗漏了什么，所以下班回宿舍的途中，也把手机拿出来看一下。这时听于木人问起，正想解释两句，手机已经被于木人夺了过去："不会是什么'艳照门'吧，看得这么认真？让我老人家也瞧瞧！"

欧阳错苦笑道："你放心好了，不是什么艳照，是一段跟案子有关的视频。"他指着视频里那个扔垃圾的中分头男子说，"现在我们已经查到，这个人很可能就是目前我们正在侦办的邓坤命案的投毒凶手，却一直查不到他的身份信息。"

"这个案子我听你们内部的人说了，死者是吃了混杂在蘑菇里的白毒伞才中毒死的，对吧？"于木人边看手机视频边说，"你们不是已经在邓坤家里找到那个装蘑菇的塑料袋了吗？"

欧阳错点头说："是的，我们是在他家厨房垃圾桶里找到的，应该就是视频里这个装蘑菇的袋子了。"

于木人问："在袋子上找到凶手的指纹了吗？"欧阳错摇摇头："没有，痕检的人说他们看了一下，上面没有发现指纹，而且在这种已经放进垃圾桶、被污染过的透明白色塑料袋上提取指纹也比较困难。"

于木人看着视频大摇其头："不对，不对！"

"有什么不对？"

"你看这个男人扔垃圾的时候，并没有戴手套对吧？"

"是的，那么热的天气，他如果戴手套扔垃圾，可能会引起旁人的注意，所以他选择不戴手套是对的。"

于木人把视频停止在那个中分头男人扔垃圾的画面上，指着那人的手说："你看他扔垃圾的时候，是用右手两根手指捏着袋子上面这部分的，我觉得只要是后来没有人故意擦掉上面的痕迹，肯定能在袋子上找到他留下的指纹。我建议你们再让痕检的人仔细检查一下，虽然这种袋子上的指纹比较难提取，但以现在的技术，也并不是不能做到。"

欧阳错又认真看了视频，觉得他说得有道理，就点头说："行，我明早一上班，就叫痕检那边的人重新检查那个袋子。"

"重点检查一下袋子最上面被凶手两根手指捏过的部分。"于木人把手机还给他，同时提醒道。

欧阳错说："好。"

第二天早上，他跟队长说了重新检查那个白色塑料袋的事，严政点头同意，并且亲自跟技术中队的同事说了，还把那个视频也发了过去，让痕检员对照视频中中分头男子手指碰过的袋子部位，重点检查。技术中队那边答应马上去办。

欧阳错和康佳佳并没有一直坐在队里等结果，而是趁着这个时间，再次来到禾坪坝村，在手机里打开那个中分头男人的照片，向村民们询问认不认识此人，或者有没有见过他。大家都一致摇头，说根本没有见过这个人。他们又到村子周边走访了下，也没有找到有关这个人的任何线索。

快到中午的时候，两人回到队里，正好技术中队那边对塑料袋的检测结果出来了。痕检员小美过来汇报化验结果，说经过重新检测，他们在那个塑料袋上面一共检到了三枚指纹，经过提取和比对，证实其中有两枚指纹是死者邓坤留下的，而另外一枚指纹，则是其他人的。

康佳佳用力拍一下手掌说："这就对了，这枚指纹肯定是那个扔垃圾的中分头凶手留下的。"

小美看了他们一眼，接着说："经过指纹比对，我们还有一个意外发现。"

严政问："什么发现？"

小美说："这枚指纹提取出来放大之后，我认真看了，觉得上面的纹型看起来有点眼熟，经过重复比对，结果却发现，居然跟咱们上一个案子，就是邹大福命案，从现场找到的那个小药瓶上面凶手留下的指纹完全吻合。"

"什么？"正在喝茶的欧阳错向前一个趔趄，手里的茶杯差点掉下来，"居然有这样的事？"

小美看着他点头说："错不了，不但我自己认真比对过，也请其他同事再三验证，确实就是同一个人的指纹。"

康佳佳也感到有些意外："难道这两个投毒案的凶手，竟然是同一个人？"

小美道："从目前的情况来看，这是最合理的推测。"

等小美留下指纹检测报告离开之后，严政立即召集重案中队的警员到会议室开会，她先是把邹大福命案和邓坤命案的最新进展跟大家通报了一下，然后让大家讨论下一步的侦查方向。大家听说在两个案子中，发现了同一个人的指纹，也都感到很意外。

在讨论案情的过程中，欧阳错提出应该将两个案子串并侦查，毒死邹大福的毒胶囊瓶子外面留下的凶手指纹，与毒死邓坤的蘑菇的包装袋上面凶手留下的指纹高度一致，这就说明两个案子是同一个凶手所为，为了节省人力物力，提高办案效率，完全可以将两个案子串并侦查。

但老熊提出反对意见，说虽然两个案子中都发现了相同的指纹，算得上是一个重要证据，但这两个案子无论是凶手所使用的毒药，还是下毒手法，都完全不同，两名死者之间目前来看也并无关联，在这样的情况下就武断地认为凶手为同一个人，而且急着并案，很可能会适得其反，将警方的调查方向引入歧途。

大家争论许久，也没个结果，最后都把目光投向了严政。严政思索片刻，最后采取了一个折中的办法，先不并案，但将两个案子联系在一起进行调查，兵分两路，一队人马从邹大福和邓坤的人际关系入手，重点调查这两名被害人之间有无交集。一旦查明两人间有什么可疑的关系，即可并案。另一队人马则从凶手方面查起，既然已经有了凶手的照片，调查起来也会方便很多，重点询问一下目击证人，看有没有见过照片上的凶手。老熊被分在了第一组，而欧阳错、康佳佳和其他几名刑警则被分在第二组。

案情分析会结束后，欧阳错和康佳佳立即来到碧翠园小区，找到那个名叫江海泉的老人，正是他曾目睹邹大福与穿着金维他公司制服的冒牌业务员在电影院侧门外有过接触。

两人把王德成行车记录仪拍到的凶手头像拿给这位江大爷看了，问他当时在电影院外面跟邹大福说话的冒牌业务员是不是这个人。江大爷看了头像，犹豫了一下，说："我当时隔得有点远，根本就没有看清那个人的相貌，你就算现在把他叫到我跟前，我也认不出来啊。"

考虑到江大爷当时看到的很可能只是一个背影，于是康佳佳又把视频里那个中分头男子的背影截了一个图，让江大爷看。江大爷眯着眼睛看了好一会儿，才点头"嗯"了一声："从背影上看，确实有点像。"

欧阳错问："您能确定吗？"江大爷回答得倒挺干脆："不能！"又说，"我只是觉得有点像，但是不是同一个人，我可不敢打包票。"这话说了等于没说，欧阳错一脸苦笑。

按照警方先前的推断，用毒胶囊毒杀邹大福的凶手，其所使用的金维他胶囊很可能就是在电影院里购买的，也就是说，凶手应该到过金维他公司的销售现场。欧阳错和康佳佳决定把嫌疑人的照片拿去给金维他公司的老总金一兆辨认一下。这时的金一兆，虽然已经跟邹大福命案撇清关系，被警方从看守所放了出来，却因为制假售假，且销售金额超过二百万元，数额特别巨大，被工商行政部门立案调查后，又被刑拘，再一次被关进了看守所。他的助理余瑶因为举报有功，免予处罚，小岑等数名业务员则被行政拘留。

欧阳错拿着手续在看守所找到了金一兆，金一兆看了他手机里的照片后，摇头说："这个我真不记得了，现场销售工作我并没有亲自去做，都交给了手下那帮业务员，所以到底有些什么人来买过我们的产品，我根本就不知道。"

欧阳错只好又拿着照片去问小岑等业务员，因为前来购买过金维他胶囊的人实在太多，大多数业务员都摇头说记不清了，只有一个女业务员看了照片后，犹豫了一下说："照片里的这个人，我好像见过，他到电影院来买过我们的产品。"

康佳佳问："当时来购买金维他胶囊的人那么多，你为什么刚好记得他？"

女业务员说："因为这个人当时只买了一瓶金维他啊！一般顾客来买我们的产品，都是几个疗程几个疗程地买，最少的也会一次性买上好几瓶，只有这个人跟我说他只买一瓶。当时我还觉得有点奇怪，问他真的只需要买一瓶吗？一瓶很快就会吃完，我建议他至少一次购买一个疗程的药。他很固执地说：'我就要一瓶！'买一瓶也是我们的顾客，我后来就没再多说，收了他的钱后，拿了一瓶胶囊给他。"

"那你对这个人的外表，还有什么印象吗？"

女业务员皱眉想了一下，说："他个子不是很高，应该没有超过一米七吧，体形偏胖，但又不是特别肥的那种，头发有点长，留的是中分头，对了，他说话的声音有点沙哑，好像喉咙发炎一样。至于其他的，真的记不太清了。"

欧阳错与康佳佳对视一眼，两人心里同时想道：这个业务员所描述的嫌疑人的外在形象，跟王德成拍到的在农贸市场扔蘑菇的凶手形象高度相似，基本可以确认，两者应为同一个人。

两人回到队里，时间已经是傍晚。在食堂吃饭的时候，他们坐在严政身边，把情况跟队长做了汇报。然后欧阳错补充说："严队，我觉得现在两个案子并案的时机已经成熟，我们有充分的证据显示，这两个案子就是同一个人干的，虽然两个案子中凶手所使用的毒药不同，但作案手法其实是大同小异的，都是把毒药混在被害人要吃的某种东西里面，让其在不知不觉中中毒死亡。如果并案侦查，可以给咱们的破案工作带来不少便利。"严政考虑了一下，最后点头同意了他的提议，说："明天早上我跟专案组全体人员碰一下头，到时宣布将这两个案子串并侦查。"

吃完晚饭，欧阳错看见于木人正在食堂门口打扫卫生，就凑过去道："老于，今晚我正好有空，要不要到我宿舍里杀一盘象棋？"

于木人一面麻利地扫着地上的垃圾，一面摇头说："不了，今晚我有点事，要出去一下。"还没等欧阳错说第二句话，他老人家已经做完食堂清洁工作，放下扫帚，一边擦着手，一边往公安局大院外面跑去。欧阳错看着他溜得比兔子还快的背影，不由得愣了一下：这老头，怎么突然变得这么神秘兮兮的了？该不是急着去公园找广场舞大妈玩去了吧？想到"广场舞大妈"这个梗，他自己忍不住笑了起来。

"喂，一个人傻笑什么呢？"康佳佳在后面拍了下他的肩膀。

欧阳错说："我在笑于木人这老头，最近好像也迷上广场舞大妈了。""人家一个单身老汉，找广场舞大妈也很正常啊。"康佳佳耸耸肩，一副见怪不怪的模样。

欧阳错见她要走，赶忙紧走两步，跟上她说："佳佳，难得今晚不用加班，我知道新光路那边新开了一家很不错的酒吧，今晚里面还有一个小型摇滚音乐演唱会，要不我请你去喝酒吧。"康佳佳朝他回眸一笑："抱歉，本姑娘对你那些摇滚音乐不感兴趣，而且今晚我也约了人，没空！"

"约了人？谁？"欧阳错看她笑得面带桃花，忽然明白过来，酸酸地问，"是你那个同学宋易吧？"

"你管不着！"康佳佳朝他翻翻眼睛，甩甩头发，故意夸张地扭动腰肢，往大门外走去。

欧阳错一抬头，分明看见门外的大路边停着一辆蓝色摩托车。他不由得叹了口气，难怪最近下班后她行踪诡秘，老是找不到人，原来是跟那个姓宋的小子约会去了。

他突然有种被全世界抛弃的感觉，垂头丧气地回到宿舍，倒在沙发上百无聊赖地看着电视。正当他被一档无聊的综艺节目弄得昏昏欲睡的时候，手机微信铃声忽然响了，拿起一看，居然是秦惠发过来的视频通话请求。他心里正烦着呢，哪里还有空理她，于是用力按下了拒听键。没过多久，手机又"叮"的一声响，提示他收到了一条微信信息。他拿起手机一看，是秦惠发来的：救我，我被秦朝囚禁在他家里了！

他不由得错愕了一下，这个秦惠，又在玩什么套路？那个网络主播平白无故怎么会把她囚禁起来呢？限制他人人身自由，非法拘禁，那可是犯法的事，那个娘娘腔不会不懂吧？他放下手机，心里想还是不要管她了，但忽然又想起上次秦惠告诉他，她已经跟秦朝彻底分手了。既然已经分手，为什么又要在他面前提起那个娘娘腔呢？会不会是这个秦朝不想分手，借机把她囚禁起来报复她？

他突然意识到自己不仅是秦惠的前男友，还是个警察，无论这条报警信息是真是假，他都必须过去看一下才行！他立即抓起一件外套披在身上，噔噔噔跑下楼。

他记得那个网络主播的家是在平安大道中段的一幢二层小楼里。以前因为调查少女甄珠跳楼引发的连环命案，欧阳错曾去过秦朝家里，记得他家对面有一家小餐馆。

他开着自己那辆破丰田，快速地往中心城区驶去。二十多分钟后，来到了秦朝家楼下，虽然已经是晚上9点多，但对面那家小餐馆仍然生意红火，巨大的排风口正对着街道呼呼地喷着呛人的油烟。

他抬头看了一下，秦朝所居住的小楼的二楼正亮着灯，屋里应该是有人的。他上到二楼，敲敲门。"谁呀？"一个留着长头发的年轻男人把防盗门打开一条缝，探出头来问。

欧阳错认得他正是秦惠那个已经分手了的男朋友、网名叫秦朝美男子的网络主播秦朝。他说："我是来找秦惠的。"

秦朝上下打量他一眼，这才认出他来："哦，原来是秦惠那个当警察的前男友啊。我记得你叫欧阳错是吧？错警官，我早就已经跟秦惠分手，她不在我这里，你找错地方了。"

欧阳错的目光透过门缝，在屋里巡睃着："我接到了秦惠的报警信息，她说被你非法拘禁在这里了。让我进去看看！"

"她的话你也信？她骗你也不是头一次了吧？这么晚了，有什么事明天再说，要不然我就告你私闯民宅。"秦朝头上已经冒出汗珠，但仍然故作镇定地挡在门口。

欧阳错快速地把一条腿从门缝中插进去，身子用力一扛，秦朝把不住门，往后退一步，大门就开了。欧阳错闯进屋去，目光机警地四下搜寻，先是在客厅和卧室里看了一下，并没有看到秦惠，又跑进厨房厕所，也没见到人。秦朝两手一摊，耸耸肩，用他那一贯的娘娘腔道："哎呀错警官，我都已经说了嘛，她真的不在我这里。"

欧阳错在客厅里转了一圈，看见卧室后面还有一个小房间，房门是锁着的。"把这个房门打开！"他道。

秦朝的脸色变了一下，站在门口伸出双臂做阻挡状："不行，这是我的直播间，里面有很贵重的直播器材，不能随便让外人进去。"

欧阳错瞪着他道："如果我一定要进去呢？"

秦朝朝他伸手道："那请你拿出搜查证来。强闯民宅是违法的，你是警察，不能知法犯法。"

欧阳错愣了一下，想不到这个时候，这小子倒还跟他讲起法律来了。正在犹豫的时候，忽然听到直播间里传出"咣当"一声响，像是凳子倒翻在地的声音。

他心中越发起疑，容不得多想，把秦朝推到一边，猛地一脚踹在门上。那扇门应声打开，只见那间小小的直播间里，有一个年轻女人被绳子绑在一个放置直播工具的大铁柜的环形扶手上，嘴巴也被胶布死死封住，正对着他发出"呜呜"的求救声。正是秦惠！

秦朝一见事情败露，立即掉头往楼下跑去。"站住！"欧阳错正要飞身追上，忽然想起把秦惠一个人留在这里有些不妥，先救人要紧，只得止住脚步，回头把秦惠手上的绳索解开，又慢慢撕下她嘴巴上的胶布。

秦惠像是见到亲人一样，猛地扑到他怀里，呜呜大哭起来。欧阳错轻轻拍着她的肩背，等她的情绪渐渐稳定下来之后才问："到底是怎么回事？你怎么会被那个王八蛋绑在这里？"

秦惠擦擦眼泪告诉他说，本来她都已经跟秦朝分手了，但是前几天秦朝突然主动找她，说她还有一些私人物品落在他家里，叫她过来拿。她来了之后，秦朝却关上大门不让她走，说自己的直播账号最近掉粉很厉害，想在直播间里换个新鲜玩法，就是让她在镜头前跳一段脱衣舞，用来吸粉。她当然不同意。谁知秦朝却拿出偷拍的他们以前在床上亲热时的视频威胁她，如果她不照他的话去做，他就把她这些光着身子出镜的视频发布到网上去。秦惠大骂他无耻，叫着要报警。秦朝立即翻脸，把她控制起来之后，绑在直播间将她囚禁起来，还说给她一天时间考虑，并且搜走了她身上的手机。但是秦朝并不知道她身上有两部手机，等到晚上的时候，她终于挣扎着用手拿出自己身上藏着的第二部手机，因为她以前从来没用这个手机给欧阳错打过电话，怕直接打电话给他，他看到是陌生来电不肯接电话，所以就登录自己的微信账号，在微信里向他求救。求救信号发出不久，她听到欧阳错已经找上门来，但因为嘴巴被封住发不出声音，只好伸脚踢翻旁边的凳子，发出声响引起他的注意。

"欧阳，我知道你一定会来救我的！"秦惠紧紧抱住他，又开始抽泣起来。欧阳错一时间有点手足无措，只好任由她抱着："我是警察，接到任何人报警求助，肯定都会出手的，何况你还是……"

"我还是什么？"秦惠仰着一张泪脸问他。

欧阳错避开她的目光说："你有没有受伤？我带你去医院检查一下吧。"秦惠摇头说："还好，只是一点点皮外伤，不碍事的。"欧阳错仔细看了下，她身上确实没有明显的外伤，这才放下心来，说："没有受伤就好，我带你去辖区派出所吧。"

秦惠问："去派出所干什么？"

欧阳错恨声道："咱们不能就这么轻易放过秦朝那小子，有了这第一次，他以后很可能还会继续威胁你，逼你做自己不愿意做的事，我看还是报警处理比较好。"

秦惠点头道："行，我都听你的。"

欧阳错将她带下楼，上了自己的小车，然后将车往临近派出所开去。

第十二章
指尖白粉

　　早上专案组的人碰头的时候，严政宣布了将邹大福命案和邓坤命案串并侦查的决定。因为已经有充分的证据证明毒杀二人的凶手为同一人，所以大家这次都没有再提出异议。

　　熊甲申也说了昨天下午他们去调查邹大福和邓坤两人之间有无交集的情况。

　　据他们调查，邹大福在搬去工字桥华风小区之前，一直都住在禾坪坝村，他算是禾坪坝土生土长的老村民了。禾坪坝处在丁州市北郊，十几二十年前，那里还是农村地界，村子周围都是农田和林地，只因近些年大搞房地产开发，周边土地都建起了住宅区和商业大楼，禾坪坝渐渐被高楼大厦围得密不透风，成了名副其实的城中村。

　　邹大福住在禾坪坝的时候，跟邓坤的关系走得比较近，再加上另外两个村民，号称是四大牌友，经常聚在一起打牌赌钱，赌赢了的人就请客吃饭喝酒，十分豪气。后来派出所经常进村抓赌，四人在一起打牌赌博的次数才渐渐少了，关系也就渐渐疏远了。及至后来，邹大福把家里的老房子卖掉，搬到工字桥华风小区儿子家里去住之后，因为忙着照顾孙子孙女，也就很少再回禾坪坝村。

　　老熊也打电话问过邹大福的儿子邹全，邹全说他父亲跟邓坤，也就是以前一起在村里打牌的牌友关系，两人之间好像并没有发生过什么特别的事情，更不存在什么共同的仇人，能使二人同时招致杀身之祸。老熊又到禾坪坝找村里的老人打听过，邹大福大约是十年前从村子里搬走的，他在搬家之前，好像也没有跟邓坤一起干过什么坏事，最多就是一起打打牌赌赌钱而已。村里人对邹大福的评价还是不错的。

听完老熊的汇报，严政点着头说："如果说邹大福和邓坤之间有什么交集，这个确实也算，只是这个交集，对咱们警方来说，算不上什么重要线索。两个人不可能因为这点表面的牵连，就足以同时被某个凶手毒杀。我想这其中肯定还有更深层的原因，或者说杀人动机。"

大家也都点头同意她的推断。"对了，你刚才说他们是四大牌友，除了邹大福和邓坤，还有哪两个村民？"严政扭头问老熊。

老熊看着自己做的调查笔录说："另外两名牌友，我们也简单调查了一下，一个名叫徐乐忠，八年前已经得肺癌死了，他的两个儿子，现在一个在城里当中学老师，另一个在邮政局上班，算是彻底脱离了禾坪坝村吧。另外一个牌友名叫胡二筒，据我们调查，他倒是还一直跟他儿子一起住在禾坪坝村。只是据村民说，这个胡二筒是这四个人中年纪最大的，今年已经七十岁了，身体也不是很硬朗，最近很少见他出门走动，应该是一直都待在家里吧。"

欧阳错说："既然邹大福搬离禾坪坝村已经有十年时间，且搬家之后就很少回村里，也跟邓坤没再有什么交往，那就说明凶手对这两个人的仇恨和杀机很可能是在邹大福搬家之前就种下了的。"

"有道理。这事要是追根溯源确实已经年深日久，估计找村里其他人也查不出什么，看来现在咱们只有去找这个还活着的胡二筒了解了解情况了。"碰头会结束之后，严政立即带着老熊、欧阳错和康佳佳三人，赶往禾坪坝村。

进村后，找人打听了一下，才知道胡二筒的住处其实就在邓坤家旁边不远，中间只隔着五六户人家。按照村民的指引，严政他们很快就找到了胡二筒的住所。

这是一座低矮的老式农村砖瓦房，抹过水泥的外墙已经变得黑乎乎的，一看就知道这房子已经有些年头了。屋外的台阶已经被踩塌，也并没有人修复。与村里其他房子一样，大门旁边的墙壁上用白灰写了一个大大的"拆"字，然后用一个圆圈圈起来，表示这房子也在这次城中村改造拆迁之列。

严政他们停好车走过去的时候，正好看见一个三十多岁的男子推着一辆摩托车从屋里走出来，他抬头看见家门口停着一辆警车，不由得吃了一惊，问严政他们："你们是什么人？"

康佳佳朝他亮了一下证件后说："我们是市公安局的。请问这里是胡二简的家吗？"

男人上下打量着他们，好半晌才点头说："是的，胡二简是我爸。你们找他有什么事？"

严政说："我们想找他了解一些情况。你能带我们去见见他吗？"

"这样啊，"男人支好摩托车说，"你们来得真不巧，我爸前几天出远门了。"

"出远门？去哪里？"

"去安徽了。我姐嫁在那边，我爸到我姐家走亲戚去了。"

"那他什么时候回来？"

男人皱起眉头说："这可不好说，可能他还要在我姐家住几天吧，毕竟这么远也难得去一次。"

严政"哦"了一声，点点头，然后又问他："你叫什么名字？"

"我叫胡志平。"

"年龄？"

这个叫胡志平的男人愣了一下，没想到警察连这个问题也要问，回答的时候迟疑了一下："三、三十五岁，这是我的身份证，你们可以看一下。"他显然不知道警察找上门来到底所为何事，脸上的表情有点紧张，急忙从屁股后面的口袋里掏出钱包，拿出身份证递过去。

严政接过他的身份证看了下，从上面登记的出生时间来看，这个叫胡志平的男人确实已经三十五岁了。当然，她并不是真的要查他的身份证，只是想知道他的年龄，然后推断十几二十年前他父亲和邹大福、邓坤等人成为四大牌友时，他是多大年纪。现在看来，他当时至少有十多岁，已经到了能记事的年纪。

她把身份证还给胡志平之后说："你们村邓坤命案，你应该知道了吧？"

胡志平扭头朝邓坤家的方向看了一下，点头说："虽然我天天上班，没怎么在家，但村里发生这么大的事，当然是知道的。听说他是误食毒蘑菇，才会中毒死亡的。"

欧阳错纠正道："他不是误食，是有人故意把有毒的白毒伞混进了他用来做菜吃的普通食用蘑菇里，最后才导致其中毒身亡。这是一起人为投毒杀人案。"胡志平张大嘴巴"啊"了一声，好像很震惊的样子。

严政接着说："而就在上个月，在工字桥那边的一个小区里，也有一位独居老人被人下毒杀害，这名被害人叫邹大福，也是禾坪坝人，十年前才从这里搬走。我们也打听到邹大福和邓坤，还有一个已经病逝的徐乐忠，以前跟你父亲关系比较亲近，在村里号称四大牌友。我们怀疑邹大福和邓坤之死，很可能跟他们以前在村里的经历有关，我们来找你爸，就是想问问这些情况。既然你爸不在家，不知道可不可以跟你聊一聊？"

胡志平看看手表，犹豫了一下："那你们想打听什么事？"

"对于邹大福和邓坤这两个人，你熟悉吗？"

"算是熟悉吧。我记得我十多岁的时候，他们几个经常跟我爸聚在一起打牌，有时候也到我家来玩，他们都比我爸年纪小，我叫他们叔。有时候他们打牌赢了钱，看到我在旁边玩耍，偶尔也会给我十块五块的，让我去买零食吃。后来有人举报我们村是赌博村，派出所的警察重点盯上了我们这里，经常进村抓赌，我记得我爸他们四个还被抓去过一次。在那以后，他们就不怎么赌钱了，四大牌友也就渐渐散了。后来我考上大专，到城里读书，离开了禾坪坝，对村里的事也渐渐了解得少了。"

"据你所知，邹大福和邓坤这两个人，有没有什么共同的仇人呢？"

胡志平摇摇头："这个……好像没有吧。再说他们同住在村里的时候，已经是十多年前的事了，就算有什么深仇大恨，也不会等到十几年后才来报吧？"

欧阳错在手机里打开嫌疑人的照片给他看："以前你见过这个人吗？"

胡志平认真看了看，问："他是什么人？"

"他就是我们要找的杀人凶手。"

"哦，原来他就是凶手啊。"胡志平看过照片后，低头认真想了一下，很快又摇摇头，"我不认识这个人，也没有见过他。"说完这句话，他又抬起手腕看了一下手表上的时间。

"你赶时间吗？"严政问。

胡志平点头说："是的，我在凤凰大酒店当厨师，今天轮到我上中班，上午9点半要打卡报到，再耽搁下去的话，我上班就要迟到了。"

"既然这样，那我们就不耽误你的时间了，你去上班吧。"严政递给他一张名片，"如果你父亲回来了，请打电话给我们，有些情况我们还是想找他了解一下。"

胡志平好像松了口气，收起名片说："好的，我爸回来我就给你们打电话。"他回身锁上自家大门，然后骑着摩托车快速朝村口驶去。

欧阳错看着他渐去渐远的背影，脸上带着意味深长的表情："严队，我总觉得这个胡志平有点不对劲儿。"

严政抬眼看着他："有什么不对劲儿？"

这时胡志平的摩托车已经从村口转了出去，欧阳错收回目光说："你们不觉得他看上去有点紧张吗？"

老熊说："平常人看到警察，谁会不紧张啊？"

欧阳错还是固执地说："可是我觉得他刚才的紧张，好像跟平常人看到警察时的紧张有点不同。"

严政问："有什么不同？"

"这个嘛……我也说不上来。"欧阳错挠挠头，"只是有这么一种感觉，对，就是第六感！"

康佳佳说："你不会认为他就是那个凶手吧？"

"那倒不至于。我们有凶手的照片，一看就不像是他。而且就算脸上可以化装，但这个胡志平身高一米八，体形偏瘦，与凶手中等偏胖的身材完全不同，我还不至于笨到把他跟凶手等同起来。"

严政挥挥手，转身朝停在路边的警车走去："先不要讨论你那毫无根据的第六感了，咱们还是去辖区派出所查查旧档案，看看村里的四大牌友当年到底是怎么被抓的。"

几个人来到当地派出所，因为十几年前电脑还不像现在这么普及，当时的档案都是纸质手写的，并没有电子版。在派出所三名警员的协助下，他们才在档案室里找到十八年前，邓坤等四大牌友因赌博遭人举报而被抓的卷宗，当时四人是因为聚众赌博，每人被行政拘留了十五天。除此之外，四人再没有留下任何其他案底。

欧阳错用一根手指弹着案卷上的灰尘说："邹大福和邓坤的死，会不会跟当年他们遭人举报，受到行政拘留的处罚有关呢？"康佳佳点头附和道："我也这么觉得呢，这应该是他们在一起经历的唯一一件比较特殊的事情了，两人之死，会不会就跟这个有关呢？"

严政点头道："那就查查看。"又让派出所民警调出相关档案，据卷宗上的记录，当年打电话向派出所举报禾坪坝有人赌博的是一个叫吕四莲的村妇，因为她丈夫天天打牌赌钱不理家事，赌输了就回家伸手向她要钱，她要是有半点不顺从，就会立即招来一顿毒打。最后她实在忍无可忍，就在丈夫出门赌钱的时候，向警方举报了他。派出所出警抓了她丈夫及同桌赌钱的几个人，顺便一打听，才知道这个村号称赌博村，村中赌风昌盛，于是就派出警力重点盯防，接连在村里搞了好几次抓赌行动，邹大福他们这四大牌友，就是在其后警方的一次行动中被抓的。所以客观上来说，那个叫吕四莲的村妇向派出所举报的并不是邹大福他们四个人，而是自己的丈夫，而且这个吕四莲和她的丈夫早在几年前就已经病亡，身后并无子女，所以绝不可能因为这件事再与邹大福他们发生任何矛盾。就算是因为这件事引发血案，那也应该是邹大福他们去找举报者吕四莲报仇，而不是吕四莲来找他们的麻烦。所以照此看来，邹大福和邓坤的死，应该跟当年的抓赌事件没有多大关系。

调查无果，严政只好带着欧阳错他们三人回到队里。下午的时候，专案组的人又兵分数路，重点针对邹大福、邓坤和凶手的照片、指纹等展开调查，但并没有找到任何有用的线索。

晚上在食堂吃饭的时候，欧阳错又凑到康佳佳身边，笑嘻嘻地问："今晚你总该没有约人了吧？"

康佳佳瞪了他一眼说："你不会又要我跟你去听什么摇滚音乐会吧？我可告诉你，打死我也不会去的。"

欧阳错看看正坐在远处一张桌子上吃饭的严政，挪过一把凳子在康佳佳身边坐下："我不是要你去听什么音乐会，我的意思是说，要是你今晚没有约那个宋易的话，那咱们就再去一趟禾坪坝吧。"

"又去禾坪坝干什么？"康佳佳一边吃饭一边问，"咱们不是上午才去过的吗？"

欧阳错看看手表说："现在已经将近晚上7点了，我在想那个胡二筒的儿子胡志平，他早上9点多去酒店上班，现在肯定已经下班回家了吧？我想再去他家瞧瞧。"

"他爸还没回来，你去了也没用啊。"

"我不是去找他爸，我是想找胡志平。我总觉得这人身上有哪个地方不对劲儿，所以想再去跟他碰碰面，看看能不能发现些什么线索。"

康佳佳显然被他说动心了，回头朝严政那边望一眼，小声说："要不要跟严队请示一下。"

欧阳错摇头说："这不都已经下班了嘛，咱们利用下班时间去禾坪坝转一下，就不用跟她老人家请示了，免得她又要冲着咱们啰唆半天。"康佳佳丢下筷子，拍拍他的肩膀说："行，就冲你那第六感，我也得跟你去查一查这个胡志平，其实今天早上我也感觉到他的反应有些不自然。"

欧阳错开着自己的车，带着康佳佳，再次来到了禾坪坝村。这时天已经完全黑下来，路灯昏暗的村道上行人很少，村里显得十分安静，与村子外面热闹的城市夜生活形成了鲜明对比。

两人来到胡志平家，看见窗户里有灯光透出来，就知道来得正是时候，这个胡志平确实已经下班回家了。

康佳佳上前敲敲门，胡志平在屋里问了一声"谁啊"，没等外面的人回答，就已经打开了大门，见到欧阳错和康佳佳，认得他们是早上来过的警察，就站在大门口，双手把着两边大门，用有些不耐烦的语气说："警察同志，我早上已经跟你们说过，我爸不在家，等他回来我一定会打电话告诉你们的。"

欧阳错微微侧一下头，目光从他身旁望进去，堂屋里的电视机打开着，一张饭桌靠墙摆着，桌上放着两个小菜和一碗没有吃完的饭，看样子胡志平刚才正在吃晚饭，而且确实是一个人。他问："既然你父亲出远门了，那能不能帮我们打个电话给他。"

胡志平说："我爸都七十岁了，根本不会用手机。"

康佳佳说："那你姐姐家里总有电话吧？请你帮忙打一通电话过去，我们想跟你父亲通个话。"

胡志平摇摇头："我姐姐嫁给了一个穷汉，住在乡下，家里没有电话，很抱歉，我没有办法帮到你们。如果你们真的找我爸有事，只能等他回来再说。"说完他就想要关门，欧阳错一侧身，把身子往门内挤进去一半："可以让我们到你家里看看吗？"

"怎么，这是要搜查我家吗？"胡志平脸上明显带着不高兴的表情。欧阳错也不跟他客气："如果你一定要这么认为，那我们也没有办法。"胡志平挡住他道："搜查可以，但请出示搜查证。"

欧阳错说："我们来得匆忙，没来得及办手续，如果你一定要坚持的话，我可以在这里等着，让我同事回去办搜查证。我这个同事办事利索，我敢保证她不用半小时，就可以拿着搜查证回来。不过到那时候，我们可就不会像现在这么客气了。"

胡志平脸色微微一变："你们到底是什么意思？难道是在怀疑我吗？"

"是的，我们早上过来的时候，我就知道你一定向我们隐瞒了什么。"

"那你觉得我隐瞒了什么？"

"如果我没有猜错的话，你父亲并没有出远门，而是被你藏在家里了，对吧？你应该早就关注过邹大福和邓坤被毒杀的消息了，你觉得凶手很可能会接着对你父亲下毒手，所以你把他藏在家里，对外却谎称他已经出远门去你姐姐家了。你是想让他避开凶手的杀机。你一定知道邹大福、邓坤还有你父亲，为什么会被同一名凶手追杀，对吧？"

胡志平看他一眼，脸上带着犹豫的表情，好像一时间很难做出决断。过了好大一会儿，他才叹口气说："好吧，我承认你说对了，但是只对了一半，我爸确实没有出门，他被我藏在家里了，但个中原因并不是你说的那样。"

康佳佳问："那是怎样？"

胡志平抿着嘴唇沉默片刻："这事一时半会儿说不清楚，还是你们自己进来看吧！"

他往后退一步，打开两扇大门。

他突然转变的态度，让欧阳错和康佳佳都感到有点意外，两人交换了一个疑惑的眼神，最后还是跨过高高的门槛，走进屋去。胡志平领着他们穿过堂屋，一直往前走，来到最后面的一个房间门口，伸手扭动门锁，打开房门，然后朝他们做了一个请进的手势。

欧阳错探头朝屋里瞧了一下，里面黑乎乎的，什么都看不见，却有一股十分奇怪的气味儿从黑暗中散发出来。两人都谨慎起来，暗自提防着，好像会有什么怪兽突然从黑暗中蹿出来撕咬他们一样。胡志平似乎明白了什么，先行进屋，按亮了墙壁上的电灯。

欧阳错这才看清楚，这是一间很小的房间，靠近窗户的位置摆放着一张单人床，床上的床垫、被褥等已经不见，只剩下一张光秃秃的床板。床板上摆放着一个长方形的东西，大概占据了半张床的位置，上面覆盖着一张绿色的旧床单。

屋里并没有其他人，欧阳错和康佳佳正奇怪，胡志平走到床边，伸手揭下那张绿色床单，床单下面盖着的，竟然是一个透明的冰棺，里面躺着一个瘦得几乎没有人形的老头。欧阳错和康佳佳"啊"地发出一声惊呼，呆立了几秒钟之后才反应过来，这老头不是躺在冰棺里睡觉，而是已经死了，尸体被保存在冰棺里。

胡志平的声音倒是很平淡："这就是我爸。"

"你爸他……"

"死了。"胡志平怕两个警察心生误会，又补充说，"是病死的。"

康佳佳不解地道："既然你父亲已经过世，那应该立即送去殡仪馆才对，怎么私自放在家里？"

胡志平看着躺在冰棺里的父亲，叹了口气说："唉，个中缘由说起来可就话长了。"

他告诉欧阳错他们，大约去年年底的时候，禾坪坝村的旧村改造工程就正式启动了，全村的拆迁动员工作也随即展开，村里每家每户门口的墙壁上都被开发商写上了一个大大的"拆"字。开发商给出的拆迁条件是，根据村民原有住房面积给予一定的经济补偿，然后再分配给每户村民一套回迁安置房。回迁房面积以每户家中人口为基数，每人分配的住房面积为三十平方米。如果按照这个条件来计算，胡志平家里，虽然只有他和他父亲胡二筒两口人，但他已经在酒店里谈了一个女朋友，如果能赶在签订拆迁补偿协议前结婚，那么他们一家三口就能分到一套九十平方米左右的新房，这对他们来说已经勉强够住了。

可是让胡志平措手不及的是，今年春节刚过完不久，他那经常腹痛的父亲就被检查出得了肝癌，而且还是晚期。医生私下里劝解他说像他爸这种情况，花再多的钱治疗也是白搭，最划算的办法还是拿点药回家养病，让老人在家里好吃好喝，过好剩下的日子。胡志平知道医生这是让他父亲回家等死的意思，但又不得不承认医生说得对，就算坚持住院治疗，最后也是钱花光了，人也没了。最后他听从了医生的建议，把父亲接回家养病。原本是想让父亲撑到与开发商签完拆迁补偿协议，为自己家里多争取到三十平方米的回迁新房之后再做打算，谁知这协议还没签呢，他父亲就突然病故了。这样一来，就算他立即跟他女朋友结婚，最后也只能从开发商手里分到一套六十平方米的小房子，自然不够他们结婚后居住。如果想要更大的房子，就得自己掏钱补差价。据开发商的宣传海报上写的，以后这里的房价每平方米会在一万五以上，要想补齐因父亲早逝而损失的这三十平方米的新房房款，至少得补交四五十万，那也太不划算了。

他站在父亲的尸体前考虑良久，最后还是决定先隐瞒父亲的死讯，悄悄租个冰棺把父亲的尸体冰冻起来，然后准备赶紧与女朋友商量好先把结婚证拿了，再去开发商那里催一下，看能不能先把协议签下来。只要协议一签，以后就会有九十平方米的新房等着他们入住，这时再公布父亲的死讯，就没有问题了。

他这如意算盘打得虽好，但还没来得及实现，就发生了今天早上警察上门找他父亲的事。一开始他以为是自己做的事情被警察知道了，所以虽然在警察面前强装镇定，但其实内心很慌张。后来听说警察是为了邹大福和邓坤被杀的案子来找他父亲了解情况的，这才稍稍松下一口气。他当然不能告诉警察他父亲已经死了，要不然一旦消息传出去，那三十平方米的房子，开发商肯定就不会给了，所以只好撒谎说他父亲去了安徽的姐姐家里。原本以为已经成功骗过了警察，谁知到了晚上，欧阳错和康佳佳这两个警察再次登门，而且很明显已经对他起了疑心。他知道纸包不住火，这事再也没有办法隐瞒下去，最后只好让他们进屋，把实情对他们说了。

康佳佳看看躺在冰棺里的死者，又看看胡志平，他说到父亲的死，脸上并没有多少悲痛之情，更多的是对自己以后将少分到三十平方米的新房感到无比惋惜。她不由得心生感慨，真是人情似纸张张薄，即便是父子亲情，在涉及房子这样的现实问题面前，也变得不堪一击了。

她自然不能因为这个而责怪胡志平，她现在要做的事情是查案子，而不是对别人的行为做出道德评判。

"你父亲是什么时候去世的？"她问胡志平。

胡志平说："三天前吧，也就是 5 月 15 日那天，我早上去上班他一个人在家里看电视，当时精神还挺好的，可是等我傍晚下班回家的时候，就发现他已经躺在这张床上不动了……"

欧阳错忽然问："你确定你父亲真的是病亡的吗？"

胡志平看他一眼，好像对他的提问感到有点意外："当然可以确定啊。他被确诊为肝癌晚期的时候，医生就已经说了最多还有四至六个月的时间，这不时间刚刚好过去四个月了吗？"

欧阳错进一步问："你父亲去世的时候，你检查过他身上有外伤没有？"

胡志平一愣："好好的，怎么会有外伤？我给他换过寿衣，并没有什么异常啊。"欧阳错"嗯"了一声，看着躺在冰棺里的胡二筒，没有再开口说话。康佳佳自然知道他纠结于这个问题的原因。

最近这段时间命案频发，先是邹大福被乌头碱毒杀，然后又是邓坤死于白毒伞之毒，就在警方准备找唯一可能知情的胡二筒调查这两个人的死因时，却发现胡二筒竟然也已经死亡。站在警方的立场来说，这未免也太过巧合、太不正常了。

欧阳错低头想了一下，然后朝康佳佳做了一个打电话的手势："我总觉得这事有点古怪，还是打电话给严队，让她把老金叫过来看看尸体吧。"康佳佳点点头，立即走到一边，打电话把这边的情况跟队长做了汇报。严政在电话里说："你们守在现场，我和老金他们马上赶过去。"

大约半小时后，严政带着法医老金等人赶到了禾坪坝胡志平家里。老金打开冰棺仔细检查了胡二筒的尸体，很果断地说："他不是病死的，他是因为吸毒过量导致呼吸中枢抑制，最后引发的猝死。"

"吸毒过量？"在场的警方人员都吃了一惊。老金点头："是的，他吸食的应该是白粉之类的毒品。"严政疑惑地问："毒品种类这么多，你是怎么判断出他吸食的是白粉？"

老金拿起死者的一只手："因为他指甲里还残留着少许白粉。"

严政弯下腰去细看，果真是这样。她回头盯视着胡志平："这到底是怎么回事？"

胡志平两腿一软，一屁股瘫坐在床上："你们警察真是太厉害了，居然连这个也能一眼看出来。"

欧阳错一脸谦虚的表情："过奖过奖，我们警察厉害的地方还多着呢。你赶紧说说，这到底是怎么回事？你不是说你爸是病死的吗，怎么又跟毒品沾上关系了？"

胡志平显然没有料到事情会发展到这一步，脸上带着无奈的表情，叹了口气说:"好吧,既然你们已经看出来了,事到如今我也没有必要再向你们隐瞒什么了。我爸是得了癌症回家养病之后才沾上毒品的。他每天肝区疼痛得非常厉害,常常整夜整夜地睡不着,有一次痛得实在受不了了,竟然还想拿剪刀自杀。我觉得这样下去肯定不行,老头很可能没有病死,却已经因为受不了疼痛的折磨而先自行了断了,如果真是那样的话,我照样得不到那三十平方米的新房子。我爸也看出了我的难处,就跟我说,他以前在村头小公园散步的时候,看见有一个戴眼镜的年轻人经常鬼头鬼脑地跟别人悄悄接头,递给别人一包东西之后,收了钱马上就走开了。后来我爸问了别人,才知道这个人外号叫鬼崽,是个毒贩,专门卖白粉给别人。我明白我爸的意思,就说行,我马上去找这个鬼崽买点白粉来。吸食白粉能够止痛,这个我是知道的。但我爸拉住我说不行,你去找鬼崽买毒品,以后查出来,你也是要坐牢的。他让我只去打听鬼崽的联系电话就行了,其他的事不用我管,由他自己来做。后来我去了小公园,问到了鬼崽的联系方式,把他的电话号码写给了我爸。"

严政问:"那后来呢?"

胡志平扭头望一眼躺在冰棺里的父亲:"后来我也不知道我爸是怎么操作的,反正自那之后我就没有听他叫过痛了,有时候还精神特别好,能背着双手到村子里走动走动,完全不像个癌症末期的病人。而我要做的,就是每隔一段时间,就在他卧室抽屉里放一些钱,让他去从鬼崽手里买他想要的东西。本来我以为我爸能凭借从鬼崽手里买来的白粉,挨到开发商找我们签约的那一天,谁知……"

他停了一下,才说:"谁知三天前的傍晚,我下班回家,发现他直挺挺地躺在床上,我以为他睡着了,叫了两声没反应,伸手一推他,才发现他已经死了,连尸体都已经僵硬了。我以为是这老头得了癌症,到底还是没能挨过医生说的期限,并没有在他的死因上多做怀疑,而是一心想着要怎么向外界隐瞒他的死讯,让自己先顺利跟开发商签完合同再说……"

"难道对于你爸的死,你就真的没有一点点怀疑吗?"欧阳错问。

"怀疑?"胡志平抬头看着他,"你说的怀疑是指什么?是说怀疑他是因为吸毒才死的吗？我要是一眼就能看出这个来，那岂不也可以去你们刑警大队做法医了？"

严政道："他不是这个意思。他是问你，就算到了现在，你也没有怀疑过你父亲是其他原因导致的非正常死亡吗？比如说，是被人为害死的。"

"人为害死的？"胡志平从床边站起身，一脸惶惑地看着眼前的几个警察，"为什么这么说？"

欧阳错问："你父亲靠吸食白粉缓解癌症疼痛有多长时间了？"胡志平想了一下："至少也有两三个月时间了吧。"欧阳错说："既然他已经吸食了这么长时间，他不可能不知道以自己的身体状况，吸食多少量最适合、吸食量达到多少就会过量吧？"

胡志平忽然醒悟过来："对哦，我爸平时都吸得好好的，怎么会突然给自己加量呢？"

老金又看看胡二筒的尸体，说："以我的经验来判断，死者最后一次吸食毒品的量，至少是平时的两倍以上。"

胡志平摇头说："那就更不对了，这东西老贵了，我父亲平时连一丁点都不肯浪费，绝不可能一口气吸下去平时两倍的量。"

"严队，这件事绝对有蹊跷。"欧阳错把目光转向队长。严政沉思片刻："我觉得这事还得从那个叫鬼祟的毒贩身上查起。我看这样吧，老熊留在现场看看还能不能找到其他线索，欧阳和佳佳，你们两个赶紧去查一查这个鬼祟，最好能尽快把他给揪出来。"

"好的，我们马上去办。"

欧阳错和康佳佳点点头，领命而去。

第十三章

抓捕鬼崽

　　欧阳错和康佳佳来到村头小公园，已经是晚上9点多，公园里正是一天中最热闹的时候，移动音箱里播放着强劲的音乐，数十位大妈正跟着节奏甩胳膊扭胯地跳着广场舞。路灯下，三五成群地聚集着一些人，打牌的打牌，下棋的下棋，还有摆摊叫卖小玩意的。

　　两人刚走进公园，就有一个背着大挎包的家伙蹿上来，鬼鬼祟祟地问："老板，要黄碟吗？我这里有国产的、欧美的、日本的……"欧阳错没空理他，皱着眉头把他赶走了。

　　两人分头行动，在公园里搜寻着鬼崽的身影。他们已经问过胡志平，胡志平说自己曾在公园里见过鬼崽一次，这家伙二十七八岁的样子，平头，戴眼镜，精瘦精瘦的，两只眼睛看人的时候总是滴溜溜转着圈，一副鬼头鬼脑的样子，所以才会被人叫作鬼崽。听别人说，这家伙几乎每天晚上都会在公园里转悠两圈，因为有许多老主顾都等着他送货。两人在公园里转了两三圈，睁大眼睛仔细搜寻着，但并没有看见任何疑似鬼崽的人。

　　会不会是这家伙今天已经送完货，回去了呢？欧阳错犹豫了一下，掏出手机，拨通了胡志平给他的鬼崽的手机号码。电话很快就通了，对方问："找谁？"欧阳错说："你是鬼崽吗？"

　　"你打错了。"对方没等他再多说一句，就立即挂断电话。欧阳错不由得一愣，和康佳佳一起核对了一下刚才拨打的手机号码，没错啊，胡志平给他们的就是这个号码。

"再打一遍看看。"康佳佳说，"开免提。"

欧阳错又照着那个号码再次拨打过去，电话响了两三声之后，对方接听了。欧阳错说："你是鬼崽吗？我想找你买点粉。"

"介绍人？"

"什么？"对方问得没头没脑，欧阳错听得莫名其妙。

"谁介绍你找我的？"对方问，"是谁把我的电话号码告诉你的？"

欧阳错一时愣住，康佳佳赶紧在他耳边提示："胡二筒。"他这才醒悟过来，对着电话说："我、我是胡二筒介绍的。"

"哪个胡二筒？"

对方的声音很冷淡。

"就是禾坪坝的那个胡二筒嘛。"

对方"哦"了一声，好像稍稍打消了一些疑虑，问他："你在哪里？"

欧阳错往周围看一眼："我在禾坪坝村头小公园，男厕所旁边。"

"那行吧，你在那里等着。"对方说，"把钱准备好，我现在就带货过去。"

"好的，我等你。"欧阳错赶紧说。

挂断电话后，他朝自己的搭档竖了一下大拇指，若不是康佳佳机智地在一旁提醒他，让他搬出胡二筒这个名字，他还真难取得这个狡猾的毒贩的信任。他就在厕所旁边的一个石凳上坐下来，等着鬼崽送货上门，康佳佳则在相隔十来米远的花坛后边监视着周围的动静。

两人等待了一个多小时，却并没有看到鬼崽到来，起身举目四望，公园里的人已经渐渐散去，四周安静了许多，公园里里外外，并没有看到一个疑似鬼崽的人。

两人心里都有些奇怪，难道这家伙已经到过公园，但识穿了两人的身份，所以不敢现身？两人往自己身上看看，今天穿的都是便装，不可能让人一眼识破身份啊。又耐着性子等了几十分钟，时间已是晚上 11 点半，公园里几乎已经看不到其他人影，鬼崽仍然没有出现。欧阳错再次拨打对方的手机号，却被提示对方已经关机。

"回去吧，咱们被这家伙耍了，他不会来了。"欧阳错挂断手机，有些恼火地道。

康佳佳点点头，心里却是百般不解，到底是什么地方露了破绽，让这个毒贩起了疑心，临时改变主意不在公园现身的呢？

第二天，两人再次来到小公园，因为是白天，公园里没有大妈跳广场舞，只有一些打太极拳的老头和几个跑步晨练的小伙子，显得十分清静。两人找人打听了一下鬼崽，你别说，知道他的人还真不少，一提起他的名字，几个打太极拳的老头都知道："就是那个卖白粉的嘛，经常可以在公园里看见他给别人送货。"再问，最近几天见过他吗？几个老头都有些犹豫，拿不准似的相互问了下，才一齐摇头说："这几天倒还真没有见过他呢，会不会是最近风声紧，他躲起来了？"

康佳佳问："能具体说一下，大概从什么时候开始，他就没再在公园里出现过了吗？"

几个老头想了下。"应该是三四天前吧。"一位白发老者说，其他几个人也点头同意他的说法。

欧阳错和康佳佳听罢暗自点头，胡二筒的死亡时间，正是四天前。这个鬼崽也是从三四天前开始，就不再在禾坪坝出现，这绝不会是巧合。胡二筒的死，极有可能跟他有直接关系，难怪昨晚一说他们的介绍人是胡二筒，对方就立即关机躲了起来，那是因为他知道胡二筒已经死了，绝不可能再介绍别人找他买毒品。能在他面前提胡二筒名字的，很可能就是警察。

欧阳错甚至有点后悔，现在看来，昨天那个电话其实有点打草惊蛇。既然已经让鬼崽有了警觉，那他就越发不会轻易露面，警方想要揪出这个毒贩，就更加困难了。两人又在公园里找人打听这个鬼崽的真实身份、家庭住址等情况，却没有一个人能说得上来。

欧阳错又想从鬼崽的手机号码入手，去查他的真实身份。两人来到通信公司，查到这个手机号码是一个名叫孙细崽的人用自己的身份证，于几年前在丁州市区内的某家营业厅注册的。看了通信公司提供的注册人孙细崽的身份证复印件，基本可以确定这个孙细崽就是他们要找的毒贩鬼崽。但从身份证上面登记的信息来看，他并不是丁州本地居民，而是河南省新乡市新乡县人，今年二十八岁。两人回到市局，经领导批准后，向河南新乡警方发出了协查函。第二天下午，新乡警方传回消息说当地派出所民警上门调查过，这个孙细崽的家庭住址确实在新乡县，但据其父母家人说，他十八岁高中毕业之后，就出门打工了，再也没有回过老家，现在家里人根本不知道他的去向。

难怪这个孙细崽敢用自己的身份证注册手机号码，从事贩毒活动，他就是笃定警方就算找到他老家去，也没有办法追查到他的行踪。欧阳错和康佳佳又围绕这个外号叫鬼崽的毒贩调查了几天时间，虽然已知其真实姓名和户籍信息，却因其为人狡猾，行事谨慎，贩毒过程中几乎没有留下任何可以让警方追查到其踪迹的痕迹，所以他们最后仍然追踪不到他的踪迹。

康佳佳说："我觉得此人有如此丰富的反侦查能力，应该是一个惯犯，肯定在咱们禁毒大队留下过案底。要不咱们到禁毒大队打听一下，看能不能找到点线索吧。"

欧阳错点头说："目前也只有这个办法了。刚好我有个高中同学在禁毒大队当缉毒警，咱们去找他打探打探。"

两人回到市局，去禁毒大队找到了欧阳错的这个名叫阿军的高中同学。阿军刚从乡下缉毒回来，裤管上全是泥水，也没有时间换衣服，把欧阳错他们带到办公室，一听他们想打听的人名叫孙细崽，就说："原来你们是想找鬼崽啊，这家伙我认识，他是典型的以贩养吸，自己染上了毒瘾，没有钱买毒品，只好替上家走货，赚点毒资供自己吸毒。我们已经抓过他两回了，第一次是因为吸毒被抓，关到戒毒所进行强制戒毒，第二次是贩毒被抓，坐牢三年。如果我没记错的话，他应该刚被放出来没多久吧。怎么，这家伙又犯什么案子了，居然让你们刑侦都出手了？"

欧阳错说："根据我们目前所了解到的情况，这家伙仍然在贩毒，而且我们最近办的一个刑事案件，很可能就跟他有关系，所以我们必须得找到他才行。你知道他在咱们丁州市的落脚点吗？"

"我也不知道。"阿军摇摇头说，"像他这种人，狡兔三窟，行踪诡秘，是不可能让别人知道他住在什么地方，等着警察上门去抓他的。"康佳佳问："那就没有任何办法可以找到他了吗？"

阿军想了一下说："我记得他结过一次婚，但后来离婚了，儿子判给他老婆抚养。他老婆姓李叫淑霞，住在剑南大道那边的一个小区里，具体地址我要在电脑档案里找一下才能发给你。你们去问问他前妻，看能不能找到他。"欧阳错点头说："行，谢谢你了。"

走出禁毒大队的时候，欧阳错忽然没来由地笑了。康佳佳走在他身侧，有点莫名其妙，问他笑什么。欧阳错说："刚才这个阿军，在高中的时候，跟我是好哥们儿。"

康佳佳"哦"了一声，笑问："看你笑得这么神秘，是不是高中三年里，你们俩闹出过什么绯闻？"欧阳错道："我笑是因为我突然想起了你那个高中同学。"

"哪个？"康佳佳问。

欧阳错说："明知故问，就是宋易呗。话说你们交往这么久，现在进展得怎么样了？"康佳佳脸红了一下："什么叫进展得怎么样了？他约过我几次，不过都是听我讲故事，讲咱们侦办的那些案子。他是作家，找我是想搜集写作素材，根本不是你想的那样。"欧阳错看她一眼，心说如果不是我说的那样，那你脸红什么呢？天天跟我在一起，也没见你为我脸红过一次。但这些话终究还是没有说出来。

这时候，他手机微信铃声响了，是阿军把鬼崽前妻李淑霞的住址发了过来，他低头看了下，是剑南大道东方豪苑小区第 10 栋 2021 房。两人跳上车，正要往剑南大道赶去，却忽然接到严政打来的电话。严政听完他们的汇报后，让他们先去一趟禾坪坝胡志平家里，说这两天胡志平一直在催促警方归还他父亲的尸体，说是急着给父亲办理后事。她觉得有些奇怪，哪有父亲尸检还没做完，死因还没彻底查明，儿子就急着要把尸体拉去火葬场火化的。他这么着急，是不是其中有什么隐情？所以叫他两先过去看看。

两人只好先行赶到禾坪坝胡志平家，敲敲门，出来开门的却是一个长头发的年轻女人，而且还是一名孕妇，穿着宽松的孕妇装，腆着一个大肚子，两手扶在自己后腰上，疑惑地打量着他们两个。欧阳错愣了一下，以为自己走错门了，问："我们找胡志平，他在家吗？"女人点点头说："哦，你们找我老公啊，他上班还没回来。"

康佳佳和欧阳错都惊诧了一下："他是你老公？"

女人说："是呀，我叫梁亚青，我们是前天领的结婚证。"

康佳佳虽然一脸搞不清楚状况的样子，但还是点点头，微笑着说："那恭喜你们了。你……"她疑惑的目光落在对方隆起的肚子上。

这个叫梁亚青的女人摸着自己的肚子说："孩子已经怀上七八个月了，预产期在 7 月份。"

欧阳错道："我们听说胡志平，也就是你老公，急着想领回他父亲的尸体是吧？"

梁亚青点头说："是的，他想赶紧把他爸的后事办了，然后再对外宣布我们结婚的事。要不然老人的尸体还躺在公安局，我们这边就跟外面的人说结婚了，那多不好是吧？"

"仅仅是因为这个，没有别的了吗？"

"就是因为这个啊，那你们以为还有什么别的？"梁亚青睁大眼睛看着他们。

欧阳错说："我们也是随便问问。既然这样，我再跟法医那边说一下，如果尸检完成了的话，就让他们早点通知你们把尸体领回来操办后事。"

"那就多谢了。"梁亚青向他们点头致谢。

"这是什么情况？"离开禾坪坝之后，康佳佳在车里问自己的搭档，"胡志平他爸刚刚去世，尸骨未寒，他就急着找个女人回家，而且连结婚证都领了，这也太性急了一点吧？"

欧阳错一边驾驶小车往剑南大道方向开去，一边说："这个其实并不意外吧，胡志平不是早就已经说了，他有一个已经准备结婚的女朋友了吗？现在他爸死了，等于他白白少了三十平方米的新房，唯一的弥补办法，就是赶紧跟女朋友领证结婚，而且他女朋友这不正好大着肚子吗？如果孩子能赶在他跟开发商签约前出生，那岂不是又能多分三十平方米的房子，把他爸的损失又补回来了？"

康佳佳"哦"了一声，点头说："原来胡志平打的是这个如意算盘啊！"

欧阳错的丰田开上剑南大道的时候，已经是下午 4 点多了。剑南大道两边最近新建了许多高端大气的写字楼和漂亮小区，他看得有些眼花缭乱，那个李淑霞居住的东方豪苑具体在什么位置，他也不太清楚，只好放慢车速，一路寻找过去。

路过盛天大厦门口的时候，坐在副驾驶位上的康佳佳忽然"咦"了一声："那不是于老头吗？"

欧阳错顺着她手指的方向看去，果然看见于木人坐在喷水池旁边的台阶上，面对着盛天大厦的大门，嘴里叼着个空烟斗，正看着那一个个从旋转玻璃门里走出来的时尚美女发呆。

欧阳错不由得笑起来："这个老头，我还说他这段时间怎么有点行踪诡秘呢，原来是一有空就跑到这里看美女来了。"他在路边停下车，使劲儿按了一下喇叭，于木人闻声转过头，他放下车窗探出头来："于大爷，是不是看美女比下象棋更提神啊？"

于木人起身走到他车边，搔搔头上的乱发，不好意思地笑了："不是看美女，是在公安局大院里待得烦了，随便出来走走。"

欧阳错看看表说："单位食堂快要开饭了，要不您老人家坐在这里别动，我们去附近的东方豪苑小区找人调查一点情况，等下回头顺便载您老人家回市局吧。"

于木头说："那行吧，你们办事可要抓点紧，我老人家可没什么耐心。"

从盛天大厦门口经过，再往前不远，就看到街边有一个围墙很高的小区，门口种着一些很好看的花木，看看小区的招牌，正是他们要找的东方豪苑。两人问了保安第 10 栋在哪里，然后直接把车开进了小区。乘坐电梯上到 10 栋 20

层，很快就找到了 2021 房。按响门铃之后，一个个子高挑的年轻女人打开门，隔着防盗门问他们有什么事。

康佳佳问她："请问你是李淑霞吗？"对方见他们能叫出自己的名字，稍显意外，点点头，疑惑地说："我就是李淑霞，你们是……？"

康佳佳朝她亮了下证件："我们是公安局的，正在找你前夫孙细崽，请问你……"她的话还没说完，李淑霞的脸就沉了下来。"我不知道！"接着便"砰"的一声关上了房门。

康佳佳不由得一愣，朝自己的搭档耸耸肩，脸上现出无奈的表情。欧阳错又上前按了几下门铃，李淑霞猛地打开门："他的事跟我没有半点关系，你们找错人了。"

欧阳错忙道："你别激动，我们找你没有别的意思，就是想了解一下他的情况。"

李淑霞显然已经意识到这两个固执的警察不在她这里问出点什么，是肯定不会离开的，她回头朝屋里看了眼，客厅里有一个四五岁的小男孩正坐在沙发上看动画片。她似乎是不想在孩子面前说起自己的前夫，犹豫了一下，才打开防盗门走出来，在外面楼道里说："我跟那个人四年前已经离婚，那时我儿子刚出生不久，自那以后我就再也没有见过他，他在外面干了些什么，我通通不知道，也跟我没有半毛钱关系，所以你们就算跑来问我一百次也没有用。"

"他也从来没有回来看过孩子吗？"康佳佳问。李淑霞有点愠怒地道："他倒是想来看孩子，只不过打电话过来的时候，被我拒绝了，我不可能让儿子知道他有一个吸毒贩毒的爸爸。"

欧阳错问："那你知道他现在在什么地方吗？"

李淑霞摇头说："我已经说过了，对他的事，我什么都不知道，你们以后不要再来找我了。"欧阳错见她一脸不耐烦的表情，估计此前禁毒大队的人肯定没少来找她，所以她一看见警察就烦了。他想了一下，还是决定对她说出实情："其实我们并不是缉毒警，我们是刑警大队的。孙细崽被卷进了一宗命案，我们急着想找他了解一些情况。如果你知道在哪里可以找到他，希望你能告诉我们。"

"不好意思，我真的帮不了你们。"

"好吧，既然这样，那我们就不打扰你了。"欧阳错知道再问下去，也不会有什么收获，只好低头道歉后，转身离去。"你儿子真乖！"康佳佳又朝屋里望了一眼，那个小男孩正津津有味地看着电视屏幕上的灰太狼笑得起劲儿。

李淑霞不由得呆了一下。就在两个警察转身即将走进电梯的时候，她忽然问："你们……刚才说他卷进了一宗命案，是说他杀了人吗？"

康佳佳说："目前还不能确定，但这个案子肯定跟他脱不了干系。"李淑霞闭上眼睛，摇头叹气，然后看着两个警察犹豫一下，说："因为我禁止他来探望孩子，所以他想孩子的时候，偶尔也会跑去幼儿园围墙外面远远地偷看儿子，尤其是幼儿园举行什么活动，儿子要上台表演节目的时候，他一般都会悄悄地出现，在学校操场外面远远地看上几眼。"

"你儿子在哪个幼儿园上学？"

"向阳花幼儿园。"李淑霞很快又补充说，"他们幼儿园在这个月 27 日，也就是后天下午，会有一个才艺比赛，最受欢迎的三个节目会被选送到市里参加全市六一儿童节文艺晚会。我儿子会在才艺比赛中表演一个英语朗诵节目。学校很早就发出了通知，我觉得他应该是知道这个消息的。不过那天他会不会来，我就不知道了。"

康佳佳明白她的意思，立即把这条线索记录下来，点头说："好的，谢谢你了，希望你儿子的节目能被选中。"

"能不能被选中倒无所谓了，反正他开心就行了。"李淑霞迟疑了一下，"不知道能不能请你们答应我一件事？"

"什么事？"

"如果你们要逮捕他的话，希望不要让我儿子看到。"

欧阳错点头说："行，我们到时会注意的。"

从东方豪苑出来，沿着剑南大道往回走，经过盛天大厦的时候，果然看见于木人仍然坐在大厦门口的喷泉水池边，欧阳错靠边停车，按一下喇叭，于木人回头看见他，便起身朝他走过来。他走路的时候，膝盖弯曲的角度很小，样子有点怪异，路人从他身边经过，都不由得多看他两眼。

于木人钻进小车，等欧阳错启动小车后，他才问："你们是在调查胡二筒的案子吧？查得怎么样了？"

欧阳错说："还没有什么进展，不过刚刚已经有了一点线索，有可能能够帮助我们找到案子中的一个关键嫌疑人。"

"是那个叫鬼崽的毒贩吧？"于木人从前面的后视镜里看着他，朝他眨眨眼睛，好像在说，在我面前，就不用隐瞒嫌疑人的姓名了吧？

欧阳错也不由得从后视镜里看了他一眼，没想到他居然连"鬼崽"这个名字都知道了。后来一想，这老头早已把公安局大院里所有的人混熟了，上至局长，下至普通民警，都能跟他聊上几句，估计是哪个办案的警员在他面前说漏了嘴，把毒贩鬼崽的事跟他说了。欧阳错说："是啊，种种迹象表明，这个毒贩跟胡二筒之死有密切关联，咱们只有找到他，才能解开胡二筒吸毒猝死之谜。"

于木人把身子靠在座位靠背上，又掏出那个空烟斗使劲儿吸一下，虽然吸进嘴里的只是空气，他却还是好像很受用的样子。"这个连环案，可是越来越复杂了啊！"他感慨了一句。

"连环案？"康佳佳回头看他一眼，"难道您老人家觉得胡二筒的死，跟前面邹大福和邓坤命案有关系？"

于木人嘿嘿一笑，赶紧摇头摆手："你们别当真，我老头子瞎猜的，就是觉得你们正在调查邹大福和邓坤命案，线索指引你们找到胡二筒这里，可是当你们找上门的时候，他却已经死了，这也未免太巧合了些。"

"这事确实有点奇怪，"欧阳错手握方向盘，眼睛看着前面的路，"不过从目前的情况来看，我们并没有找到胡二筒之死跟前面两个案子有关联的证据。"

于木人点点头，目光看着车窗外的街景，没再说话。

回到市局，正是晚饭时分，欧阳错和康佳佳在食堂吃饭的时候，坐在严政身边，把今天下午调查的结果跟她说了。严政一听胡志平居然这么快就找了个女人回家结婚，还是一个大着肚子的女人，也有些意外，毕竟他父亲刚刚过世，后事都还没办呢，即便真的是为了多分三十平方米的房子，那也让人觉得做得有点过了。

欧阳错往队长身边凑了凑："严队，我总觉得吧，胡二筒的儿子胡志平身上总有些蹊跷之处，我建议咱们应该好好查一查他。"

严政瞪他一眼："他身上能有什么蹊跷呢？总不可能是自己杀了他父亲吧？"

欧阳错摇头道："这个倒是不可能。如果他杀了他爸，就等于他自己少分三十平方米的房子，现在他把那三十平方米的新房看得比他自己的命还重要，他只会希望他爸活久一点，怎么可能会在与开发商签订协议之前结束他爸的性命呢？"

严政说："那不就结了，咱们眼下最要紧的事情就是查找胡二筒的死因，看看他究竟是因为自己吸毒过量而死，还是有别人在暗中操控。如果真的是他杀，那么凶手到底是谁？顺便厘清胡二筒之死跟前面两桩命案之间的关系，看看两者之间，是否有关联。所以既然你也觉得胡志平不可能是杀死他爸的凶手，那就把这事先暂时搁在一边，等找到了凶手再说。你不要由着你那所谓的第六感东想西想，你跟佳佳目前的任务，就是揪出那个叫鬼崽的毒贩，解开这个案子中的一系列谜团。"

康佳佳抬起手肘，悄悄碰了欧阳错一下，示意他不要在队长面前逞强。她点点头，顺着队长的意思说："是的，咱们目前最重要的任务，确实就是早点找到那个鬼崽。我们已经向鬼崽的前妻打听到了一些线索，他儿子后天会在幼儿园的才艺比赛中上台表演节目，鬼崽很可能会在幼儿园外面出现。只要他敢露面，我们就一定会找到他的。"

严政这时已经吃完了饭，起身说："那就好，你们小心一点，如果需要现场支援，马上通知我。"

没过多久，老金那边也已经完成了胡二筒的尸检工作，证实其死因确实是吸毒过量引起呼吸中枢抑制死亡。

尸检完成后，欧阳错给胡志平打了个电话，通知他可以把他父亲的尸体领回去办理后事了。胡志平说："好的。"然后又问："我父亲的死，真的跟那个叫鬼崽的毒贩有关吗？你们抓到他没有？"

欧阳错说："目前来看，确实跟这个鬼崽有很大关系，我们还没有抓到他，不过已经有了些线索，相信很快就能找到他了。如果有什么消息，我们会在第一时间通知你的。"

27日这天下午，欧阳错和康佳佳来到了向阳花幼儿园。这时幼儿园的才艺展演活动即将开始，操场上已经聚集了许多幼儿园的孩子和他们的家长，中间的舞台上摆放着许多鲜花，还有两名老师穿着充气大熊猫服装，装扮成大熊猫跟小朋友互动，憨态可掬的样子大受小朋友欢迎。

两人问了一下幼儿园大门口的保安，保安说凡是进入园内的家长，必须得持有接送卡，没有卡的家长是不可以进去的。欧阳错已经听李淑霞说过，鬼崽并没有接送卡，他想要看孩子表演，只能站在操场外面。

操场三面都是教学楼和高高的围墙，只有面向街道的一边，是一排铁护栏。这时路边已经站了一些行人，正隔着护栏往幼儿园里张望着。欧阳错他们来回寻找了两遍，并没有在这些人里看见毒贩鬼崽。难道他不会来了？两人心里都有些忐忑。

幼儿园的演出开始之后，操场上的音乐声传到大街上，吸引了更多的行人围在护栏外驻足观看。李淑霞孩子的节目排在第三个，很快就轮到他上场了，孩子一点也不怯场，在舞台上用英语朗诵了一首普希金的诗歌。欧阳错和康佳佳的神情紧张起来，又沿着护栏外寻找一遍，仍然没有看到他们要找的人。正在欧阳错焦急地四下张望的时候，康佳佳忽然拉拉他的衣袖，朝护栏边努努嘴。

欧阳错顺着她所指的方向看去，只见护栏边停着一辆男装摩托车，一个男人以脚撑地，斜跨在车上，靠着护栏正在往幼儿园操场上张望。因为他头上戴着头盔，摩托车也没有熄火，像是过路行人临时停下观看一会儿，随时都准备开走的样子，所以刚才欧阳错也并没有注意到这个人。

他缓步朝这个摩托男走过去，摩托男好像预感到了什么，回头朝他这边张望一下，透过头盔上的护目镜，欧阳错看见他里面还戴着一副眼镜。摩托男与他对视一眼，很快就低下头去，想要开着摩托车离开。欧阳错疑心大起，立即上前将他拦住。男子想要掉转车头逃跑，康佳佳已经从后面包抄过来，快速伸手拔掉了他摩托车上的钥匙。

男人见势不妙，突然从车上跳下来，想要弃车逃走。欧阳错上前钳住他的手腕，往后一扭："你儿子就在里面操场上表演节目呢，如果你不想让他看到你被警察抓住的场面，就最好给我老实点。"摩托男回头朝操场上看了一眼，叹了一口气，这才垂下头，放弃了抵抗。

欧阳错把他推到旁边的一堵墙壁后面，喝道："把头盔摘下来！"

摩托男这才极不情愿地摘下自己的头盔，露出庐山真面目——平头，戴眼镜，尖下巴，身上瘦得像一条被晒干的咸鱼，两个眼珠滴溜溜地转动着，好像随时都在心里打着什么鬼主意似的，正是警方要找的那个鬼崽。

"你叫什么名字？"康佳佳喝问道。鬼崽好像见惯了这种被警察盘问的场面，并不显得怎么惊慌："本名孙细崽，外号鬼崽，河南新乡人，今年二十八岁，有前科。"没待他们开口问其他内容，他就已经像背书一样，自报家门，把自己的老底全都抖了出来。

康佳佳问："知道我们为什么找你吧？"

鬼崽一甩头："知道，不就是吸毒贩毒嘛，我又不是第一次跟你们禁毒大队打交道了。不过你俩看上去倒是挺面生的啊，是新来的缉毒警吗？"

欧阳错把他的手反扭到背后，牢牢控制住他："我们不是禁毒大队的，我们是刑警大队的，你吸毒贩毒的事咱们先放到一边，我们是来找你调查胡二筒的案子的。"

"胡二筒？他怎么了？"

"他死了，死于吸毒过量。"

鬼崽一跺脚："这老头真是自己找死，我早就跟他说了这玩意劲儿大，千万不可过量，没想到他居然……"

欧阳错推了他一把："说说吧，你跟胡二筒是什么关系。"

"我跟他？"鬼崽被他抵在墙壁边，整个脸几乎都贴到墙壁上了，他用力转过脸来，看着身边的这两个警察，"我跟他没什么关系啊，最多也就是卖家跟买家的关系吧。"

鬼崽说，两三个月前，胡二筒打电话给他，说想找他买白粉。他问胡二筒介绍人是谁。按照他们的行规，没有介绍人的买家一律不接待。胡二筒就说出了一个经常在小公园向他买白粉的粉友的名字，他这才相信这个老头，跟胡二筒在公园见了面，卖了几包白粉给胡二筒。十来天后，胡二筒又打电话找他拿货，渐渐地，这个老头就成了他的长期客户，大多数时间两人都是在小公园里接头，但偶尔他也会顺道把毒品直接送到胡二筒家里。胡二筒手里的钱不多，每次只能拿十天左右的量，所以每隔十天左右就得打电话找他拿货。而胡二筒最近一次找他要货，是在这个月月初的时候，按照当时的量来计算，胡二筒应该在 5 月 16 日左右再找他拿货，但实际上从这以后，胡二筒再也没有找他要过货。

"我说这老头子怎么突然不找我了呢，原来已经死了。"鬼崽一脸后知后觉的表情，"要不是你们告诉我，我都还不知道呢。"

康佳佳道："你真是睁眼说瞎话，我看你是早就知道胡二筒出事了吧？要不然那天晚上我们打你的手机，找你买白粉，你一听我们报出胡二筒的名字，怎么就立马关了手机，躲起来了呢？"

鬼崽侧过脸来，看着他们："原来那天晚上打电话的人是你们啊？"他脸上显出悻悻的表情，好像在心里说，幸亏我机灵，没有上你们的当。

"那天晚上，害得我俩在公园里一直等到半夜，都没有看见你。"欧阳错想起那晚的情景，就心头火起，手上稍一用力，把他手臂往上轻轻一提，鬼崽顿时痛得哇哇大叫起来："哎哟，轻点轻点，你再用力我这胳膊就要断了……我当时是觉得你们身份可疑，所以才没有跟你们见面，因为在你们之前，也有一个家伙说是胡二筒介绍的，到我这里买了白粉，可是后来我问了胡二筒，他说根本没这回事。"

"哦，居然有这样的事？具体是什么情况，跟我们说说。"

鬼崽说："就是在5月14日那天晚上吧，有个男人打电话给我，说想找我买货。我问是谁介绍的，他说是禾坪坝的胡二筒。我当时正吸着粉呢，有点迷糊，也没有多想，就约他到一个烂尾楼里见面交易。交易完后，我回到家里，才感觉有点不对劲儿，这人我怎么好像从来没有在禾坪坝见过呢？于是打电话给胡二筒问他有没有介绍过什么人找我买粉，他说没有。挂断电话后，我立即就感觉到情况不妙，所以从第二天开始，就赶紧躲了起来，再也不敢出去露面。谁知过了三四天，又有人打电话找我要货，居然也说是胡二筒介绍的，你们说我还敢出来吗？我猜想这肯定又是禁毒大队那帮人搞的'钓鱼执法'，所以假意答应，实则马上又搬了家，找了一间更隐蔽的出租房躲起来。几天后，见到风平浪静，我这才稍稍放下心来，以为没什么事了，这才敢出来悄悄看我儿子表演节目。想不到千小心万小心，最后还是让你们给逮到了。不过你们说我吸毒贩毒，这个我认了，但是要说胡二筒的命案跟我有关，那我可就真是比窦娥还冤，我也就是卖了几包白粉给他，并没有要谋害他性命的想法。而且我也跟他说过好多次了，千万不能吸过量，要不然很容易就会闹出人命的，他不听我的话，最后吸过量，死了，那我也没有办法啊。"

"你真的告诫过他不要吸过量吗？"

"当然啊，干我们这一行的，谋财不害命，当然也不希望他吸毒吸出人命来啊，事情闹大了，对我们有什么好处？"

"那胡二筒平时有吸毒超量的行为吗？"

鬼崽摇头说："据我所知，是没有的。他告诉我说，每次他都是严格按我说的量吸食的，我说吸多少，他就吸多少，他也很怕死的，所以一般情况下，我觉得他绝不会吸过量。"

康佳佳不由得皱起了眉头："这就奇怪了。"

鬼崽像是想起了什么，说："奇怪的地方还不止这一个呢。"

欧阳错问："那还有什么奇怪之处？"

"你们刚才说，胡二筒是死于5月15日对吧？"见到两个警察点头，鬼崽又接着往下说，"他最后一次找我拿货，是在这个月月初，按照他的习惯，到了 15 日的时候，他手里已经没剩下多少粉了，就算把余下的一次全部吸完，也不可能致命吧？"

"这倒也是，"欧阳错放开了他的手，让他转过身来，看着他问，"那你的意思是……？"

鬼崽说："我怀疑他可能还从别人手里拿了粉，要不然他出事的时候，手里不可能有那么多粉可以让他吸到死。但是禾坪坝那一片向来都是我的地盘，没可能别人在我的地盘卖粉我不知道啊？"

欧阳错和康佳佳交换了一个眼神。这样看来，那个 14 日晚上找鬼崽买毒品的男人就非常值得怀疑了。他在鬼崽面前说是胡二筒介绍的，但实际上胡二筒并没有介绍别人找鬼崽买白粉。有没有可能是他从鬼崽这里拿到毒品之后，再转手以更便宜的价格卖给胡二筒，并且骗他说这批货纯度不够，要想达到以前的效果，必须得多吸一点才行，胡二筒听信了他的话，最后导致吸毒过量猝死。所以这个找鬼崽买白粉的男人，才是真正害死胡二筒的凶手。

"14 日那天晚上找你买白粉的那个男人，你看清楚他的相貌了吗？他长什么样？"康佳佳问鬼崽。

鬼崽摇头说："我们交易的那个烂尾楼里没有电灯，光线很暗，而且他又一直站在背光处，我并没有看太清楚，只记得应该是一个中年男人，个子不是很高吧。至于长什么样子，我并没有注意看，当时我只关心他给的钱够不够，蹲在地上用手机灯光照着把他给的钱数了好几遍，等我数完钱站起来的时候，他已经拿着白粉走了。"

"这么说来，你其实并没有看清对方的正脸，是吧？"

"是的，所以就算现在你把他的照片拿出来给我看，我也什么都看不出来。"

中年男人，个子不高……欧阳错在心里反复想着他说的这两句话，忽然间有个念头从脑海深处蹦了出来。他立即打电话给禁毒大队的阿军，没过多久，阿军就带人过来，把鬼崽押走了。

　　康佳佳有点莫名其妙地看着他："你都把人交给禁毒大队了，那咱们的案子怎么办？"

　　欧阳错说："相信我，这个案子跟鬼崽并没有什么直接关系，咱们现在要找的是那个 14 日晚上从他手里买过白粉的中年男人。"

　　康佳佳嘟嘟嘴："他根本就没看清楚那个男人的样子，也没有提供任何线索，咱们上哪儿找去？"

　　"也许我有办法。"欧阳错笑了笑，"到禾坪坝，找胡志平。"

第十四章

遇到高手

　　欧阳错和康佳佳驱车赶到禾坪坝胡志平家时，他家门口已经搭起竹棚，一帮道士正在敲锣打鼓做道场，超度他父亲的亡灵。堂屋正中的桌子上，供着他父亲的遗像，一些亲戚和邻居前来吊唁，胡志平则身穿孝服，跪在一边行答谢礼。他的新婚妻子梁亚青因为怀有身孕，行动不便，只能穿着孝服坐在一边。

　　毕竟死者为大，欧阳错他们也上前向着胡二筒的遗像上了一炷香，然后示意胡志平跟他们走到一边说话。胡志平站起身，领着他们走进旁边卧室，关上门后，屋里嘈杂的声音顿时小了许多。他问："警察同志，你们找我有什么事？是不是那个鬼崽抓到了？"

　　欧阳错说："鬼崽确实是被我们抓到了，但从他透露的情况来看，你父亲的死跟他并没有直接关系，我们认为凶手应该另有其人。"

　　"凶手？"胡志平愣了一下，"这么说来，我爸真的是被人害死的了？"

　　"我们警方认为确是如此。不过要想找出凶手，我们还需要你的帮助。"

　　"需要我做什么，你们尽管说吧。"

　　欧阳错上下打量他一眼，忽然朝他伸出一只手："我们需要你把你从你爸屋里拿走的东西交出来。"

　　"从我爸屋里拿走的东西？"胡志平抬眼看着他，一脸疑惑的表情，"我爸死后他屋里的东西我根本就没动过啊。"

　　"不，你至少从他屋里拿走了一样东西。"欧阳错站在他面前，脸上的表情渐渐变得严肃起来，"那就是白粉，是你爸吸食后剩下的白粉。那天我们警方勘查现场时，并没有在你爸屋里找到他吸食后剩下的毒品，当时以为他肯定是全部吸食完了，一丁点都没有留下。今天我们找到了鬼崽，并且从他透露的消息里推断出，有一个中年男人从他手里购买毒品后，又转手卖给了你父亲，也正是这个男人告诉你父亲说这批毒品纯度稍低，要加大吸食量才能达到以前的效果，最终导致你父亲因吸毒过量死亡。据我们了解，你父亲每次都会购买十天左右的量，所以他猝死的时候，手里一定还剩有一些毒品。我们警方之所以没在现场找到剩下的这些毒品，那是因为你已经提前把这些毒品拿走藏起来了，对吧？"

"我、我拿那东西干什么？"胡志平瞪大眼睛，做出愤怒状，"你不会怀疑我也吸毒吧？"

"我知道你不会吸毒，但你可以把这东西拿去卖给吸毒的人啊。这东西比黄金还贵，你当然不想浪费掉，对吧？"

在欧阳错的逼视下，胡志平的脸色渐渐变得苍白起来，他往后退一步，低头叹了口气，等他再次开口说话的时候，语气就明显软了下来："好吧，你说得没错，我爸当时确实剩下了小半袋白粉，我也确实把它拿走藏起来了。但我并不是想把它卖给别人，如果转手卖给别人，那就是贩卖毒品，要是被警察知道了，那可是要抓去坐牢的。我当时以为这个是鬼崽卖给我爸的，所以想等这事过去之后，再去找鬼崽，把我爸没有吸食完的这些货都退给他。"

欧阳错问："这些毒品现在在哪里？"

胡志平朝摆放在窗户前的书桌那边望了下："都在我书桌抽屉里放着呢。"

欧阳错说："赶紧拿出来吧！"

胡志平只好掏出钥匙，打开书桌抽屉，从里面拿出一个小小的透明的塑料袋，袋子里装着小半包白色粉末状的东西。他递给欧阳错："全都在这里了。"欧阳错立即拿出物证袋，将他递过来的东西直接装进袋子里。

"我终于明白了，你是想在这上面寻找凶手留下的指纹，对吧？"离开胡志平家坐回车里之后，康佳佳说，"当你推断出凶手有可能是从鬼崽那里购买毒品，然后再转手卖给胡二筒的时候，你就已经知道凶手肯定不会戴着手套把毒品递给胡二筒，他很有可能会在毒品包装袋上面留下指纹痕迹，所以你才这么急着找胡志平拿回这袋毒品，对吧？"

"你只说对了一半，"欧阳错一边发动汽车，一边扭头看她，"我心里的另一半想法，你是不会知道的。"

"那你的另一半想法是什么？"

"当我从鬼崽嘴里听说，那个找他买毒品的神秘男子是个中年人，个子不高，且故意站在背光处把自己隐藏在黑暗中的时候，我就突然想到，他描述的这个人，怎么让我感觉这么熟悉呢。"

"让你感觉到熟悉？"康佳佳愣了一下，扭过头来看着他，没等他回答，她已经恍然大悟，"你说的难道是……"

欧阳错点点头："没错，肯定就是那家伙。只不过鬼崽说当时他也没有看清楚对方的脸，所以就算我把那个家伙的照片拿出来让他辨认，他也认不出来。"

"所以这个时候，你就想到了指纹的事，想通过留在毒品袋上面的指纹来锁定他？"

欧阳错把车开上大路，一打方向盘，朝着市局的方向疾驰起来："是的，但愿我这个经常办错事的'错警官'，这次没有推断错误。"

回到市局，已经是傍晚时分，他拿着证物跑到技术中队，队里的同事正准备下班，他把证物塞给他们，再三拜托他们加一下班，尽快把证物上面的指纹检验出来。

第二天上午，欧阳错上班的时候，检测结果已经出来，痕检员小美告诉他们，技术人员在那个装着毒品的小小的塑料袋上，一共检测出四枚相对比较完整的指纹，其中有三枚指纹是胡二筒父子留下的，剩下的一枚指纹，根据重案中队提供的线索，一开始他们以为是被抓的毒贩鬼崽的指纹，但经过比对之后发现并不是他留下的。后来扩大比对范围，才发现这枚指纹竟然与前面邹大福和邓坤两宗命案的犯罪嫌疑人的指纹完全相同。

这个结果对欧阳错来说，自然是意料之中的事。他在听到鬼崽描述那个黑夜里找他买毒品的中年男子的外形特征的时候，脑子里就已经蹦出了在农贸市场扔毒蘑菇给邓坤的那个男子的身影，没有任何理由，也许仅仅是因为他自己所说的"第六感"。现在听到小美证实他的推断是正确的，心里还是忍不住激动了一下。

严政脸上的表情越发凝重起来："一枚相同的指纹，将三宗命案串联了起来，就连我也没有想到，胡二筒的死，居然能跟前面两个案子扯上关系，而且还是同一名凶手作下的连环案。"她把目光转向两名属下，"这一次，必须得表扬一下欧阳和佳佳，如果不是他们抓住蛛丝马迹，锲而不舍地进行调查，很可能咱们就把胡二筒的死当成了一个因吸毒过量而猝死的意外事件。"

欧阳错挠挠头，不好意思地笑了。平时严政批评他的时候，他总能强词夺理，撑上几句，这回队长画风突变，当众表扬起他来，反倒让他有种浑身不舒服的感觉，张张嘴，竟然不知道该说什么。

"好小子，有进步！"老熊拍拍他的肩膀，咧嘴笑了。熊甲申知道严队对待下属极其严苛，很少这么公开表扬一名警员，而且欧阳错又是他一手带出来的，听到队长表扬自己的徒弟，他竟然比自己受到表扬还高兴。

严政马上把专案组的人召集到会议室，先向大家通报了案情的最新进展，然后分析和讨论案情，研究下一步的侦查方向。

这时欧阳错提议将邹大福、邓坤、胡二筒三宗命案并案侦查。因为已有足够的证据表明这起连环杀人案极有可能是同一名凶手所为，所以并没有人提出异议。凶手的指纹和照片，是目前警方手里掌握的最有力的线索，但即使是有凶手的指纹和头像，因其并无前科，警方在指纹库里比对不到他的手指印，所以要在茫茫人海中找到这个人，也不是一件容易的事。

但有一件事是肯定的，凶手不会无缘无故杀人，在此之前，他肯定跟三名被害人都有过交集。所以归根到底，还是得继续调查三名被害人之间的关系网，找出与三人有共同关系的人，然后逐一排查。

欧阳错和康佳佳接到的任务是，围绕胡二筒的人际关系展开调查，一旦发现可疑情况，立即上报。

两人先是找到胡志平，让他列了一份名单，把他父亲生前所有熟人和亲戚朋友的名字都详细列出来，尽量附上联系电话和地址等，然后再对照名单上所列人名，一个一个上门调查，先是暗中观察，看被走访的人是否与疑凶相似，然后再拿出嫌疑人的照片，让他们辨认，询问他们是否见过照片上的这个人。但是前后调查了半个月时间，走访了上百位群众，仍然没有半点线索。

这天下午，他们俩去走访胡二筒的一个堂妹。这个堂妹以前也是禾坪坝村村民，后来搬到了城区女儿家住。她女儿在青云路开了一家小超市，欧阳错他们赶过去的时候，胡二筒的堂妹正在女儿的小超市里帮忙看店。两人问了她一些情况，又把凶手的照片拿给她看了，老人摇头说从没见过这个人，也不认识，不知道自己的哥哥跟这人有什么仇，竟然那么狠心地把他给害死了。说完，老人就撩起衣角开始抹眼泪。

欧阳错不好久留，安慰她几句，正想转身离去的时候，忽然看见旁边货架后面，有个鬼鬼祟祟的身影一闪而过。他以为是有小偷在超市里偷东西，立即朝康佳佳做个手势，让她堵在超市门口，自己则一个箭步，冲到货架后面。不想对方跑得更快，身影在货架另一头晃一下就不见了。欧阳错紧追上去，却已经看不见对方身影。他又在超市里转了一圈，里面再没有其他人。

他心生疑惑，走出超市的时候，却看见康佳佳和宋易正站在外面的台阶上说话。他本以为是康佳佳在这里偶遇自己的同学，但宋易扭头看他的时候，目光躲闪了一下。

他忽然明白过来，冲上前，一把揪住他的衣襟："刚才超市里的那个人就是你，对不对？你小子一直在跟踪我们办案，是吧？"

"你干什么呢！"康佳佳急忙挡开欧阳错的手，"他刚才已经跟我说了，他并不是故意跟踪咱们，只是路过，想进来买瓶水喝，结果竟与咱们不期而遇。"

"不期而遇？"欧阳错上下打量宋易一眼，仍是一脸怀疑的表情，"既然是碰巧遇上，那他怎么一看见我就跑？"

宋易扯一下胸前被他弄皱的衣服，说："我是怕又被你们误会，说我在跟踪窥探你们，所以才赶紧躲开的。你这位错警官，我惹不起难道还躲不起吗？"

欧阳错明知他在说谎，但看到康佳佳一脸维护他的表情，虽然心有不甘，但也只好作罢。

宋易却并不识趣，凑到康佳佳跟前，笑着道："你们又在查案子啊？难怪最近几次我约你出来，你都没有时间。"

"是啊，那宗连环杀人案又出现了第三名死者，我们正拿着凶手的照片到处打听跟他有关的线索呢。"康佳佳把手里的手机朝他晃一下，她的手机屏幕上，正是警方认定的疑凶的大头照。宋易低头往她手机屏幕上瞧了瞧。

就在这时，一直盯着他看的欧阳错突然发现他脸上的表情明显变化了一下。欧阳错心中一动，立即再次上前抓住他的衣襟，把他抵在超市外墙上："你认识他，对不对？"

"认、认识谁？"宋易一脸莫名其妙的表情。欧阳错指指康佳佳的手机："就是她手机照片上的那个人。"

宋易摇摇头："那就是你们要找的凶手吗？我不认识。"

"你放开他，他就是一个写小说的，跟着咱们就是为了找点写作素材，怎么可能认识凶手？"

康佳佳上前，将欧阳错推开。

欧阳错说："我刚刚明明看见，他看到照片上这个人的时候，目光停滞了一下。这是常人在看到自己熟悉的事物时的惯常举动。我敢保证，他肯定认识照片上的这个人。"

"这是你的第几感？"康佳佳瞪着他问。欧阳错一愣："啊？"像是没听明白她的意思。

康佳佳愠怒道："我看这已经不是你的第六感了，而是第七感第八感吧？"

欧阳错听出了她话语中的挖苦之意，脸红了一下，但还是揪住宋易不放："不行，这小子行为鬼祟，屡次跟踪窥视咱们办案，现在又疑似熟识嫌犯，咱们必须得把他带回去好好盘问一下。"

"盘问你个头啊！你是不是查案子查疯了，看见谁都长得像凶手？赶紧给我放手！"康佳佳气得满脸通红，好像快要哭出来的样子。欧阳错心里软了一下，只好退后一步，放开宋易。

康佳佳低声对宋易说："你先走吧，有空我会联系你的。"宋易说："好的，那咱们回头见。"转身跨上自己的摩托车，很快就走了。

"佳佳，你不要被他骗了，"欧阳错看着他的背影，有点懊恼地说，"他刚才看到你手机照片的时候，真的……"

"我知道你看他不爽，但你也不能这样针对人家啊。"

"我没有看他不爽呀。"

"你就有。"

欧阳错有点哭笑不得："我干吗要看他不爽呢？"

"因为你在吃醋啊！"

康佳佳忽然抬起眼睛，直盯着他。

"我吃醋？"欧阳错先是一愣，继而又夸张地大笑起来，"好好的，我吃哪门子醋啊？我……"

康佳佳用手按了一下自己剧烈起伏的胸口，好像在极力平复自己的情绪："秦惠来找过我，她说你不要她了，还说你亲口告诉她，你喜欢上了另一个女孩，但这个女孩喜欢的是林易锋……"

"我去，这个秦惠，真是成事不足，败事有余！"

欧阳错往墙壁上踢了一脚，忽然有一种走在大街上，被人一眼看穿底裤的感觉，整张脸红得发黑。

回市局的路上，康佳佳坐在副驾驶位上，埋头看着手里的调查笔录，一直没有出声。

欧阳错感觉到她有点生气，想开个玩笑，缓和一下气氛，却感觉喉咙发干，张张嘴，除了发出一串干咳声，竟连一句话也说不出来。两人就在这样的尴尬气氛里，闷声不响地回到了重案中队。

这时去调查邹大福和邓坤两人人际关系的老熊和马瑞等人也陆续回来了。大家碰头之后，一见对方脸上无精打采的表情，就知道没有任何进展。

严政这几天被上头的领导逼得满嘴起火泡，腮帮子肿得老高，跟人说句话都费劲儿。外面的媒体已经在大肆报道丁州城里出现疯狂毒魔，连环作案毒死数人的消息，因为案子一直破不了，引发了一些民众的恐慌情绪，据说全市所有酒店茶楼生意骤减，原因是民众怕在外面吃东西中毒。局领导连续上了几次电视新闻，在节目里辟谣，并保证会在短期内抓获凶手，侦破案件，还广大市民一个安定的生活环境，但收效并不大，只要案子一天不破，老百姓担惊受怕的情绪就一天不会缓解。而最让局领导感到压力山大的，还不是外面的舆论，而是担心会有第四名被害人出现。案子至今未破，凶手一直没有抓到，他还会不会继续杀人？下一个被害人又会是谁？只要这些问题没有得到解决，外面的老百姓就会人人自危，进而有可能引发更严重的社会问题。严政在领导面前挨了批评，回到队里，脸色自然不会好看。案子没有进展，严队又一直阴沉着脸，专案组的每个人都感受到了无形的压力。

去食堂吃饭的时候，欧阳错回头瞧了瞧，并没有看见康佳佳。问了另外一名女同事，女同事说她身体有点不舒服，没有在单位吃饭，下班回家去了。

欧阳错的情绪顿时也低落下来，有点后悔不该在超市门口那样对康佳佳。不过话说回来，他也没怎么对她啊，他针对的是那个总是鬼鬼祟祟跟在他们屁股后面窥探他们办案的宋易。就算宋易是她同学，那也不能这么护着吧？

吃完饭后，他也没有急着回宿舍，而是坐在宿舍楼下的花坛边，静静地想着自己的心事。正发着呆，忽然听到旁边传来一声哀哀的叹息，把他吓了一跳，扭头一看，才发现不知什么时候，于木人已经悄无声息地坐在了他身边。

"于大爷，我说您老人家最近怎么总是这般神出鬼没的？幸好现在天还没黑，要是在晚上，我这还不得被你吓出心脏病来啊？"欧阳错朝他翻翻眼睛。于木人嘿嘿一笑："我看你不是得了心脏病，而是得了相思病。"

欧阳错装出很吃惊的样子："这您老人家也看得出来啊？"

"当然，我老人家会看相。"于木人意味深长地朝他笑笑。欧阳错被他笑得心里有点发虚，赶紧转换话题："其实吧，我是在想案子的事。凶手接连毒死三个人，而且每次下毒的手法都不尽相同，高明又巧妙，干脆又利落，我感觉咱们这次真的是遇上高手了。"

于木人说："你们不是已经找到凶手留下的指纹和他的照片了吗，怎么还破不了案呢？"

"这也正是我郁闷的地方啊。要是在以往，有了指纹，有了凶手的头像，这案子基本上就算是破了，咱们只要照着头像抓人，找到凶手比对一下指纹就完了。但是这一回，这个人好像根本不存在似的，咱们拿着他的照片，围绕三名被害人身边找了个遍，却找不到关于这个人的半点信息。印着他头像的通缉令也早已经在报纸和电视上登过了，也没有半点消息。"

于木人笑了笑："也许现在的人根本就不看电视和报纸了吧。"

"那倒也是。"欧阳错转过脸看着他，"于大爷，我知道您老人家神通广大，上次那个案子全仗着您老人家暗中指点，我们才得以破案。这个案子，您看看，是不是也给我指点一下迷津啊？"

"你看我叼着个烟斗，还真把我这糟老头子当成神探福尔摩斯了呀？随便聊上三言两语，就能帮你们把凶手揪出来？那不是神探，那是神仙。"于木人朝他伸出一只手，"把凶手的照片给我老人家瞧瞧。"

欧阳错说："我记得上次好像给你看过了吧？"

"我老人家忘性大，记不住。"

欧阳错只好又拿出手机，打开凶手的照片，递给他看。于木人看看照片，点头"嗯"了一声，然后又把手机还给他。

欧阳错见他沉吟不语，不由得心生疑虑："您老人家不会真的认识这家伙吧？如果知道的话，那可一定要告诉我啊，要是知情不报，包庇罪犯，那是要负刑责的。"

"这个人我不认识，也从来没有见过。"于木人想了一下，"不过我觉得你们可以去盛天大厦调查一下，也许会有点收获。"

"盛天大厦？"欧阳错忽然想起那天他坐在盛天大厦门口发呆的情景，"难道凶手就藏在盛天大厦里？"

"我又不是神仙，怎么会知道凶手在哪里？不跟你瞎扯了，还有人等着我去下棋呢。"于木人背着双手，叼着那个永远也不点燃的空烟斗，慢悠悠地去了。

　　"这个怪老头，怎么像是在跟我打哑谜似的？"欧阳错看着他渐渐隐没在暮色中的背影，心里也有些拿不准，不知道这老头到底是在跟他随口开个玩笑，还是他这几天坐在盛天大厦门口，真的发现了什么蛛丝马迹。不过这老头虽然平时看起来不着边际，但办正事的时候，还从没有说过假话。欧阳错想了一下，最后还是决定去盛天大厦一探究竟。

　　他开着自己的车，来到剑南大道的盛天大厦。这是一幢十五层高的写字楼，从门口的楼层指引来看，一二层是商场，三至八层是一个英语培训机构，八层以上则租给了几家不同的公司办公。现在正是城市夜生活刚刚开始的时候，一楼商场里人来人往，十分热闹。欧阳错置身其中，竟有点不知所措，不知道该怎么入手展开调查。事实上他也只是受于木人的指点来到这里，具体到这里调查什么、怎么调查，他心里也没有谱。这个盛天大厦，到底跟连环杀人案会扯上什么样的关系呢？他心里一直在犯嘀咕。

　　在商场里转了一圈，欧阳错心里暗道，无论如何，既然来了，还是先看看再说。他先是在一二楼商场转了一圈，然后又乘电梯，往上逐层查看了下，三至八楼的英语培训学校灯火通明，趁着晚上业余时间来学英语的人还真不少，每层楼都被分隔成好几个教室，每个教室里都有学员在上课。再往上走，就是一些公司的办公场所，因为晚上员工已经下班，从楼道里看过去，大多数公司都是大门紧锁，只有十二楼的一家 IT 公司，玻璃大门里边还透着一些灯光，似乎有员工在加班。整体来说，八楼以下，热闹嘈杂，八楼以上，就变得十分安静了。

　　他上上下下走了一遍，并没有发现什么可疑之处，又乘坐电梯下到一楼，犹豫了下，还是打开手机里的照片，递给一名商场女服务员看了，然后问她："你见过这个人吗？"

　　女服务员低头看着他的手机屏幕，忽然"咦"了一声，问他："这是个男的吗？"欧阳错说："对，是一名中年男性。"女服务员"哦"了一声，很快就摇摇头说："男的啊，那没见过。"

他上到二楼，电梯外面的走廊里，有一名穿着绿色工衣的男保洁员正在拖地。他拿着手机上前问了下，男保洁员的反应居然跟楼下那名女服务员一样，先是看着照片"咦"了一声，然后问："是男的吗？"见到欧阳错点头，他就摇头说："如果是男的，那就没见过了。"欧阳错一头雾水："什么叫是男的就没见过？难道是女的你就见过？"

保洁员停住手里的拖把，直起腰来上下打量他一眼，警惕地问："你是谁？为什么要打听这个人？"欧阳错本来不想暴露身份，但既然对方问起，只好掏出警员证，向他表明身份。

保洁员一听是警察查案，这才认真起来，又看看那张照片，说："警察同志，照片上的这个人，我看着很眼熟，只不过我认识的这个人是个女的，而你照片上的人是个男的，所以我也拿不准。"

"女的？"欧阳错愣了下神，有种被他搞糊涂了的感觉，"你说照片上的这个人是女的？"

"你误会我的意思了，"保洁员指着他手机上的照片向他解释说，"我是说我见过一个跟照片上的人长得很像的人，只是我见过的这个人，是个女人，而你照片上这个却是男的，所以我觉得我说的这个人，可能并不是你想要找的那个人。"

欧阳错这才明白为什么他和楼下女服务员看到照片都先"咦"了一声，然后就问这人是男是女，一听是男的就摇头说没见过，原来问题出在性别上。但他要找的确实是个男人，如果性别不符，就算找到了也没用。

他看着自己手机里的照片犹豫了一阵，难道这个男人跟保洁员认识的那个女人是兄妹关系，所以两人才会长得这么像？不管怎样，先找到这个人问问情况再说。

他拉住保洁员问："长得像照片里这个人的女人是谁？"保洁员说："她叫苏晓琳，也是我们这里的一个保洁员，只不过我好像有段日子没瞧见她了，不知道她是不是辞工走了。"

"这个苏晓琳，她真的长得跟照片里的人很像？"欧阳错又追问了一句。

保洁员点头说："我不骗你，真的很像，除了性别不同，其他地方都很像。"

欧阳错向他道谢之后，立即来到大厦管理处，管理处就在二楼走火通道旁边，有一个当班经理正在值班。欧阳错走进去后，先是向对方表明身份，然后直接问他："你们这里是不是有一个叫苏晓琳的女保洁员？她现在在哪里，我想见见她。"

值班经理说："我们这里确实有一个名叫苏晓琳的女保洁员，她是今年年初的时候应聘到我们这儿做保洁的，主要工作是跟其他保洁员一起，负责我们这栋楼所有公共区域的卫生保洁工作。只不过二十多天前，她因为家里有事已经辞工走了。"

"那她入职的时候，有没有向你们递交身份证复印件之类的材料？"

"这个是有的，凡应聘到我们公司上班的员工，就必须递交身份证复印件。"值班经理转身从人事档案柜里翻出这个叫苏晓琳的女人的应聘资料，从中间抽出一张 A4 纸交给欧阳错。

欧阳错接过一看，那正是一张身份证正反面的复印件，从上面显示的信息来看，这个女人真名就叫苏晓琳，今年三十四岁，四川资阳人。再看身份证上的头像，因为复印得比较模糊，所以看不出什么线索来。欧阳错又问："这个苏晓琳，入职时有没有留下什么照片？"

值班经理摇摇头："没有，我们这里对应聘员工要求比较简单，只要提供一张身份证复印件就行了。"

欧阳错想起刚才见到的那名保洁员，他胸前就佩戴有工作证，上面印着他的大头照，于是就问："那工作证上的照片呢？"值班经理这才想起来："哦，这个倒是有的，她的证件照应该还保存在我们的电脑里。"他在电脑里搜索一下，很快就在屏幕上打开一张红底彩照。

欧阳错凑上前一看，这是一个中年女人的头像，脸盘很大，面容粗糙，轮廓分明，他也忍不住"咦"了一声，这个女人是典型的女生男相，从相貌上看，居然跟他手机照片里的男人分毫不差，只是她的头发要比那个男人长许多。他又把手机照片拿出来，与电脑屏幕上的证件照对比着看了很久。

值班经理在旁边看着，也愣住了："你手机里照片上的这个男人，怎么长得跟苏晓琳一模一样，这个是她哥哥吗？"

欧阳错心里已然明白过来："这不是她哥哥，这就是她自己戴上假发装扮出来的。"

值班经理吓了一跳："她为什么要装扮成男人？是不是做什么坏事了？"他这才意识到事情的严重性，赶紧撇清责任，"警察同志，她虽然是我们这里的员工，但她下班时间做些什么事，我们可是什么都不知道，她的所作所为跟我们公司没有任何关系，而且她现在已经离职，我们也……"

欧阳错不想向他多做解释，只说："你放心，我们只是针对她做一些调查，并不会牵连到你们公司。"欧阳错先是拿起手机，翻拍下这个叫苏晓琳的保洁员的身份证复印件，然后又让经理把她的工作证照片发到自己手机里。

从盛天大厦出来的时候，他心里有点兴奋，难怪警方几乎把整个丁州城都翻遍了，也找不到照片上的疑凶，原来他根本就不是一个男人，而是一个女人，准确地说，是由一个女人装扮成的。警方一直在寻找一名男性凶手，与真相正好南辕北辙，怎么可能会有结果呢？也难怪凶手作案时有恃无恐，而且也不怕留下指纹，原来她料定警方无法识破她所使用的障眼法。这个女人，真是太聪明了！

他站在盛天大厦门口，抑制不住自己已经追踪到猎物的兴奋心情，用手机拨通了搭档康佳佳的电话，但康佳佳并没有接听，直接把电话摁断了。"这个康佳彩电，还在生我的气呢！"他不由得笑起来，并没有再次拨打她的手机，而是通过微信直接把苏晓琳的照片发了过去。

果然不出他所料，这张照片立即引起了康佳佳的兴趣。她立即回电话过来："你是怎么找到这张照片的？怎么跟咱们要找的凶手长得一模一样啊？唯一的区别是，她是个女的，咱们要找的是个男人。"

"此人女生男相，长得粗手粗脚，脸庞宽大，要想装扮成男人十分容易，只需要戴上一顶假发就行了，脸上连妆都不用化。"

"你是说凶手就是此人，是她女扮男装，投毒作案？"

"除此之外，你还有更好的解释吗？"

康佳佳也兴奋起来："错警官，你真是太厉害了，凶手换了个性别你居然都能调查出来。你是在哪里找到这张照片的？"

欧阳错拿着手机四下里看看，周围霓虹闪烁，丰富多彩的夜生活正向城市的年轻人张开怀抱。他说："我刚在盛天大厦调查完，肚子有点饿了，旁边就有几家大排档，你要不要过来陪我消夜？我也正好向你康大小姐汇报一下案情。"康佳佳自然明白他的意思，他是看自己晚上没有吃饭，怕她夜里饿着，所以变着法子请她出来吃东西。因为案情有了进展，她心里的气早已经消了："好啊，你在哪里？我马上过去找你。"

欧阳错笑了："我在盛天大厦门口等你，不见不散！"

第十五章

连环毒案

　　欧阳错带回的线索让专案组的人终于看到了破案的曙光，大家萎靡已久的精神都有些振奋起来。尽管从户籍科那边传来的消息并不乐观，户籍警证实这个名叫苏晓琳的女人所使用的身份证是伪造的，但这个结果也是大家意料中的事，凶手不会蠢到在盛天大厦物管公司里留下真实的身份信息。当然，她的真实姓名也不可能真的是苏晓琳。但是在她工作期间，迫于公司要求，在工作证上留下的自己的真实照片，对警方来说，已经是一条最重要的线索了。

　　严政仍然安排大家拿着这个化名为苏晓琳的女嫌疑人的照片去走访和询问三名被害人周围的亲戚朋友和熟人，看有没有人认识或熟悉照片上的这个女人。另外，她还把照片传给了图侦中队，看能不能通过全市的视频监控，把这个人找出来。

　　当欧阳错和康佳佳拿着苏晓琳的照片，再次来到禾坪坝胡志平家的时候，忽然听到屋里传出一阵婴儿的啼哭声，两人都感到有点意外。进屋的时候，看见胡志平正系着围裙，在厨房里杀鸡。看见警察上门，他急忙一边在围裙上擦着手，一边从厨房里走出来。

　　"你这是……"

　　欧阳错疑惑地看着他。

　　胡志平咧嘴一笑："哦，是这样的，我老婆这不是生了嘛，我请假在家照顾她，今天想给她炖点鸡汤补补身子，所以刚才去菜市场买了只鸡回来……"

　　"这么快就生了？"康佳佳吃了一惊，"上次听你老婆说，她的预产期不是

7月吗？这才6月中旬呢，怎么就……"

胡志平脸上现出不自然的表情，但很快就被堆积起来的笑容代替了："预产期也不可能百分之百准确吧，而且她确实有点早产，好几天前就肚子疼住进了医院，五天前就把孩子生下来了，今天刚从医院回家呢。我老婆奶水不足，你看刚才都把孩子给饿哭了。所以我才想着给她补补身子，催一催奶水。"

康佳佳总觉得这事有点奇怪，犹豫了一下，说："我们方便进去看看你妻子吗？"

胡志平很爽快地点头："可以呀，孩子刚刚哭闹了一阵，这会儿估计已经睡着了。"胡志平把他们带进旁边的卧室，只见梁亚青一副坐月子的打扮，正靠在床头看电视，床前放着一张婴儿摇床，欧阳错上前看了下，婴儿床里正并排睡着两个孩子。他"呀"了一声："原来是双胞胎啊？"

胡志平搓着手笑了："是的是的，两个都是男孩。"康佳佳瞧那两个孩子确实长得好看，忍不住轻轻捏了下他们的小脸蛋，逗弄了他们一下。再看产妇梁亚青，正坐在床上对他们笑着，看起来精神不错。康佳佳向他们道："真是恭喜你们了！"

从卧室出来之后，欧阳错把苏晓琳的照片拿出来给胡志平看，问他："你认识这个女人吗？"

胡志平看看照片，皱眉道："这个不是跟你们上次要找的那个男人长得差不多吗？"

欧阳错说："现在我们警方已经基本可以确定，就是照片上的这个女人戴上假发装扮成男人作案的，她分别使用三种不同的下毒手法，毒死了邹大福、邓坤和你父亲。"

"这个女人叫什么名字？"

"我们找到了她的身份证复印件，可惜是伪造的。她所使用的名字叫苏晓琳，苏州的苏，晓得的晓，琳琅满目的琳。当然，很可能这个名字也是假的。"

"苏晓琳？"胡志平又认真看了看他手机里的照片，脸上现出若有所思的表情，"苏晓琳？她名字中也有个'苏'字，有个'琳'字？"康佳佳留意到他说了个"也"字，正想开口询问，却被欧阳错用眼神制止，很显然，他已经看出苏晓琳这个名字似乎对胡志平有所触动。

胡志平盯着那张照片看了足足有两三分钟，忽然一拍大腿："嗯，听你们这么一说，再看看这张照片，还真有几分相似，确实还能看出她当年的一点影子来呢。"

"什么意思？"欧阳错一时间没有反应过来，"你认识这个女人？"

胡志平说："我本来还看不出来，但听你们说了苏晓琳这个名字，让我忽然想起一个人来，回忆了一下，照片里的女人跟她当初的模样，确实有些神似。"

康佳佳急道："你说的这个人，到底是谁？"

胡志平看了他们一眼："我说的是邓苏琳，也就是邓坤的女儿。"

"邓苏琳？"

"邓坤的女儿？"

欧阳错和康佳佳都大感意外。

胡志平点头说："是的，你们在调查邓坤命案的时候，想必已经了解过了，他年轻的时候曾去山西当矿工挖煤，后来矿上出了事故，他左腿受伤，这才回到老家。他回来的时候，身边还带着一个女人，这个女人名叫苏湘妹，说是他在矿上娶的老婆，还有一个十多岁的女孩，说是他们俩的女儿，这个小女孩就是邓苏琳。"

"这个情况，我们确实在当时就已经调查到了，只是不知道他女儿的名字叫作邓苏琳。"欧阳错点头说，"而且我们还听说，这个苏湘妹其实并不是邓坤的老婆，邓苏琳也不是他的亲生女儿，是他耍了一些手段，从矿上诱骗来的别的矿工的妻女。结果他回家不到两年时间，那名矿工就找上门来，把自己的妻女寻了回去，是吧？"

"确实是有这么回事。"胡志平说，"这事其实村里人都知道的，也不算是什么秘密了吧。"

欧阳错看着他问："这事是你亲眼所见吗？"

"你是说那个男人到邓坤家来找寻自己妻女的事吗？"胡志平摇摇头，"这个我倒是没有亲眼看见，当时我在学校上学，是后来回到村里时听别人说的。"

"这个大概是什么时候的事？"

胡志平想了一下说："应该是十八年前的事了吧，我记得当时我才十七岁，正在念高中二年级，今年我正好三十五岁，这样推算起来，那应该是十八年前的事了。"

康佳佳指着手机里的照片问他："你确定这个女人就是当年那个邓苏琳吗？"

胡志平犹豫了一下，说："光看照片，我本来也不会想到她的，不过听你们提起苏晓琳这个名字，我才猛然发现，无论是这个名字，还是照片上的这个人，都有点像当年的邓苏琳，虽然她现在长胖了许多，而且皮肤黧黑，但如果细看，眉眼似乎并没有变，基本能够确定吧，但我不敢保证百分之百就是她，毕竟她来到我们村的时候，只是一个十四岁的小姑娘，两年后被她亲生父亲带走时，也才十六岁左右吧，谁也不知道这十八年她变成了什么样的人，我也只能是凭印象将她认出来而已。或者你们再去村子里找其他人问一下，看还有没有人能将她认出来。"

欧阳错说："好的，我们会再去调查的。"

从胡志平家里出来之后，他和康佳佳又在村里走访了其他一些年长的村民，大家对于当年曾在邓坤家短暂出现过的少女邓苏琳，似乎还有点印象，但问到那个邓苏琳是不是照片上的这个女人时，有的人看着照片大摇其头，说完全不像，有的人则眯着眼睛看了半天后说，这乍一看，还真有点像呢。

欧阳错又向村民问起当年邓苏琳的亲生父亲找到邓坤家里来，带走邓苏琳和她母亲的经过，大家都有些茫然，当时的情景，居然谁也没有看到，只是消息在村里传开之后，大家才知道竟然有这么回事。每个人都是从别人口中听说的，到底谁亲眼看见了当时的场景，竟然没有一个人能说得上来。欧阳错不由得皱起了眉头，他觉得这事似乎越来越奇怪了。

晚上的时候，两人回到队里，把情况向严政做了汇报。严政点头说："既然现在所有线索都指向了当年那个名叫邓苏琳的女孩，那咱们就好好查一查她吧。"

"这个还真不太好调查。"欧阳错面露难色，"我们问了村里人，当年苏湘妹母女被自己的矿工丈夫寻回去的时候，谁也没有亲眼看见，都是事后听别人说起的，所以那名矿工到底姓甚名谁，是何方人氏，带着这对母女去了什么地方，通通没有人说得上来。"

"我觉得这本身应该就是一个疑点。"严政在办公室里踱着步子说，"村里发生这么大的事情，不可能没有人看见。你们再去好好查一查，一定要查清楚当年到底发生了什么事，尤其是那个叫邓苏琳的女孩，最后跟着她父母到底去了哪里。"

欧阳错点头说："好的。"

他又跟康佳佳一起，在禾坪坝村调查了两三天，几乎把村里的知情人士都问遍了，最后却得出一个令人吃惊的结果，据说那名外地矿工是半夜里找到邓坤家来要人的，而且还差点跟邓坤打架，虽然邓坤极力阻拦，但对方还是把苏湘妹母女俩带走了。最吊诡的是，这事村里谁也没有看见，是后来邓坤跟别人喝酒的时候，别人问他老婆和女儿去了哪里，怎么这么久不见人，他酒后无意中说漏了嘴，才把实情告诉别人的。而那名酒友转头就把这事说给了其他人听，最后一传十、十传百，几乎每个村民都知道了这件事。事后有人笑话邓坤，也有人同情他，他却再也不跟别人说起有关这件事的半个字，旁人自然也就无从知道那个找上门来的矿工叫什么名字，最后带着苏湘妹母女去了哪里。

另外两人在村中走访调查的时候，还从村民口中意外得到一个消息，那就是房地产开发商已经在这个月 10 日，跟全体村民签订了旧村改造房屋拆迁补偿协议，村民除了得到一定的经济补偿，每名家庭成员还将获得三十平方米的回迁新房指标。村民们既能拿到一笔不菲的拆迁安置费，又能很快住上新房，自是十分高兴。

知道这个消息之后，康佳佳好像忽然想到了什么，问自己的搭档："你知道胡志平的老婆梁亚青生产的日子，具体是哪一天吗？"

欧阳错有点莫名其妙："不知道，别人老婆生孩子，我干吗要记得日子呢？"

康佳佳知道从他这里问不出答案，就自己掰着手指头计算起来："我们上次去到胡志平家，是在三天前，也就是 6 月 14 日，我记得他当时跟咱们说，他老婆是五天前在医院生的孩子，那孩子出生的准确日期应该是 6 月 9 日。"

欧阳错这才明白她意有所指："他们家的双胞胎孩子 6 月 9 日出生，开发商 6 月 10 日开始跟村民签约，这个应该不是巧合，肯定是胡志平得到开发商的通知之后，抢在签协议之前让两个孩子提前出生，这样一来，他们家就多了两口人，可以多分到六十平方米的房子。一家四口以后住着一百二十平方米的新房子，那也是十分惬意的事了。"

两人返回市局的时候，正好经过禾坪坝附近的一家镇级医院，进去问了一下，胡志平的老婆梁亚青正是在这里住院生产的。出人意料的是，产科医生告诉他们，梁亚青的预产期本是在一个月之后，但是一个多星期前，她丈夫突然带她来医院，提出要医生立即对她进行剖宫产手术，让两个孩子提前出生——他们事先已经照过 B 超，知道怀的是双胞胎。医生考虑到早产对孩子不利，所以没有同意，结果胡志平就拿着一把菜刀大闹医院，说他老婆现在肚子痛，是马上要临盆的迹象，而医生却对他老婆不管不顾。最后医院只好妥协，给梁亚青做了剖宫产手术。好在最后母子平安，两个孩子也还算健康，医生这才松下一口气。梁亚青在医院住了几天之后，身体无碍，就被丈夫接回家坐月子去了。

这个胡志平，为了多分几十平方米的新房，真是无所不用其极啊！康佳佳上车之后，忽然道："掉头，咱们去禾坪坝。"欧阳错奇怪地道："咱们不是刚刚才从村里出来的吗？"康佳佳气呼呼地说："我非得上门去骂胡志平一顿不可。天底下哪儿有他这么自私的男人，为了抢在跟开发商签约之前把孩子生下来，竟然……"

欧阳错耸耸肩道："那好吧，正好我也觉得当年邓坤妻女被人带走一事存在诸多疑点，想再去找胡志平问问情况。"于是掉转车头，回到禾坪坝村。

来到胡志平家的时候，他家大门虚掩着，两人敲敲门，却并不见胡志平出来开门，推门进去的时候，只见卧室的门打开着，梁亚青正摇着婴儿床，哄一对双胞胎儿子睡觉。看见两个警察走进来，她急忙站起身，问他们是不是要找她丈夫。

欧阳错一面点头一面往四下里看看："是的，他不在家吗？我们还有点情况，想找他核实一下。"

梁亚青摇摇头说："他不在家。说是酒店有事情找他，今天一早就骑着摩托车出门去了，到现在还没有回来呢。这都中午 12 点了，我还等着他回来做午饭呢。"

"这样啊，"欧阳错犹豫了一下，"那你给他打过电话了吗？"

"我打了他手机，一直没有人接听。"

"打电话到酒店问过没？"

"这倒没有。他不喜欢上班的时候我打电话去酒店找他。"

康佳佳说："没事的，你把他酒店的电话号码告诉我，我打过去问问。"梁亚青就跟她说了胡志平工作的凤凰大酒店的厨房电话。康佳佳打过去问了下，对方说胡志平今天根本就没有到酒店上班，他老婆在家生孩子，他请了半个月假回去照顾老婆孩子了。

挂断电话后，康佳佳把对方的话转述给梁亚青听，梁亚青也有些奇怪，说："这个人，不声不响的，会去了哪里呢？"

正在这时，她手机忽然响了，一看来电显示，正是胡志平的电话号码，她以为是丈夫回电话给自己，按下接听键后说："老公，你在哪儿呢？这都大中午了，怎么还不回……"

话未说完，电话那端传来了一个声音。康佳佳离她比较近，听到电话里说话的是一个男人的声音，虽然听不清他说了些什么，但可以肯定，对方并不是她丈夫胡志平。

对方语速很快地在电话里说了几句话，梁亚青当即愣住，像是没听清似的，问："你、你说什么？"对方又在电话里重复一遍，梁亚青还没有把话听完，就突然"啊"的一声，手机掉落在地，人也翻着白眼，直挺挺地往后晕倒过去。康佳佳手疾眼快，急忙将她扶住，把她抱到床上，按着她的人中掐了几下，过了好一会儿，梁亚青才喘口大气，苏醒过来。

"发生什么事了？"康佳佳问，"刚才是谁给你打电话？"

梁亚青蓦地从床上坐起："刚刚给我打电话的是警察，他们说我老公在环南路的吉祥宾馆，他、他已经死了……"

"死了？"欧阳错和康佳佳都吓了一跳，"这怎么可能？"

"不行，我得赶紧过去看看！"梁亚青起身下床。

康佳佳扶住她说："正好我们也要过去看看到底是怎么回事，你坐我们的车一起去吧。"她到隔壁邻居家，请了一位大婶过来帮梁亚青照看两个孩子，然后带着梁亚青上了警车。

吉祥宾馆就在环南路拐角处，距离胡志平工作的凤凰大酒店并不太远。警车先是从凤凰大酒店门前经过，再沿着环南路向前开了十来分钟，就来到了吉祥宾馆门口。

这时宾馆大门外已经停了一辆当地派出所的警车。

他们先到宾馆前台，问了一下情况，前台服务员脸色苍白，一副惊魂未定的模样，用手往上指了指："在、在三楼，312房。"

他们三人立即跑上三楼，果然看见312房门口站着几名警察，其中一名年纪较大的，欧阳错认得，正是当地派出所的程所长。他上前叫了声程所，程所长识得他是重案中队的，有点意外地道："我刚刚才打电话向局里汇报，怎么你们重案中队的人就赶来了？"欧阳错说："正好我们在这附近办案，接到警情后就先行赶过来了。"

欧阳错探头朝房间里看了一眼，双人床上侧躺着一个男人，背朝外，脸向着里面墙壁，看不出什么情况。他只好穿上鞋套，进屋察看，那个男人确实是胡志平，正蜷曲着身子侧躺在床上，脸上定格着一副无比痛苦的表情，床边还有一些呕吐物，床单有些凌乱，看得出他临死之前有过一番痛苦的挣扎。

欧阳错又朝房间里打量一下，这是一个普通的宾馆房间，床头柜上放着一个黑色的保温杯，应该是胡志平自己带过来的。除此之外，并没有发现房间里有其他人同住的痕迹。

这时候梁亚青也看清了屋里的状况，大叫一声"志平"，就哭喊着要扑进去，却被康佳佳一把拦住。康佳佳说："对不起，你现在还不能进去，我们得保护好现场，等待警方勘查人员到来。"

梁亚青身子一软，瘫坐在门边，悲声痛哭起来。

"程所，这到底是什么情况？"欧阳错问派出所程所长。

程所长说："其实我们也是刚到不久，还没有展开调查，具体情况也不是太了解。"他就站在外面走廊里，把自己了解到的情况简单跟欧阳错说了。

今天中午大约12点钟，他们派出所接到110转来的警情，说他们辖区吉祥宾馆有人报警，说客房里死了个人，他就带着几名民警赶紧赶了过来，进入客房一看，还真是人命案子。

他简单问了一下宾馆里的人，说大概今天上午9点多的时候，这个人打电话到前台，说是要订个钟点房，入住时间是从上午9点半至11点半，共两小时。到了9点半左右，这个人就到前台刷了身份证，入住了312房。按照他预订的时间，应该在11点半退房，但是到了中午12点，也没见他下楼退房。宾馆前台打电话到房间，想提醒一下客人，但电话一直没人接听，还以为客人已经悄悄走了，前台就通知服务员进去收房，结果服务员用备用房卡打开房门进去的时候，一眼就看见这个叫胡志平的男人已经死在了床上。宾馆方面立即打110报警。

程所长赶到现场看过后，首先确认胡志平已经死亡，然后初步判断这应该是起刑事案件。他在床头找到被害人的手机，看到通讯录里储存有"老婆"的电话号码，就先打电话通知了被害人家属。然后一面让民警保护好现场，一面给市局打电话汇报警情。

"估计刑警大队的人也很快要到了吧。"程所长最后说。

欧阳错朝着坐在走廊里已经几乎哭晕过去的梁亚青指了下："她叫梁亚青，是死者的妻子，你刚才打过去的电话，就是她接的。"

这时候，楼下忽然响起一阵警笛声，重案中队中队长严政很快就带着法医、痕检等警员赶到现场。

法医老金检查了一下尸体，又趴在地上，对着床边的一摊呕吐物用鼻子闻了闻，很快就皱起眉头说："初步判断，被害人应该是四亚甲基二砜四胺中毒死亡。"见旁边有几名警员瞪大眼睛望着他，好像没有听懂似的，他又解释道，"四亚甲基二砜四胺，就是毒鼠强。"他又揭开死者的茶杯往里面看了下，茶杯里还有半杯水，底下泡着一些枸杞和菊花，仔细看的话，隐约能看见其间还夹杂有少许沉淀物，他用长镊子从水杯里夹起一个小颗粒物看了一下："这个应该就是还没有完全溶化的毒鼠强颗粒，不过具体情况，还得拿回去化验才知道。"

严政听先行赶到的欧阳错简单汇报案情之后，又把宾馆的当班经理叫来，问了她一些情况。经理告诉她说，死者胡志平早上9点半入住的时候，是独自一人，身边并没有同伴。"不过，他应该是在客房里等人。"经理犹豫了一下说。

严政问她："为什么这么说？"

经理说："他早上打电话订房的时候，特意交代了一下，要一间大床房，所以我才觉得他应该不是一个人住吧。"

严政点点头，表示赞同她的想法，然后又问："那他入住之后，有没有人来房间里找过他呢？"

经理说："这个就不太清楚了，因为如果有客人来找他，不用到我们前台做登记，直接上楼就行了。因为这涉及客人的隐私，客人不说，我们也不会特别留意。"

严政抬头看看，走廊两头都安装有监控摄像头，她说："你们的监控终端在哪里？带我们去看看三楼的监控视频吧。"

"在一楼前台。"经理带着他们走下楼，到前台调出今天上午三楼的监控视频。

严政坐在电脑前看了一下，视频画面显示，早上9点33分，胡志平一只手拎着自己的茶杯，另一只手拿着房卡，走上三楼，打开房门，进去之后，就一直没再出来。中午12点的时候，一名服务员用备用房卡打开门进入312房，但十来秒之后，她就慌里慌张地从屋里跑出来，应该是这个时候，服务员已经发现胡志平在客房里出事了。从胡志平入住312房，到服务员进入，这两个多小时里，并没有其他人进入过 312 房。而且从现场勘查情况来看，客房里也确实没有外人进入过的痕迹。警方也很快找到了胡志平的摩托车，就停在酒店旁边的停车场里，从酒店停车场监控来看，当时他的摩托车上并没有搭载其他人。

等梁亚青的情绪稍微平静下来之后，康佳佳把她带到了严政面前。严政先是温言安慰了她两句，然后对她展开了问询。

据梁亚青回忆说，今天早上，大概是 8 点半，正在厨房里给她做早餐的丈夫忽然说酒店有事找他，他要回一趟酒店，然后就骑着摩托车走了。他自己有一个磁化杯，里面经常泡一些枸杞和菊花，说是可以养生，他无论是出门还是上班，都会把杯子放在摩托车杯架上带着。她当时也没有感觉出什么异常，直到中午的时候，胡志平还没有回家，她才有些着急，打了丈夫的手机，电话能打通，但一直无人接听。现在想来，那个时候他应该已经在宾馆里遇害了。后来康佳佳他们又帮她打电话到胡志平工作的凤凰大酒店问，酒店里的人说，他们今天根本就没通知胡志平回酒店办事。

"也就是说，你丈夫在出门原因上，对你撒了谎，对吧？"严政问。

梁亚青点头说："是的，我也不知道他为什么要骗我，其实无论他是因为什么要出门，只要告诉我一声，我肯定不会阻拦他的。"

欧阳错在旁边说："严队，她接到派出所电话的时候，我们正在她家里，可以证实她说的都是实情。"

严政站在客房门口，指着屋里床头柜上的那个黑色茶杯问梁亚青："那个是你丈夫的茶杯，没有错吧？"

梁亚青朝屋里瞧了瞧，点头说："没错，这个茶杯是我早上亲眼看到他从家里带出来的，里面的枸杞和菊花还是我给他放进去的，但是茶水是他自己倒进去的。"

严政推断道："这么说来，凶手应该是在他从家里出来之后，到他抵达宾馆之前的这段路上，趁他不备，悄悄把毒药放进他茶杯里去的。他来到宾馆房间之后，因为口渴，喝下了杯子里的茶水，自然而然也就中毒了。"

"是的，凶手能够给他下毒的，也只有这个时间段了。"欧阳错说，"我们从他家里赶到这家宾馆，大概花了二十分钟，就算他摩托车的速度比我的车慢一点，用时最多也不会超过半小时。而胡志平早上8点半出门，9点半来到宾馆，除去路上的时间，他至少还有半小时的富余时间。这半小时他干什么去了呢？会不会是跟凶手在一起呢？凶手是不是就在这个时间里给他下的毒呢？"

严政思索着说："这是第一个疑点。第二个疑点是，刚才当班经理已经说了，胡志平在宾馆开房间，应该是在等一个人。他到底是等谁？为什么这个人最后没有出现呢？我们查看过他的手机，今天上午除了有几个梁亚青的未接来电，并没有其他可疑的电话和短信。"

"还有一个重要的疑点。"康佳佳站在旁边道，"目前我们正在调查他父亲的死因，正在调查这桩已有三人毙命的连环投毒案，而且我们已经知道胡志平向我们隐瞒了一些重要线索，我们这次去到他家里，就是想要再次对他进行讯问，但是没有想到正好接到这边程所的电话，说胡志平已经死在宾馆里了。而且现在看来，他显然也是被人投毒害死的。如果说这仅仅是一个巧合，应该没有人会相信吧？"

严政扭过头来看着她："你的意思是说，毒杀胡志平的凶手，就是前面连杀邹大福、邓坤和胡二筒三人的凶手，也就是那个邓苏琳？"

听严政提到邓苏琳这个名字，梁亚青像是突然想起了什么，上前一步一把抓住她的衣袖，连连点头道："对对对，警察同志你说得没错，凶手肯定就是那个叫邓苏琳的女人。她、她是回来找我丈夫报仇雪恨来了！"

"她找你丈夫报仇雪恨？"严政听出她话里有话，皱起眉头看着她，"她为什么要找你丈夫报仇？你丈夫跟她有什么仇？"

"因为她……"梁亚青说到这里，抬头看着眼前的几名警察，好像又心生顾虑，眼睛眨了几下，又闭上了嘴巴。严政已然听出端倪，目光像冷箭一样射在她脸上："因为她什么？你公公和你丈夫先后被人害死，都到这个时候了，你还有什么好向警方隐瞒的？"

"好吧，我不隐瞒，我什么都告诉你们，希望你们能早日抓住害死我丈夫的凶手，还他一个公道。"梁亚青红着眼圈说，"这事还得从几天前说起。前几天，你们不是拿着那个名叫邓苏琳的女人的照片来找我丈夫辨认吗？你们走了之后，我丈夫整个人都变了，变得紧张兮兮的，好像中了邪一样，一直在堂屋里转圈，一边转圈嘴里还一边喃喃自语，说报应啊真是报应啊，那个女人终于回来报仇了……"

"他说的是邓苏琳吗？"康佳佳问，"邓苏琳回来报什么仇？找谁报仇？"

梁亚青说："当时我也是这么问我老公的，一开始他像是丢了魂一样，一直摇着头，什么也不肯跟我说。直到后来我对他说，如果他不肯告诉我，那我就给警察打电话，让警察来问他，他这才清醒过来，慢慢将发生在十八年前的那件事对我说了出来。"

十八年之前，邓坤的女儿、十六岁的邓苏琳已经出落成了一个亭亭玉立的大姑娘，这女孩人美嘴甜，很招人喜欢，胡志平也不例外，一直暗暗喜欢着这个总是叫他志平哥的邻家女孩。胡志平的父亲胡二筒经常跟邹大福、徐乐忠一起，聚在邓坤家里打牌赌钱。邓苏琳则会被她爸叫到旁边端茶倒水，招待他们。生性腼腆的胡志平不敢进屋去跟邓苏琳说话，就常常躲在她家后墙的窗户外面，偷偷地看她。

有一天，他又躲在窗户后面偷看着，这天邓坤手气很不好，不但输光了兜里的钱，还欠了其他三名牌友一屁股赌债。那天晚上他们四大牌友上赌桌之前都喝了一些酒，正当他们商量怎样才能让邓坤还清赌债的时候，邓苏琳推门进来给大伙倒茶。邹大福酒意上涌，看着这姑娘饱满的胸脯，眼睛就直了。等邓苏琳出去之后，他半开玩笑半认真地对邓坤说："你们家这丫头已经出落成一个漂亮的大姑娘了，只要你让你丫头给我玩一回，咱们的赌债就一笔勾销。"徐乐忠和胡二筒也嘻嘻笑着，点头附和。大家本来是有点酒后开玩笑的意思，谁知输红了眼的邓坤忽然一拍赌桌站起身："好，一言为定，我把琳琳叫进来陪你们三个耍耍，咱们今天的赌债就两清了！"三个牌友没想到他居然真的同意了，先是一愣，然后相互看一眼，每个人脸上都流露出了龌龊的笑意。

邓坤跑到外面，借故把邓苏琳叫进来，邹大福等三人既然已经得到邓坤的许可，自然也就没什么好顾忌的了，立即把邓苏琳扑倒在赌桌上，七手八脚地脱下她的裤子。邓苏琳做梦也没有想到这些平时都被她尊称为叔叔伯伯的人，怎么一下子就变成了一群禽兽，她大声向自己的父亲求救，邓坤却背转身去，假装什么都没有看见。外面的苏湘妹听到动静，进来救自己的女儿，邓坤抓住她的衣襟用力一推，苏湘妹一个趔趄倒在地上，脑袋正好磕到赌桌上，一下就晕了过去。

邹大福三人堵嘴的堵嘴，摁手的摁手，抓脚的抓脚，很快就控制住了邓苏琳，并且当着她父亲邓坤的面，轮流把这个花季少女糟蹋了一遍。刚开始的时候，邓苏琳还挣扎反抗，到了后来，她筋疲力尽，只能像个死人一样躺在那里，任由他们摆布。胡志平躲在窗外，正好窥看到这一切，直吓得浑身发抖，裤子都湿了一大片，但心底里又觉得这样的场面很新鲜很刺激，一直睁大眼睛看着，没有挪开半步。

邹大福三人完事之后，提着裤子，心满意足地离开了。邓坤这才弯下腰去扶他老婆苏湘妹，谁知扶了两次都没有将她从地上扶起来，伸手往她脑后一摸，竟然摸到一手鲜血，这才知道苏湘妹刚刚被他推倒的时候，后脑勺撞到桌子角，虽然出血不多，却因为没有被及时发现并施救，居然已经死了。邓坤这才有些慌张，急忙找来一把铁锹，在自家堂屋里挖了个坑，把苏湘妹的尸体埋了进去。

邓坤在堂屋里掩埋妻子尸体的时候，邓苏琳仍然赤裸着身体，一动不动地躺在旁边的屋子里，胡志平在窗户外面窥看着这少女的胴体，感觉到了一种从未有过的刺激和兴奋，他忽然觉得口干舌燥，浑身像着了火似的难受，鬼使神差一般，他悄悄从后门溜进屋，解开自己的裤子，趴在了邓苏琳身上……

从第二天开始，邓坤的老婆和女儿就再也没有在村里露过面。邓坤也很快在自家堂屋的泥地上铺了水泥，做成了水泥地面，那些埋藏在地底下的秘密，就永远没有人知道了。后来邓坤故意向别人透露说自己的老婆和女儿跟找上门来的矿工跑了。俗话说家丑不可外扬，这是他家里的丑事，而且又说得有鼻子有眼的，村里人也都相信了。只有胡志平知道，苏湘妹其实已经死了，而且就被邓坤埋在自家堂屋底下，至于他女儿邓苏琳，很可能也被他一起埋掉了。虽然邓坤说的苏湘妹和她女儿被其亲夫寻走的消息是假的，但这事也绝不是他凭空捏造出来的，估计苏湘妹和邓苏琳确实是他在矿上拐带回来的别人的妻女，要不然他也绝不会如此对待她们。事后胡志平曾想过报警，可是一想到自己也对邓苏琳做过不法之事，如果报警，自己很可能也会被抓去坐牢，只好作罢，默默地把这个天大的秘密埋藏在了心底，从来没有对任何人提起过。

十八年后的今天，当年的四大牌友，除了早已病逝的徐乐忠，其他三人，邹大福、邓坤和胡二筒接连被人毒死，胡志平就已经意识到这个案子很可能跟十八年前的事情有关，但是细细想来，似乎又不太可能，因为苏湘妹母女都已经被邓坤埋到地底下了啊，难道是她们母女俩的鬼魂十八年后又从地底下跑出来复仇了？那也太不可思议了吧！

及至后来，警察拿着邓苏琳的照片来找他辨认，他也隐约认出照片上的这个女人很可能就是十八年前的邓苏琳。也就是说，当年邓苏琳并没有死，也没有被她父亲埋掉，很可能是她自己从家里逃了出去，直到十八年后，才寻回老家，找当年伤害过她的那些人报仇雪恨。

想到这里，胡志平顿时心慌起来，如果邹大福等三人真的是被邓苏琳所杀，那她接下来要对付的第四个人，一定就是他了，当年他也确实曾对她犯下过不可饶恕的罪行啊！一想到自己即将成为这个女杀手的下一个目标，胡志平就变得心神不宁惶惶不可终日起来。

最后他攥着妻子的手，几乎像是交代后事一般对梁亚青说："我把这件事在心里埋藏了十八年，今天之所以告诉你，就是要让你知道，假如有一天我真的有个什么三长两短，那凶手不是别人，一定就是邓苏琳！"

第十六章
隐秘旧案

听梁亚青讲完这个近乎离奇的故事，在场警员脸上都现出了不可思议的表情。大家谁也没有想到，邹大福他们四大牌友及看起来并不起眼的胡志平，在十八年前居然对一个十多岁的少女犯下过如此令人发指的罪行，更没有想到这起包括胡志平在内，连死四人的连环命案，竟然跟十八年前的一桩并没有被警方知晓的隐秘旧案有关。

"你说的这些，可都是真的？"欧阳错将信将疑地问梁亚青。

"我说的都……"梁亚青见他不相信自己说的话，情绪就有些激动，身子晃了一下，像是要摔倒一般。康佳佳知道她刚生完孩子，身体本就虚弱，这时又遭逢巨变，已经很难强撑下去，急忙搬过来一把椅子，让她坐下。梁亚青坐在椅子上缓了口气，才道："我说的这些，都是前两天我老公告诉我的，没有半句假话。而且我也没有必要在我丈夫遇害之后，还编派出这样的故事来往他身上泼脏水吧？"

欧阳错"嗯"了一声，表示自己已经相信她所说的话。同时他心里也暗暗松下一口气。对于凶手的杀人动机，在警方看来，一直是一个难以解开的谜。即便后来已经查到这个案子很可能跟邓苏琳有关，但也无从知晓邓苏琳在十八年后回到村里连杀数人的原因。现在看来，她的作案动机已经十分明显，那就是报仇，报十八年前的受辱之仇，而她父亲邓坤，可以说是当年致使她遭人凌辱的罪魁祸首，而且还亲手杀了她母亲苏湘妹，她自然也不会放过他。

但严政想到的，却是另外一个问题。"这么重要的事情，你为什么到现在才说出来？"她看着梁亚青问。

梁亚青说："当我得知我老公出事的消息时，只觉得天都塌了下来，脑子里一片空白，根本什么都想不起来，直到你们刚才在我面前提及邓苏琳的名字，我才想起我老公跟我说过的事情。而且这件事牵涉我丈夫及死去的公公，无论是对他们或者是对我来说，都不是什么光彩的事情，所以我最后还是犹豫了下，想着到底要不要把这件事告诉你们……"

严政道："如果你早点告诉我们，也许你老公就不会出事了。"

"这么说，我老公真的是被那个邓苏琳毒死的吗？"梁亚青从椅子上站起身，拉着她的衣袖问。

严政问："你老公平时还跟别的什么人结下过仇怨吗？"

梁亚青摇摇头，说："虽然我刚跟他结婚没多久，但我一直在凤凰大酒店做服务员，和他相处多年，对他还是比较了解的，他是个老实人，平时不会跟人结仇的。"

"那就是了，"严政说，"凶手就是邓苏琳，从目前来看，这是最合理的推断了。"

邓苏琳这次带着燃烧的复仇之火回来，就是要杀死当年伤害过她的所有人，包括她父亲邓坤，自然也不会放过跟在别人后面凌辱过她的胡志平。胡志平今天早上有事出门，邓苏琳在半路上截住他，并且趁他没注意的时候，把毒鼠强投进了他放置在摩托车杯架上的茶杯里。胡志平在宾馆房间里喝下自己茶杯里的茶，自然也就中毒身亡了。

"但是我老公为什么会平白无故跑到宾馆来开房呢？"梁亚青站到房间门口，指着里面那张宽大的双人床，一脸不解的表情，"而且还特意找宾馆要了一间双人大床房。"

严政不由得一愣，这个问题，倒还真把她给问住了。

欧阳错思索着说："会不会这正是邓苏琳向警方施放的烟幕弹？她在路上拦住胡志平，说要找个安静的地方跟他好好谈谈，如果他不同意，她就把他当年的罪行公布出来。胡志平问她想怎么谈，她就说这里人多眼杂，不好说话，你先到附近宾馆里订个房，记住，一定要订一间有双人大床的房间。你先过去，我随后就来找你，咱们见面后再好好聊一聊。胡志平一来不知是计，二来受制于人，不得不同意，所以就在她的监视之下，打电话订了附近吉祥宾馆的房间，并且自己先行入住，在宾馆房间里等着邓苏琳上门。结果邓苏琳并没有出现，他却在喝下她下过毒的茶水之后，死在了宾馆房间里。"

康佳佳点头说："这个解释，好像也说得通。邓苏琳应该还不知道咱们已经盯上她了，所以她在对胡志平下手时，还想隐瞒自己的身份，让胡志平中毒死亡的时候，看起来好像是在宾馆里等待跟他有约的某个人，而那个不存在的人物，自然就会成为咱们最大的怀疑对象。她这是虚晃一枪，转移咱们的视线，好让咱们不这么快就怀疑到她头上。"

现场案情讨论会结束之后，大家都把目光转向了严政，等待她对下一步的侦查工作做出具体安排。

严政转头问梁亚青："你能确定你丈夫早上出门的时间是8点半吗？"

梁亚青点头说："这个可以确定。他出门的时候，我正在给孩子喂奶，因为要掌握好每次喂奶的间隔时间，所以当时我特意看了一下表，时间就是上午8点半。"

严政点点头，立在原地思考片刻，然后分析道："胡志平早上8点半出门，9点半入住宾馆，那说明邓苏琳给他下毒的时间，只能是在这个时间段里。根据咱们现在掌握的情况来看，胡志平应该是邓苏琳要杀的最后一个人。她给胡志平下毒之后，极有可能会立即离开丁州，逃往外地，所以咱们接下来最重要的工作，就是拿着她的照片，还有她的名字，分头去火车站及长途汽车站展开紧急调查，看看她今天有没有买票乘坐交通工具离开丁州。"

康佳佳看看手表说："现在已经是下午1点多了，如果她上午9点半左右就已经到车站买好车票，现在肯定已经坐车走了。如果是坐火车的话，几小时时间，只怕已经逃到千里之外了。"

严政说："即使她已经坐车离开，那也要查出她坐的是哪一趟车，去了什么地方。"

欧阳错说："我倒觉得她应该没有那么早去车站坐车离开，很可能这个时候还在车站里买票等车。"

"为什么这么说？"

"她这次给胡志平下完毒之后，其实还充满许多不确定性，如果胡志平一直没有喝他自己带的茶，或者饮用的是宾馆提供的茶水，那他就有可能死不了，她的复仇大计就会落空。所以我觉得就算她想走，也一定要确认胡志平已经死亡，当年所有侵犯过她的罪犯都被她亲手铲除之后，她才会心满意足地离开这个让她悲伤的城市。"

"那她要怎么才能确定胡志平已经被她毒死了呢？难道要亲自跑到酒店前台去问服务员住在你们三楼的那个男人死了没有？"问话的是一直没有开口说话的老熊。

"那倒不必，"欧阳错摇摇头道，"她只要在这家宾馆附近躲起来，看见警车甚至是法医车开过来，就可以基本确认胡志平已经死了，也就可以放心离开了。而咱们警车，尤其是老金的法医车开过来的时间并不久，所以我觉得她应该才离开不久，如果真的去了车站的话，很可能还在候车。"

"你什么时候能改改你这故弄玄虚短话长说的毛病？"严政瞪他一眼，"用一句话把刚才的意思说完不行吗？明知道邓苏琳可能还在车站候车，时间紧迫，却还在这里浪费咱们的时间。"她忽然意识到自己跟他说这么多废话，好像也是在浪费时间，立即正色道，"马瑞，你带一个人，马上去长途汽车站，欧阳和佳佳，你俩去火车站，咱们这一次就算抓不到邓苏琳，也一定要把她逃走的路线和踪迹掌握到，要不然咱们以后再想找她，就更是难上加难了。"

"那我呢？"熊甲申见队长没有给自己分派任务，以为她没有看到自己，急忙往前一步，站到她面前。

严政瞧他一眼，胸有成竹地说："老熊你留下，帮我去叫一台钩机过来，咱们去邓坤家里看看。"

"钩机？"老熊愣了一下，很快就明白过来，"你是想去邓坤家里挖他老婆的尸体吧？"

严政点点头："我记得邓坤家的水泥地板看上去已经很旧了，如果梁亚青所言属实，邓坤真的在他家堂屋底下埋了一个人，那么那个女人的尸骸肯定还在那里。"

欧阳错和老熊等人一秒钟也不敢耽搁，说声"是"，立即领命而去。

康佳佳和欧阳错驱车赶到火车站，先是在候车大厅转了两圈，在候车的人群中并没有发现邓苏琳，因为其有女扮男装的前科，所以两人连候车大厅里的男人也都认真搜索了一遍，并没有看到一个跟邓苏琳长得像的人。

然后又到售票窗前，让售票员在电脑系统里搜索一下，看有没有一个叫邓苏琳的人买过火车票，但结果显示在今天的购票旅客名单里，并没有邓苏琳。欧阳错皱眉道："难道她不是坐火车逃走的？"

康佳佳说："她会不会是用假身份证购的票啊？她既然在盛天大厦应聘保洁员时用过一次假身份证，那也完全有可能在这里用假身份证买票乘车啊。"

窗口里的那个中年女售票员一听她这话就有点不乐意了："这个绝对没有可能。她在别的地方使用假身份证我们管不着，但在我们站里肯定行不通，我们这里每个旅客都必须实名购票，买票的时候都会把身份证在证件阅读器上过一下，如果有人使用假证买票，立马就能被识别出来。"

康佳佳吐了一下舌头，赶紧为自己刚才说错话向她道歉。欧阳错说："毕竟时间已经过去十八年了，邓苏琳会不会在外地的时候，通过合法手段到派出所改了名字，所以咱们用她十八年前的名字找她，根本就没有办法找到她。"

康佳佳点头说："这个倒是很有可能。看来咱们只有对着她的照片，去查今天火车站入口的监控了，她能改名，但总不能改脸啊。反正咱们手里有她的高清脸部照片，就不信没有办法在人海中把她揪出来。"

两人又来到车站派出所，调看了今天火车站入口的监控视频。丁州火车站算不上大站，而且现在也不是出行旺季，所以进出站的旅客并不多。两人认真看了视频，并没有在进入车站的人流中看见邓苏琳。又查了售票大厅及其他站内监控，也没有看到邓苏琳的身影。

两人不由得暗觉奇怪，难道是严队判断有误，邓苏琳今天根本就没有乘车离开丁州市？

两人回到队里，把情况跟严政说了，马瑞和另一名警员也很快从长途汽车站回来，都摇头说没有查到任何与邓苏琳有关的线索。老熊也打来电话，说在邓坤家中堂屋水泥地板下一米多深的地方，确实挖出了一具骸骨，经法医初步判断，死者为女性，死亡时间已经有十年以上，死亡时年龄在 35 岁至 40 岁，至于到底是不是邓坤的妻子苏湘妹，则还需要进一步调查核实。

"这具尸骸足以证明梁亚青没有骗咱们，她说的是真话。"严政把老熊在电话里汇报的情况跟大家说了，然后站起身，一边在办公室来回踱步，一边皱起眉头，"可是如果这个邓苏琳真的在作案后逃离，那为什么咱们在火车站和汽车站都找不到她的踪迹？难道她是乘坐其他交通工具离开丁州市的？"

"会不会是她作案之后，根本没有急着离开呢？"马瑞小心翼翼地提出自己的见解。

"你的意思是说，她可能还在咱们丁州城里？"严政回头看着他，见马瑞点头，她想了一下说，"那好吧，既然这样，咱们再调整一下侦查方向，第一，彻底调查除火车和长途客运以外的交通工具，比如短途班车、出城的的士等，看看有没有车辆曾搭载邓苏琳出城；第二，因为她很可能还在城里，所以咱们得马上向上级请示，准备安排警力进行全城大搜捕；第三，继续跟火车站和长途客运站保持联系，把邓苏琳的照片发给他们，一旦发现有疑似邓苏琳的人员到站内购票坐车，立即把人给我扣下来。"

欧阳错抢着道："严队，我跟车站方面比较熟，第三个任务就交给我们吧。"严政看他一眼，以为他干工作拈轻怕重的老毛病又犯了，脸上虽然带着不悦的表情，但还是点头同意了。

这时已近傍晚，欧阳错开着警车载着康佳佳从市局大院里出来的时候，在公路边停了一下车，跑到路边小店里买了几个面包拿上车。"今天的晚饭看来是没有着落了，先用这个充下饥吧。"康佳佳接过面包说："哈，这下咱们的错警官终于又可以偷懒一下了哈！"

"为什么这么说？"欧阳错咬着面包问。

"因为严队布置的三个任务中，只有你领到的任务最轻松啊。咱们根本就不用真的再跑去车站，直接把邓苏琳的照片发过去，让他们在乘客买票时留意一下就行了，如果看见有长得像照片里的人，就立即通知咱们。其他时间，你都可以躲在家里偷懒了。"

"非也非也，难道我欧阳错在你眼里，一直都是这副德行吗？"欧阳错一脸讪笑。

康佳佳哈哈一笑："你这不是德行，是本性，这就叫本性难移。"

欧阳错一脸很受伤的表情："其实我从严队手里领到这个任务，并不是看这个任务简单轻松，可以耍滑偷懒，而是因为我对严队的侦查思路产生了怀疑，但又不好当面直说，只好自己找这个机会出来顺便调查一下。"

康佳佳错愕了一下："我觉得严队的侦查思路没有问题啊，她刚才三个方面的布置，都是滴水不漏，咱们兵分三路，无论是邓苏琳还留在城里，抑或已经乘坐火车和长途客车以外的交通工具离开了丁州，又或者正准备到车站买票逃离这个她犯下罪行的城市，咱们都有人手去调查啊。"

欧阳错扭头看着她，脸上的表情渐渐变得严肃起来："如果你真是这么想，那就错了。其实就在咱们把毒杀胡志平的罪行算到邓苏琳头上的时候，我心头就隐隐有些怀疑，而现在，随着调查的深入，这个质疑的声音就越来越明显了。"

"你质疑什么？"

"从前面几个案子来看，无论是用乌头碱给邹大福制作毒胶囊，把白毒伞夹杂在普通蘑菇里让邓坤捡回家做菜，还是不动声色地让胡二筒加量吸毒，我觉得都是十分高明，甚至是很有创意的下毒手法。我虽然是个警察，却也不得不佩服她这布局精妙又有技术含量的作案手法。你难道就没有觉得，直接往胡志平的茶杯里投放毒鼠强，无论是作案手法，还是所使用的毒药，都没有一点技术含量，完全不符合凶手一贯的作案思维吗？而且咱们检查过胡志平的茶杯，上面只有他自己的指纹，并没有凶手留下的任何痕迹，很显然是凶手投毒之后擦掉了自己留下的指纹，这也与往常凶手根本不管留在作案工具上的指纹的习惯不相符啊。"

康佳佳把他的话仔细想了一遍，最后不得不点头承认："听你这么一说，好像也有些道理。但是我还是没搞明白，这跟你是不是偷懒耍滑有什么关系？"

"正是因为我心里有这个质疑的声音，所以我才觉得严队给咱们指出的侦查方向很可能是错误的，我之所以在严队面前领下这个任务，就是想趁这个机会重回车站调查一下。"

"咱们刚刚不是已经去车站调查过了吗，你还想查什么？"

欧阳错手握方向盘，看着前方不断变换的街景沉默片刻："咱们刚刚查的是今天的监控，我想查一查上个月，也就是 5 月 19 日的车站监控。"

康佳佳一时没有明白他的意思，扭头看着他："今天已经是 6 月 17 日了，你要查一个月前的监控干什么？"

欧阳错说："当初我去盛天大厦调查的时候，当班经理告诉我，邓苏琳，当时化名叫苏晓琳，就是在 5 月 19 日辞工离开的。我回想了一下，胡二筒吸毒过量死亡的时间是在 5 月 15 日，他儿子为了不暴露父亲的死讯，将其尸体冷藏三天之后，即 5 月 18 日晚上，最终被咱们发现。你把这几个时间点联系起来，想到了什么？"

康佳佳一脸莫名其妙："没想到什么啊。"

"胡二筒死后，因为胡志平向外界隐瞒了他的死讯，所以凶手邓苏琳即便天天在他家门口偷偷观察，也不能确定胡二筒已经被她毒杀，直到咱们发现胡二筒的尸体，警车、法医车连续开到胡二筒家门口，消息在村子里传开，邓苏琳这才终于能够确定胡二筒已经死了。为了不让警察查到自己头上，所以她第二天就立即辞工走人了。"

康佳佳的思维虽然比他慢半拍，这时候也已经渐渐明白过来："你要去查车站 5 月 19 日的监控，那是因为你觉得她应该是在辞工当天就已经买票乘车离开了咱们丁州市，对吧？"

欧阳错快速扭过头看她一眼，然后又目视前方继续开车："是的，如果她想在胡二筒之后继续杀人，就没有理由在自己并没有暴露的情况下突然辞工离开盛天大厦。所以我推测，她很可能在杀了胡二简之后，就立即逃离了咱们丁州市。"

"如果她在上个月就已经离开丁州，那胡志平之死，又是怎么回事呢？"康佳佳显然并没有完全被他这些似是而非的理由说服。

"我刚刚已经说了，胡志平之死，不符合邓苏琳一贯的作案手法。"

康佳佳睁大了眼睛："你怀疑胡志平不是邓苏琳杀的？"

欧阳错赶紧摇头，笑嘻嘻地道："这可跟严队的推理相悖，我可什么都没说，全都是你自己瞎琢磨出来的，跟我没关系。我现在什么想法都没有，只想赶紧把邓苏琳揪出来，只有找到她，一切案情才会大白于天下。"

说话间，警车已经开到火车站。两人到车站派出所，先是问这里的监控一般能保存多久？派出所值班民警告诉他们说可以保存三个月，三个月之后就会被自动覆盖。欧阳错这才放心，让民警调出上个月即 5 月 19 日的监控。

这一次，他们很快就在入站的人流中找到了那张熟悉的面孔。只见上午 10 点 20 分的时候，邓苏琳手里提着一个编织袋，跟着人流进入了火车站，大约十分钟之后，她在售票窗口买了车票，走进候车大厅，四十分钟后，乘坐火车离开了丁州站。

他们又根据邓苏琳在售票窗口购票的时间点，在铁路售票系统里搜索到她当时购买的是一张开往广西玉林的硬座票，而她购买火车票时所使用的身份证上的姓名并不是邓苏琳，而是叫杨苏琳，居然连姓都改了，难怪他们根据邓苏琳这个姓名怎么也查找不到她的线索。

一直以来，这桩连环命案的凶手，都像是站在云雾里一般，警方无论怎样努力调查，都只能看到她一个若隐若现的轮廓，始终无法拨云见日，见识其庐山真颜，而这一次，终于查找到了她真实的身份信息，欧阳错和康佳佳都感到十分振奋。

从火车站走出来的时候，康佳佳不由得多看了欧阳错几眼："现在看来，你的推断果然是正确的啊！"欧阳错不由得有些得意起来，哈哈一笑道："其实我大多数时候都是正确的，就是名字没有取好，才一直给人'错'的感觉，哈哈！"

第二天上班后，两人立即把情况向严政做了汇报，严政根据他们找到的邓苏琳的真实的身份证号码，调出了她的户籍资料。邓苏琳改名叫杨苏琳之后，身份证登记的地址是广西玉林市陆川县横山镇杨家村。经过比对身份证上的头像，与他们要找的犯罪嫌疑人照片上的头像完全一致，基本可以肯定，这个住在广西玉林陆川县的杨苏琳，就是他们要找的连环杀手邓苏琳。

严政立即把案情的进展向上级领导做了电话汇报，在征得领导同意之后，她带着欧阳错和康佳佳直奔火车站，买了三张去往广西玉林的火车票。经过一番舟车劳顿，他们抵达玉林时，已经是第二天早上。他们先是拿着手续到当地公安局进行了报备，当地警方指派两名警员协助他们办案。

他们一行五人赶到横山镇杨家村，在村民的指引下，找到了杨苏琳家。严政他们下车的时候，看见禾场上有一个人，手拿瓜瓢，舀着一瓢米糠，嘴里"咯咯咯"地叫着，正在喂鸡。那人背对着他们，个子不高，从背影看过去，身形显得有些壮实。

欧阳错上前问："大哥，请问一下，杨苏……"他一句话没问完，对方闻声转过身来，欧阳错顿时愣住，这人长着男人般壮实的身板，脸庞也是宽宽大大的，但从眉眼间看去，却是一个女人，而且正是他们要找的那个女人。

严政他们三人穿的是便装，但两名当地警员身上穿的是制服，那个女人转头看见路边停着一辆警车，又见几个警察正面色冷峻地朝自己走来，脸上的表情很是错愕，手一抖，瓜瓢"啪"的一声掉落在地，惊得她身边几只老母鸡都叫着跳起来。

"你是叫杨苏琳吗？"一名当地警员上前问。那个女人点点头，"嗯"了一声。

严政瞧见对方脸上的表情，就知道他们没有找错人。他们站在杨苏琳面前，不用拿出照片比对就完全能看出来，她就是照片上的那个邓苏琳。

"你们是……"杨苏琳抬头看着他们，目光有些闪烁。

严政朝她亮了下证件："我们是丁州市公安局的，因为你涉嫌一桩发生在丁州市内的连环杀人案，现在要正式拘捕你，这是拘留证，请你在上面签字后，跟我们走一趟。"

看到拘留证的一刹那，杨苏琳脸上的表情反而平静下来，她问："有笔吗？"康佳佳立即拿出一支钢笔递过去。杨苏琳先是在自己衣服上擦擦手，然后才接过笔，工工整整地在拘留证最下面写上自己的名字。

"我知道你们一定会找到我的，只是没想到会这么快！"她长叹一口气，像是悬在心头的某件大事终于有了一个结果一样，尽管这个结果，并不是她想要的。

第十七章

周密计划

　　杨苏琳被带回丁州之后，警方立即提取了她的指纹及 DNA 样本，经过比对后最终确认：第一，杨苏琳与邓坤之间，不存在血缘关系；第二，从邓坤家中挖出的那具尸骸，与杨苏琳之间是母女关系，由此可以确定，那具尸骸就是她母亲苏湘妹；第三，凶手在这桩连环案中留下的三枚指纹，包括邹大福命案中毒胶囊瓶上的指纹、邓坤所食用过的蘑菇包装袋上的指纹、胡二筒用来装毒品的塑料袋上的指纹，都与杨苏琳的指纹完全吻合。

　　在审讯室里，面对警方所列举出来的大量证据，杨苏琳并没有为自己做过多辩解，很快就向警方做出了有罪供述。

　　杨苏琳的亲生父亲名叫谢刚，当年跟邓坤一样，都在山西那家大型煤矿做挖煤工人。杨苏琳最初的名字就叫作谢苏琳，她和妈妈苏湘妹一起，跟着父亲一同住在矿上。谢刚跟邓坤关系不错，那时的邓坤还是个单身汉，下班之后经常跑到谢刚家里蹭饭吃，对苏湘妹也是嫂子前嫂子后地叫得亲热。

　　大约二十年前，矿上出了一起瓦斯爆炸事故，谢刚被当场炸死，而邓坤则有幸逃过一劫，但左腿被爆炸震落的石头砸伤，落下了终身残疾。矿难发生后，苏湘妹拿到了矿上给的四十万元抚恤金。就在她带着十多岁的女儿孤苦无依、不知何去何从的时候，一天晚上，邓坤借安慰寡嫂之际，把她按在床上，强行与她发生了关系。事后他跪在地上，信誓旦旦地对苏湘妹说，自己喜欢嫂子已经很久了，如今谢大哥出了事，他愿意充当这个家里的顶梁柱，照顾她们娘儿俩一辈子，只要她同意，他可以带她们母女俩一起回自己的老家过日子。

此时的苏湘妹，丈夫新亡，自己带着一个拖油瓶，正是举目无亲彷徨无助之际，听到他这信誓旦旦的话，自是十分感动，当下就点头答应，带着丈夫的抚恤金和女儿一起跟着邓坤回到了他老家禾坪坝村，做了他的老婆，而谢苏琳自然也就随着邓坤改了姓，改名叫邓苏琳了。

回到丁州老家不久，邓坤染上了赌博的恶习，很快就把苏湘妹手里那四十万元抚恤金输光了，见苏湘妹身上再也榨不出什么油水来，他就对这母女俩渐渐露出了凶恶的嘴脸，稍有不如意，就对两人恶语相向，甚至是拳脚相加。苏湘妹寄人篱下，为了能给女儿一个完整的家，也只能含屈忍辱，逆来顺受。但是让她做梦也没有想到的是，自己的软弱换来的却是邓坤更加惨无人道的暴行。

十八年前的那天晚上，邓坤为了偿还赌债，竟然亲手把女儿推进火坑，让邹大福、徐乐忠和胡二筒三名赌友在牌桌边轮奸了邓苏琳。苏湘妹听到女儿撕心裂肺的惨叫声出来阻止时，却被他一把推倒在地，后脑勺受到撞击伤，因为没有及时救治，最终丧命。更令人发指的是，邓坤为了不让自己的罪行败露，竟然就在自家堂屋里挖个坑，把妻子的尸首给埋了。直到第二天凌晨，被几个畜生一样的男人折磨得神思恍惚几乎昏死过去的邓苏琳才渐渐缓过神来，她叫闹着要报警，要让警察把邓坤抓去枪毙。邓坤心生惧意，干脆一不做二不休，连夜联系上一个人贩子，把当时还只有十六岁的她以三万元的价格给卖掉了。

邓苏琳落到人贩子手里之后，又吃了不少苦头，最终经过几次转手，她被卖到广西玉林市陆川县横山镇杨家村，给一个名叫杨有山的四十多岁的男人做老婆。刚开始的时候，邓苏琳自然不从，拼死反抗，但并没有起到任何作用。为了防止她逃走，杨有山找来一根长铁链，把她锁在家里。直到第二年，她给杨有山生下一个儿子，心中有了些寄托，才渐渐安定下来。这时候杨有山托关系到派出所给她改了名字，就叫杨苏琳，还找人帮忙办了结婚证，这样两个人就成了合法夫妻。

杨有山酗酒成性，一喝多了，就不分场合地把杨苏琳骑在身下，用尽各种办法蹂躏她、摧残她，稍有反抗，换来的便是一顿毒打。每每这时，在杨苏琳心中，对把自己推进火坑的邓坤，还有那些强暴过她的畜生的仇恨便又增加了一分。她一直在心里咬牙发誓，在自己有生之年，一定要回到丁州市，回到禾坪坝，找那些畜生报仇雪恨！可是因为杨有山对她看管极严，她虽有报仇之心，却一直没有机会从那个偏僻的小山村里逃出来。

直到去年的时候，杨有山因为酒后驾驶电动三轮车去城里卖山货，被一辆疾驰而来的大货车当场撞死，她才总算从苦海中解脱出来。而这个时候，她唯一牵挂的儿子也已经年满十七岁，中专毕业后把年龄改大一岁，正式进入了城里一家工厂打工，已经能够养活自己。所以她觉得，自己回到丁州，找那些畜生报仇雪恨的时机已经成熟！

今年年初的时候，她回到丁州市，先是在街头找那些办假证的人购买了一张假身份证，然后拿着这个假身份证应聘到盛天大厦做了一名保洁员。有了保洁员这个身份做掩护之后，她再把自己化装成一个男人，进入禾坪坝村暗中调查邓坤等人的情况——这些年来，她一直在大山里辛苦劳作，早已锻炼出一副壮实得像男人一样的身板，戴上假发装扮成男人，竟然没有人能看得出破绽来。她很快就把邓坤、胡二筒及已经从禾坪坝搬到城里居住的邹大福等人的近况和他们的生活习惯调查得一清二楚，只是徐乐忠八年前已经病死，算是便宜了这个畜生。

经过一番周密计划之后，她决定先朝邹大福下手。她调查到邹大福最近一段时间一直在吃金维他胶囊，于是就混进那帮老头老太太中间，到电影院买了一瓶金维他胶囊回来，用早就准备好的乌头碱替换掉里面的药粉，做成了一瓶毒胶囊。她在广西的大山里生活了十八年，受村里人的影响，耳濡目染地也知道了一些生长在大山里的中草药的用法，这些乌头碱就是她从山林里采摘回川乌、草乌等草药，然后经过一些简单的工序，自己提取出来的。那天下午，她化装成一个男人，穿上仿制的金维他公司的工服，冒充金维他公司的员工，在电影院外叫住邹大福，把他带到一个背静的地方，说是怀疑他刚才多拿了一瓶药，要重新检查一下他手里提着的塑料袋。邹大福对她并没有半点怀疑之心，立即把手里提着的一袋金维他胶囊递给她，让她检查。她假装在塑料袋里翻找着，趁他没注意的时候，用早就准备好的毒胶囊替换掉了最上面的一瓶金维他。而邹大福回家当晚，就服用了她这瓶毒胶囊，所以很快就中毒身亡了。她将毒胶囊放进去的时候，并不能确定什么时候会被邹大福吃到，但是只要被他带回家，总有一天会被他吃下去，所以她也没有料到当晚邹大福最先服用的恰好就是她这瓶毒胶囊。

而她毒杀邓坤则同样巧妙地利用了他的生活习惯。她跟踪调查发现，邓坤经常到农贸市场捡别人扔掉的烂菜回家煮了吃，于是就到郊外的野树林里寻找和采摘了一些新鲜的毒蘑菇，然后混杂着从别处买来的新鲜蘑菇放在同一个塑料袋里，当看见邓坤在垃圾堆边翻捡烂菜叶的时候，她就故意把这袋蘑菇扔到了他跟前。果然如她所料，邓坤看到这袋新鲜蘑菇，像是捡到了宝贝一样，很快就把这袋蘑菇提回家炒了吃了。后来他因误食白毒伞而中毒身亡，也就是她意料之中的事了。

相对而言，杨苏琳毒杀胡二筒的过程则比较曲折。因为胡二筒一直都待在家里，并不经常出门，几乎找不到对他下手的机会。不过她很快就窥探到他染上了毒瘾，而且也知道了他所吸食的白粉都是从那个名叫鬼崽的毒贩手里买来的。于是她就冒充胡二筒介绍的买家从鬼崽手里购买了一包白粉，然后趁胡二筒一个人在家的时候，直接去到他家里，说是鬼崽叫她过来给他送白粉的，还说这批货纯度不够，至少需要加大三四倍的量，才能达到以前的效果。胡二筒不疑有他，自然是按照她所说的量去吸食白粉，最后果然因吸毒过量而死。

在毒杀三人的过程中，她并没有戴手套，所以难免会在作案工具上留下一些指纹，但她并不在意，因为她所有的作案经过，都是女扮男装，以另一个男人的身份完成的，相信警察很难查到她头上。另外，她如果在接触邹大福等人时特意戴上手套，难免会让人觉得奇怪，甚至很有可能会引起对方的怀疑。

在她把毒品交到胡二筒手里之后，连续三天时间，胡二筒家里都风平浪静，没有传出半点消息。她心中暗自着急，以为自己的杀人计划没有成功。虽然上次邹大福也是在家死亡一周之后才被人发现尸体，但他是孤身一人在家，而胡二筒则是跟他儿子住在一起，如果他死了，他儿子没有理由不声张啊。直到三天后，她在禾坪坝听到消息，说是胡二筒已经死了，这才松下一口气。

除了已经病逝的徐乐忠，其余三人都悄无声息地死于她之手，杨苏琳大仇得报，立即从盛天大厦辞工，乘坐火车回到了广西。因为当初在盛天大厦应聘时对身份证核查得不严，所以她用假身份证能蒙混过关，但到火车站购买火车票的时候，假身份证无法通过车站的查验，她不得不使用自己的真身份证购买火车票。按照她的想法，她女扮男装去作案，可以说是天衣无缝，就算使用真实的身份证购票，警察也绝不会查到她头上来。但是令她万万没有想到的是，正是她在购买火车票时留下的线索，让警方这么快就找到了她。

最后，她看着坐在审讯桌前的严政和欧阳错，叹了口气说："在毒杀这三个畜生的过程中，我的心情一直都很平静，就好像是在做一件我早就计划好的，而且也是我必须去做的事情一样，内心并无任何波澜。直到回到广西玉林的家中，心里才隐隐有些不安，总觉得某一天早上我睁开眼睛，就会有警察从天而降，出现在我面前一样。我自问自己行事还算小心谨慎，真的没有想到你们这么快就能找到我。"

听完她的供述，欧阳错扭头看了队长一眼，严政脸上并没有现出多少意外的表情，杨苏琳的作案经过，与警方先前的推断基本吻合。但是有一个问题，却是他们没有料想到的。

"杨苏琳，你明明杀了四个人，为什么只供述了毒杀三人的经过？"严政敲着桌子问。

"我杀了四个人？"杨苏琳一脸愕然，"还有一个人是谁？"

严政提醒她道："除了你刚刚所说的邹大福、邓坤和胡二筒，还有一个胡志平。"

"胡志平是谁？"

欧阳错说："他是胡二筒的儿子。"

杨苏琳低头想了一下，忽然"哦"了一声："对对对，我记得胡二筒的儿子确实叫胡志平，怎么，他也死了吗？"

严政点头说："是的，他在 6 月 17 日那天被你用毒鼠强毒死在吉祥宾馆。这桩人命案，你在刚才的供述中为什么没有提及？"

"胡志平吗？"杨苏琳一脸茫然，"我没有对他下毒啊！我杀邹大福他们三个，那是因为他们根本就不是人，他们是畜生，他们必须为十八年前对我做过的事付出代价，但是我跟这个胡志平无冤无仇，平白无故为什么要杀他？"

"你跟胡志平真的是无冤无仇吗？"欧阳错盯着她道，"据我们调查，他也是当年强暴过你的人，你杀了邹大福等三人报仇，自然也不会放过这个胡志平。"

"这不可能，我记得清清楚楚，当年对我做出那种禽兽之事的人只有邹大福、胡二简和徐乐忠，根本就没有胡志平。"

严政和欧阳错都感到有些意外。"你说的是真的？"严政问。

"当然是真的，这样的事情，我难道会记错吗？"杨苏琳的情绪有些激动，说话的声音也大了起来，"我的仇人只有邹大福、胡二简、徐乐忠和邓坤这四个畜生，跟其他人无关，我绝不会无缘无故去报复其他不相干的人。"

欧阳错从审讯桌前站起身："可是据警方调查，胡志平曾亲口告诉我们的证人，他当年也在那三个人之后强暴过你，所以我们警方才会把他的命案也算到你头上。"

杨苏琳忽然笑了："那一定是你们搞错了，或者是那个证人说谎了，这事跟胡志平根本就没关系。我已经杀了三个人，身上再多背一条人命也没有关系，反正就是个死罪嘛，对不对？可不是我做的，就不是我做的，我做过的事我自己认了，但你们不能把我没有做过的事、杀过的人，都算到我头上来。还有，这个胡志平的死亡时间是 6 月 17 日对吧？这个时候我早已经回了广西，根本就没再出过远门，不信你们可以去我们村子里调查。"

严政与欧阳错快速交换了一个眼色，两人脸上的表情都有点犹豫。看杨苏琳回答得如此干脆，难道胡志平之死，真的与她无关？严政思索片刻，最后起身道："今天的审讯就到这里，你说的这个事，我们警方会继续调查。你放心，你做过的事我们警方心里有数，没有犯过的案子，我们绝不会算到你头上。"

下午的时候，严政召集专案组的人开了个短会。她把警方对杨苏琳的审讯结果对大家说了，大家听说杨苏琳虽然承认自己杀了邹大福、邓坤和胡二简三人，却否认胡志平的死跟她有关，而且还供述说胡志平在十八年前的那个晚上根本没有强暴过她，都感到有些意外。

欧阳错跟在队长后面补充说："我们已经请广西玉林市陆川县的同行帮忙到杨苏琳所居住的横山镇杨家村调查过，据她的左右邻居证实，杨苏琳前段时间确实一直都不在家，但是从上个月，即 5 月下旬开始，她回到村里之后，就一直待在家里，每天都在田间地头干农活儿，并没有再出过远门。尤其是在胡志平死亡的 6 月 17 日及前后几天时间，都有村里人做证说每天都能看到她在村里出现。也就是说，她并没有作案时间。而且我们还发现了一个细节，与前面三个案子中巧妙地利用被害人的生活习惯给三名被害人下毒，让三人在不知不觉中中毒身亡相比，直接把毒鼠强放在茶水里毒死胡志平的作案手法则显得拙劣许多，看起来似乎也不太符合杨苏琳一贯的作案风格。所以我们觉得，她 6 月 17 日在咱们丁州毒杀胡志平的可能性基本可以排除了。"

"这我就有点不明白了。"康佳佳说，"既然胡志平当年并没有对她做过那样的事，那他为什么又要告诉自己的妻子梁亚青，说自己曾在十八年前强奸过一个十六岁的少女呢？还有，既然毒杀胡志平的凶手不是杨苏琳，那真凶又会是谁呢？"

"你说得对，我也不认为胡志平会把十八年前自己根本就没有做过的丑事告诉别人，而且那个人还是他的妻子。"严政点着头说。

欧阳错明白队长的意思："所以说，这个梁亚青是在说谎。胡志平确实曾跟她说起过十八年前自己在窗户外面目睹杨苏琳被邹大福等三人凌辱的经过，但后面胡志平自己也冲进屋去，借机在杨苏琳身上发泄兽欲这个情节，极有可能是梁亚青自己编造出来的。"

"如果真是这样，那这个女人就太让人搞不懂了。"老熊眯着眼睛说，"她为什么要无中生有地编造出这样一个情节呢？难道自己的丈夫是个强奸犯，她脸上很光彩吗？"

欧阳错道："其实很好理解，因为她如果不在警察面前这样说，就没有办法把毒杀胡志平的罪行转嫁到杨苏琳身上。"

"你的意思是……？"

"我觉得毒杀胡志平的凶手不是别人，就是梁亚青！"

听了欧阳错的这句话，大家都沉默了一下，但很快就有人点头表示赞同，从目前的情况来看，这确实是最合理的推测。严政扫了大家一眼："我也觉得这个梁亚青身上疑点颇多，如果毒杀胡志平的凶手真的另有其人，那梁亚青肯定是咱们警方首要的怀疑对象。"

康佳佳跟梁亚青接触过几次，对她的印象还算不错，不由得皱眉道："梁亚青跟胡志平结婚不久，而且刚刚生下一对双胞胎，她有什么理由在这个节骨眼上下毒杀自己的丈夫呢？"

"她的作案动机只有她自己知道。"欧阳错扭头看向队长："严队，我建议立即对这个梁亚青展开调查。"

严政把屁股下面的椅子往后一推，起身在会议室里踱了几步，最后点头说："好，咱们分一下工，我和老熊继续审讯杨苏琳，看还能不能挖出一些其他线索来。欧阳、佳佳、马瑞等其他同志暂时放下手头其他工作，全力调查胡志平命案，因为这个案子表面看来像是这起连环命案的延续，如果不彻底调查清楚，那杨苏琳杀人案也无法顺利结案。"

案情分析会结束后，大家都按照各自领到的侦查任务分头忙碌起来。严政让欧阳错和康佳佳去调查一下梁亚青的个人情况，为了不打草惊蛇，两人放弃了去禾坪坝直接找梁亚青当面调查的想法，他们记得以前听胡志平说过，他和梁亚青都是凤凰大酒店的员工，所以两人决定先去酒店问问情况。

凤凰大酒店坐落在环南路中段，是一家集餐饮和住宿于一体的标准四星级酒店，十二层高的酒店大楼外墙被装修成金黄色，看起来很是气派。两人来到酒店，一位自称姓张的女经理在一间小会议室里接待了他们。

康佳佳向这位张经理道明来意后，张经理很快就点头说："你们要找的这个梁亚青，以前确实是我们酒店餐饮部的服务员，不过她在几个月前已经辞职了。"

欧阳错"哦"了一声，然后又问："她丈夫胡志平，也是你们酒店的员工，对吧？"张经理这才明白他们是在调查胡志平中毒死亡的案子，赶紧摇头摆手说："他确实是我们酒店的厨师，不过他出事的时候并没有当班在岗，他的死，跟我们酒店一点关系也没有。"

"你放心，我们这次来并不是追究你们酒店的责任，只是想了解一下梁亚青的情况。"康佳佳看着她说，"能具体给我们说说梁亚青的情况吗？"张经理这才放下心来，到外面的办公室拿了一张用 A4 纸打印的员工信息表过来，一边看着表格上的文字，一边说："梁亚青今年三十岁，她是五年前入职我们酒店的，一开始是在客房部上班，大约三年前被调到餐饮部做服务员。她是咱们丁州市官档乡深井村人，从这张员工信息表上登记的资料来看，她此前并没有过违法犯罪的记录。"

欧阳错见她只会拿着表格照本宣科，不由得皱了一下眉头："除了这张表格上的信息，你还知道她的其他一些情况吗？"

"这个我还真不太清楚。"张经理摇摇头，面露难色，"我手下管着一百多号员工，实在没有办法做到对每个员工的情况都了如指掌。"

康佳佳换了一个话题，问："那你知道梁亚青在这里上班的时候，跟谁走得比较近，或者说，有什么好朋友吗？"

张经理低头想了下："这个……好像有吧，我记得她跟他们餐饮部的领班蒋芯蕊关系不错，两人不但同在一个部门上班，而且还同住一间宿舍，我经常看见她们两个下班之后在一起玩。"

欧阳错知道从她嘴里也问不出什么具体情况来，就说："不如这样吧，请你帮忙把这个蒋芯蕊叫过来，我们再问问她，你也不用再陪我们坐在这儿了，有事您先忙去。"

张经理像是松了口气似的："好的，请稍等。"她踩着高跟鞋橐橐橐地走了出去，小会议室安静了几分钟之后，门外很快就响起几声轻轻的敲门声，欧阳错和康佳佳抬头看到门外站着一个二十八九岁的姑娘，身上穿着蓝色酒店制服，脸上带着些怯意，一副想进来又不敢进来的样子。

"你就是蒋芯蕊吧？"康佳佳起身将她让进屋来，"请坐！我们是市公安局的，想找你打听一下梁亚青的情况。"

蒋芯蕊拘谨地坐下之后问："亚青她、她怎么了？"

欧阳错看她一眼："哦，是这样的，她被牵扯进了我们警方正在调查的一个案子，我们想找一个了解她的人打听一下她的情况，我听你们经理说，你跟她是好朋友，对吧？"

"是、是的，算是好朋友吧。"蒋芯蕊抬头看他一眼，但很快又把头低了下去。康佳佳说："那就请你给我们说一说梁亚青的情况吧。"蒋芯蕊问："说、说她的什么情况？"康佳佳知道她可能是第一次跟警察打交道，难免会有些紧张，就朝她笑笑，拿起桌上的水壶给她倒了杯茶，然后递到她手里："就跟我们说说，你了解到的梁亚青这个人吧！"

蒋芯蕊喝了两口茶，紧张的情绪才慢慢消除。她坐直身子深吸一口气，断断续续地说了一些关于梁亚青的情况。

梁亚青的老家在丁州市下面最偏远的官档乡的一个小村庄里，她自幼家境贫寒，初中毕业后考进了城里的重点高中，家里却拿不出钱给她交学费，她爸爸让她辍学去打工，她不同意，执意要去城里上学。她爸爸拿她没有办法，只好去找同村一个叫蔡上海的表亲借钱。这个蔡上海，当时已有三十岁，年轻时去湖边炸鱼不小心炸瞎了自己一只眼睛，成了一个独眼龙，后来在村里承包鱼塘赚了些钱，家里已经盖起楼房，却没有哪个姑娘肯嫁给他，已过而立之年仍然是个单身汉。蔡上海同意借钱给梁亚青上学，却向她爸提出一个条件，那就是等她在城里上完学，就得回到深井村嫁给他做老婆。梁亚青的爸爸并没有多少见识，觉得蔡上海虽然瞎了一只眼睛，但家庭条件不错，自己的女儿嫁给他算是高攀了，于是就替女儿答应了对方的要求。

在蔡上海的资助下，梁亚青在城里读完了高中，并且还考上了省里一所比较有名的大学，但蔡上海却不愿意出钱送她去省城念大学，说是怕她去了省城，长了见识，翅膀硬了，就不会再回深井村了，那自己在她身上投资的钱，岂不是全都打了水漂？最后梁亚青只好无奈地放弃了去省城上大学的机会，就在丁州城里读了一所大专学校。

大专毕业之后，她爸就在学校门口等着，要立即带她回去跟蔡上海结婚。

梁亚青不同意，说自己想留在城里打几年工，先给家里挣点钱再嫁人。她在城里找到的第一份工作是在少年宫做书法代课老师，她写得一笔好字，高中的时候书法作品还在省里获过奖，因为工作认真，受到少年宫领导的器重，很有可能通过考试后成为正式教师。结果这份工作刚做了几个月，蔡上海就找上门来大吵大闹，说她是自己的老婆，要带她回去跟自己结婚。她不想跟他回深井村，他就拖着她想将她强行带走，幸好少年宫的同事及时打 110 报警，警察来到后将蔡上海赶走，才帮她解了围。但经此一闹，少年宫自然也不敢再聘请她当教师了。

后来她又在城里找了好几份工作，都被不断找来要强行带她回去结婚的蔡上海给搅黄了。最后她拿出自己打工挣来的钱，又找熟人借了一些，还清了以前因为上学找蔡上海所借的款项。本以为这样一来，蔡上海就不会再纠缠她了，谁知蔡上海并不死心，一直阴魂不散地跟着她，她到哪里打工，他就找到哪里去闹。她报了好多次警，警察也烦了，干脆把蔡上海抓走拘留了几天，蔡上海这才收敛一些，虽然不敢再到城里来骚扰她，却对她放出狠话，说有种你这辈子都别回深井村，要不然你这个老婆老子要定了！也正是因为这个，使得梁亚青对蔡上海和深井村充满了恐惧，她发誓无论如何自己也要成为一个城里人，一辈子留在城市里，有生之年都不用再回那个黑暗的老家。

五年前她应聘到凤凰大酒店工作，转到餐饮部做服务员之后，正好与蒋芯蕊同住一间双人宿舍，两人很快就成为无话不谈的好朋友。她到酒店打工不久，就找了一个男朋友，姓孔叫孔辉，是酒店的一名保安。虽然孔辉家庭条件一般，但他有城市户口，只要跟他结婚，梁亚青也就能变成城里人。两人谈了三年多的恋爱，去年年底的时候，梁亚青忽然发现自己怀上了他的孩子，她把这个消息告诉孔辉，原本以为他会高兴地马上跟自己结婚，谁知他却忽然翻脸，决绝地向她提出分手。然后他也很快从酒店辞职，跟着一个同学去搞什么 P2P，挣大钱去了。

梁亚青伤心欲绝，哭了大半个月才缓过气来，蒋芯蕊劝她赶紧把肚子里的孩子打掉，然后再找一个男朋友，三条腿的蛤蟆不好找，两条腿的男人不是遍地都是吗？谁知她去医院做人流的时候，医生却告诉她说她的输卵管有问题，如果流掉这个孩子，以后可能再也怀不上了。她没想到竟然会是这么一个结果，犹豫好久，最后还是咬牙决定把这个孩子生下来，就算生活过得再艰难，自己也要一个人把孩子抚养大。到了今年3月的时候，她的肚子挺得很明显，已经不再适合继续工作，这才从酒店辞职。酒店的一位副总见她可怜，就特别批准她辞职之后可以继续住在宿舍里，让她省了一笔在外面租房子的钱。在这之后不久，蒋芯蕊陪她去医院做产检的时候，才知道她怀的竟然是双胞胎……

康佳佳听蒋芯蕊说到这里，不由得长长地"哦"了一声："我之前听胡志平说他在自己工作的酒店里找了个女朋友，所以就一直以为梁亚青肚子里的两个孩子是他的呢，听你这么一说，才知道这两个孩子竟然……"

欧阳错想到的却是另外一个问题："那么后来，梁亚青又怎么会跟胡志平结婚呢？"

蒋芯蕊低头看着自己手中的茶杯，沉默了一会儿才道："梁亚青虽然辞职了，但因为一直跟我同住一间宿舍，所以她的事情，我也知道一些。后来我们酒店的厨师胡志平突然开始追求梁亚青，说自己不在乎她是乡下人，更不在乎她怀了别人的孩子，只要她愿意跟他结婚，他一定会照顾她，让她把孩子平安生下来，无论是男孩还是女孩，他都会像对待自己的亲生骨肉一样把两个孩子抚育好。梁亚青觉得胡志平的年纪虽然大了一点，但他是酒店厨师，有一技之长，各方面条件也不错，最重要的是他有城市户口，如果跟他结婚的话，自己也就是城里人了，所以很快就答应了他的求婚。胡志平立即带她去民政局领了结婚证，婚后没过多久，梁亚青就生下了一对双胞胎儿子……"

蒋芯蕊低声细说着别人的故事，却好像触动了自己的心事，眼圈忽然红了。她虽然没有具体说明，但欧阳错二人已经隐约明白胡志平突然找梁亚青结婚的原因，也许在胡志平眼里，梁亚青肚子里怀着的不仅仅是两个孩子，更是六十平方米的新房吧。

"梁亚青跟胡志平结婚之后，你去过他们家吗？"康佳佳问，"你觉得他们的婚后生活过得如何？"

蒋芯蕊摇了摇头："我参加了他们在酒店举行的婚礼，但没去过他们家，最近我们酒店的生意正是旺季，我经常加班，所以也没怎么跟她联系过，她婚后的情况，我也不是很了解。"

康佳佳一边点头，一边在笔记本上做着问询笔录。最后他们又问了蒋芯蕊几个问题，她都一一作答。欧阳错觉得该了解的都了解得差不多了，就从沙发上站起身来，向她道谢之后，准备离开。

两人刚走到小会议室门口，身后的蒋芯蕊忽然问："你们是在调查胡志平的命案吗？"

两人一怔，很快就明白过来，胡志平是这家酒店的员工，他的死讯肯定早已在酒店传开了。康佳佳回头说："是的，6 月 17 日那天，胡志平被人用毒鼠强毒死在这附近的吉祥宾馆，案子至今未破。"

"你们怀疑投毒凶手就是梁亚青对吧？"

欧阳错稍微愣了一下："这个……她现在确实是我们警方的重点怀疑对象，所以我们才来找你了解她的一些情况。"

"警察同志，"蒋芯蕊的情绪忽然激动起来，上前扯住康佳佳的衣袖，"你们怀疑得没错，胡志平就是被梁亚青这个女人毒死的，你们一定要把她抓起来，还胡志平一个公道。"

两个警察听到她这句没头没脑的话，都感到有些意外。

欧阳错止住脚步，回头上下打量她一眼："为什么这么说？你是不是还知道些什么？"

"我、我……"蒋芯蕊张张嘴，欲言又止，停顿了十来秒之后，她忽然靠在旁边的墙壁上抽泣起来。

康佳佳疑心大起，急忙回身扶住她，让她在沙发上坐下来，又掏出纸巾让她擦拭脸上的泪水。两人耐心等待好久，蒋芯蕊忽然崩溃的情绪才渐渐平复下来。

"对不起，我、我刚刚对你们说谎了……"她擦着眼泪说，"其实胡志平跟你们说的他在酒店的女朋友，指的是我，我才是他真正的女朋友，也是他真正要结婚的对象！"

"你？"两个警察都有些吃惊地看着她。蒋芯蕊见他们似乎并不相信自己的话，不由得着急起来："我、我说的是真的，我和志平已经处了好几年的男女朋友了，这个事我们酒店的很多同事都知道。其实我和梁亚青，还有志平和孔辉，四个人都算得上是好朋友吧，在同一家酒店上班，下班之后也经常聚在一起玩。我和志平已经相处到了谈婚论嫁的地步，他本来打算赶在房子拆迁之前跟我去办结婚证，这样家里就可以多一口人，以后也能多分到三十平方米的新房子，结果没有想到就在这个节骨眼上，他父亲突然出事死了，这样的事他想瞒也瞒不住啊，如此一来就算我们立即结婚，户口本上也只有两个人的名字，最多能分到六十平方米的新房，哪里够住呢？就在我们俩为未来的婚房发愁的时候，与我同住一个宿舍的梁亚青正好被检查出怀上了双胞胎。我把这个事告诉志平的时候，他有些惋惜地说：'如果是你怀上双胞胎就好了！'正是他无意中的这句玩笑话触动了我，所以我就跟他商量出了一个'曲线救国'的办法。"

听到这里，欧阳错他们当然已经明白她想出的是一个什么办法了，康佳佳问："你这个所谓的'曲线救国'的办法，就是让你男朋友胡志平先跟梁亚青结婚对吧？"

"是的，我想出的办法，就是先让他跟梁亚青结婚，然后让她赶在签订拆迁协议之前把孩子生下来，实在不行就提前进行剖宫产，这样一来，他就可以多分到六十平方米的新房。等到跟开发商签完协议之后，再找个理由跟她离婚，将她扫地出门，然后再跟我结婚，这样一套一百二十平方米的大房子就到手了。"

"那胡志平也同意了？"

蒋芯蕊"嗯"了一声："他同意了。计划定下来之后，我们当着梁亚青的面大吵一场，然后宣布分手，他马上转头去追求梁亚青，说自己其实真正喜欢的人是她而不是我，他不在乎她怀上了别人的孩子，只要她同意，他马上就可以跟她结婚，孩子生下来之后，他一定视如己出，绝不会有半点嫌弃之心。梁亚青挺着一个大肚子，娘家的人又跟她断绝了来往，孤身一人在这座城市，正是感觉到最孤苦无依、情绪低落的时候，突然遇上对自己这么好的男人，很快就没了主意，甚至还跑来找我商量，我自然是鼓动她接受胡志平的求婚。她也觉得自己是在无边的黑暗中看到了一丝希望之光，很快就答应了志平。我们的计划实施得十分顺利，志平赶在签订拆迁协议之前让梁亚青剖宫产生下一对双胞胎，然后再去跟开发商谈条件，毫不费力地签下了一套一百二十平方米的新房。然而就在我们暗自高兴、在微信里相互庆祝的时候，我突然得到消息说志平被人毒死在了吉祥宾馆，我一下子感觉到天都塌了下来……"

欧阳错盯着她问："那你又是怎么知道杀人凶手就是梁亚青呢？"

"我猜的啊。"蒋芯蕊说，"就在志平出事的前几天，梁亚青的前男友孔辉突然跑到酒店来向我打听梁亚青的手机号码，因为梁亚青跟他分手后不久，就换了新手机号码，现在孔辉回头想联系她，却已经联系不上了。"

"那你告诉他了吗？"

"我当时不疑有他，所以想也没想，就把梁亚青的新手机号给了他。"

"那你现在是怀疑……"

"是的，我怀疑是孔辉找到她后，两人旧情复燃，所以合谋杀死了志平，这样一来不但以后分到的那套一百二十平方米的新房是他们的了，就连开发商补偿给志平的那一笔数目不小的拆迁款，也都落到他俩手里了。"

"这些情况，你刚才为什么没对我们说？"

蒋芯蕊低下头去："因为我和志平设计骗梁亚青结婚，原本也不是什么光明正大的事，我怕说出来会给自己带来麻烦，所以一开始我想在你们面前把这件事隐瞒下来，可是后来我又觉得，如果我不把这件事情的来龙去脉说清楚，很可能会影响你们调查真凶，所以才……"

康佳佳立即把这个情况在笔记本上记录下来，然后掏出一张名片递给她，说："非常感谢你给我们警方提供这么重要的线索，毒杀胡志平的凶手到底是不是梁亚青，我们一定会调查清楚的。如果你还想起其他什么情况，可以随时拨打名片上的电话找我。"

第十八章

亲子鉴定

欧阳错和康佳佳来到禾坪坝村，时间已经是晚上 7 点多了，天色正渐渐暗淡下来，路上的街灯已次第亮起。

他们离开凤凰大酒店后，把自己向蒋芯蕊了解到的情况，打电话向队长做了汇报，并且提出了想正面接触一下梁亚青的想法。严政考虑了一下说，从蒋芯蕊提供的情况来看，梁亚青身上的作案嫌疑越来越大，她同意两人去找梁亚青当面调查一下。

两人来到胡志平家，看见两扇大门是关着的，屋里隐约有灯光透出来，走上台阶，正要敲门，大门却忽然从里面打开，一个头发梳得油光水亮的三十来岁的男人胳膊下夹着一个皮包，从屋里走出来，抬头看见站在门口的欧阳错和康佳佳，稍微愣了一下，很快就走下台阶，大步离去。

欧阳错站在门边，忽然想到了什么，急忙转身追上村道，但是昏暗的路灯下，早已不见那个男人的身影。康佳佳被他这突然的举动弄得有点紧张，跟上来问："怎么了？"

欧阳错摇摇头："没什么，我只是突然怀疑这个男人很可能就是梁亚青的前男友孔辉，所以想叫住他问问情况，谁知一转眼就不见他的人影了。"康佳佳回头看看那两扇关闭的大门，嘴里"哦"了一声，如果刚才这个男人真的是孔辉，那梁亚青就确实做得有点过了，丈夫刚死，可谓尸骨未寒，她就在家里与前男友私会，确实有点出人意料。

两人重新回到胡志平家门口，上前敲敲门，梁亚青在屋里应了一声，问谁呀，康佳佳说："我们是公安局的。"梁亚青这才打开大门："原来是欧阳警官和康警官啊！"她把两人让进屋里。康佳佳往旁边卧室里瞧瞧，两个孩子正躺在小床上自顾自地玩着，看起来很乖的样子，她说："你一个人带着两个孩子，也挺辛苦的吧？"

梁亚青眼圈红了一下，点点头，重重地叹了口气，沉默片刻，然后才问："警察同志，你们来找我，是我们家志平的案子有什么消息了吗？"

欧阳错说："我们今天来，正是想跟你说说这件事。我们已经抓到那个邓苏琳，她在十八年前被她继父邓坤卖到了广西，现在已经改名叫杨苏琳。经过审讯，她已经承认自己毒杀邹大福、邓坤和你公公胡二筒的罪行，但是对于你丈夫胡志平的死，她却说跟她没有关系。"

"怎么会跟她没有关系？"梁亚青有点意外，"当年强暴过她的人除了邹大福等人，还有我丈夫，她没有理由杀了前面那几个人，唯独放过我丈夫吧？她肯定是在说谎，警察同志，你们千万不要轻信她的话，再好好查一查，凶手一定是她，错不了的。你们一定要查明真凶，还我丈夫一个公道！"

康佳佳道："可是杨苏琳在审讯中说，当年强暴过她的只有邹大福等三人，并没有你丈夫，所以说她因为报十八年前的受辱之仇而下毒杀死你丈夫，根本就不能成立。"

"这不可能啊！"梁亚青皱起眉头说，"我丈夫明明告诉过我，当年他跟在邹大福他们后面，也对邓苏琳，哦不，是杨苏琳，也对杨苏琳做过那样的事，她怎么可能会不记得呢？"

康佳佳毫不让步，盯着她道："在这件事情上，我们不认为杨苏琳会说谎，毕竟她不可能连伤害过自己的人都不记得，而且我们也仔细调查过，你丈夫中毒身亡的 6 月 17 日，杨苏琳人在广西，根本就没有到过咱们丁州市，所以说她是毒杀你丈夫的凶手，是没有任何根据的。"

"这不可能啊，我丈夫明明跟我说过，当年他确实做过那样的事……"

"这只有一种可能。"欧阳错盯着她冷声道，"那就是你们说谎了，你丈夫根本没有做过那样的事。"

"这就更不可能了吧，我丈夫怎么会拿这样的事情来说谎，再说他撒这样的谎，对他又有什么好处呢？"

"是的，如果真的是你丈夫撒谎，那这个谎言对他来说，根本就没有任何好处。如果他没有做过这样的事，根本就没有必要在自己的妻子面前撒这样的谎。"

"你、你们这么说是什么意思？"梁亚青见两个警察的目光越来越严肃，终于意识到了什么，不由得下意识往后退了一步。

"既然你丈夫没有撒谎，那就只有一种可能，"欧阳错朝她逼近一步，"就是你撒谎了！"

"我撒谎了？"

"是的，你丈夫胡志平确实曾告诉过你十八年前他偷窥到的发生在邓坤家里的事，只不过当天晚上强暴过杨苏琳的只有邹大福等三个牌友，因为其中涉及他父亲，所以即使最后胡志平在我们的提示下想到有可能是当年的邓苏琳回来作案，他也并没有在第一时间把这件事报告我们，而仅是私下里告诉了你。但是你在把这件事转述给我们听的时候，自行编造了一个情节加在后面，谎称你丈夫告诉你，当年他也对杨苏琳犯过那样令人发指的罪行。"

梁亚青气得满脸通红："我为什么要这么做？往我丈夫脸上抹黑，作为他的妻子，我又能得到什么好处？"

欧阳错冷冷的目光在她脸上扫来扫去，像是要扫尽她脸上伪装出来的表情，直视到她心里去一样："你这么做的目的其实很简单，就是想要把我们警方的视线引到杨苏琳身上，让我们觉得你丈夫的死是前面杨苏琳犯下的连环杀人案的延续，让我们警察从一开始就认定，杀死你丈夫的凶手是杨苏琳。"

"这怎么可能？我巴不得你们早点查出害死我丈夫的真凶，怎么会故意说谎扰乱你们的侦查方向呢？"

康佳佳道："这就得问你自己了。"

"问我？"梁亚青用手指着自己的胸脯，喘着粗气，"为什么要问我？"

"因为毒杀你丈夫的凶手不是别人，就是你！"欧阳错的声音猛地提高了三度，"你不想让我们怀疑到你头上，所以就故意在我们面前说谎，把毒杀胡志平的罪行全部推到杨苏琳头上。只是你一定没有想到，这个杨苏琳连杀数人，一直没有被我们抓到，但你丈夫出事后不久，我们就顺利地将她抓捕归案，所以你对我们撒的谎，很快也就被戳破了吧？"

"原来你们是在怀疑我就是毒杀我丈夫的凶手啊。"梁亚青好像直到此时才明白这两个警察今晚来找自己的真正原因，"你们这玩笑是不是开得也太大了一点？志平是我丈夫，也是我两个孩子的爸爸，更是我们一家的顶梁柱，我为什么要对他下这样的毒手？我疯了吗？"

"其实你心里很明白，他并不是这两个孩子的亲生父亲，对吧？"

梁亚青的脸红了一下："就算他不是孩子的亲生父亲，但也仍然是这两个孩子法律上的爸爸，对吧？两个孩子刚刚出生，我为什么要杀他们的爸爸？"

欧阳错背着双手，在屋里踱了两步："既然说到了你的杀人动机，我推测不外乎两个原因。第一，你丈夫原本有一个已经谈了好几年、正准备结婚的女朋友蒋芯蕊，对吧？那胡志平为什么要在这个节骨眼上突然跟她分手，以闪电般的速度跟你结婚生子呢？我们已经找蒋芯蕊调查过，胡志平仅仅是看中了你肚子里的双胞胎孩子，如果你跟他结婚，他就可以在房地产开发商那里多分六十平方米的新房，等事成之后，他就会找个理由跟你离婚，将你扫地出门，这样他再跟蒋芯蕊结婚的时候，就能住上一百二十平方米的大房子了。当然，我想你也不是傻瓜，你跟胡志平结婚之后，尤其是生下孩子，他跟开发商签订拆迁补偿协议之后，从他对你逐渐冷淡的态度里，已经隐约明白他跟蒋芯蕊的阴谋了吧？甚至你还有可能偷看过他跟蒋芯蕊的微信谈话，知道他们正在谋划如何找借口跟你离婚，让你从这个家里净身出户，虽然婚姻法规定女方在分娩后一年内，男方不得提出离婚，但如果男方能够证明女方生下的孩子不是自己的，那又另当别论了。所以明白了真相的你抢在他跟你离婚之前下毒杀了他，一来报自己被骗之仇，二来挽回自己上当受骗的损失，也就完全可以理解了，对不对？"

康佳佳看到梁亚青脸上渐渐露出冷笑的表情，就顺着欧阳错的意思往下说道："如果你不是因为这个杀人，那就只能是第二个原因了。"

"第二个又是什么原因？"

"刚才从你屋里出去的，是你前男友孔辉吧？"欧阳错冷不丁地抛出一个问题。

果然，梁亚青脸色变了一下："你们都看到了？"

康佳佳点头道："是的，你跟孔辉的事，我们也了解得清清楚楚。你结婚之后，他又频繁联系过你吧？你跟胡志平结婚原本也是情势所迫、逼不得已的权宜之计，两人之间根本谈不上有什么深厚的感情基础，你与孔辉之间才是真爱，这一点你不会否认吧？现在孔辉回头找你，你们旧情复燃，胡志平自然也就成了你们这对野鸳鸯奔向幸福生活最大的绊脚石。所以你们就开始合谋杀死胡志平，铲除这块绊脚石。"

欧阳错一面点头赞同她的话，一面对着梁亚青推断道："6月17日那天，因为你丈夫胡志平有事需要外出，你知道他有无论去到哪里都会自备水杯的习惯，所以在他临出门前，往他茶杯里放进了毒鼠强，这样一来，他在外面毒发身亡，就很难跟你扯上关系。更绝的是，为了转移我们警方的视线，你把发生在十八年前的胡志平窥视到的杨苏琳被众人轮奸的旧事说了出来，然后再无中生有，编造出一个情节，说胡志平也是当年强暴过杨苏琳的凶徒之一，所以我们很自然地就把胡志平之死跟前面的连环杀人案联系在了一起，杨苏琳自然也就被我们默认为是毒杀你丈夫的真凶了。"

"欧阳警官，你们刚才说的这些，都只是你们警方毫无证据的猜测吧？"梁亚青看着挡在自己跟前、好像生怕自己会突然逃走一样的两个警察，深吸一口气，平复了一下自己的呼吸，然后开始逐一反驳他俩刚才的推理，"第一，我跟我丈夫的关系完全不像你们想象的那样，我们结婚后，尤其是两个孩子出生之后，他对我和孩子照顾得都非常周到，根本不像你所说的，他跟我结婚就是一个阴谋。他还跟开发商说好了，以后分到新房子，房产证上要写我们两个的名字，他还说要把拿到的这笔拆迁补偿款找个可靠的地方全部存起来，留给孩子将来上学时用，他甚至已经提前规划好了我们这个小家庭以后十年的生活。而你们现在却告诉我说，他心里想的是他的前女友蒋芯蕊，并且马上要跟我离婚，还要让我净身出户，你们不觉得这很可笑吗？"

她好像听到了天底下最可笑的笑话，自己先笑起来："还有，我的前男友孔辉确实来找过我几次，他是想拉我合伙跟他去做生意，我们俩并没有做出任何越轨之事。难道仅仅是因为他来找过我几次，就可以断定我们是旧情复燃，我就会像潘金莲那样勾结奸夫谋杀亲夫吗？你们是不是《金瓶梅》看多了呀？"

康佳佳被她一顿抢白，一时间竟无言以对。欧阳错道："无论你如何诡辩，你向我们警方撒谎，说你丈夫曾在你面前承认十八年前强暴过杨苏琳，这总该是事实吧？"

梁亚青提高声音说："我没有说谎，我说的就是事实，当时我丈夫就是这么告诉我的。"

"但是杨苏琳到案之后告诉我们警方说，当年强暴过她的人中，根本就没有胡志平。这个你怎么解释？"

梁亚青扭过头去："这个我没法解释。我丈夫当时确实就是这么跟我说的，我只能保证我是按他的原话转述给警方听的，绝没有半点更改，不过正所谓死无对证，我丈夫现在已经遇害，我已经没有办法证明自己说过的话是真的。如果你们一定要认为我是在撒谎，那我也没有办法。"

"既然这样，那我们就只好把你请到公安局去将事情说清楚了。"欧阳错冷下脸来，掏出手铐，朝她走去。康佳佳在旁边碰了他一下，见他还不明白自己的意思，就朝卧室的方向努努嘴。欧阳错一抬头就看见在卧室的婴儿床上已经睡着的两个孩子。他忽然明白了康佳佳的意思，梁亚青尚在哺乳期，在家里没有其他人照顾孩子的情况下，是不能随意拘捕她的。他拿着手铐，不由得感到有些为难。

"警察同志，我可以证明你们刚才说的梁亚青的两个杀人动机都不成立！"一个男人的声音忽然在身后响起。

欧阳错和康佳佳都吃了一惊，扭头看去，却见大门旁边不知什么时候已经站了一个男人，头发梳得油光水滑，腋下夹着一个黑色皮包，居然正是刚才从梁亚青家里走出去的那个男人。

"孔辉？"欧阳错上下打量他一眼，问。

对方点头承认道："是的，我就是孔辉，也就是你们刚才所说的梁亚青的前男友。"

"你刚才说你能证明梁亚青没有杀人动机？"康佳佳瞧着他问。

"是的，"孔辉走进屋来，"我能证明你们刚才说的梁亚青的两个杀人动机都不能成立。"

欧阳错不动声色地问："你怎么证明？"

孔辉朝梁亚青看看，见她正一脸担心地望着自己，就冲着她轻轻摇了下头："亚青，没事的，我知道你没有做过那样的事，我会跟两位警官把事情说清楚的。"他把目光转向欧阳错和康佳佳，"首先说说你们眼中的潘金莲勾结奸夫谋杀亲夫的荒唐故事吧。最近一段时间，我确实到他们家来的次数有点多，但事情绝不是你们想象的那样。我前几次来的时候，胡志平还没有出事，我每次都是挑他下班在家的时候过来的。我之所以来找胡志平和梁亚青，最主要的目的是想跟他们合伙做一笔生意。"

"什么生意？"

"P2P。"

"P2P？"欧阳错和康佳佳脸上的表情都有点茫然。

孔辉向他们解释道："P2P是英文 peer to peer lending（点对点借贷）的缩写，翻译成中文大概就是网络借贷的意思，是一种将小额资金聚集起来借贷给有资金需求人群的一种民间小额借贷模式。我从凤凰大酒店辞职之后，就跟着一个高中同学去做 P2P，也赚了一些钱。后来我听说禾坪坝一带的居民要拆迁，每个村民都可以分到一笔不菲的拆迁款，而且梁亚青嫁给胡志平后正好就住在这个村子里，所以我才回头找蒋芯蕊问了梁亚青的新电话号码，然后通过电话跟梁亚青和胡志平联系上了。"

听他这么一解释，康佳佳也大致明白"P2P"是什么意思了："你是看到梁亚青他们拿了不少拆迁款，所以就想拉他们入伙，让他们把这笔钱拿去给你投资，由你去借贷给别人，然后坐收高额利息，是吧？"

孔辉微微一笑，把皮包放在旁边的桌子上，两只手往自己头发上摸了摸，好像生怕把自己的头发弄乱了一样："如果你们真是这么想的，未免太小瞧我们这个P2P平台了。我们看中的并不是胡志平手里的这点钱，我们是想通过胡志平和梁亚青做中间人，把全村人的拆迁款都吸纳到我们平台上来，那才是一笔真正的大生意，然后我们再按一定的比例给胡志平返利。在胡志平出事之前，我就来找他们夫妻俩聊过这事，他们也觉得这个生意可以做。村民们手里突然拿到这么多拆迁款，都有点不知道该怎么办，存在银行里吧，利息少得可怜，拿去做生意吧，又怕生意失败血本无归，但如果投资到我们的P2P平台上来，可以说是一桩稳赚不亏的买卖，不但本金有保障，而且每月还可以坐收远高于银行利息的回报。如果胡志平能帮村民和我们公司达成协议，也算是为全体村民做了一件大好事。只可惜后来胡志平突然出事，所以剩下的生意我也就只能跟梁亚青来谈了。这就是你们今晚在他们家看到我的原因。刚才我从她家里走出去的时候，在门口碰见你们，因为你们穿着便装，我并不知道你们是警察，事后回想一下，感到有点可疑，怕梁亚青一个人在家遇上歹人，所以走了一段路之后，马上又折返回来，悄悄躲在门外观察着屋里的情形，这才知道原来你们两个是警察，而且你们还在怀疑梁亚青是毒杀胡志平的凶手，所以这才忍不住站出来替她说几句公道话。"

他说到这里，停顿一下，看到两个警察脸上仍然是将信将疑的表情，于是又补充说："对了，我这人做事一向仔细，为了避免因为言语不清日后引起不必要的麻烦，每次我跟客户或其他合作伙伴商谈生意上的事，在征得对方同意之后，都会将谈话内容录下来，跟胡志平接触时也是这样的，只不过这些录音文件都保存在我公司的电脑里。如果你们不相信我说的话，可以去我公司查看这些音频文件。"他顺手掏出两张名片，分别递给两个警察，"这上面有我公司的地址和我的联系方式，随时欢迎警察同志上门调查核实。"

欧阳错往名片上瞧一眼，这家P2P公司的地址在市区繁华商业街上的一栋写字楼内，名字看起来很高大上的样子。他收起名片说："好的，你所说的话，我们会去一一调查核实的。"

康佳佳则把他的名片捏在手里，问他："除此之外，还有一个杀人动机呢？"

"嗯，其实这才是我今天要跟你们说的重点。"孔辉又朝梁亚青看一眼，目光竟变得有些复杂起来，"因为这其中牵涉一些情况，原本是属于我跟胡志平两个男人之间的秘密，可能连亚青自己都不甚明了，但今天为了能够证明她的清白，我也只好向你们和盘托出了。"

孔辉告诉他们，在凤凰大酒店工作的时候，他和胡志平、梁亚青、蒋芯蕊都是很要好的朋友，两对情侣四个人经常在下班之后聚在一起消遣玩乐打发时间。有一次，他和胡志平躲在一边偷偷看了一些手机里的黄色视频之后，胡志平突发感慨，说自己跟蒋芯蕊处了这么久的男女朋友，上床的次数也多得数不清了，现在还没结婚呢，就已经对她生出了一种左手拉右手般的老夫老妻的感觉，渐渐已经提不起激情了。孔辉也点头附和说："是啊，我跟亚青在一起时也是这样呢。"这时候蒋芯蕊和梁亚青正在前面的小路边采摘野花，胡志平盯着梁亚青紧身裤下勾勒出来的丰满臀部，丝毫不掩饰自己的艳羡之色，而孔辉则盯着对方女朋友蒋芯蕊那高耸的胸脯直吞口水。"如果咱们能像刚才视频里那样玩一下就好了！"两人几乎是异口同声地说出了内心深处那个龌龊的想法。他们刚刚看的是一个讲述换妻游戏的三级片。两个男人相互看一眼，脸上露出了不怀好意的笑容，仅凭眼神交流，就已经在心里暗暗达成协议：下次咱们来点刺激的，玩一回情侣交换游戏！当然，这个计划只能暗中进行，绝对不能让两个女人知道，要不然他俩肯定要被骂个狗血喷头。

两人定下暗计之后，在某个休息日，就极力撺掇梁亚青和蒋芯蕊到邻近的新安县某景区去游玩。晚上在景区宾馆住下来的时候，孔辉和梁亚青要了一间房，胡志平则和自己的女朋友蒋芯蕊同住一间房。这天晚上，四人在酒吧里玩得很嗨，两个男人趁机灌醉了两个女人，先是将她们扶回各自房间，待两人熟睡之后，胡志平悄悄进入了梁亚青的房里，而孔辉则拿着房卡打开了蒋芯蕊的房门，将睡得毫无知觉的她压在了身下……一场无耻的交易就此达成，而两个醉酒的女人则毫不知情，根本不知道这天晚上睡在自己身边的男人并不是自己的男朋友。这件事也成了孔辉和胡志平两个男人心照不宣的秘密。

谁知这件事过去没多久，孔辉却意外地发现自己的女朋友梁亚青怀孕了，他好像突然挨了一记闷棍，差点晕过去。孔辉患有精索静脉曲张，失去了生育功能，一直在悄悄吃药治疗，原本是想等治好之后，就跟梁亚青结婚。谁知这个节骨眼上，梁亚青却怀孕了。毫不知情的梁亚青一直以为自己怀的是他的孩子，只有孔辉自己知道，这孩子不是自己的，而是胡志平的。他内心痛苦不已，因为这关系到他作为一个男人的尊严，却又不能跟任何人说，最后实在无法接受这个现实，只好随便找个理由跟梁亚青分手，并且辞职离开了这个令他尴尬的工作场所。

他辞职之后，在一个高中同学的鼓动下，开始跟其一起创业，做一个 P2P 平台，虽然公司刚开业不久，但收益也还可以。他一门心思想把公司业绩做大，后来听说前女友梁亚青最后竟然跟胡志平结了婚，住在禾坪坝，而正好这个城中村拆迁在即，每个村民手里都分到了一大笔补偿款。他觉得自己公司做大做强的机会来了，如果能说动这些村民把手里的拆迁款都投到他们平台上来，不但村民可以坐收高额利息，他们公司也可以大赚一笔。但是他在这个村子里并没有其他相熟的人，所以就想通过胡志平和梁亚青做中间人，去接触这些村民，去跟他们谈这笔生意。但是他辞职离开凤凰大酒店的时候，已经删除了他们的联系方式，最后想来想去，只好到酒店找到蒋芯蕊，向她问到了梁亚青的手机号码，这才联系上梁亚青和胡志平。

在孔辉和胡志平后来谈生意接触的过程中，他发现胡志平竟然还与前女友蒋芯蕊保持着暧昧的关系，一次酒后细问之下，他才知道胡志平跟梁亚青结婚竟然是出自他与蒋芯蕊设下的阴谋。孔辉考虑良久，最后决定对胡志平说出真相，这才把梁亚青生下的双胞胎儿子其实是胡志平亲生孩子的事告诉胡志平。胡志平一开始还不相信，后来悄悄去医院做了亲子鉴定，才知道孔辉所言不假，梁亚青生下的两个孩子都是自己亲生的。他知道真相之后，就决定立即终止跟前女友蒋芯蕊拟订的"曲线救国"的计划，打算以后就跟梁亚青一起，带着两个可爱的孩子，一起好好过日子。他甚至还当着孔辉的面打电话给蒋芯蕊，叫她以后不要再纠缠自己。当然，这所有的一切，都是背着梁亚青进行的，她虽然能够感受到丈夫对自己态度的转变，对两个孩子的爱意越来越深，却并不明白其中的缘由。

此时此刻，当梁亚青从孔辉嘴里得知真相，不由得心中五味杂陈，用怨恨的目光看他一眼，然后别过脸去，悄悄抹着脸上的泪水。

孔辉看看她，似乎想安慰她几句，但张张嘴，又什么话都没有说，只是默默地递过去一张纸巾。

他停顿了一会儿，才对两个警察接着说："胡志平在得知真相之后，已经彻底放弃了跟梁亚青离婚的想法，也跟蒋芯蕊说清缘由，提出了分手，他已经下定决心以后要好好跟梁亚青过日子，而且他也努力这样做着。既然他想逼梁亚青跟他离婚的事实已经不成立，那你们觉得梁亚青还会因为这个事去杀人吗？"

欧阳错盯着他道："你说的可都是实话？"

孔辉举起手来，对天发誓："我保证我说的句句属实，如有半句假话，叫我天打雷劈，不得好死！"

康佳佳不由得笑起来："我们警察办案，讲究的是证据，不是随便发个毒誓就能让我们信以为真的。"

"哦，"孔辉想了一下说，"这个可就有点麻烦了，因为我跟胡志平说的这些话并没有录音，不过两个孩子都是他亲生的，这个是事实。你们可以在他屋里找一下，应该还能找到他去医院做的亲子鉴定结果，或者你们重新鉴定一下，就知道我没有说谎了。"

欧阳错转头看向梁亚青："你也没有见过这份鉴定书，对吧？"

梁亚青点点头，但很快又说："不过我丈夫自己有一个一直锁上的小抽屉，平时他有什么重要的东西，都会放在那个抽屉里，钥匙随身带着。他出事之后我一直没有打开抽屉看过，如果真有这么一份鉴定书，我想他很可能是放在那里面了。"

"现在可以打开抽屉让我们看看吗？"康佳佳问。

梁亚青点点头，拿出丈夫留下的钥匙，带着他们走进卧室，打开书桌最下面的一个抽屉，在抽屉的最底层，果然放着一份亲子鉴定报告单，从最后一栏的鉴定结果来看，两个孩子跟胡志平确实存在血缘关系。报告单后面，盖着市里一家大医院的红色印章，鉴定结果应该是比较可信的。如此看来，孔辉刚才所言应该确有其事。

欧阳错扭头看看自己的搭档，康佳佳脸上也现出犹豫的表情，两人心里同时在想：如果梁亚青不是毒杀胡志平的凶手，那么真正的杀人凶手到底又是谁呢？

欧阳错低头想了想，然后问梁亚青："请你再仔细想想，你丈夫 6 月 17 日那天早上出门的时候，可有什么异常之处？"

梁亚青想了一下，摇摇头说："好像也没有什么特别异常的地方吧。那天早上，他刚给我做完早餐，手机就响了，接完电话后他说酒店有事找他，他得去一趟，然后就拎起自己的茶杯，推出摩托车，开车走了。但是后来酒店的人说，那天早上根本没有打过电话给他，也没有叫他回酒店做事。"

欧阳错点头道："这个情况我们已经知道了，只是当时先入为主地以为杀人凶手就是杨苏琳，觉得这个电话应该是杨苏琳打来约他出门见面的，所以并没有对此再做深入调查。现在看来，这是我们警方的一个疏忽啊！"

康佳佳问："你丈夫的手机呢？可以再拿给我们看看吗？"

梁亚青点头说："可以的。我也是刚从公安局那边把他的随身物品领回来，他手机里的东西我完全没有动过。"她回身从抽屉里拿出一部智能手机，打开屏幕锁后递给了康佳佳。

康佳佳在手机里翻了下，看到通话记录里并没有事发当天早上接打电话的痕迹。她问梁亚青："除了你，还有人碰过这部手机吗？"

梁亚青摇头说："没有了，手机拿回来后，我一直锁在抽屉里的。"

"你看，事发当天早上的那通电话已经被删除了。"康佳佳把手机递给自己的搭档。欧阳错看了一下，胡志平手机里 6 月 17 日的通讯记录是空白的，他皱了一下眉头："他后来还打电话到吉祥宾馆订房，但这通电话的拨打记录同样被删除了，我觉得应该是他自己动手删除的。"

康佳佳明白他的意思，胡志平早上接到的这个已经被他删除的电话十分可疑，值得警方重点调查一下。她对梁亚青说："这个手机可以暂时借给我们用一下吗？我们想明天去电信公司查一下，看看那天早上打进来的到底是一个什么电话。"

"可以的，只要能帮你们破案，要我做什么都行。"

"那就多谢了！"康佳佳道谢之后，就和欧阳错一起离开了梁亚青的家。

第十九章

身份伪装

　　第二天早上，欧阳错和康佳佳一起来到电信公司，查了一下胡志平的手机在 6 月 17 日早上的通话记录，发现当天早上，他只接听过一个电话，时间是早上 8 点 27 分，通话时长约四十秒，打进电话的是一个本地手机号码。再一查那个手机号，注册人的姓名居然是蒋芯蕊。

　　两人回到重案中队，正好马瑞也在向严政汇报情况。马瑞去调查了下胡志平遇害当天上午，从禾坪坝前往吉祥宾馆，一路上的监控视频，结果发现凤凰大酒店前面不远处一个十字路口的治安监控探头拍到了胡志平把摩托车停在路边等人的画面。当时是上午 8 点 54 分，大约十分钟后，有一个女人从环南路方向走过来，坐在他摩托车后座上，胡志平很快就开着摩托车沿着环南路往前，走出了视频监控范围。

　　欧阳错和康佳佳也凑到电脑前，认真看了马瑞拷贝回来的视频文件，那个坐在胡志平摩托车后座上的女人虽然戴着头盔，但前面的护目镜并没有放下来，所以摩托车从监控探头下经过时，还是比较清晰地拍下了她的面部轮廓。将这女人的头像截图放大之后，两人很快就认了出来："这不正是蒋芯蕊吗？"

　　"蒋芯蕊又是谁？"马瑞问。

　　康佳佳于是把昨天自己跟欧阳错一起到凤凰大酒店及禾坪坝梁亚青家的调查结果说了。

　　"原来她就是胡志平的前女友啊！"马瑞看着电脑屏幕上的截图，恍然大悟地点点头。

严政又把刚才的视频重新看了一遍，然后抱着胳膊沉吟着问几个属下："这个案子查到现在，你们怎么看？"

欧阳错火急火燎地道："不用看了，案情已经很明显了，投毒凶手就是这个蒋芯蕊。"

"对，我也这么觉得。"

康佳佳也点头赞成他的推断。

欧阳错说："这个蒋芯蕊，原本是胡志平的正牌女友，为了多分得六十平方米的新房，不惜让自己的男朋友跟已经怀了双胞胎的闺密梁亚青结婚，本是打算等到胡志平跟开发商签订协议之后，就让胡志平跟梁亚青离婚，再跟她结婚，这样他们很快就可以住上一百二十平方米的大房子了。谁知计划赶不上变化，胡志平跟梁亚青结婚之后发现她生下的两个孩子竟然是自己的亲生儿子，他很快就打起退堂鼓，放弃了原来跟蒋芯蕊共同拟订的所谓"曲线救国"的计划，决心带着两个孩子，好好地跟梁亚青过日子。蒋芯蕊处心积虑设下这个瞒天过海的大计，最后却竹篮打水一场空，不但什么也没有得到，反而还失去了胡志平对自己的爱，心里自然是愤恨不平，咽不下这口恶气。在这样的情况下，她对胡志平起了杀心，悄悄往他茶杯里投毒，也就不难理解了。"

"嗯，这个蒋芯蕊的作案嫌疑确实很大，"严政点点头道，"你们马上去把她带到重案中队来，咱们好好会一会她。"

欧阳错和康佳佳立即驱车赶到凤凰大酒店，先是在酒店里转了一圈，并没有看到蒋芯蕊，还以为她没有上班呢，找到昨天那位张经理问了下，张经理说："蒋芯蕊啊，她也不知道怎么了，今天一早就来找我辞职，连这个月的工资也不要，就直接走了。"

"这是什么时候的事？"康佳佳大感意外。

张经理看看手表："十多分钟前了吧，她还有些东西放在宿舍，估计这会儿有可能还在宿舍里清理自己的东西，你们如果想找她，可以去她宿舍里看看。"

在张经理的指引下，两人又立即赶到酒店后面的员工宿舍，刚要走进楼道，就看见一个女人提着一只行李袋，匆匆从楼上走下来，正是蒋芯蕊。欧阳错挡在她面前，大叫一声："蒋芯蕊！"

蒋芯蕊抬头看见两个警察，连魂都差点吓掉了，扔下手里的行李袋，掉头就往楼上跑去。

"站住！"康佳佳飞身赶上，没等她跑出几步，就将她按倒在楼梯扶手上。欧阳错上前迅速给她戴上了手铐。两人将蒋芯蕊带下楼时，她早已吓得脸色苍白，两腿打战，几乎连走路的力气都没有了。

"知道我们为什么把你请到这里来吗？"蒋芯蕊被带到重案中队办案区后，立即被送进了审讯室。严政坐在审讯桌前问她。

"知……知道，因……因为我杀……杀了人！"当蒋芯蕊被警察按坐在审讯椅上之时，她整个人就崩溃了，哭得眼泪鼻涕满脸都是，扯着自己的头发大叫道，"可是如果我不杀他，他很可能就会要我的命啊……"

康佳佳起身给她递过去几张纸巾，待她擦干净脸上的眼泪鼻涕，情绪稍微平静下来之后，审讯才接着往下进行。警方并没有费多大力气，就拿下了她的有罪供述。

蒋芯蕊与自己的男朋友胡志平一起订下"曲线救国"的计划之后，她就一直憧憬着跟胡志平结婚、住上大房子后的幸福生活，谁知就在这个时候，胡志平却忽然告诉她，梁亚青生下的是他的亲生儿子，他不能不对梁亚青和两个孩子负责，所以他们原来订下的计划取消了，他以后要跟梁亚青一起好好过日子。这个消息就像一道晴天霹雳，一下就把蒋芯蕊给轰傻了。

她回过神来之后，多次找到胡志平，要他履行自己的诺言，跟梁亚青离婚，跟她结婚，甚至还跪下来苦苦哀求他不要离开她，但是都被胡志平无情地拒绝了。及至后来，胡志平被她纠缠得烦了，干脆对她避而不见，甚至连她的电话也不怎么接了。有一次她在酒店厨房外面的走廊里碰见他，又想缠着他说这个事，他却突然掐住她的脖子，把她抵在墙壁上，面色狰狞地道："我警告你，咱们之间已经结束了，如果你再敢来纠缠我，老子就杀了你！"看着他脸露杀机的样子，蒋芯蕊不由得打了个寒战。

她与胡志平相处这么久，知道他这人表面上看起来不声不响，但实际上是个心狠手辣之人，而且他一向说得出就能做得到，照这样发展下去，很有可能自己哪一天被他杀人灭口也不知道。可是如果就此放弃，眼睁睁地看着这对狗男女过着原本属于自己的幸福日子，她实在是心有不甘，咽不下心头这口恶气。她思来想去，决定最后把胡志平约出来再好好谈一次，彻底做一个了断。如果他不能回心转意，那也就不能怪自己狠心了！她提前在路边摊买了一包毒鼠强，并且在 6 月 17 日她休息的那天早上给胡志平打电话，说自己想跟他最后再约会一次，找个安静的地方，好好把事情说清楚，也算是做一个最后的了断。胡志平想了一下，最后还是点头同意了。

那天早上，她走到酒店前面的十字路口时，胡志平已经骑着摩托车在那里等着她了。她坐上他的摩托车，往前走了没多远，胡志平就冷声冷气地问她想要去哪里谈。蒋芯蕊从后面轻轻环抱住他的腰，把头在他背上摩挲着，柔声道："街道上哪里都是吵吵闹闹的，要不咱们去宾馆开一间房，坐下来好好聊一聊吧。"胡志平有点不愿意，不耐烦地说："随便找个公园角落里坐一会儿就行了，为什么一定要去宾馆呢？"蒋芯蕊把他搂得更紧，声音哽咽地道："其实我想去宾馆，是有私心的，我预感到今天咱们做了了断之后，你以后肯定不会再理睬我了，所以我想今天再跟你、跟你上一次床……"后面的话，声音低得几乎让人听不到。

胡志平叹了口气，只好答应她。他知道这附近有一家吉祥宾馆，两人以前还去那里开过房，位置很近，房价也不贵，于是就把摩托车停在路边，掏出手机打电话到吉祥宾馆订了一间房。因为以往蒋芯蕊跟他出来开房的时候，都是要求住大床房，所以这一次也特意跟宾馆说了，自己要一间大床房。他打完电话，为了回家之后不被梁亚青看出蛛丝马迹，不但把早上与蒋芯蕊的通话记录删除了，而且还把刚才拨打的订房电话也一并删了。就在他拿着手机，背对着蒋芯蕊的时候，蒋芯蕊悄悄地拧开他放在摩托车杯架上的茶杯，把大半包毒鼠强全都倒了进去，然后用衣袖擦去了自己留在上面的指纹。

　　等胡志平再次启动摩托车，准备直接去宾馆的时候，她忽然问他带避孕套没有，她说："这是咱们的最后一次了，我可不想在这个节骨眼上怀上你的孩子。"胡志平皱起眉头说："我出门的时候根本不知道你会提这么多要求，怎么可能会事先备好这些东西呢？"蒋芯蕊想了一下说："我知道这附近有个超市可以买到避孕套，要不你先去宾馆开好房间等我，我买好东西之后自己打车过去。"胡志平不知是计，自然点头答应。他一个人先行赶到吉祥宾馆，在房间里住下之后，喝了几口杯子里的茶水，很快就中毒身亡了。而蒋芯蕊自然没有再进入吉祥宾馆，而是躲在附近暗中观察，后来看见警车来了，然后又看到胡志平的尸体被人从宾馆里抬出来，她这才确认胡志平真的已经死了。

　　但是让她觉得奇怪的是，胡志平出事之后，警察并没有到他工作的酒店做过多的调查，后来她才知道，原来警方错误地怀疑到了别人头上。昨天警察再次来到酒店，并且让经理把她叫过去，她顿时紧张起来，以为警察已经开始怀疑她了，听到警察问了几个问题都是与梁亚青有关，她才知道原来警察的重点怀疑对象是梁亚青。她这才松下一口气，顺着警察的意思，说了梁亚青和胡志平的许多事，为的就是要让警察加深对梁亚青的怀疑，直至最后把她当成杀人凶手抓起来。

　　今天早上，她上班之前特意去了一趟禾坪坝，看见梁亚青仍然在家里，并无任何异常，就知道昨天想要嫁祸于人的计划失败了，警方并没有把梁亚青当成凶手抓起来，看来很可能是梁亚青身上的作案嫌疑已经被警方排除了。那接下来，只要警察继续深入调查下去，很快就会查到她头上来了。她想了一下，三十六计走为上计，最后决定还是先离开丁州市，找个地方躲起来再说。所以今天早上一到酒店上班，她就立即找经理辞职，然后回宿舍简单收拾了一点行李，正准备跑到汽车站，坐长途大巴离开丁州，谁知刚从宿舍楼走出来，迎面就碰见前来抓捕她的两个警察……

　　严政听她供述完自己的作案经过之后，很快就抓住了其中一个细节，问她："你刚才说，你把大半包毒鼠强都投进了胡志平的茶杯里，对吧？"见蒋芯蕊点头，她又接着问，"那剩下的那小半包毒鼠强呢？"

蒋芯蕊犹豫了一下，说："剩下的毒药，我没有扔掉，一直放在自己的宿舍里。"

"为什么不找个地方扔掉呢？"康佳佳表示不解，"难道你不知道，这小半包毒鼠强一旦被警察发现，很可能就会成为你投毒杀人的罪证。"

"我、我知道的，可是……"蒋芯蕊脸上现出痛苦的表情，"我原本也是想偷偷扔进垃圾桶的，可是我杀了胡志平之后，几乎每天晚上都会做噩梦，总是梦见警察突然踹开宿舍的门来抓我，然后用尽各种酷刑来折磨我这个杀人犯，让我生不如死……即便醒来之后，仍然心有余悸，所以我最后还是把剩下的毒药藏在了宿舍里，准备万一哪天警察破了案，到宿舍来抓我，我就立即把这小半包毒药吞下去。可是今天早上，真的事到临头的时候，我却实在提不起勇气拿出这包毒药来，所以才想着要逃到外地去避避风头……"

严政点点头，让康佳佳把这半包毒药的事在审讯笔录中详细记录下来。审讯结束后，她让欧阳错带两个人立即去凤凰大酒店搜查蒋芯蕊的宿舍。最后果然在蒋芯蕊宿舍床底下的一个收纳盒里找到了小半包毒鼠强，拿回来化验之后，发现与从胡志平茶杯里提取出来的毒药成分完全相同。由此可以断定蒋芯蕊供述属实，胡志平茶杯里的毒鼠强确实是她投放进去的。

下午的时候，警方再次提审蒋芯蕊，又问了一些她作案的细节，与警方掌握到的线索基本相吻合。专案组的人都松下一口气来，这桩离奇的投毒案，总算是破了。

傍晚时分，欧阳错和康佳佳再次来到禾坪坝，跟梁亚青说了她丈夫这个案子的最新进展。当梁亚青听到凶手名字的时候，忽然伏在摇床边放声大哭起来，吓得摇床里的两个孩子也跟着哇哇哭叫。

康佳佳递上纸巾，劝慰良久，梁亚青才渐渐止住悲声，又拉着两个警察，说了一些感谢的话。欧阳错很有些不好意思，胡志平的案子其实一点也不复杂，如果不是当初他们先入为主地认定杨苏琳就是凶手，搞错了侦查方向，也许这个案子早就已经真相大白了。

"对了，还有一个问题，你们调查清楚了吗？"梁亚青擦干眼泪，一边哄着摇床上的两个孩子，一边问。

欧阳错愣了一下，但很快就明白过来，问："你说的是你丈夫曾告诉过你的，十八年前他性侵过杨苏琳的事吗？"

梁亚青点点头："我丈夫确确实实就是这样告诉我的，我只是将他的原话转述给警察听，你们却说我在撒谎，还说连杨苏琳自己都否认了这件事，所以我就想问清楚，这个到底是怎么一回事？我丈夫他到底有没有……"

康佳佳说："针对这件事，我们曾专门向杨苏琳本人做过调查，现在已经把问题基本搞清楚了。我们觉得你丈夫没有撒谎，你也没有撒谎，而杨苏琳也没有在警察面前说假话。十八年前的那个晚上，杨苏琳先是被邹大福等三人轮奸，因为受到惊吓和刺激，她出现了短暂的昏迷，我们猜想胡志平应该就是在这个时候悄悄进入房间对其实施性侵的，因为杨苏琳此时的记忆是一片空白，所以等她清醒过来的时候，并不记得胡志平也进入过房间。从目前的情况来看，这是最接近真相的解释了。"

"哦，原来是这样！"梁亚青点点头，如释重负般松了一口气，但脸上的表情是失望又苦涩的。也许她到现在也不相信丈夫十八年前会做出这样禽兽不如的事情来吧，或者她更希望警察告诉她，这不是真的，仅仅是一个谎言。

看着她有些呆滞的眼神，欧阳错和康佳佳知道此刻她的心情一定很复杂，所以也没再多言语，在没有惊动她和孩子的情况下，悄悄从她家里退了出来。

离开禾坪坝的时候，两人坐在车里，心情有些沉重，谁也没有开口说话。小车驶出村道，拐上外面的白云大道，城市里热闹的夜生活扑面而来。就在这时，欧阳错的手机忽然唱起歌来，把两人都吓了一跳。他掏出手机看了眼来电显示，居然是秦惠打过来的，他看看坐在副驾驶位上的康佳佳，直接按下拒听键，然后把手机扔在驾驶台上。但是很快秦惠又重新打过来了，手机里又传出他扯着嗓子吼出来的声音：呼啦圈，转呀转，转出七彩的虹，转出晴朗的天……

康佳佳扭头奇怪地看他一眼："谁的电话，怎么不接啊？"

"是秦惠。"欧阳错往手机上瞄一眼，很快又补充说，"你知道的，我跟她早就已经分手了。"

"分手了也可以做朋友嘛，怎么连电话也不接呢？"

欧阳错知道自己如果不接这个电话，秦惠有可能会一直拨打下去，他叹口气，只好靠边停车，拿起手机按下接听键。秦惠在电话里说："欧阳，今晚有空一起吃个饭吗？我在老地方等你。"

欧阳错的第一反应是："怎么了，是不是那个网络主播又欺侮你了？"

秦惠说："不是啦，上次你警告过他之后，他就再没来烦过我了。人家就是想你了嘛，谁叫你这么久都不给我打电话。"

欧阳错一边听电话，一边转头看着康佳佳脸上的表情，好像生怕她听到话筒里传出的声音会对他产生什么误会似的，赶紧说："哦，这样啊，我正在办案子，现在没时间，改天吧。"

秦惠却在电话里不依不饶地说："警察也是人嘛，办案子也要下班休息啊，现在可是下班时间了呢。"

"我在开车，如果没有其他事，我先挂了。"

"等一下。"秦惠在电话那头叫住他，"我现在在华府酒家等你，有很重要的事情跟你说。"

"有什么事情以后有时间再说吧。"

"是关于康佳佳和她男朋友的事！"

"什么？"欧阳错错愕了一下，下意识地转头看向身边的康佳佳。康佳佳正扭头欣赏着车窗外的街景，也不知道她是否听到了话筒里的声音。秦惠又在电话里把刚才那句话重复了一遍。他握着手机说："那好吧，你先等一会儿，我很快就到。"

等他挂断电话后，康佳佳朝着他意味深长地笑了："女朋友约你了吧？你赶紧去，反正也已经是下班时间了，我自己打车回去就行了。"

欧阳错脸上的表情有点尴尬："佳佳你别误会，我跟秦惠分手之后，早已没有来往，不过她刚才说有很重要的事情要跟我说，所以我……"康佳佳早已利索地跳下车，背对着他挥挥手："其实你不用跟我解释的啦！"

"唉！"欧阳错很是苦恼地叹了口气，重新启动小车，往华府酒家方向赶去。来到饭店，欧阳错发现秦惠居然坐在上次见面时坐过的那张桌子边等他。他走过去，把车钥匙放在桌子上，问："阿惠，你刚才在电话里说，有关于康佳佳和她男朋友的事情要告诉我，是什么意思？"

秦惠起身给他倒了杯茶，一脸委屈地说："难道我在你心目中，就真的一点位置也没有了吗？我约你出来吃饭我一口拒绝，一听我提到康佳佳立马就赶过来了。"

欧阳错看着她说："阿惠，你自己也知道，咱们已经分手这么久了，而且我也不是没有考虑过咱俩的关系，我觉得我们都已经不再是以前的我们了，想要重新复合已经是不可能的了，所以你想跟我做朋友，完全没有问题。如果有什么事情需要我帮忙，比如那个娘娘腔再来找你麻烦之类的，我肯定会帮你。但我们的关系仅止如此，不可能再有别的。康佳佳是我的同事和搭档，你说有关于她的事情要告诉我，我自然是要过来的。"

秦惠脸上现出失望的表情，端起茶杯喝了口水："你想吃什么？今晚我请客。"她拿过菜单，招招手，把服务员叫过来准备点菜。

欧阳错说："随便吃点什么都可以，你还是先说说到底有什么事情要告诉我吧。"

秦惠没有理睬他，指着菜单向服务员点了几道菜，等服务员离开之后，她才说："你上次跟我说，你已经有喜欢的人了，但她喜欢的是林易锋，我在警队里也有几个熟人，稍微找人打听了下，就知道你说的这个人是谁了，正是你的搭档康佳佳，对吧？"

欧阳错抬头看着她，既没有点头，也没有摇头，只是默默地等着她往下说。

秦惠低头摆弄着自己面前的两根筷子："其实我很想知道，这个康佳佳身上到底有什么地方吸引你，让你暗暗喜欢上她。所以我就做了一件傻事，在她下班的时候，悄悄跟踪过她几次，结果却发现她其实已经有男朋友了。"

欧阳错点头说："这个我知道，那个人叫宋易，是她的高中同学，经常骑一辆蓝色摩托车，没有正经工作，是一个宅在家里写小说的网络作家。"

"不，你错了，这个宋易，据我观察，他应该对你们隐瞒了一些情况，比如他并不是一个宅在家里专门写小说的网络作家，他是有工作的，他在盛天大厦十二楼的一家 IT 公司上班，而且他根本就不写小说。"

"不是吧，我听康佳佳说起过，他的网络笔名叫宋小易哥哥，在网文界还小有名气，上网随便搜一下，就能看到不少他写的小说。"

秦惠摇摇头，脸上的表情渐渐变得认真起来："他如果真的是这样对你们说的，那只能证明，他在说谎欺骗你们。我特意找发表过宋小易哥哥作品网站的编辑核实过，这位'宋小易哥哥'其实是北京的一个网络作家，真名绝对不是叫宋易。我想应该是宋易为了让你们相信他是网络小说作家，所以特意上网找了一位名字跟自己有几分相似的网络写手来冒充。"

"是吗？这个我还真没有调查过呢。"欧阳错不由得皱起眉头，"可是他为什么要这么做呢？其实他完全可以直接说自己在 IT 公司上班啊，这又不是什么不体面的职业，为什么要冒充网络作家来骗人呢？再说康佳佳又不是文学青年，在她面前装作家也没有用啊。"

"这我就不知道了。"秦惠看着他道，"反正从我调查到的情况来看，就是这样的，我又不是警察，没有办法再对他做更深入的调查。只不过我心里总觉得这个人有点怪怪的，你说他会不会跟你们正在侦办的那桩连环杀人案有什么关系呢？"

欧阳错立即盯视着她："为什么这么说？"

秦惠被他这种目光盯得浑身不舒服，在座位上晃动一下身子说："你盯着我干什么，我又不是你的犯人。"

欧阳错不由得哑然失笑："抱歉，这是警察的职业病，一看到跟案件有关的人和事，目光就会变得犀利起来。"

秦惠喝了口水，舒缓一下自己紧张的情绪，然后道："我也没有什么特别的证据啦，只是发现这个叫宋易的男人，经常会去那几个发生命案的地方转悠，有时候还会跟在你们警察的屁股后面，偷偷窥探你们办案的场景。所以我才觉得，他要是跟这个案子没有关系，为什么会做出这些鬼鬼祟祟的事情呢？"

欧阳错"嗯"了一声："是的，这个我也有所察觉，而且也当面问过他，他说他是为写悬疑推理小说搜集素材，不过如果你刚才说的是真的，他根本就不是什么网络作家，那他的这个解释显然就是骗人的了。他这么做，肯定另有目的。"

这时候，服务员已经把秦惠点的几道菜端上了桌。欧阳错的肚子确实有些饿了，拿起筷子一边吃饭，一边说："秦惠，谢谢你了，你提供给我的这条线索，确实是我们警方以前没有注意到的。为了表示我心中的谢意，这顿饭还是我请吧。"

吃完饭，时间已经有点晚了，欧阳错先开车送秦惠回家，然后再掉头回自己的住处。

一路上他心里都在想，杨苏琳连环杀人案已经基本结案，队里正在整理卷宗材料，准备送检察院审查起诉，难道真的是警方在办案过程中疏忽了什么？这个宋易，莫非真的跟这个案子有关？如果真是这样，那为什么杨苏琳在口供中从来没有提起过这个情况呢？欧阳错刹那间心头涌起无数疑问，却又一时间找不到答案。

回到宿舍后，他想给康佳佳打个电话，却又不知道该如何开口跟她说，想打电话向严队汇报案情，又觉得时间有点晚了，有什么事还是等明天上班到队里再说吧。

第二十章

杀人游戏

　　早上，欧阳错刚从床上爬起来，就听见宿舍大门被人敲得砰砰作响。他问了一声"谁呀"，开门一看，原来是于木人腰里别着烟斗，手里拎着一杯豆浆几个包子，笑嘻嘻地站在门口。

　　欧阳错揉着眼睛打着哈欠说："于大爷，您这又是闹哪一出啊？一大清早就来敲我的门。"

　　于木人不请自入，走进屋来，把手里的豆浆和包子放在桌上："我这不是见你还没去食堂吃早餐吗？正好顺路，就给你把早餐带过来了。"

　　欧阳错脸上露出警惕的表情，瞧他一眼："您老人家一向是无事不登三宝殿啊，说吧，这么早来找我，到底所为何事？"他擦了把脸，坐在桌子边，塞了一个包子在嘴里，津津有味地吃起来。

　　"其实也没什么事，"于木人在他对面的椅子上坐下来，"我听说那个连环杀人案已经被你们破了，凶手是一个叫杨苏琳的女人，是吧？"

　　欧阳错知道他老人家消息一向灵通，便也不觉得奇怪，说："是的，这个女人原名叫邓苏琳，是第二个被害人邓坤的女儿，但不是亲生的，我们是从广西把她抓回来的。"他一边喝着豆浆，一边把这个案子的侦破经过简单跟于木人说了。

　　于木人听完后，忽然把身体从桌子上探过来，瞪着他问："听你这意思，你们这就准备结案了？"

　　欧阳错点头说："是啊，这案子侦查阶段的工作已经基本完结，下一步就是准备送检察院审查起诉了。"

"胡闹！"于木人猛地一拍桌子站起来，"你们警察办案未免也太草率了些吧。"

"怎么了？"欧阳错一口包子塞在嘴巴里没来得及咽下，差点把自己给噎着了，"哪里草率了？"

于木人喘了两口粗气说："我问你，这个杨苏琳是什么学历？"

欧阳错怔愣了一下，说："据我们调查，她因为从小在矿上生活，上学比较迟，到她十六岁被拐卖的时候，还在念初中。"

"被拐卖之后的十八年时间，又一直生活在大山深处，对吧？"

"是的，她被拐卖到广西一个几乎与世隔绝的穷山村里，嫁给了一个比她大二十多岁的男人做老婆，因为被丈夫看管得严，几乎没怎么出过家门。"

于木人把他盯得更紧："那我再问你，你觉得杨苏琳毒杀三个老头的作案手法怎么样？"

欧阳错不知道他老人家葫芦里到底卖什么药，只好老老实实地回答："我觉得吧，她的作案手法确实比较高明，而且还很有创意，她根据每个被害人的生活特点，使用不同的方法给他们下毒，而且所使用的毒药也不尽相同，让他们在毫无知觉的情况下中毒身亡，手法干净利索，就连我们警方也几乎追查不到任何线索。"

于木人点头说："是的，她的作案手段不仅高明，而且还很有创意，针对每名被害人不同的实际情况使用个性化的作案手法和毒药，这简直可以被称作是谋杀的艺术了，远非那些直接在茶水里投放毒鼠强的毫无技术含量的拙劣手法可比。"

"您老人家到底想说明什么呢？"

欧阳错听得一头雾水。

"蠢材，到现在你还没明白我的意思吗？"于木人脸上露出恨铁不成钢的表情，"你觉得一个初中都未毕业、一辈子生活在闭塞乡村的农妇，自己能想出如此富有技术含量的杀人手法来吗？"

欧阳错猛地站起身:"您老人家的意思是说,这个杨苏琳背后有高人指点,她还有同伙?"

"你觉得呢?"

于木人拿起别在腰间的空烟斗,装模作样地放进嘴里吧嗒了一口,不答反问。

欧阳错猛然想起当初指点自己把调查重点放在盛天大厦的人,正是于木人,自己正是因为有了他老人家的指点,才能在盛天大厦追查到保洁员杨苏琳的作案痕迹,再联想到自己有好几次看见于木人一个人呆坐在盛天大厦的门口,像是在观察什么,不由得心中一动:"难道这个幕后高人,就潜藏在盛天大厦里?"他心里猛地跳出一个人来,那就是宋易,据秦惠所言,他不正是在盛天大厦上班吗?难道……

但是于木人的话很快就让他否定了自己心中的想法。于木人摇着头说:"据我所知,这个杨苏琳背后确实有高手指点,只不过这个高手并不是人,而是一台机器,或者说,是一个机器人。"

"机器人?"欧阳错彻底被他搞糊涂了,"您老人家说什么呢,怎么又扯到机器人身上来了?"

于木人瞧他一眼,脸上带着很是不屑的表情:"年轻人,不要一听到'机器人'这三个字就大惊小怪的,现在 AI 在我们的生活中已经十分普及,而且不瞒你说,你于大爷我就是一个人工智能机器人。"

"你也是机器人?"欧阳错忍不住笑起来,"于大爷,你开什么玩笑?"

"我不是开玩笑,我确实就是一个机器人。"于木人正色道,"不信你可以看看!"他忽然敞开自己的衬衣,露出里面古铜色的肌肤。

欧阳错忍住几乎就要喷薄而出的大笑,伸出一根手指,在他身上戳一下,除了感觉这老头身上的肌肉有点干瘪生硬、皮肤有点粗糙,其他一切都很正常,与常人无异。

于木人说:"你再敲一敲。"欧阳错犹疑着,屈起一根手指,在他胸口轻轻敲击两下,发出的却是梆梆声,完全不像是敲击在正常人体上,倒像是在敲击一块中空的铁皮。他不由得愣住了。

"你再看看这里！"于木人弯腰拉起裤管，露出自己的一个膝盖。欧阳错惊奇地发现，他的膝关节外面竟然没有膝盖骨，取而代之的是一块透明的钢化玻璃，透过玻璃可以清楚地看到里面的关节结构，那里面完全没有正常人应该有的肌肉、肌腱和韧带，只有几个看起来结构很复杂而且透着阴森冷气的铁弹簧，跟他以前在电视里见到过的机器人的膝盖结构毫无二致。

"我去！"

他突然觉得除了这两个字，再也想不出用什么词来表示自己内心的震惊了。

于木人说："你就从来没有怀疑过我吗？你不觉得我就连走路的姿势都跟你们人类有点不同吗？"被他这么一提醒，欧阳错还真觉出来了："难怪我看你走路的时候，膝盖都不怎么弯曲，姿势说不出地怪异，却又跟别的瘸子有点不一样，原来您老人家居然是……"

"是的，我是最新一代智能机器人，不但外表看起来与真人无异，而且还有自我学习和升级功能，只是后来我膝盖里的电路出了点小毛病，所以走路的姿势才有点不那么雅观。"

欧阳错往后退一步，上下打量他一眼，仍然是一脸搞不清状况的表情："于大爷，您赶紧跟我好好说说，这究竟是怎么一回事？"

于木人在凳子上坐下来："唉，这个嘛，说起来可就话长了。"他把烟斗从嘴里拿下来，顺手往桌子边上磕一下，好像那烟斗里真的有烟丝一样。不知道是不是心理作用，就是他这个惯常的动作，此时在欧阳错看来，似乎也充满着诡异的气氛。欧阳错不由自主地坐直了身子，两手放在膝盖上，静静地等着他往下说。

"在咱们国家西南某省，有一所西南刑事警察学院……"于木人的目光渐渐变得深邃起来，好像陷入了对某种往事的回忆……

在西南刑事警察学院，有一个刑侦学教授名叫于休，他本身也是个警察，而且还是一级警督，除了精通刑侦学，他还是个科学怪咖，喜欢研究一些杂七杂八旁门左道的学问。三四年前，他为了方便教学，自己研制出了一个机器人，在其芯片里录入了古今中外已知的一千多种杀人方法，还有一些他独创的作案手法，他给这个机器人取了个名字，叫作诡杀者。原本是想把这个机器人带进课堂，用来考核学生的，谁知这个机器人刚刚制作完成就被人偷走了。

于教授动用警力，也没能把这个机器人找回来，他担心有人会利用这个机器人危害社会，于是又潜心研制出了一个第二代机器人，这个机器人倾注了于教授的全部心血，几乎可以破解世界上已知和未知的所有作案手法，比第一代机器人诡杀者更先进，其与人类的仿真程度几乎已经接近百分之百，不但自带体温，而且瞳孔也能收缩，还有自我学习和自我升级功能，总之一句话，无论是外表还是内在，这个第二代机器人看起来都跟真人几乎没有任何区别。于教授给这个第二代机器人取名叫猎凶者。在猎凶者顺利通过各种试验之后，于教授交给了他一个任务，那就是让他出去找到被盗走的诡杀者，然后将其彻底销毁。

欧阳错嘴巴张得老大，就好像听了一个《天方夜谭》里的故事一样："如果我没有猜错的话，您老人家就是这个第二代机器人猎凶者吧？"

"是的，"于木人点头说，"我就是这个猎凶者机器人，按照教授给我设定的程序和交给我的任务，我化名为于木人，出来追查诡杀者的下落。刚开始的时候我打听到诡杀者先后在湖南、广东等地作案，但是当我赶过去的时候……"

"等等，"欧阳错越听越觉得这事超乎自己的想象，"您老人家的意思是说，这个诡杀者能够自己作案，甚至去杀人？"

"这倒不至于，他只是教授研制出来的用于辅助教学的第一代智能机器人，各项功能都没有我这么强大，而且从外表看，跟人类区别很大，有点类似于普通家用扫地机器人吧，所以他不可能自己出去作案。但是他可以利用人类去作案，人类也可以利用他去作案，简单点说，就是他可以把自己知道的那些高明的作案方法告诉人类，甚至怂恿人类去杀他想杀的人，而人类如果想做坏事，也可以从他那里找到一种最适合自己的几乎不可能被警方发现的办法……"

"哦，原来是这样。"欧阳错恍然大悟地点点头，"也就是说，这个诡杀者相当于一本古今中外谋杀方法大全，无论谁想杀人，都可以从这本书里找到适合自己的那一款，对吧？"

于木人不由得笑起来："你这个比喻虽然有点不伦不类，但大体上来说，就是这个意思吧。"

"那您老人家又是怎么一个人跑到我们丁州市来的呢？"欧阳错不知不觉跟着他的思路往下走，"难道那个诡杀者来到了丁州市？"

"是的，我一路追踪到湖南、广东等地，但每一次都扑了个空，总是比对方慢一步。后来我又打听到他曾在丁州出现……"

于木人立即跟着赶到丁州，当时正是冬天，大雪纷飞，天寒地冻，他在街上不小心被一辆小车剐蹭到，膝盖受了点伤，倒在雪地里一时爬不起来，正好这时欧阳错开着警车经过附近，接到群众报警说路边躺着一个老头，估计是快冻死了，于是就将他救上车，并带回市局安顿。于木人觉得这是一个好机会，如果自己能留在公安局里，那以后侦查诡杀者的动向就方便多了，毕竟对于刑侦方面的情况，公安局是消息最为灵通的地方。于是他就软磨硬泡求着欧阳错，让他去找领导说情，把自己留在公安局大院里当了一名清洁工。

欧阳错想起了自己第一次见到他并在冰天雪地里救起他的情景，当时自己还以为是救助了一个流浪汉呢，却没想到竟然是这么一回事。"那您老人家在丁州找到这个诡杀者没有啊？"他问。

"找到是找到了，"于木人点点头，但很快又摇摇头，"只不过……"

"只不过什么？"

"只不过还是比对方慢了一步啊。"于木人问他，"还记得你们上次侦破的那个美容院少女跳楼案吗？后来那个女孩的父亲甄富贵不是用竹片扎出一个纸人，把那家小诊所医生的儿子皮灿给杀死了吗？那个案子，我一看甄富贵的作案手法，就知道肯定跟诡杀者有关，因为这个纸扎匠所使用的杀人技巧，就跟诡杀者芯片里储存的某个杀人方法一模一样。"

欧阳错很快就记起来了，那是他们以前侦办的一个案子，美容院的学徒少女甄珠被小诊所医生的儿子皮灿逼迫得跳楼自尽，其父甄富贵是一个纸扎艺人，最后用自己扎制的纸人巧妙地杀死皮灿，为女儿报仇雪恨。他皱眉说："可是我记得甄富贵曾说，这个杀人方法是他已经死去的父亲在梦中教他的啊。他说那天晚上他喝醉了酒，坐在一家银行门口休息的时候，不知不觉睡着了，然后就梦见他父亲教他怎么利用自己的纸扎手艺去杀人。难道他对警方撒谎了？"

于木人摇头说："撒谎倒不至于，只不过当时他喝多了酒，把现实与梦境搞混淆了。我调查到的情况是，那天晚上他喝醉了，坐在一家银行门口向老天哭诉自己女儿的遭遇，结果正好被银行大门里边的诡杀者听到——这个时候，诡杀者已经被某个不识货的电子工程师改造成了一个在银行大堂上班的可以与顾客进行语音对话的迎宾机器人。诡杀者听了甄富贵的遭遇之后，很自然地就在自己的系统里搜索出一个最适合他的复仇方法，那就是结合他本身的纸扎技艺，用'纸人'去杀人，并且用语音告诉他。而这个时候甄富贵因为喝醉酒正处在半睡半醒迷迷糊糊的状态中，等他头脑清醒过来时，还以为刚才是自己做了一个梦，他父亲在梦里教他怎么替女儿报仇呢。后来他按照这个梦里得来的方法去复仇，果然获得了成功。"

"原来是这样，难怪事后连甄富贵自己都完全没有察觉到是银行里面的一个机器人给自己出的主意，还一直以为是父亲亡魂显灵在梦中指点他呢。"

于木人说："等我把情况调查清楚，再去这家银行找这个迎宾机器人时，银行的人告诉我，因为这个机器人老出故障，他们已经把他当成废铁卖掉了。"

"当废铁卖掉了？"欧阳错不由得大跌眼镜。

于木人看他一眼，好像觉得他有点大惊小怪："这也不奇怪呀，这个世界上不识货的人多了去了。我估计把诡杀者从教授实验室里偷出来的，就是一个没有眼力见儿的小毛贼，根本不知道这个机器人的真正价值，他把诡杀者盗出来后当作普通的电子产品便宜卖给了别人。但是这世上总有识货的人啊！"

"识货的人？"

于木人点点头，告诉他说，诡杀者被银行当成废铁卖掉后，那个收破烂的将他拆得稀烂，一块一块分开转卖，最后他里面最核心的芯片却落到了一个在IT公司上班的电子工程师手里，这个年轻的电子工程师很快就破解了这块芯片里的秘密，然后把芯片带回自己所在的IT公司，他们这家公司办公地点就在盛天大厦十二楼。他把芯片的秘密告诉了老板，老板的商业头脑自然不是假的，立即就提出让这个电子工程师把芯片里的内容抽取出来，并以此为基础，研发出一款新的杀人游戏软件，游戏名称就叫诡杀者。老板让这个程序员好好干，等这款游戏上市之后，公司获得的利润可以跟他分成。所以这个程序员也真的很努力地把这款游戏软件研发出来了。

"这款杀人游戏上市了吗？我怎么没听说过呢？"欧阳错说，"我平时也会玩一下游戏的，完全不知道有这么一款游戏啊。"

"据我所知，游戏已经研发出来了，但现在还处在即将进行内部测试的阶段，并没有上市。你也知道，现在的玩家都非常喜欢玩这种杀人游戏，这款游戏一旦上市，所获利润绝对可观。"

欧阳错终于明白这老头为什么这段时间下班后总是往外跑，原来是在暗中调查跟诡杀者有关的事。他说："您老人家了解到我们正在侦办的这个连环杀人案之后，觉得凶手毒杀三名被害人的手法都是出自诡杀者，所以立即就知道凶手肯定在盛天大厦，因为这款游戏还没有外流，外面的人不可能知道诡杀者的秘密。凶手一定是受到了诡杀者芯片或是这款游戏的影响，才知道这一连串高明的杀人方法的，对吧？"

"是的，当时我并不知道凶手具体是谁，只是推测出肯定是盛天大厦里面的人，而且极有可能就是这家IT公司的内部人员。"于木人笑了一下，"起初我还以为凶手就是那个名叫宋易的研发出这款杀人游戏的程序员呢，但后来你们查出是大厦里的一个保洁员，这倒是有点出乎我的意料。"

"程序员宋易？"欧阳错不由得吃了一惊，"您老人家是说，发明这款游戏的IT公司程序员，是宋易？"

"是啊，"于木人看着他问，"怎么，你认识他？还是说，你们已经调查过他了？"

"调查倒是没有，"欧阳错犹豫了一下，说，"我跟他见过几次，他是我搭档康佳佳新交的男朋友，虽然她自己还没有承认。而且……"

"而且什么？"

欧阳错想了下，还是把秦惠告诉自己的，宋易以宅男网络作家的身份出现在他们面前，实际上却是一个在盛天大厦上班的 IT 男的事，跟他说了。又说了宋易谎称为了搜集写作素材而跟踪窥探警方办案的一些疑点。于木人不由得大皱其眉："看来这个宋易，身上的可疑之处也非常多啊！"

欧阳错起身说："不管怎么样，我先把情况跟严队汇报一下，再去问问杨苏琳，看看她到底是怎么知晓这么巧妙的作案手法的。如果真如您老人家所言，我想从她嘴里肯定能问出点什么来。"

于木人说："行，我知道的也就这么多了，剩下的事，就要靠你们自己去查了。还有，别跟你们领导说我的事，该怎么向你们队长汇报，就不用我教你了吧？"

欧阳错笑笑说："我知道的，我不会把您老人家的身份暴露出来的，所有这些线索，都是我欧阳神探自己调查出来的嘛！"

他匆匆赶回队里，把于木人告诉他的线索，变成自己这些天来夜以继日调查出来的成果，跟队长做了汇报。

严政听后将信将疑，但还是按照他说的，再一次对连环命案的犯罪嫌疑人杨苏琳进行了提审。

欧阳错问："杨苏琳，关于你杀人的事，是不是对我们警方还有什么隐瞒？"

杨苏琳一脸茫然，摇头道："没有隐瞒了啊，该说的我都已经跟你们说了，反正我杀了这么多人，也没指望能活着出去，根本没有必要向你们隐瞒什么呀。再说这案子不都已经快结案了吗，你们怎么突然又来折腾我了？"

"那我再提醒你一下，"欧阳错敲着桌子说，"你所使用的那些杀人方法，不是你自己想出来的吧？说，到底是谁在背后指点你？"

"原来你们问的是这个啊，"杨苏琳像是松了口气似的，"那些下毒的法子，确实不是我自己想出来的，是我从一个电脑游戏里学到的。"

一直在旁边听着的严政不由得扭头看了欧阳错一眼，那脸上意外的表情分明在说：想不到这一回还真被你小子蒙对了！她问杨苏琳："你是从什么游戏里学来的？"

"游戏名字嘛，我也不太清楚，总之就是一个专门教你怎么去杀人的游戏啦，在游戏里面，你可以在电脑的指导下，用警察也调查不出来的办法，去杀死你想杀的任何人。"

她告诉他们，她在盛天大厦做保洁员的时候，主要是负责十到十五层所有公共场所的卫生保洁工作，楼层里已经租赁出去的地方，则由商家自己的工作人员负责打扫，不再需要他们进行保洁。不过十二层的一家名叫"赛博科技"的IT公司，因为保洁员突然辞工，一时没有招到适合的人手，所以有一段时间没有人搞卫生，她有时候路过这家公司门口，看见公司门边有间办公室的垃圾比较多，就进去顺手帮忙打扫一下，后来就认识了这间办公室的主人，是一个年轻小伙子，名叫宋易。宋易对她很是感谢，有时候看她忙得满头大汗，就会请她进来吹一会儿冷气，或者递给她一瓶饮料什么的。后来听说她因为宿舍距离上班地点比较远，中午回去午休不方便，但如果中午不打个盹的话，下午就会犯偏头痛，于是就让她中午到自己办公室的沙发上坐一下，打个盹什么的。一来二去，两人就熟了。

后来杨苏琳看见宋易一天到晚都坐在办公室里鼓捣电脑，就好奇地问他在干什么，他就把自己的工作简单跟她说了，还说自己最近研发出来一款新的杀人游戏，绝对好玩，如果能够上市，公司和自己都可以赚到大钱。杨苏琳这时候正在为自己想杀邹大福等人报仇却又不知如何下手而感到为难，听说还有专门教人杀人的游戏，顿时就上了心，缠着他问这游戏要怎么玩。宋易知道自己这款游戏马上就要进行内测，正要找些玩家来试玩呢，见她很感兴趣的样子，一时兴奋，就把电脑里的游戏打开，教会了她怎么玩这款游戏。后来她去宋易办公室午休的时候，宋易的电脑一有空，她就会坐上去玩一下。有一次宋易把电脑给她玩游戏的时候，自己有事出去了一下，于是她就通过语音跟游戏系统进行交流，把自己想杀的三个人的详细情况都输入到游戏中，电脑很快就为她设计出了一套完美的作案方法。她将这些方法一一记在心里，然后按照游戏里给出的指引去杀人，果然十分顺利地完成了她的复仇大计。

欧阳错盯着她问："那你为什么不早点说出来？"

杨苏琳一脸委屈地说："因为你们从来没有问起过这事啊，我还以为这个并不重要呢，而且我觉得那个叫宋易的小伙子人不错，我也不想把他牵扯进来。"

"就算你不说，他也已经被牵扯进来了！"欧阳错不由得狠狠地瞪了她一眼。

审讯结束后，严政把专案组的人召集起来，将这起连环命案的最新情况跟大家做了通报。

康佳佳一听宋易居然也跟这个案子扯上了关系，不由得大感意外，用求证的目光看向欧阳错，欧阳错知道她心里在想什么，却故意扭过头去，假装没有看见她。康佳佳气得直跺脚。

"严队，现在咱们该怎么办？"欧阳错问。

严政想了一下，说："先去盛天大厦，看看这家赛博科技公司的情况再说吧。"

她带着欧阳错和康佳佳等人，立即驱车赶到盛天大厦，乘电梯直接上到十二楼。下了电梯，却发现十二楼的玻璃大门已经被一把大锁锁上，门口虽然还挂着"赛博科技"的招牌，但透过玻璃大门往屋里看，里面已经被搬得空空如也，只留下遍地垃圾。

欧阳错心里暗叫不妙，看来还是来迟了一步。正自疑惑间，看见旁边有一个保洁员在打扫楼道，就拉着他问了一下。

保洁员告诉他，这家赛博科技公司不知道出了什么事，昨天晚上突然搬走了。

"搬走了？"

"是啊，我看见老板叫来两辆大卡车，把公司所有的电脑都拉走了，而且慌里慌张的，还摔坏了两台显示器，好像逃命似的。"

严政指着玻璃大门问："这是谁锁上的，钥匙在哪里？"

保洁员说："具体我也不太清楚，应该是大厦管理处锁的吧，钥匙肯定也在他们那里。"

老熊说："我知道管理处就在二楼，我下去问一下。"他下楼后没多久，就带着一个值班的女经理上来了。

女经理四十多岁年纪，化着淡妆，显得很精明的样子。她告诉他们，这家赛博科技公司是昨天晚上突然搬走的，连交给管理处的押金都没有要求退还就直接走了。大门是管理处锁上的。

严政说："能打开门，让我们进去看一下吗？"

女经理点头说："好的。"掏出钥匙打开门锁，严政他们进去看了一下，正如刚才那个保洁员所言，公司里包括电脑在内的所有电子设备都被搬空了，办公室里只留下了一些残破的办公桌椅和满地垃圾，地上还留有摔碎的电脑显示器碎片，看得出搬走的时候有多匆忙。

大家在这家已经搬空的赛博科技公司里转了一圈，并没有发现跟案子有关的任何蛛丝马迹。正在大家都感到有些失望的时候，欧阳错一转头，忽然看见玻璃大门外闪过一个人影，居然正是宋易。他大叫一声："站住！"拔腿追了出来。

宋易的神色有点慌张，立即掉头往电梯方向跑去，可是这时候电梯正停在一楼，一时半会儿上不来，他转身想走步梯，欧阳错早已追赶上来，一把将他抵在墙边，把他两只手反转过来，正要给他戴上铐子，康佳佳也跟着从后面追上来喊道："放开他！"

欧阳错稍一犹豫，她又冲着他吼了一嗓子，欧阳错有些无奈，只好放开宋易，却仍堵住楼道口，以防他逃走。

"告诉我这到底是怎么回事？"康佳佳站在宋易面前，抬眼望着他，"你不是一个天天宅在家里写小说的网络作家吗？怎么又成了赛博科技公司的程序员了？那款杀人游戏，真的是你研发出来的吗？还有，我们警方正在侦办的这个连环杀人案，是不是真的跟你有关系？"

面对她连珠炮似的发问，宋易却低下头去，不敢看她的眼睛："对不起，我骗了你，其实我并不是什么网络作家，那个叫'宋小易哥哥'的网名，是我盗用别人的。我其实是赛博科技公司的一名程序员，那个杀人游戏确实是我带着公司的团队研发出来的，只不过你们侦办的那个案子，真的跟我没什么关系。"

欧阳错问："既然跟你没有关系，那你为什么要鬼鬼祟祟跟踪窥探我们警方办案？还谎称是在搜集写作素材。说，你到底是何居心？"

宋易犹豫了一下，说："我也是当邹大福命案的一些细节传开了之后，才发现他的死因跟我游戏里设计的一道杀人程序非常相似，后来我在电脑后台看了下，才发现杨苏琳——当时她用的名字是苏晓琳，我发现杨苏琳在玩这个游戏的时候，曾跟系统进行过人机交流，这道程序是她当时玩过的一个游戏任务。后来我暗中跟踪杨苏琳才发现，这个女人心怀杀机，正在按照我游戏里虚拟的杀人方法在现实生活里作案。按常理来说，这个时候我应该报告警察，抓捕罪犯，阻止她继续犯罪才对，但是可惜的是，此时此刻我的全部心思都放在了这款游戏上面，根本就没有想过要去报警，而是一直暗中关注着这个案子，关注着你们警方的侦查动向，想借用你们警方的力量来验证一下我这款游戏，看看其中是不是还存在什么漏洞，好在上线之前及时做出修正，所以我才一直暗暗地跟踪着你们，一路窥探着你们的办案情况……"

"那你接近我，让我给你讲我们的办案故事，也只是为了从我嘴里打探案情，好知道你设计出来的游戏里到底有没有漏洞，对吧？"康佳佳再次抬头看他的时候，眼睛里已经流下泪来。

宋易看了她一眼，但很快又把目光移了开去："是的，我接近你，就是想从你这里打探与这个案子有关的细节，甚至跟你这位老同学的邂逅，都是我早就设计好的。"他脸上现出一丝愧疚之色，"其实我已经有女朋友了，我们准备年底的时候结婚……"

他最后一句话还没说完，康佳佳突然杏眼圆睁，咬紧牙关，猛地一巴掌扇在他脸上。宋易一个趔趄，差点摔倒在地。她还想抬脚踢他，被欧阳错拦住。康佳佳忽然"哇"的一声，扑进欧阳错怀里，放声大哭起来，眼泪鼻涕一齐流到了他胸前的衣服上。

欧阳错拍拍她后背，给了她一个无声的安慰，然后招招手，叫过旁边一名女警员，让她带康佳佳到旁边休息。

"你看她哭得如此伤心，就知道你对她的伤害到底有多深了！"等康佳佳离开之后，欧阳错忍住自己想要一拳把宋易的脸打开花的冲动，对他说，"你欺骗佳佳感情这笔账，咱们以后再慢慢算。我现在问你，你们这个公司，到底是怎么回事，人都跑到哪儿去了？"他往赛博科技公司的大门那边指了下。

宋易朝玻璃大门里边望了眼，脸上也是茫然："这个……我也不知道，我刚才到公司上班，走到门口就发现已经是这样了，而且我看到屋里还站着许多警察，感到情况有点不妙，所以才转身离开的。"

"废话，你们公司的老板跑路了，你会不知道？"

"这个我真不知道。最近不是有记者已经把连环命案侦破的经过详细写出来发表在网上了吗，我们老板看了后昨晚打电话问我，怎么这个案子里凶手的作案手法跟咱们游戏里设计的一模一样？我这才不得不对他说出实情。老板倒也没多责怪我，只说这事警方肯定会很快就查到公司来，咱们这款游戏估计有点悬了，得早点想个办法应对，然后就挂了电话。当时我还没想到事情会这么严重，今天上午来上班才发现公司已经被搬空，估计老板是昨晚连夜跑路的，因为公司的一些核心数据都保存在电脑里，所以他临走的时候，把公司的电脑全都拉走了。"

"老板逃走的时候，没有通知你吗？"

"都到这个时候了，他哪里还顾得上我呢，再说我也是去年才应聘到这家公司来上班的，也算不上老板的心腹吧。对于这家公司的来历和老板的来路，我也不是特别清楚，只知道老板在这款杀人游戏上面投入了不少人力物力财力，他绝不会轻易放弃的，游戏研发阶段的工作已经完成，他只要把电脑带走，等风声一过，换个地方，仍然可以把这款游戏做起来。"宋易说这话的时候虽然用的是一种无所谓的语气，但脸上还是难免流露出了一些被作为弃子之后的失落与愤怒之情。

欧阳错转过头，把目光望向队长，问："严队，现在怎么办？"

严政挥挥手说："先把他铐回去，无论如何咱们也得把他老板给找出来！"

欧阳错再次在市局大院里碰见于木人已经是三天之后，于木人又像往常一样，拖着手里的扫帚，笑嘻嘻地迎住他，问："错警官，那个连环杀人案，查得怎么样了？"

欧阳错把他们的调查结果跟他说了，最后说："您老人家说得一点没错，我们审问过宋易，那款杀人游戏真的是他在破解诡杀者芯片秘密的基础上研发出来的，他把于教授植入芯片的那些古今中外的杀人方法全部放进了游戏中的虚拟世界，玩家可以在系统的提示下用最巧妙的办法杀死自己想要对付的任何人，并且不会留下任何痕迹让警方破案。只不过我们警方的行动还是慢了一步，我们赶到盛天大厦的时候，他们公司的老板已经带着电脑和刚刚开发出来的游戏程序逃走了。"

"那诡杀者的芯片呢？"

"当然也被他一并带走了。"欧阳错见他脸上现出失望的表情，就安慰他说，"不过您老人家放心，我们正在全力追查他们的下落，一定会把那个芯片找回来的。"

于木人显然不太相信他的话，抬眼看着天边那片翻滚的乌云，叹了口气说："看来我的任务还没有完成啊！"